Syma Schneider

Herzmalerei

Zu diesem Buch

Wenn die Liebe nur noch so dahinplätschert, kann etwas Aufregung nicht schaden. Doch was dann geschieht, übersteigt Zenias Vorstellungskraft. Als sie eine mysteriöse Botschaft erhält, bricht Chaos in ihrem Herzen aus. Dramatische Veränderungen schlagen in ihr Leben ein wie Meteoritenschauer. Sie erfährt Dinge, die ihr bisheriges Weltbild komplett auf den Kopf stellen, während sie diese eine Frage nicht mehr loslässt:

Was wäre, wenn sich zwei Seelen in vergangenen Leben so sehr geliebt haben, dass sie einander immer wieder suchen?

Verrennt sich Zenia nur im Irrgarten ihrer Gefühle – und welche Rolle spielt der attraktive und geheimnisvolle Häftling Nael?

Syma Schneider

Herzmalerei

ROMAN

Sie glauben nicht, dass das alles in einem einzigen
Leben passieren kann? Vielleicht haben Sie recht…

BUCHER

2. Auflage 2020
BUCHER Verlag
Hohenems – Vaduz – München – Zürich
www.bucherverlag.com

Lektorat: Petra Holzmann und Miriam Gartner
Umschlagbild: Marcel Schneider
Gestaltung: Marcel Schneider

Druck: CPI books GmbH, Ulm

Printed in Germany

ISBN 978-3-99018-506-3

Für Vincent und Benjamin

LEA

Für einen flüchtigen Moment gelingt es mir, zu blinzeln und die Umrisse seines Gesichts wahrzunehmen. Es kostet mich aber zu viel Kraft, meine Augenlider klappen erschöpft wieder zu. Wo bin ich? Ich friere entsetzlich.

Fremde Stimmen murmeln wirr durcheinander.

Ich bemühe mich, alle Nebengeräusche auszublenden und mich voll und ganz auf Ben zu konzentrieren.

«Wo bleibt der verdammte Krankenwagen?», schreit er.

Krankenwagen? Ich erschrecke.

Mit zittrigen Fingern streichelt er sanft meine Hand. «Ich bin bei dir.»

Und ich werde immer bei dir sein. Ich will mich aufrichten, um ihn zu umarmen, doch ich bin wie gelähmt. Selbst das Denken läuft wie in Zeitlupe ab. Wie gerne hätte ich ihm gesagt, was ich gerade herausgefunden habe. Aber ich kann einfach nicht sprechen. Es scheint so, als hätte sich mein Geist von meinem Körper getrennt. Kein Arm, kein Bein, nichts gehorcht mehr meinen Befehlen. Kein Nerv leitet irgendwelche Anweisungen weiter.

Ich darf nicht aufgeben. Nicht jetzt. Denn endlich kenne ich die Antwort. Unserer Liebe steht nun nichts mehr im Wege. Endlich wird dieser Fluch ein Ende haben …

ZENIA

Es ist ein Spleen.

Ich gebe es zu. Aber ich liebe es, Menschen in der U-Bahn zu beobachten und ihnen Lebensläufe anzudichten. So vergeht die Zeit auf meinem monotonen Arbeitsweg wie im Fluge. Ich brauche zwar nur neun Stationen bis zur Firma, doch die reichen aus, um mein Kopfkino in Gang zu setzen. Ich nehme die aufgetakelte Mittfünfzigerin direkt gegenüber unter die Lupe. Ihre Haut ist übertrieben gebräunt, Lippen und Augen erscheinen mir chirurgisch optimiert und sie ist um mindestens zwanzig Jahre zu jung gekleidet. Ich tippe mir mit dem Zeigefinger auf die Wange und mustere Irmgard. Genau. Sie heißt Irmgard. Ihre besten Freunde dürfen sie aber Giggi nennen. Sie ist geschieden, frustriert und gibt das hart verdiente Geld ihres Ex-Mannes für Shoppingtouren, Schönheits-OPs und in Beautysalons aus. Jetzt komme ich richtig in Fahrt und lasse meine Fantasie mit mir durchgehen. Sie trifft sich gleich mit ihren Freundinnen zum Champagnerfrühstück, um über alle herzuziehen, die sie kennt oder auch nicht kennt. Dabei tupft sich Giggi nach jedem Schlückchen des exklusiven Getränks ihre Mundwinkel mit der Ecke einer Stoffserviette ab. Gewiss ist sie zu geizig …

«Entschuldigung, darf ich vorbei?» Giggi steht auf, rückt ihren roten Minirock und das hautenge Glitzershirt zurecht und fädelt sich durch die Beine der sitzenden Fahrgäste. Auch ich mache Platz und schaue ihr hinterher. Schade. Gerne hätte ich ihre Geschichte weitergesponnen.

Selbstsicher steuert sie auf eine Gruppe pöbelnder Jugendlicher zu. Was hat sie nur vor? Giggi zückt einen Ausweis und hält ihn den verdutzten Teenagern unter die Nase. «U-Bahn-Polizei!», brüllt sie.

Ich bin ähnlich überrumpelt wie die Jugendlichen. Alle Achtung. Da habe ich mich aber ziemlich getäuscht. Giggis Tarnung ist brillant.

«Eure Reise ist hier und jetzt zu Ende.» Ihre Stimme klingt wie in Whiskey und Nikotin getränkt.

Die Jungs lassen ein paar abschätzige Sprüche fallen. Die Beamtin beeindruckt das wenig. «Unsere Scanner haben bei euch Drogen entdeckt. Los, wir steigen nun schön miteinander aus!» Die Laune der Teenager kippt mit einem Schlag und blitzschnell kommt Nervosität auf. In der U-Bahn ist die Stimmung angespannt. Als die Tür bei der nächsten Haltestelle aufgeht, will sich einer der Halbwüchsigen aus dem Staub machen, allerdings streckt ihn Giggi elegant mit einem Elektroschocker nieder, sodass er für einen Moment zuckend auf dem Boden liegen bleibt. Einige Fahrgäste schreien auf. «Hat's noch einer eilig?», raunzt Giggi die Truppe an. Die Ertappten geben keinen Laut mehr von sich und steigen beklommen mit der Polizistin aus, nachdem sie ihrem Komplizen wieder auf die Beine geholfen haben.

Erleichterung macht sich nun im Abteil breit. Viele tuscheln belustigt miteinander. Auch ich kann mir ein Schmunzeln nicht verkneifen.

Da erblicke ich zu meiner Überraschung eine Arbeitskollegin. Mia. Zwei Sitzgruppen entfernt starrt sie mich merkwürdig an. Wieso fährt sie mit der Bahn? Sie wohnt doch in der Nähe der Firma. Ich winke ihr anstandshalber zu. Die schlanke Frau mit den roten Locken dreht sich abrupt weg. Hm. Zuerst guckt sie mich an und dann grüßt sie nicht einmal. Sehr seltsam. In der Spiegelung des U-Bahn-Fensters verfolge ich, wie Mia unruhig auf ihrem Platz hin und her rutscht und an ihren Fingernägeln knabbert. Was hat sie nur? Obwohl sie mir nicht gerade sympathisch ist, verspüre ich das Bedürfnis, ihr zu helfen. Dieses Helfersyndrom ist wahrscheinlich berufsbedingt. Ich bin Psychologin, deren Job es ist, aufgeregte Eltern zu unterstützen, wenn sie zum ersten Mal ihr Kind in den Armen halten. Ich arbeite in der Babyübergabe bei *PerfectHuman*. Mia war ein paar Monate lang in meiner Abteilung, bevor sie in die Produktion wechselte. Ab und zu waren wir damals sogar gemeinsam beim Mittagessen, aber Freundinnen sind wir nicht geworden. Mia war so verschlossen, und wir hatten uns nie sonderlich viel zu erzählen. Wir hatten einfach nicht dieselbe Wellenlänge, und eigentlich habe ich sie auch schon immer komisch gefunden mit ihrem Hang zur Dramatisierung.

Ich lehne meinen Kopf gegen die Scheibe und schließe meine Augen. Ich versuche, an etwas anderes zu denken. Morgen ist mein freier Tag. Das ist normalerweise ein Grund, um glücklich zu sein, aber mein Freund Samu hat unser Date – wie so oft – im letzten Moment abgesagt. Es ist so, als würde man sich an einem heißen Tag auf ein Eis freuen und fröhlich zum Café laufen. Man hat sich ausgemalt, welche Sorten man nimmt. Natürlich Vanille und Schoko. Man sieht längst das Gebäude, von dem einen überdimensionale 3D-Waffeln mit mächtigen Eiskugeln anlächeln. Das Wasser läuft einem bereits im Mund zusammen. Und genau dann schließt das Café. Man ist enttäuscht und traurig. So ähnlich fühle ich mich wegen Samu. Er wirft immer wieder seine Köder aus, ich beiße an, wir verabreden uns und dann grätscht kurz vorher sein Job dazwischen. Mit ihm darüber zu reden, hat bisher auch nichts bewirkt. Seit drei Wochen haben wir uns nicht mehr gesehen. Es ist frustrierend. Ich stoße einen langen Seufzer aus. Er ist dauernd geschäftlich unterwegs. Ich kann ja verstehen, dass er Karriere machen will, aber ich bleibe dabei auf der Strecke. Kein Wunder, dass ich mich von ihm entferne und beginne, mich auch für andere Männer zu interessieren. Vor meinem geistigen Auge poppt ein glasklares Bild von Joseph LeBron auf. Eine Hitzewelle überrollt mich.

«Zenia?» Irgendjemand flüstert meinen Namen.

Als ich hochschaue, steht Mia neben mir. «Hallo.»

«Pst!» Sie dreht den Kopf hektisch nach links und rechts. Dabei springen ihre Locken unkontrolliert herum. Auf ihrer blassen Stirn schimmern kleine Schweißperlen. «Hier.»

Verwundert nehme ich einen Zettel entgegen. «Was ist das?»

«Etwas Geheimes», stammelt sie kaum hörbar und verschwindet dann hastig im vorderen Teil der U-Bahn.

«Aber …» Weg ist sie. Ich mustere verdutzt das zusammengefaltete Stück Papier und bemerke einen neugierigen Mann schräg hinter mir. Den scheint die Botschaft auch zu interessieren. Es überkommt mich ein unbehagliches Gefühl. Kurzerhand entschließe ich mich, eine Station früher als sonst auszusteigen. Ich komme mir vor, als wäre ich Darstellerin in einem billigen Krimi.

Da ich keine Rolltreppen mag, laufe ich eilig mit meinen Ballerinas die Stufen des U-Bahnhofs hinauf. Der weit ausgestellte Rock meines blauen Midikleides hopst leicht auf und ab. Meine Tasche prallt unrhythmisch gegen meinen Oberschenkel. Oben angelangt, blicke ich schnaufend um mich. Da ich fast nie Sport mache, droht mein Herz aus der Brust zu hüpfen. Der Mann ist mir nicht gefolgt. Warum sollte mir auch jemand hinterherlaufen? Unsinn. Ich belächle meine Panikattacke.

Draußen betanke ich meine Lungen mit frischer Luft, binde

meine langen braunen Haare zu einem Pferdeschwanz zusammen und lese Mias Zeilen.

Wir müssen uns dringend sehen. Allein.
Wann kannst du?
Niemand darf davon wissen.
Es passieren schlimme Dinge!

Schlimme Dinge? Noch einmal lese ich ihre Mitteilung Satz für Satz. Was will sie denn? Ich lege meine Stirn in Falten. Warum geht sie nicht zur Polizei? Oder übertreibt sie nur wieder einmal? Ich muss an unsere gemeinsame Zeit bei *PerfectHuman* denken. Früher neigte Mia jedenfalls dazu, aus einer Mücke einen Elefanten zu machen. Spätestens als sie mir damals die grauenhafte Geschichte ihrer Schwester erzählte und sich danach alles als total harmlos herausgestellt hatte, ist mir das klar geworden. Will sie sich vielleicht auch jetzt einfach wichtigmachen? Oder nur mit mir reden?

«Ihr Cappuccino, bitteschön.»

Ich fahre zusammen. Eine kleine Drohne schwebt neben mir auf Schulterhöhe und öffnet eine Klappe. Darin befindet sich das wohlduftende Getränk.

«Oh, danke.» Ich hole den Becher heraus.

«Sehr gerne.» Flink fliegt das putzige Kerlchen, das wie ein Mini-UFO aussieht, wieder davon.

Mein virtueller Assistent Romeo hat anscheinend den Cappuccino bei *Flying Coffee* bestellt. «Mit einer Extraportion Milchschaum.» Ich höre seine vertraute Stimme.

Ich liebe meinen BRO. Er ist sehr aufmerksam. «Danke, Romeo, du bist unschlagbar.» Genüsslich nehme ich einen Schluck und schlendere eine von Linden umsäumte Nebenstraße entlang. Die Amseln singen fröhliche Lieder, als hätten sie ein sorgenfreies Leben. Ganz im Gegensatz zu Mia. Was mache ich nur mit ihrer Nachricht? Ob es wirklich so schlimm ist? Vielleicht treffe ich sie gleich in der Firma. Dann kann sie mir mehr erzählen. Jetzt genieße ich aber erst einmal die klare Morgenluft und die langsam erwachende Stadt. Bereits von Weitem erblicke ich die Wolkenkratzer von *PerfectHuman*. Sie dominieren den Münchner Stadtteil Blumenau. Ich mag meine Arbeit. Sie ist spannend und verantwortungsvoll.

Nachdem ich meine sterile weiße Uniform übergestülpt habe, mache ich mich auf den Weg zu meiner Station. Auf dem breiten Korridor kommt mir Mia entgegen. Sie verzieht keine Miene. Kurz bevor sie mich erreicht, schreckt sie aus unerfindlichen Gründen zurück, dreht sich ab und eilt davon.

«Hm …» Perplex sehe ich mich um.

Im hinteren Teil des Ganges unterhalten sich zwei Kollegen. Ansonsten ist niemand da.

Was auch immer hier vor sich geht, ich werde es herausfinden.

NAEL

… schreckt zusammen.

«Sechs Uhr. Aufstehen, faules Pack!» Die laute Stimme des Gefängniswärters hallt durch die Mauern und bohrt sich tief in seinen Schädel.

Er hat das Gefühl, dass er gerade erst eingeschlafen ist. Es kann doch unmöglich schon Morgen sein. Er öffnet seine geschwollenen Augen und starrt gleichgültig an die feuchte graue Zellenwand.

Wieder ein sinnloser Tag.

ZENIA

«Es tut mir leid, ich bin aufgehalten worden.»

«Ist überhaupt kein Problem», sagt die hagere, ältere Dame, die ich von der Nachtschicht ablöse. Frau Illera hat Augenringe wie ein Pandabär. «Fast alle schlafen. Nur Sina ist wach.»

«Wunderbar. Dann können Sie jetzt doch nach Hause gehen und sich ein bisschen ausruhen. Schönen Feierabend.»

Mein Blick huscht über die schlummernden Babys. Das darf ich in der Firma gar nicht laut sagen, aber ich mag eigentlich die Bezeichnung ‹System-Baby› nicht. Es klingt so unpersönlich und mechanisch. Dabei sind die Kleinen ganz genauso wie alle anderen Babys auch – nur eben perfekt produziert in einer Kapsel. Es ist hinreißend, wie sie in Reih und Glied nebeneinander in ihren Betten liegen. Wie eine Zwergenarmee beim Appell. Arian, Tiana, Suri, Kiana, Silas, Marin, Sina, Jarek lese ich auf den Schildern. Es gibt so viele schöne Namen. Wie werden meine Kinder wohl heißen? Ich wünsche mir sehnlichst welche. Eine glückliche, kleine Familie. Aber mit Samu kann ich es mir immer weniger vorstellen. Er könnte sich nicht um uns kümmern. Er hat für mich ja schon keine Zeit. Aber eines Tages wird dieser Traum wahr. Wenn nicht mit Samu, dann mit einem anderen. Einem Mann, mit dem ich bedingungslos meine Liebe, meine Leidenschaft und mein Leben teilen kann.

Da fängt Sina an zu weinen. «Na, was hast du denn?» Behutsam nehme ich das schreiende Mädchen in meine Arme und wiege es sanft hin und her. Es ist so zerbrechlich. «Bald wirst du Mama und Papa kennenlernen.» Ich studiere den Tagesplan auf dem Screener. «Du musst dich aber noch bis heute Mittag gedulden. Vorher sind erst ein paar andere deiner Freunde

15

dran.» Gerade als sich Sina beruhigt hat, meldet der Stations-BRO die Ankunft von Marins Eltern. Ich lege Sina vorsichtig zurück in ihr Bettchen und sehe nach Marin. Er hat gemäß Report soeben gefrühstückt und zieht behaglich seine Mundwinkel hoch. Seine beiden Patschhändchen ruhen neben seinem zierlichen Köpfchen. «Es ist so weit.» Ich streichle ihm über die Stirn und gehe dann in die Elternsuite nebenan.

Frau Illera hat das exklusive Zimmer wie üblich liebevoll vorbereitet. Zahlreiche Stofftiere sitzen auf bunten Cubes, Mobiles drehen sich im Kreis und an den Wänden erscheinen auf Screenern Fotos von fröhlichen Säuglingen. Es duftet angenehm nach Babypuder.

Frau und Herr Behrens warten bereits auf der weißen Ledercouch. Ich liebe diese Stimmung. Diesen berührenden Moment, wenn die Eltern zum ersten Mal ihr Kind sehen. Marins Mutter umklammert eine Tasse Tee. Die hektischen Flecken an ihrem Hals enttarnen ihre Nervosität. Ihr Mann hingegen ist relaxter. Er redet einfühlsam mit seiner Liebsten und gibt ihr immer wieder Küsschen auf die Wange. Wie niedlich, die beiden. Ich kenne sie von den Informationsgesprächen und fand das Pärchen von Beginn an sympathisch. «Guten Morgen, Familie Behrens.»

«Wunderschönen guten Morgen, Frau Blumberg», grüßt Herr Behrens zurück. «Wir sind überglücklich. Endlich ist es so weit.» Seine Frau stellt die Tasse auf den Glastisch und steht ebenfalls auf. Ihre Anspannung knistert förmlich in der Luft wie ein Funkenflug am Lagerfeuer.

«Zehn Monate können lang sein. Aber es hat sich gelohnt. Er ist genau so produziert worden, wie Sie es wollten. Ohne jegliche Komplikationen», sage ich.

«Das haben wir von *PerfectHuman* auch nicht anders erwartet. Genau deswegen haben wir uns für den Weltmarktführer bei der Herstellung von System-Menschen entschieden», merkt Herr Behrens stolz, wenngleich unpassend an.

«Dankeschön. Marin ist wahrlich ein Engel geworden und Sie haben bestimmt viel Freude mit ihm.» Ich versuche, das Gespräch wieder auf das Wesentliche zu lenken.

Die Gesichtszüge der Mutter werden weicher. «Wo ist Marin denn?»

Für die Ungeduld der Eltern habe ich volles Verständnis. Das ist normal. Sie dürfen ihre Babys nämlich während der gesamten Zeit in der Entwicklungskapsel aus produktionstechnischen Gründen nicht besuchen. «Einen Moment brauchen wir noch.» Ich überreiche ihnen den portablen Screener. «Die Formalitäten erledigen wir besser sofort.»

Ohne lange durchzulesen, unterschreiben sie den Lieferschein und halten sich fest an den Händen. «Dürfen wir jetzt?»

«Ja, da ist Ihr Prinz, herzlichen Glückwunsch.»

Wie von Geisterhand gesteuert rollt Marin in einem bunt dekorierten Stubenwagen in die Suite. Er schläft nach wie vor entspannt unter der hellblauen, mit Rüschen verzierten Seidenbettwäsche. Die Eltern treten ehrfürchtig näher und beugen sich über ihr Baby. «Ist der goldig.» Die Frau schluchzt vor Rührung. Auch ihr Mann kämpft mit den Tränen. «Unser Sohn ist perfekt.»

Nach erfolgreicher Übergabe der Babys und diversen Informationsgesprächen mit zukünftigen Eltern möchte ich noch nicht nach Hause fahren. Das Wetter ist einfach zu schön, also gehe ich in den weitläufigen Privatpark der Firma zu meiner Lieblingsbank unter einer schattenspendenden Eiche. An diesem traumhaften Platz kann ich am besten abschalten. Manchmal sitze ich stundenlang nach der Arbeit hier und lese ein gutes Buch. Dabei kann ich die Welt um mich herum komplett ausblenden. Vor mir erstreckt sich ein Meer von bunten Blumen, und es duftet herrlich nach Flieder und Hyazinthen. Auf der Wiese liegen ein paar Kollegen, die sich ein Nickerchen gönnen, und eine kleine Gruppe spielt Boccia. Ich hole einen Apfel aus meiner Tasche und stoße wieder auf Mias Zettel. Die mysteriöse Nachricht habe ich durch die Arbeit beinahe vergessen. Ich bekomme erneut ein mulmiges Gefühl. Was will sie nur? Ich lese den Text noch einmal durch. Wenn er nicht von Mia wäre, würde ich sofort Alarm schlagen. Aber trotzdem trage ich die Verantwortung, etwas zu unternehmen. Es belastet mich auch irgendwie. Ich will mit jemandem darüber sprechen, obwohl Mia mich gebeten hat, dass niemand davon erfährt.

«Romeo, bitte Samu anrufen.»

«Leider nicht möglich, Zenia. Sein BRO ist offline.»

Enttäuscht spreche ich auf seine Voicebox. «Bitte ruf mich zurück. Ich vermisse dich.» Wenn ich ihn brauche, ist er meist nicht erreichbar. Ich seufze. «Romeo, bitte Amrex anrufen.» Wahrscheinlich ist es sogar klüger, mit meiner besten Freundin darüber zu reden. Sie hat den rationalsten Verstand mit meist messerscharfen Analysen und genialen Lösungen. «Darf ich kurz vorbeikommen? Ich habe heute etwas Kurioses erlebt.»

«Klar, Ze, die Mädels sind aber bei mir.»

«Ach so.» Diese Mädels sind drei Angestellte von Amrex, die mit ihr zusammen bei *MagazineEffects* arbeiten, einem trendigen Net-Journal, das über Stars, Mode und Sensationsgeschichten berichtet. Amrex hat es vor vier Jahren gegründet und kann sich vor lauter Erfolg kaum noch retten. Ich finde diese Mädels jedenfalls sehr anstrengend, weil sie sich eher oberflächlich verhalten. Wenn sie wie die Hühner gackern, treffen sie zielsicher eine derart hohe Frequenz, die mein Trommelfell fast zum Platzen bringt.

«Oder hast du morgen Zeit? Samu hat mir wieder einmal abgesagt. Dann können wir unseren Freundinnen-Tag nämlich doch machen», schlage ich vor.

«Prima! Ich habe noch nichts anderes geplant. Sei einfach um zehn hier. Dann können wir alles in Ruhe besprechen», sagt Amrex.

Als ich zu Bett gehe, drehen sich meine Gedanken wieder um Mias rätselhaftes Verhalten. Früher habe ich mich oft gefragt, ob sie voll zurechnungsfähig ist. Aber heute hat sie definitiv den Vogel abgeschossen. Ich muss mit einem Schmunzeln an meine Professorin in psychologischer Methodenlehre denken, die jede Vorlesung mit dem Zitat schloss: ‹Die Zunahme des Wahnsinns und die Abnahme der Vernunft halten sich meistens die Waage›.

NAEL

… setzt sich auf die harte Bettkante und massiert mit den Fingern seine schmerzenden Schläfen. Über ein Jahr hockt er schon in diesem verdammten Knast. Er hasst die stickige Luft und den Schweißgestank. Er hasst die arroganten Wärter und die aggressiven Gefangenen. Er hasst das nervige Stöhnen und das laute Schnarchen. Er hasst es so sehr, hier zu sein. Jetzt ist er 31. Vor seinem 40. Geburtstag wird er bestimmt nicht entlassen. Und dann?

Wie jeden Morgen zieht er unmotiviert den orangefarbenen, ausgeleierten Overall an und hält seinen Kopf unter den eiskalten Wasserstrahl. Wie jeden Morgen denkt er an seine geliebte Schwester. Ob es Lucie ohne ihn durchhält? Mit dem Handtuch trocknet er sich flüchtig Gesicht und Hände ab.

Nael hat sich mehr schlecht als recht mit seiner Zelle abgefunden. Sie ist sein Zuhause. Nüchterne zehn Quadratmeter mit Bett und Waschbecken. Das Klo ist diskret abgetrennt. Der einzige Luxus ist ein Screener, auf dem er sich für ein paar Extracredits Filme oder Ausbildungskurse ansehen kann. Das kleine Fenster hoch oben an der Decke mag er am liebsten. Nachts, wenn er wach liegt, betrachtet er oft die Sterne.

Beim Zähneputzen fällt sein Blick auf seine Heldenfigur *Mrs. Bygones*, die auf dem Regal steht. Warum konnte sie damals nicht die Zeit zurückdrehen? Er seufzt mutlos.

Er wünschte, dass all das nicht passiert wäre. Die Erinnerungen daran schnüren ihm die Kehle zu.

ZENIA

Ich renne durch den verschneiten Wald und spüre, wie mein Herz Purzelbäume schlägt. Er ist direkt hinter mir. «Ich krieg dich!» Die Sonne sucht sich Lücken durch die eng nebeneinander stehenden Bäume. Ich steuere auf eine Lichtung zu, während mir vor Lachen fast die Luft wegbleibt. Außer Atem plumpsen wir in den Schnee. Er legt sich zärtlich über mich und mein …

«Es ist Dienstag, der 14. März, 8 Uhr 45.» Ich höre die sanfte Stimme meines BROs. «Guten Morgen, Zenia.»

Ich recke mich und denke sehnsüchtig an den romantischen Traum zurück. Wer war dieser Mann? «Ach, Romeo, warum weckst du mich im schönsten Moment?»

«Du hast mir diese Uhrzeit vorgegeben, also habe ich dich geweckt.» Romeo ist wie immer sehr korrekt. «Außerdem ist heute dein freier Tag und du hast dich um zehn mit Amrex verabredet. Das willst du sicher nicht verschlafen.»

«Niemals.» Ich lächle und richte mich langsam auf. Kaum hörbar öffnet sich die Luke neben meinem Bett. Ich lehne mich an die Wand und greife halbschläfrig nach der Tasse. Wie jeden Morgen hat mein virtueller Assistent einen leckeren Cappuccino zubereiten lassen. «Danke, Romeo. Ich wünschte, du wärst ein Mann.»

«Ich bin ein Mann!»

«Aber keiner aus Fleisch und Blut.»

«Tut mir leid.» Mein BRO ist großartig. Seit meinem sechsten Lebensjahr steht er mir zur Seite. Meine Eltern haben ihn mir am Tag der Einschulung geschenkt. Anfangs war er hauptsächlich mein Lernbegleiter. Mit der Zeit ist er mehr und mehr zum Helfer in jeder Lebenssituation geworden. Durch ihn bin ich in der Lage, auch die virtuelle Welt wahrzunehmen sowie alle Calls, Nachrichten und die Stimmen von BROs zu hören. Mein Romeo ist ein exzellenter Gesprächspartner, er sorgt sich um meine Gesundheit, organisiert die Einkäufe et cetera. Kurzum: Er tut alles, um mir das Leben zu erleichtern und es interessanter zu gestalten. Das ist möglich durch künstliche Intelligenz und weil er mit dem UniversalNet und sämtlichen Dingen und Maschinen vernetzt ist. Eigentlich unheimlich, aber dieses Technologiewunder ist für mich über die Jahre zu einem wahren Freund geworden. Wenn ich mich einsam fühle, schalte ich Romeo auf Bodymodus. Dann läuft er als 3D-Hologramm durch die Gegend. Damit ich mich nicht in ihn verliebe, habe ich ihn als netten, unauffälligen Kumpel konfiguriert. Sein Aussehen ist eher unerotisch und gewöhnlich. Durch ihn schaffe ich es manchmal zu verdrängen, dass sich mein echter Freund überall auf der Welt aufhält – nur nicht in meiner Nähe.

«Wie wär's mit einem Müsli? Mit Nüssen, Cranberries und Samen drin.» Romeo meldet sich zu Wort.

Schlagartig bin ich hellwach. «Samu? Hast du Samu gesagt?»

«Samen. Ich habe Samen gesagt», wiederholt er.

«Ah, Samen fürs Müsli. Ist okay. Es wäre ja auch zu schön gewesen, wenn mich mein vielbeschäftigter Lebensgefährte zurückgerufen hätte. Der Herr muss mich unglaublich vermissen.» Ich nippe an meinem Getränk.

«War das ironisch gemeint?»

«Romeo, allmählich solltest du das heraushören. Wir kennen uns immerhin schon 27 Jahre.»

«Ich dachte, du bist erst 23.»

«Ah, schnell kapiert, was Ironie ist.» Ich bin stolz auf das kluge Kerlchen. Vor vielen Jahren habe ich ihn in Romeo umgetauft, weil ich Shakespeare verehre. Vorher hieß er noch Momo, hatte Locken und die Gestalt des Mädchens aus dem Roman von Michael Ende. Das fand ich irgendwann kindisch.

Ich stehe auf und gehe mit der Tasse in der Hand zur Küchenzeile, wo das Müsli auf mich wartet. Während ich auf einer Nuss herumkaue, schaue ich aus dem Fenster. Es ist windig und regnerisch. Also werden wir entspannen und nichts tun. Ein genialer Freundinnen-Tag. Ich kann es kaum erwarten, mich in Amrex' Luxuswohnung verwöhnen zu lassen. Gemütlich esse ich mein Frühstück auf. «Ich gehe jetzt duschen, Romeo.»

«Darf abgeräumt werden?»

«Yes, Sir.» Auf dem Weg ins Bad werfe ich mein knallrotes Schlafshirt auf den Boden. «Bitte weggucken!»

«Sehr witzig! Das soll in die Wäsche?», vermutet er den Folgeauftrag.

«Yes, Sir.» Ich bin etwas bequem, okay. Aber warum sollte ich wertvolle Zeit mit lästiger Arbeit verbringen, wenn ich Haushaltsgehilfen habe?

Pflichtbewusst setzt sich Jerry in Bewegung. Sobald der emsige Housekeeper eine Anweisung von Romeo erhält, legt er los. Der stumme Roboter räumt unermüdlich auf, saugt Staubmäuschen weg und putzt alles blitzblank. Er entsorgt sogar den Müll. Samu hat mir Jerry zu Weihnachten geschenkt. Höchstwahrscheinlich, weil er meine Unordnung alarmierend fand, und weil er diesen Roboter günstig erwerben konnte. Samu ist Vertriebsdirektor der Firma *roboButler*, die weltweit führend auf dem Gebiet der Housekeeper ist. Deswegen sitzt er auch ständig im Flieger und besucht einen Kunden und Partner nach dem anderen. Seine Karriere ist ihm immens wichtig. Ich vermute, dass ich nur die zweite Geige in seinem Leben spiele.

Und das ist mehr als unbefriedigend. Aber ich rede mir immer wieder ein, dass ich froh sein muss, einen so erfolgreichen und klugen Mann an meiner Seite zu haben.

Amrex' Wohnung und meine liegen im Kern Münchens, in der sogenannten Gesundheitszone. Der Zutritt in dieses strengstens abgeschirmte Gebiet ist nur Leuten erlaubt, die keine ansteckenden Krankheiten haben und die über einen ID-Chip verfügen. Genetisch perfekte System-Menschen dürfen ungeprüft hinein. Gott-Menschen dagegen, die wie ich auf natürlichem Wege gezeugt und geboren wurden, müssen gescannt werden. Dazu dienen zahlreiche Checkpoints, die in Sekundenbruchteilen den Gesundheitszustand kontrollieren und entsprechend Zutritt gewähren oder eben nicht. In öffentlichen Verkehrsmitteln passiert das automatisch.

Meine Freundin lebt in der edelsten und teuersten Gegend Bogenhausens. Sie verdient sehr viel mehr als ich. Mit meinen 40.000 UniversalCredits (UCs) im Monat kann ich mir nur eine kleine Wohnung in Haidhausen leisten.

Als Amrex die Tür öffnet, bestaune ich ihr Outfit. Sie trägt ein knappes Strandkleid und Flip-Flops. Sie arbeitet zwar schon lange nicht mehr als Model, hat aber nach wie vor einen perfekten Körper und kein Gramm zu viel. Und das, obwohl sie keinen Sport treibt. Gemein. Bereits während ihres Journalismus-Studiums modelte sie für sehr namhafte Designer. Irgendwann hatte sie die Nase voll vom Blitzlichtgewitter und ging für ein Jahr auf Weltreise. Wohl, um sich selbst zu finden. Als sie zurückkam, stand ihr Entschluss fest: Sie wollte ein eigenes Trendmagazin erschaffen.

«Ist das eine Modenschau?», frage ich.

«Nicht ganz, aber wir gehen an den Strand», sagt sie. «Genau das Richtige bei diesem Schmuddelwetter.»

Wir umarmen uns herzlich. Ihr Hightech-Wohnzimmer ist gerade dabei, sich in einen virtuellen Sandstrand zu verwandeln. Umringt von majestätischen Palmen. Ein paar Fische schwimmen im türkisfarbenen Meer vor uns herum. In der Ferne entdecke ich eine einsame Insel, und im Hintergrund kreischen Papageien. Möglich machen das die gigantischen Screener, die alles täuschend echt erscheinen lassen. Sie schmücken nahtlos Amrex' Wände, Böden und Decken. Die elfenbeinfarbene Couch, handgefertigt vom angesagten belgischen Star-Designer Alain Géroèn, verschwindet jetzt im Boden und macht Platz für zwei blau-weiß gestreifte Liegestühle. Kuschelige Badetücher, Sonnenbrillen und ein Sommerkleid für mich liegen auch schon griffbereit. Uns weht ein laues Lüftchen entgegen, und es riecht nach Meer.

«Warum wegfliegen, wenn man es zu Hause noch schöner hat?» Begeistert drehe ich mich im Kreis.

Ein gut aussehender Mann in knackig engen Hosen und mit nacktem Oberkörper schreitet auf mich zu. Es ist Amrex' BRO Han Solo, der als Hologramm herumläuft. «Möchtest du etwas trinken, Zenia?», erkundigt er sich.

Han Solo ist zwar kein echter Mann, trotzdem bin ich leicht verunsichert und richte meine Haare. «Ich hätte Lust auf einen Eiskaffee. Mit extra viel Sahne.»

«Seit wann isst du Sahne?», fragt Amrex, die meine Vorlieben nur allzu gut kennt.

«Keine Ahnung. Ich habe jetzt Heißhunger.» Kurz darauf nehme ich den kalorienreichen Drink aus einer Luke.

«Und, was darf es für dich sein, Prinzessin?» Han Solo flirtet mit Amrex. Sie hat ihn so konfiguriert.

«Ich präferiere einen Cocktail. Mal überlegen … ein Klassiker wie *Sex on the Beach* wäre famos.» Durch einen Nebelschleier in Szene gesetzt taucht im nächsten Moment ihr rot leuchtendes Getränk auf. «Danke, Han. Ich liebe dich.»

«Ich weiß», antwortet er. Amrex' BRO trägt den Namen des smarten Schmugglers aus den uralten Science-Fiction-Filmen *Star Wars*, ihren absoluten Lieblingskultstreifen. Wir setzen uns auf die eleganten Barhocker an der Theke und stoßen auf unseren freien Tag an.

«Also, was wolltest du mir gestern eigentlich sagen? Was war so kurios?» Sie rührt in ihrem Cocktail und schaut mich erwartungsvoll an.

«Sekunde.» Ich hole Mias Zettel aus meiner Tasche. «Hier.» Sie stellt ihr Glas auf die Anrichte und liest die Nachricht mehrfach durch. «Wer hat das geschrieben?»

«Eine Arbeitskollegin. Mia. Ich habe dir vor längerer Zeit einmal von ihr erzählt. Wir kennen uns von der Babyübergabe. Später hat sie die Abteilung gewechselt.»

«Ich erinnere mich.» Amrex studiert erneut die Wörter. «Sehr nebulös. Die Frau hat ein Problem, das steht fest.» Sie greift nach ihrem Drink und nimmt einen großen Schluck.

«Ja, offensichtlich. Ich weiß nur nicht, ob es ernst ist. Sie übertreibt gerne mal. Diesen Zettel hat sie mir gestern in der U-Bahn gegeben. Später habe ich sie in der Firma gesehen, aber da ist sie urplötzlich davongerannt. Auf jeden Fall ist sie völlig neben der Spur.»

«Hm.» Amrex rümpft die Nase und fächert sich mit dem Stück Papier Luft zu. «Wenn es um Leben oder Tod ginge, wäre sie bestimmt zur Polizei gegangen. Es ist eher wahrscheinlich, dass sie irgendetwas explizit belastet. Du bist zwar die Psychologin von uns, aber wenn du mich fragst, musst du dich mit ihr treffen.»

«Ja, meine ich auch. Aber ich befürchte, dass sie einfach nur Aufmerksamkeit braucht.»

«Das wirst du sicher herausfinden.»

«Vielleicht», seufze ich. «Komm, lass uns endlich unseren freien Tag genießen. Wobei mir fast zu warm ist.» Ich trinke die Hälfte meines Eiskaffees in einem Zug.

«In der Karibik ist es eben ein bisschen wärmer. Außerdem wartet dein luftiges Kleidchen auf dich», sagt sie.

Ich ziehe mich um, und wir machen es uns auf den Liegestühlen gemütlich. Amrex oder ihr Apartment oder beide schaffen es immer wieder, dass ich runterfahre und meine Alltagssorgen für kurze Zeit vergesse. Ich lausche dem sanften Meeresrauschen und lasse meine Seele baumeln.

«Kokonuuuuuu, Mangooo, Kokonuuuuuu!», ruft Han Solo. Er hat sich als Strandverkäufer verkleidet. Mit Strohhut, Badeshorts, Sonnenbrille und einem Korb voller Leckereien.

Wir müssen beide über seine Showeinlage kichern. «Warum eigentlich nicht? Bring uns bitte ein paar saftige Mangostücke.»

«Wird erledigt», sagt Han Solo.

Und schon machen wir uns über die frischen Früchte her.

«Wenn ein echter Mann hier wäre, könnte er mir meinen Rücken mit Sonnenöl einschmieren», schwärmt Amrex. «Völlig flamboyant könnte ich für nichts mehr garantieren.» Wie so oft schöpft sie aus ihrem Repertoire an Fremdwörtern. Manchmal passen sie, manchmal eher nicht. Einige Leute beeindruckt sie damit, andere sind verwirrt. Die meisten finden diesen Spleen aber unterhaltsam. So wie ich. «Am liebsten wäre mir Joseph LeBron», ergänzt sie.

Mir stockt der Atem. LeBron. Es hat alles vor gut einer Woche angefangen, als wir sein Konzert besucht haben. Seine Bühnenpräsenz und Performance waren einzigartig. Amrex konnte anschließend für ihr Journal ein Exklusiv-Interview mit LeBron führen. Seitdem schicken sich die beiden ab und zu ein paar Nachrichten. Dieser Sänger hat etwas undefinierbar Magisches. Wobei er eigentlich gar nicht mein Typ ist. Ich schätze ihn als Macho und Frauenheld ein. Davon abgesehen ist er mir zu alt, zu hager, zu tätowiert und vor allem zu sehr von sich selbst überzeugt. Ohne Zweifel hat er vielerlei Anziehendes, sonst würde ich jetzt nicht über ihn nachdenken. Und damit sollte ich schleunigst aufhören, denn Amrex will ihn erobern.

«Du findest ihn doch auch super.» Anscheinend kann sie meine Gedanken lesen.

«Wen?» Ich spüre die Hitze in meinen Wangen. «Samu?»

«Vergiss es. Über diesen Stimmungstöter will ich partout nicht reden. Nein, ich meine LeBron.»

«… na ja, schlecht ist er nicht.» Ich räuspere mich. «Hat er sich noch mal gemeldet? Ich meine, seht ihr euch wieder?»

«Oh ja!» Sie macht eine theatralische Pause. «Heute Abend.»

Beinahe hätte ich meinen Eiskaffee verschüttet. «Was?»

«Heute Abend halt. Und ich wollte dich fragen, ob du mich begleitest. Dann bin ich nicht so … verlegen.» Sie nimmt ihre Sonnenbrille ab.

«Echt jetzt?» Amrex ist normalerweise immer souverän. Verlegenheit ist eigentlich mein zweiter Vorname, wenn es um Männer geht.

«Ich werde horrend nervös, wenn ich nur an diesen Mann denke», sagt sie.

«Das solltest du bei *PerfectHuman* reklamieren. Ich dachte, Selbstsicherheit ist in deiner Genprogrammierung enthalten?»

«Sehr witzig, Ze. Ich kann es mir doch auch nicht erklären.»

Sie faltet ihre Hände wie zu einem Gebet und bettelt mich mit großen Augen an. «Also, kommst du mit? Bitte, bitte, bitte!»

Sie muss sich mit ihm allein treffen. Da habe ich nichts zu suchen. «Klar», höre ich mich das Gegenteil sagen.

«Grandios! Wir daten uns im *Paradise*. Das muss eine abgefahrene Cocktailbar sein. Eine Mitarbeiterin hat sie empfohlen. Ist gar nicht weit weg. Außerdem soll das ein Eventschuppen sein, in dem künstliche und virtuelle Tiere herumturnen.»

«Aber dann müssen wir vorher noch in meine Wohnung. Ich brauche etwas Passendes zum Anziehen.»

«Nein, warum so kompliziert, Ze? Han Solo bestellt dir unverzüglich etwas. Sieh es als Präsent für deine Dienste.» Sie zwinkert mir zu.

«Ich hoffe, die Dienste beschränken sich auf den Begleitservice ohne Zusatzoptionen.» Ich grinse so breit wie ein Honigkuchenpferd.

«Für die Zusatzoptionen bei LeBron bin allein ich zuständig», sagt sie.

Ich lache. «Na, dann freue ich mich aufs Shoppen. Du bist ein Schatz, Amrex.»

Die Papageien verstummen, das Meeresrauschen wird leiser. Auf einmal schallt lässige Reggaemusik durch das Wohnzimmer. «Meine Damen, hier sind passende Outfits für eine Cocktailbar.» Han Solo gefällt sich offenbar in seiner neuen Rolle als Modedesigner. Er trägt selbst einen schicken hellblauen Anzug. Auf dem Screener erscheine ich als Model mit traumhaften Outfits. «Du hast genau meinen Geschmack getroffen, Han.» Eins ist schöner als das andere.

«Kein Wunder, ich habe dich schon 374-mal gesehen und deinen Stil analysiert», sagt Han Solo stolz, «und deine Konfektionsgröße kenne ich auch.»

Ich spüre, wie ich rot werde und muss mich erneut daran erinnern, dass Han Solo kein echter Mann ist. «Was meinst du dazu?» Ich trage ein wadenlanges gelbes Sommerkleid mit beigen Punkten, das ab der Hüfte locker herabfällt. Es hat einen V-Ausschnitt, der mein Dekolleté sanft unterstreicht. Ich mag meine 80C-Körbchengröße, stelle sie jedoch nicht gerne aufreizend zur Schau.

«Perfekt.» Amrex hat es sich wieder auf dem Liegestuhl bequem gemacht und hält einen Daumen hoch.

«Und es passt auch noch ausgezeichnet zu meinen weißen Ballerinas», strahle ich.

«Das Paket wird in siebzehn Minuten geliefert», bestätigt der BRO die Bestellung.

«Danke sehr. Das ist richtig lieb von dir, Amrex.»

«Gern geschehen. Das hätten wir erledigt. Nun folgt der nächste Schritt.» Sie steht auf. «Han Solo, setze einen Holo-Call mit LeBron auf, bitte.» Als würde sie für einen Fotografen posieren, stellt sie sich nun in die Mitte des Raumes.

Aber so bin ich im Hintergrund zu sehen. Nein, danke. Mit einem Satz springe ich ins Schlafzimmer nebenan. Amrex und ihre spontanen Ideen!

Unversehens erscheint LeBron als Hologramm. «Hello, sexy Lady. Wie geht es dir?»

Ich muss mich verrenken, um ihn aus meinem Versteck heraus erspähen zu können. Er trägt knackige Bluejeans und eine kurze schwarze Lederjacke.

«Hello, LeBron. Mir geht's gut und dir?», zwitschert Amrex mit verführerischer Stimme.

«Auch gut.» Er guckt die Blondine schamlos von oben bis unten an und frisst sie mit seinen Blicken förmlich auf. «Übrigens, tolles Kleid.»

«Dankeschön», entgegnet sie und streicht ihre wasserstoffblonden Strähnen hinters linke Ohr. Ein Tick, der relativ sinnlos ist, da ihre kurzen Haare sofort wieder nach vorne hüpfen. «Du, ähm … also … ähm … passt es dir, wenn Zenia heute mitkommt?»

«Wer ist Zenia?» Er zieht seine Augenbrauen hoch.

«Meine beste Freundin.»

«Well, logisch.»

«Ähm, perfekt.»

Er bringt sie völlig aus dem Konzept. So kenne ich Amrex gar nicht. Ich kichere in mich hinein. Nach einer längeren Schweigepause beendet er das Gespräch. «Ich muss los. Habe gleich einen Call, bis später.»

«Ciao.» Als er verschwunden ist, greift sie sich mit beiden Händen an ihren Hals und tut so, als würde sie sich würgen. «Ich Obertussi. Wie plemplem war das denn?! Ich habe nur doof herumgestottert.»

«Wenigstens warst du sexy.» Ich krümme mich vor Lachen.

«Verdammt! Wie peinlich», flucht sie und pfeffert ihre Flip-Flops in die Ecke.

Insgeheim freue ich mich, LeBron am Abend wiederzusehen.

NAEL

... bleibt nichts anderes übrig, als diese Misere zu ertragen. Der geschlossene Vollzug ist die Hölle. Nicht nur, dass er hinter Gefängnismauern von der Außenwelt abgeschirmt ist. Viel schlimmer ist der stupide und immer gleiche Tagesablauf. Die Monotonie hat ihn abgestumpft. Die härteste Strafe aber ist für ihn das Umfeld. Die Häftlinge und die Vollzugsbeamten. Sie leben in einer Art Parallelgesellschaft. Eigentlich sollten in diesem System alle Insassen gleich sein, aber die Hierarchien haben sich über die Jahre klar zementiert.

Ganz weit unten, und damit der Dreck unter dem Schuhabsatz, sind Sexualstraftäter und Kindermörder. Sie werden von allen verachtet, oft verprügelt oder sind im Gefängnis selbst Opfer sexueller Gewalt. Mit diesen Verbrechern hat Nael aber überhaupt kein Mitleid.

Die Typen ganz oben in der Rangordnung sagen, wo es langgeht. Sie organisieren beispielsweise den Schwarzmarkt mit Drogen, Tabak und sonstiger verbotener Ware. Wer seine Schulden bei ihnen nicht begleicht, lebt extrem gefährlich. Die Bosse haben die Macht im Bunker. Meist haben sie dumme Gehilfen, die mindestens zum zweiten oder dritten Mal sitzen. Nirgends in der Anstalt ist man vor dieser Gang sicher. Etwa einmal die Woche gibt es Übergriffe in öffentlichen Räumen.

In der grauen Masse, zwischen Anführern und Abschaum, sind alle, die entweder zu wenig Geld haben oder Angst zeigen und sich nicht wehren können. Darüber hinaus jeder, dem ein gutes Beziehungsnetzwerk im Gefängnis und zur Außenwelt fehlt. Dazu gehört auch Nael. Er ist schon immer eher ein Einzelgänger gewesen – erst recht, seitdem er Waise geworden ist.

Er versucht, im Knast unter dem Radar zu bleiben, nicht aufzu-
fallen und sich an den Codex zu halten. Von der ganzen Ge-
fängnisleitung und den Angestellten hält er recht wenig, da sie
den alltäglichen Kleinkrieg unter den Häftlingen oft ignorieren.
Auch zu Seelsorgern, Sozialarbeitern und Psychologen hat Nael
kein Vertrauen. Obwohl ihm durchaus bewusst ist, dass die Re-
sozialisierung für die Zeit nach der Haftstrafe sehr wichtig ist.
Aber das ist noch sehr lange hin.

«Sechs Uhr. Aufstehen, faule Penner!»

Wieder ein neuer, sinnloser Tag.

ZENIA

Wir spazieren zum *Paradise*. Es hat aufgehört zu regnen, aber der Wind weht uns heftig um die Ohren.

«Warum sind wir nur zu Fuß gegangen?», motzt Amrex.

«Die paar Meter werden wir bestimmt schaffen.» So cool, wie ich mich gebe, bin ich gar nicht. Ich würde auch lieber im Hover-Mobil sitzen. Mit der einen Hand halte ich mein neues Kleid fest, damit es nicht hochflattert. Mit der anderen bändige ich meine Frisur. Amrex hat es leichter. Mit ihren kurzen Haaren sieht sie stets perfekt gestylt aus, ob glatt gegelt oder chaotisch durcheinander.

Als wir in der Bar eintreffen, kommen wir uns wie im Urwald vor. An der Decke hängen Äste, auf denen Äffchen hin- und herturnen. Die Wände sind übersät mit dichten Blättern und farbigen Blumen, die alle wie echt wirken. Vögel fliegen zwitschernd herum, es riecht nach Erde und Regenwasser, und die Luftfeuchtigkeit ist enorm hoch.

Amrex duckt sich, als ihr ein Papagei entgegensegelt. «Gut, dass die nicht real sind, sonst würden uns die Viecher aufs Haupt defäkieren.»

Belustigt schüttle ich meinen Kopf. «Etwas kitschig, aber ganz witzig, die Bar.» Ich bin froh, dass ich mein neues Kleid trage. Mit diesem verspielten Look passe ich hervorragend hierher. Ebenso wie meine Tasche, die mit einem goldenen Gecko bestickt ist. Die beherbergt alles, was eine Frau für den Alltag und Notfall braucht. Ich zeige auf eine freie Sitzgruppe. Meine Nervosität steigt langsam. Warum bin ich nur mitgekommen? LeBron ist noch nicht da. Wir machen es uns auf den

Korbsesseln neben einem Bananenbaum gemütlich. Amrex bestellt einen *Coco Loco* mit Gin. Ich habe keine Lust auf Alkohol und entscheide mich für einen Fruchtmix in Kokosmilch, obwohl ich angetrunkenen Mut sehr gut gebrauchen könnte.

«Igitt, so etwas trinkst du im Ernst?» Als hätte sie in eine Zitrone gebissen, verzieht sie ihr Gesicht. Abwechselnd fummelt sie jetzt an ihrem ultrakurzen schwarzen Minirock und ihrer halbtransparenten kirschroten Bluse herum.

«Bist du sicher, dass man dir den kompletten Rock verkauft hat?», spaße ich.

«Ha, ha, ha.» Sie zupft weiter, wodurch das knappe Kleidungsstück aber auch nicht länger wird. «Lenke mich bitte ab, Ze!» Für die nötige Ablenkung sorgt sogleich ein Affe, der um unsere Cocktails herumtanzt, die uns ein Robo-Kellner gebracht hat. Amrex quietscht lautstark auf. «Also, dieser Laden ist obskur.» Das Tier erschrickt und hüpft auf den Nebentisch.

«Hello, Girls.» LeBrons raue Stimme hallt schwindelerregend in meinem Kopf wider.

«Oh, hallo.» Damenhaft streckt meine Freundin ihm ihre Hand entgegen. Wie ein Gentleman nimmt er sie, beugt sich vor und küsst ihren Handrücken. Amrex wird rot und klimpert mit ihren langen Wimpern.

Ich mustere unterdessen das Objekt der Begierde. LeBron trägt dieselben Sachen wie beim Holo-Call, und seine halblangen, strubbeligen Haare fallen ihm frech ins Gesicht. Ziemlich lässig für einen 39-Jährigen. Er pustet die Strähnen aus seiner Stirn und hält mir seine Hand hin. «Hi, Beauty, ich bin Joseph LeBron.»

Jetzt rutscht mein Herz eine Etage tiefer. Hat er Beauty gesagt? «Ich bin Zenia, hallo.» Ich spüre die Ringe an seinen Fingern. Es müssen mindestens drei sein.

«Nice.» Breitbeinig platziert er sich auf dem Sessel zwischen uns. «Nette Location.» Er lässt sich einen alkoholfreien Fruchtcocktail servieren. Durch das Interview in Amrex' Journal weiß ich, dass er keinen Alkohol trinkt und angeblich keine Drogen konsumiert. Das widerspricht völlig dem verruchten Image eines Rockers. «Well, die Lady hier hat mich ziemlich beeindruckt.» Er deutet auf Amrex. «Cooles Interview.»

Ihr Gesicht wechselt erneut die Farbe, während sie an einer Fluse auf ihrem Rock knibbelt. Dann versteckt sie wieder eine kleine Haarsträhne hinter ihrem Ohr. «Tja, du bist eben ein konzilianter Interviewgast.» Sie spielt den Ball zurück.

«Konzi… was?»

«Konziliant heißt, dass du umgänglich bist», kläre ich ihn auf und versuche dabei, so selbstsicher wie möglich zu wirken. «Amrex liebt Fremdwörter.»

«Und du? Was liebst du?»

Ich vergesse zu atmen. Was meint er überhaupt? «Ich …» Meine Stimme quiekt, sodass ich mich räuspern muss. «Ich liebe meinen Job.» Sogleich bin ich stolz auf meine neutrale und unverfängliche Aussage.

«Und der wäre?», fragt LeBron.

Jedes Mal, wenn er mich anguckt, habe ich das Bedürfnis, all meinen Muskeln zu befehlen, dass sie nicht zucken sollen. Vergeblich. «Ich arbeite bei *PerfectHuman*.»

«Die Firma, die Babys herstellt. Aha.» Sein Blick gleitet an meinem Körper herunter.

Hör auf damit. Ich mag es nicht, wenn Männer mich so offensichtlich anstieren. Gehemmt ändere ich meine Sitzposition. Gerade als ich etwas sagen will, schnellt Amrex hervor. «Sie ist Psychologin.»

«Jesus Christ! Was machst du genau?», fragt LeBron.

«Sie übergibt die fertigen Kinder an die frischgebackenen Eltern.» Offensichtlich fühlt sich Amrex vernachlässigt, denn wieder antwortet sie an meiner Stelle.

Ihren gereizten Unterton vernehme ich klar und deutlich. Ich lasse die beiden besser allein und tue so, als müsste ich auf die Toilette. «Ich bin gleich wieder da.» Hölzern stehe ich auf und spüre förmlich, wie LeBron mich von hinten begutachtet. Jetzt nur nicht stolpern. Ein Schritt nach dem nächsten. Geschafft. Wenig später betrachte ich mich im Spiegel bei den Waschbecken. LeBron flirtet mich offensiv an und blendet Amrex leider fast vollständig aus. Ich wasche meine Hände. Es ist ja schmeichelnd, dass ich bei anderen Männern Chancen hätte. Doch dann muss ich an Samu denken. Das passiert alles nur, weil ich mit ihm nicht glücklich bin. Es entfaltet sich eine Leere in mir.

Als ich zurückkomme, spielt LeBron mit einem Affen, der auf seiner Schulter sitzt. Amrex leert ihren Cocktail und bestellt sofort Nachschub. Die Unterhaltung ist wohl nicht mehr so flüssig. Eher eingefroren.

Ich gehe lieber heim. «Also, ich werde …»

«Sag, Beauty. Wie viele Babys macht ihr denn eigentlich bei *PerfectHuman*?» LeBron kurbelt das Gespräch wieder an.

Gezwungenermaßen setze ich mich auf meinen Sessel zurück und traue mich gar nicht, Amrex anzuschauen. «Weltweit haben wir letztes Jahr circa 20 Millionen ausgeliefert. Hier in München produzieren wir für ganz Bayern und da waren es rund 75.000.»

«What the hell, so viele?»

«Ja, wir sind Marktführer.» Über Fakten zu reden, bringt mir ein wenig Selbstsicherheit zurück. «Und es gibt immer mehr

Leute, die ein Kind genau nach ihren Wünschen wollen. Das macht global bereits über neun Prozent und in Deutschland sogar 38 Prozent der Neugeburten aus. Für den perfekten Nachwuchs legen manche ein halbes Vermögen hin.»

«Was heißt perfekt?», will er wissen. «Ich bin ein Gott-Mensch. Meine Eltern trauten sich damals nicht, ein System-Baby machen zu lassen. Da war die ganze Geschichte noch in den Anfängen.»

«Was perfekt ist, entscheidet jeder für sich selbst. Es gibt verschiedene Pakete. Aussehen, Charakterzüge, Intelligenz, Gefühle und Sensorik können die Eltern im Detail definieren.»

«Und jede zusätzliche Fähigkeit kostet Unmengen an Geld», sagt Amrex.

«Stimmt.» Ich sende ihr ein Lächeln. «Die Grundausstattung allein kostet etwa 200.000 UCs. Mit allen Zusatzoptionen kann ein Baby schnell mal weit über eine Million kosten.»

«Jesus Christ!», sagt LeBron.

«*PerfectHuman* steckt ja auch Milliarden in die Forschung, Entwicklung und Produktion.» Ich verteidige meine Firma.

«Ganz anders bei Gott-Kindern. Die Produktion kostet rein gar nichts und macht sogar Spaß.» Amrex zwinkert ihm zu.

Er ignoriert ihr eindeutiges Zeichen. Ich rede einfach weiter, um die peinliche Situation zu überspielen. «Statistisch gesehen sind System-Menschen viel erfolgreicher und verdienen später mehr. Dann sind sie obendrein um einiges gesünder als Gott-Menschen und in einer viel geringeren Risikogruppe bei den Krankenkassen. Da spart man mindestens 800.000 UCs bei einer durchschnittlichen Lebenserwartung von 116 Jahren.»

«Mag sein. Aber eigentlich ist es echt mies. Nur Besserverdienende können sich solche Kinder leisten», sagt LeBron.

«Ganz zu schweigen von Ethik und Moral. *PerfectHuman*

macht Gewinnmaximierung mit Menschenleben. Aber was soll's, ich bin selbst ein System-Mensch und glücklich damit», merkt Amrex an.

«Es ist tatsächlich ein zweischneidiges Schwert. Wir haben viele Gegner, die eine Beeinflussung des natürlichen Kreislaufes strikt ablehnen. Meist sind das sehr gläubige Leute, die den Menschen als Ebenbild Gottes sehen. Das Modell ‹System-Mensch› erschüttert deren Grundwerte komplett. Sie empfinden die Würde des Menschen als missachtet. Die heilige Grenze der Unantastbarkeit ist für sie überschritten worden. Egal, ob die Ziele von *PerfectHuman* an sich gut und keine negativen Folgen zu befürchten sind», werfe ich ein.

«Okay», sagt LeBron. «Ich weiß nur, dass es viele Aktivisten gibt, die Angst vor Missbrauch haben. Für die ist Geldmacherei mit Menschenleben unmoralisch.»

Ich komme richtig ins Schwitzen. «Auf der anderen Seite bringt *PerfectHuman* Millionen von System-Menschen prinzipiell viel Positives. Krankheiten und Leiden gibt es bei ihnen höchst selten. Körper-Ersatzteile sind sofort verfügbar, und transplantierte Organe werden komplikationsfrei angenommen. Auch Gewalt und Verbrechen sind kaum existent.»

«Und wir sollten auch nie vergessen, dass wir durch den Eingriff in die menschliche DNA die Oberhand über die künstliche Intelligenz behalten konnten. Die ist inzwischen ja schon weit fortgeschritten. Also muss sich der Mensch ebenfalls weiterentwickeln», ergänzt Amrex.

«Stimmt. Die Liste der Vorteile ist sehr lang. Aber ehrlich gesagt verstehe ich beide Seiten», seufze ich. «Jedenfalls musste ich mich schon oft genug dafür rechtfertigen, dass ich in solch einer Firma arbeite.»

«So ein Quatsch.» Amrex winkt ab. «Man muss halt mit der

Zeit gehen. Wir leben im 22. Jahrhundert.»

«Soll ich euch mal zeigen, wie man Gott-Babys macht?», fragt LeBron augenzwinkernd.

«Was?» Ich verschlucke mich und huste laut. Der Affe springt nun endgültig davon.

«Sorry, das war ein Witz. Also, mögt ihr lieber ein System-Baby oder ein Gott-Baby oder gar keine Babys haben?»

«Auf alles, was nach der Produktion von göttlichen Schrei-hälsen kommt, habe ich keine Lust», sprudelt es locker aus Am-rex heraus. Der Alkohol scheint zu wirken, denn sie sitzt bereits viel souveräner auf dem Sessel und wippt munter mit ihrem linken Fuß, um den sich ein eleganter schwarzer Killer-High-Heel schlängelt. Sie ist im Angriffsmodus.

«Cool.» LeBron dreht sich zu ihr um.

«Auf uns!» Sie prostet ihm zu.

Gefährlich nah beugt er sich wieder zu mir herüber. «Magst du meine Musik?»

Ich entdecke eine kleine Narbe über seiner linken Augen-braue. Als ich Amrex' scharfen Blick bemerke, gehe ich mit meinem Oberkörper übertrieben weit zurück. «Dein Konzert war wirklich gut.»

«In New York hatte ich volle Stadien. In Deutschland ist es schwierig.» Er zuckt mit den Schultern. Vor zwanzig Jahren kam er als Klimaflüchtling nach Bayern. Durch den dramati-schen Anstieg des Meeresspiegels lag seine Heimat New York streckenweise unter Wasser. LeBrons Großmutter stammte ur-sprünglich aus München und hatte nie aufgehört, von ‹der schönsten Stadt der Welt› zu schwärmen. Schon als Junge träumte Joseph davon, eines Tages in München zu leben. Zu-mal er zweisprachig aufwuchs und nahezu fehlerfrei Deutsch spricht. Der musikalische Durchbruch ist ihm hier nicht gelun-

40

gen. Aber finanziell scheint dies für ihn kein Problem zu sein. Hat er zumindest im Interview behauptet. «Ich liebe diese City trotzdem.»

«Und ich liebe deine Musik.» Amrex flirtet ihn weiter an.

«Das ist nice.» Er grinst. «Girls, seid ihr eigentlich single?»

Auch das noch. «Nein, ich bin vergeben.» Mein Abwehrmechanismus meldet sich prompt.

«Der Glückliche.» LeBron runzelt seine Stirn.

«Ja, Samu ist wundervoll, beschützend, charmant und fürsorglich.» Ich höre mich die Wahrheit verdrehen.

Ungläubig sieht mich Amrex mit halb offenem Mund an.

«Dann hast du scheinbar deinen Traummann gefunden.» Er wendet sich nun zu meiner Erleichterung Amrex zu. «Und, wie ist es bei dir, sexy Lady?»

«Ich bin single.» Sie betont jedes Wort übertrieben.

LeBron schaut an ihr herunter. Auf den kurzen Rock und ihre langen Beine. «Das ist nicht wahr?!»

«Wer weiß, wie lange noch.» Sie schaltet einen Gang höher.

Endlich wittere ich die Chance, mich davonzuschleichen. «Seid mir bitte nicht böse, ich bin müde.»

«Schade.» Er gibt mir die Hand. «Hat mich gefreut, Beauty.»

«Viel Spaß euch beiden.» Ich verlasse eilig die Cocktailbar.

Zu Hause schlüpfe ich in einen kuscheligen Schlafanzug und bitte meinen BRO, das Bett bereit zu machen. Nachdem sich das Sofa verwandelt hat, lege ich mich gähnend hin. Was für ein komischer Abend. Amrex ist sicher sauer. Erst als ich gesagt habe, dass ich in einer glücklichen Beziehung bin, hat sich LeBron für sie interessiert.

«Samu ruft an. Es ist ein Holo-Call.» Romeo durchbricht meine Gedanken. Schnell fahre ich mir mit den Händen durch meine Haare und öffne die obersten zwei Knöpfe meines Schlafanzugs. Die Aufmerksamkeit durch LeBron hat mich gestärkt, und ich fühle mich begehrenswert.

Mein Freund erscheint als Hologramm. Seinen schlanken Körper hat er in einen blauen Anzug mit fliederfarbenem Hemd gepackt. «Hey, Süße. Tut mir leid, dass ich mich noch so spät melde. Hast du schon geschlafen?»

«Nein, ich bin erst vor ein paar Minuten nach Hause gekommen und habe es mir soeben gemütlich gemacht.» Ich rekle mich auf meinem Bett. Warum kann er nicht bei mir sein?

«Wie geht es dir?» Samu sieht mich liebevoll mit seinen dunkelbraunen Augen an.

«Ganz okay, und dir? Wo bist du gerade?»

«In Santa Clara. Ich bin leicht gestresst. Gleich ist noch ein Meeting zu den Quartalszahlen. Das Übliche. Viel zu tun, damit die Finanzen stimmen. Aber was ist denn bei dir los? Du hast mich angerufen.»

Ich muss nachdenken. «Ah ja, gestern.» Jetzt will ich nicht über Mia reden. «Das hat sich erledigt. Wann sehen wir uns denn wieder? Ich vermisse dich nämlich sehr.»

«Diese Woche wird es nichts», sagt Samu.

Wie immer. Übertrieben forme ich einen Schmollmund.

«Süße, ich vermisse dich doch auch.»

«Es ist nur, dass wir uns seit Längerem nicht mehr getroffen haben. Können die dich nicht öfter in München einsetzen? Du brauchst nicht einmal ein Hotel. Sag das deinen Chefs. In meinem Bett ist immer Platz für dich.» Ich lächle ihm verführerisch zu und spiele am Herzanhänger meiner Kette herum.

Er lacht. «Das wäre zu schön. Aber die meisten Kunden sitzen leider im Ausland. Da sind unsere größten Wachstumsmöglichkeiten. Moment …» Er dreht sich um. Offenbar wird er von jemandem angesprochen. «Ich muss los. Ich rufe dich bald wieder an, ja?»

«Okay.» Ich komme mir abgewimmelt vor, allein und einsam zugleich. Eine ungesunde Kombination.

Nachdem ich mich unter meine Decke gekuschelt habe, versuche ich, mich abzulenken und meine Gedanken zu sortieren. Oh, Mia bin ich noch eine Antwort schuldig. Ich mobilisiere noch einmal meine Kräfte, stehe auf und schreibe etwas auf einen Zettel.

Heute 19 Uhr, Englischer Garten, Kleinhesseloher See, beim Bootshaus?

Morgen in der Firma werde ich ihr die Nachricht geben. Ich bin gespannt, was da auf mich zukommt.

NAEL

… verlässt seine Zelle und reiht sich in die orangefarbene Sträflingskolonne ein. «Vorwärts, ein bisschen Tempo!» Wie jeden Morgen werden die Gefangenen von den Aufsehern in die Frühstückshalle getrieben. Nicht viel anders als eine Viehherde.

«Guten Morgen, Kleiner», ruft ihm sein einziger Kumpel und direkter Zellennachbar zu. Nael ist zwar einen Kopf größer und um einiges muskulöser als Roni, trotzdem wird er ‹Kleiner› von ihm genannt. Beide sind exakt vor einem Jahr am selben Tag eingebuchtet worden. Das verbindet. Obwohl Roni sehr intelligent ist, redet er auch gerne einmal wirr daher. Zum Beispiel über seine Ex-Freundin, die seine Liebe irgendwann nicht mehr erwiderte. Er sitzt hinter Gittern, weil er sich und Lyra in einem See ertränken wollte, um wenigstens im Tod mit ihr vereint zu sein. Gott sei Dank haben beide überlebt. «Hey, Bruder. Alles klar?», grüßt Nael zurück.

Auf dem langen Weg zur Frühstückshalle werden sie von unzähligen Kameras, Sensoren und Robo-Wärtern kontrolliert. Hin und wieder sieht man auch einen echten Wächter patrouillieren. Täglich variieren die Routen. Wahrscheinlich, um das Schmieden von Fluchtplänen zu erschweren.

Die Häftlinge stellen sich in eine lange Schlange vor die Essensausgabe. Leider gibt es selten Frisches. Meist industriell hergestellten Schrott. Proteine bekommen die Sträflinge durch Insektenmahlzeiten, Sojaprodukte oder Stammzellenfleisch. Oft essen sie einfach nur Reis-, Weizen- oder Kartoffelgerichte. Vitamine liefern praktisch nur chemische Shakes. Streng limitiert gibt es einmal die Woche ein frisches Stück Obst. Alles muss möglichst billig sein. Für ein paar Extracredits können sich die Insassen aber auch einmal ein saftiges Steak oder sonst etwas Echtes gönnen. Erstaunlicherweise schmeckt die gesamte Auswahl ganz gut. Dafür sorgen die dicke Traudl, die resolute Chefin der Kantine, und vor allem die künstlichen Zusatzstoffe. Mahlzeiten und Getränke werden groß in 4D präsentiert.

Nael studiert die Menüs und bestellt das, was seinen Bärenhunger am ehesten bändigen kann. Wenige Sekunden später kommt vom Fließband aus der Küche sein Frühstück mit schwarzem Kaffee, fünf Vollkorntoasts, Margarine, Aprikosen-Konfitüre, gebratenen Sojawürstchen, einem Stück Emmentaler Käse, Rühreiern und einem Obstmix. Wenigstens sieht alles ansprechend aus. Früchte-Shakes sind normalerweise nicht Naels Ding, aber seine Oma meinte damals: ‹Junge, iss täglich Vitamine, und du wirst uralt›. Tatsächlich hat er noch nie an einer ernsthaften Krankheit gelitten. Die könnte er sich auch nicht leisten, da er nur basisversichert ist. Deshalb investiert er lieber manchmal ein paar Credits für eine Extraportion frisches Obst.

Ronis Frühstücksauswahl ist eher übersichtlich ausgefallen: Ein Pfannkuchen liegt trostlos neben einem Klecks Marmelade.

Nael betrachtet das spärliche Essen. «Bruder, wie willst du eigentlich groß und stark werden?»

«Das hat Lyra immer sehr gemocht. Wenn ich ihr sonntags Pfannkuchen ans Bett brachte. Mit Erdbeermarmelade ohne Stückchen.» Sein Kumpel ist wie hypnotisiert.

«Ey du Penner, geh weiter!»

Nael fährt zusammen. Hinter Roni hat sich Perk, der Schlächter, aufgebaut. Er ist einer der gefürchtetsten Häftlinge in diesem Trakt und der Drahtzieher des Drogenhandels. Er hat ein Netzwerk von gewaltbereiten Handlangern um sich geschart. Die meisten sind von ihm abhängig, weil sie Stoff konsumieren oder irgendwie in seiner Schuld stehen. Wie Perk seine Geschäfte organisiert, weiß niemand so recht. Alle vermuten, dass er einige Beamte mit Zuckerbrot und Peitsche in Schach hält. Wer nicht spurt, bekommt auch als Bediensteter Perks Macht zu spüren. Vor drei Monaten erst wurde ein Wärter tot aufgefunden. Weder die Überwachungskameras noch irgendein anderer Aufseher haben angeblich etwas davon mitbekommen. Dieser dubiose Fall ist bis heute nicht aufgeklärt. Im Gegenzug teilt Perk sein lukratives Geschäft mit denjenigen, die mit ihm widerspruchslos kooperieren.

Auf Roni hat es Perk besonders abgesehen. Zum einen ist er kein Kunde, da er weder Drogen konsumiert noch viel Geld besitzt. Zum anderen ist er durch seine unterwürfige Art das perfekte Opfer. Besser könnte der Schlächter seine Macht nicht demonstrieren. «Los, vorwärts, du Vollidiot!»

«Entschuldigung.» Roni zieht seinen Kopf ein und will sich gerade in Bewegung setzen, als er hart von Perk angerempelt wird. Sein Tablett rutscht ihm aus der Hand und landet mit einem lauten Krach auf dem Boden. Hektisch bückt er sich, um die ganze Sauerei wieder aufzuladen.

«Bist du okay?» Nael hilft ihm.

Sein Freund nickt verstört.

Nael spürt, wie das Blut in seinen Adern zu brodeln beginnt. Er hasst diesen aggressiven Perk. Warum lässt sich Roni das ständig gefallen? Vor allem, weil Nael ihm schon so viele Tipps gegeben hat, wie er sich den Typen vom Hals halten könnte. Roni ist scheinbar viel zu lieb und gutgläubig für diese Welt. Außerdem hat er panische Angst vor Gewalt. Eine gefährliche Kombination im Knast.

Perk und andere in der Schlange johlen. «Bist zu blöd, ein Tablett zu tragen!»

Wachleute rennen zu ihnen. «Was ist hier los?»

«Nichts, der Depp da hat sein Zeugs fallen lassen.» Perk zeigt mit seinem Mittelfinger auf Roni.

Jetzt kocht Naels Blut über, und er stellt sich vor den Schlächter. Er muss hochblicken. Der Fleischberg ist mit seinen fast zwei Metern und 120 Kilo um einiges mächtiger als er. Aber Nael hat keine Angst vor ihm. Schließlich ist er äußerst flink, muskulös und beherrscht Gongkwon Yusul. Die südkoreanische Kampfkunst lernte er zwischen seinem 14. und 18. Lebensjahr, bis hin zum schwarzen Gurt. Wie es die Philosophie vorsieht, setzt er die Kampftechniken nur zur Selbstverteidigung ein, nicht zum Angriff. Einmal hatte Perks Truppe versucht, Nael zusammenzuschlagen. Das war ganz zu Anfang seines Gefängnisaufenthalts. Er nahm es mit den sechs Typen gleichzeitig auf und machte sie innerhalb kürzester Zeit platt. Perk erinnert sich nur zu gut daran und hat seither höchsten Respekt. «Du bist der Depp!», kontert Nael.

Das Gelächter verstummt schlagartig. Die Insassen weichen zurück. Jeder weiß, dass eine Eskalation vorprogrammiert ist. Die Frage ist nur, wann und wie brutal sie sein wird.

«Ist das so?» Perk nimmt eine Banane von der Theke und zerquetscht sie vor Naels Gesicht. «Soll ich das auch mit deiner Visage machen?»

Nael muss sich unter Kontrolle halten. Sie sind umzingelt von Wachposten mit schussbereiten eGuns. Er hat den Verdacht, dass sie nur darauf lauern, dass irgendeiner ausflippt. Diesen Gefallen wird er ihnen nicht tun. Er beißt hart auf seine Unterlippe. «Lass Roni in Ruhe, klar!»

Der Riese schaut auf die eGuns und dann zu Nael. «Kein Problem. Lust auf Affensteak?» Er schmiert ihm den Bananenmatsch auf den Teller.

«Friss deine Banane selbst, du beschissener Gorilla!» Naels Wut platzt doch ungebremst aus ihm heraus. Perk verzieht sein Gesicht zu einer hässlichen Fratze und wird von den Aufsehern gerade noch zurückgehalten, bevor er auf Nael losgehen kann.

«Schluss jetzt. Sonst wandert ihr in Isolationshaft!»

«Hey, Perki, die Banane kostet dich 20 Cent», schreit die dicke Traudl hinter dem Tresen.

Perk schnappt sich Servietten und wischt seine Hand ab. Er zeigt der Kantinenchefin eine Reihe gelber Zähne und bezahlt, ohne zu murren. «Wir sehen uns noch, Gardi.»

Das fürchtet Nael auch. Ihm ist klar, dass die Sache noch ein Nachspiel haben wird.

ZENIA

Ich will Mia sofort am Eingang der Firma abfangen. Um sie nicht zu verpassen, nehme ich zwei U-Bahnen früher und warte vor den gigantischen Türmen von *PerfectHuman*.

Wie Berge aus Spiegelglas ragen sie empor. Man könnte meinen, sie stünden im Wettstreit miteinander, wer wohl der höchste und prächtigste Riese Münchens ist. Dabei hat das 182-stöckige Hochhaus in der Mitte eindeutig die Nase vorn. Hier werden die Babys produziert. Platz zwei belegt die Forschungs- und Entwicklungsabteilung. Die beiden kleineren Gebäude, die mit ihren 70 Etagen immer noch weit in den Himmel reichen, beherbergen das Hauptquartier der Chefs, die Verwaltung und das Kundenzentrum. In dem kleinsten Gebäude arbeite ich gemeinsam mit rund 250 Kolleginnen und Kollegen bei der Babyübergabe. Die Silhouette dieser *PerfectHuman*-Tower sieht aus wie eine Hand mit ausgestrecktem Mittelfinger. Daher sprechen die Münchner auch gerne ironisch vom Stinkefinger. Ich finde das ganz witzig. Aber es passt eigentlich gar nicht zu dem makellosen Image, das die Firma weltweit genießt.

Neun Uhr. Mia kommt nicht. Ich muss rein. In der pompösen Empfangshalle lachen mir, wie jeden Morgen, Sprösslinge und Eltern von riesigen Screenern entgegen. Auch hier keine Spur von Mia. Wenn ihr Anliegen wirklich so wichtig wäre, hätte sie bestimmt hier auf mich gewartet. Dann klappt es eben ein anderes Mal.

Kurz nachdem ich die Schleuse zur Babyübergabe passiert habe, sehe ich Mia überraschenderweise im Türrahmen stehen. «Hallo», wispert sie wie ein verschrecktes Mäuschen.

«Hallo, Mia.»

«Und?» Sie reißt ihre grünen Augen erwartungsvoll auf. «Hast du eine Antwort für mich?», fragt sie.

«Wollen wir vielleicht heute zusammen einen Kaffee trinken? Dann kannst du mir alles in Ruhe erzählen.»

«Nein!» Sie blickt verstört um sich. «Bitte nicht hier reden!»

Was soll diese Heimlichtuerei? «Moment.» Ich greife in meine Hosentasche und überreiche ihr meinen Zettel.

Sie nimmt ihn aufgeregt entgegen, nickt und verschwindet sofort wieder. Sie lässt mich ratlos zurück.

Nach einem streng durchgetakteten Arbeitstag folgt die mysteriöse Verabredung mit Mia. Begleitet von einer unguten Vorahnung ziehe ich meine stylischen Sneaker mit Hover-Funktion an und mache mich auf den Weg in den Englischen Garten. Der Wind hat ordentlich zugelegt, also stülpe ich die Kapuze des Sweatshirts über meinen Kopf und düse mit 40 km/h los.

Im Park sind nur wenige Leute unterwegs. Die meisten bleiben bei dem Wetter lieber zu Hause. Da wäre ich auch gerne. Die Sonne ist bereits untergegangen, und ich bin auf das Licht der nostalgischen Laternen angewiesen. Kurz jagt mir ein kläffender Hund hinterher, bis er von seinem Herrchen zurückgepfiffen wird. Da ich Respekt vor Hunden habe, gerate ich fast aus der Balance. Etwas später überhole ich noch ein Pärchen, das eng umschlungen spazieren geht. Solche Anblicke stimmen mich traurig. Warum kann ich das nicht auch einfach so mit Samu machen? Meine romantischen Gefühle werden mehr und mehr im Keim erstickt, weil sich selten Gelegenheiten finden, in denen wir unsere Zweisamkeit genießen können. Selbst wenn wir uns treffen, ist Samu nicht richtig entspannt. Er will ständig für die Firma erreichbar sein und arbeitet pausenlos weiter. Wie sehr sehne ich mich nach einer erfüllenden Liebe. Das, was wir leben, ist ganz und gar nicht meine Vorstellung von Partnerschaft. Wenn sich nichts ändert, muss ich mich ernsthaft fragen, wie lange ich das noch mitmache. Die gedrückte Stimmung hier im Dämmerlicht des Parks legt sich zusätzlich wie ein Schatten auf mein Herz.

Selbst der sonst so idyllische Kleinhesseloher See kommt mir heute düster vor. Dort endet auch die Magnetspur für meine Hover-Shoes. Am Steg schaukeln Boote hin und her. Einige reiben seitlich aneinander, was ein fieses Knirschen verursacht. Kein Mensch ist zu sehen. Total unheimlich. Irgendwie ist der Treffpunkt von mir nicht so optimal gewählt. Ängstlich gehe ich zum Bootshaus hinunter. Die Bretter knarren unter meinen Füßen, woraufhin zwei Enten davonflattern. Haben die mich erschreckt! «Hallo?»

«Hier bin ich.» Mia streckt ihren Kopf aus dem Häuschen und gestikuliert wild.

Will sie im Ernst, dass ich da hineingehe? Widerwillig und voller Anspannung betrete ich die Hütte, in der tagsüber Leute Platz nehmen, die auf das nächste freie Boot warten. Es ist schon fast dunkel und kaum mehr etwas zu erkennen. Die Laterne vor dem Eingang beleuchtet alles nur schwach, und der Neumond ist auch keine große Hilfe.

Ich setze mich neben Mia auf eine feuchte, unbequeme Bank. Es ist beklemmend und gespenstisch zugleich. Ich will es möglichst schnell hinter mich bringen. «Hallo, Mia.» Ich lege behutsam meine Hand auf ihren Unterarm.

«Danke, Zenia, dass du gekommen bist. Ich, ich, ich …» Sie fängt an zu zittern.

«Nur ruhig, Mia. Lass dir Zeit.»

«Nein, ich habe keine Zeit!» Sie räuspert sich. «Es geht um unsere Firma. Du weißt ja, dass ich in der Produktion arbeite. Zuerst hat es mir super gefallen. Für mich ist es nach wie vor ein Wunder, wie die Kleinen in den Kapseln heranwachsen. Ich dachte, es sei mein Traumjob.» Sie lächelt knapp. «Allerdings musste ich vorab einen Vertrag mit Dutzenden von Geheimhaltungsklauseln unterzeichnen.»

Meine Neugierde wächst.

«Doch», fährt sie leiser fort, «bald habe ich gemerkt, dass etwas nicht stimmt. Das sind alles Verbrecher!» Sie schreckt hoch, geht zum Ausgang des Häuschens und schaut hektisch nach links und rechts. Dann setzt sie sich wieder hin und reibt nervös ihre Handflächen auf ihren Oberschenkeln.

Verbrecher? «Mia, was ist denn los? Du kannst mir alles anvertrauen.» Die Arme ist ja total verstört.

«Das ist das Problem. Ich darf es eigentlich niemandem sagen.» Sie fängt an zu weinen. «Ich halte es aber nicht mehr aus. Das macht mich fertig!»

Das ist Mia, die Dramaqueen, wie sie leibt und lebt. Ich reiche ihr ein Taschentuch.

«Dankeschön.» Sie wischt sich die Tränen ab. «Hör zu, Zenia! *PerfectHuman* produziert nicht nur ein Kind, sondern gleich mehrere für jeden Auftrag.»

Ich brauche ein wenig Zeit, um zu kapieren, was sie sagt. Doch richtig verstehen tue ich es nicht. Das ist zu absurd. «Was erzählst du denn da?» Ich streichle ihr über den Rücken. «Warum glaubst du das?»

«Das machen die, um sicherzugehen, dass ein Kind auch wirklich perfekt ist, nämlich genau so, wie es die Eltern bestellt haben.» Sie starrt mich jetzt an.

«Wieso sollten sie das tun?», bohre ich nach. «Die Kinder

sind seit jeher perfekt.»

«Eben nicht! Ich habe ein Gespräch von zwei Managern belauscht. Sie haben über frühere Probleme gesprochen. Bei den Embryos in den Entwicklungskapseln wurden anfangs wohl hin und wieder Fehler festgestellt, sodass die Babys später nicht verkauft werden konnten. Infolgedessen kam es zu langen Lieferverzögerungen, weil erst einmal neue Kinder produziert werden mussten.»

Ich bin perplex. Davon habe ich noch nie gehört.

«Und natürlich waren die Eltern zutiefst unzufrieden, weil sie länger als geplant auf ihr Baby warten mussten. Unsere Konkurrenten profitierten damals von unseren Problemen, und wir verloren viele Marktanteile.» Mia schüttelt den Kopf. «Zenia, die mussten was tun, damit es nicht mehr zu Verspätungen bei der Auslieferung kam.»

Was für eine Horrorgeschichte. Das hat nichts mehr mit maßlosen Übertreibungen zu tun. Ist Mia vielleicht krank? In meinem Studium habe ich sämtliche Formen von Paranoia kennengelernt. Diese hier könnte eine davon sein.

«Die Manager sagten sogar, dass man heute bei Fehlentwicklungen zwei Alternativen hat. Warum sollten die das sagen?», fragt sie.

Kann ja nicht sein. «Ich weiß es nicht. Was meinst du?» Ich höre ihr geduldig zu, damit sie sich nicht verschließt.

«Fakt ist: Wir haben viel zu viele Entwicklungskapseln in Betrieb. Ich habe früher selbst in der Übergabe gearbeitet. Daher vermute ich: Das sind mindestens dreimal mehr Kapseln, als wir Aufträge haben. Das stinkt doch zum Himmel!»

Mich durchfährt ein Schauer. Das wäre Stoff für einen makabren Thriller. «Und was ist mit den überzähligen Babys? Mit denen, die nicht ausgeliefert werden? Mit den angeblich zu viel

Produzierten?»

«Ich habe eine schlimme Vermutung.» Nun wendet sie den Blick von mir ab. «Einmal in der Woche wird nachts etwas in Laster eingeladen. Ich habe es heimlich beobachtet.»

«Wie bitte?» Ich bekomme eine Gänsehaut und reibe mir die Arme. Leute mit dieser psychischen Krankheit sehen und hören Dinge, die nicht existieren. Aber Mia klingt schrecklich überzeugend. Ich hoffe, dass sie nur fantasiert.

«Ich fürchte, die bringen die überschüssigen Kinder irgendwohin», flüstert sie.

«Was?!» Das wird ja immer besser. Ich muss mich zusammenreißen. Mit der Situation bin ich überfordert. Wenn das wirklich Wahnvorstellungen sind, kenne ich mich da zu wenig aus. Das war nie mein Spezialgebiet. Ich stehe auf und mache einen Versuch, das Ganze zu hinterfragen. «Mia, was du da sagst, ist … ungeheuerlich. Im Klartext würde das bedeuten, dass unsere Firma Menschen tötet oder verschleppt.»

Sie nickt. «Die werfen Hunderte vakuumverpackte schwarze Säcke in die Laster.»

Ich bemühe mich, meine Gefühle zu kontrollieren und professionell zu bleiben. «Mia, ich fürchte, dass ich dir nicht helfen kann.» Ich werde lauter. «Ich bin nicht die Richtige.»

«Bitte sei leise. Vielleicht werden wir beschattet», ermahnt sie mich eindringlich.

Das klingt wieder eher nach Paranoia: Patienten glauben, sie werden verfolgt. «Ich würde dir tatsächlich gerne helfen. Nur, es geht nicht. Echt nicht. Tut mir leid. Du solltest diese Geschichte der Rechtsabteilung oder der Polizei oder … einer anderen Psychologin erzählen. Ich vermittle dir gerne eine Kollegin, der du dich bedenkenlos anvertrauen kannst.»

«Bitte, Zenia, du bist die Einzige, mit der ich sprechen

54

möchte. Ich habe sonst niemanden, dem ich absolut vertraue. Hilf mir, wir müssen etwas unternehmen!» Tränenüberströmt kommt sie näher zu mir und sieht mich wie eine Irre an. Sie jagt mir richtig Angst ein. «Nein, Mia. Ich fühle mich der Situation nicht gewachsen. Verzeih mir bitte, aber ich muss gehen.» Ich renne aus dem Häuschen und eile den Bootssteg hinauf. Mia ruft mir noch einige Worte hinterher. Es ist zu windig. Deswegen kann ich sie nicht genau verstehen, aber ‹Produktionsnummern› dringt zu mir durch.

Mittlerweile ist es stockdunkel. Ich aktiviere meine Hover-Shoes und will schnellstmöglich weg von diesem Ort. Es raschelt hinter mir im Gebüsch. Ich erschrecke fast zu Tode.

NAEL

... hat ein gutes Gefühl, wenn Roni in der Bibliothek arbeitet. Da wähnt er ihn in Sicherheit. Sein Kumpel jobbt an der Bücherausgabe. Weil Nael nicht richtig lesen kann, ist er nur selten dort. Einzelne Buchstaben erkennt er zwar, aber im Grunde sind es für ihn nur Hieroglyphen. Als man bei ihm in der Grundschule Legasthenie diagnostizierte, konnten sich seine Eltern die Therapie dafür nicht leisten. Gut, dass heutzutage praktisch alles über Spracherkennung läuft. Aber Nael mag diese Bibliotheksräume trotzdem, da in ihnen der Geist früherer Zeiten schwebt. Und das fasziniert ihn. Damals lasen die Menschen noch Bücher aus Papier.

Im Gegensatz zu Roni ist Nael eher für körperliche Tätigkeiten geeignet. Bereits als 17-Jähriger arbeitete er als Hilfsmaurer auf dem Bau, nachdem er die Schule abgebrochen hatte. Sein Chef in Garching war von seiner Leistung und Zuverlässigkeit sehr angetan. Zwei Jahre später durfte Nael mit seiner Berufsausbildung zum Maurer beginnen. Bis zu seiner Verhaftung schuftete er hauptsächlich auf Großbaustellen und verlegte Betonstahl. Ein echter Knochenjob.

Im Knast verdient er nun sein Geld in der Lackiererei. In einer Werkshalle überprüft er, ob die Maschinen tadellos arbeiten. In der Justizvollzugsanstalt Pallhausen lassen viele Firmen ihre Ware produzieren. Zurzeit sind es Küchenfronten. Kleine Teile für Schubladen, größere für Schränke. Roboterarme fuchteln den ganzen Tag wild herum, um die Sachen mit Farbe zu besprühen. Anschließend trocknen sie in einem Ofen. Nach diesem Produktionsschritt ist Naels prüfender Blick gefragt. Er muss die Fronten dahingehend begutachten, ob sie sauber lackiert sind und keine Unregelmäßigkeiten aufweisen. Erst wenn er die Einheiten freigibt, können sie verpackt werden. Diese Aufgabe ist stupide und langweilig. Nael weiß, dass sie eigentlich auch locker von einem Roboter übernommen werden könnte. Sie ist wohl lediglich Beschäftigungstherapie. Anfangs plagten ihn noch Kopfschmerzen durch den beißenden Gestank. Irgendwann hatte er sich daran gewöhnt. Immerhin verdient er ein paar mickrige Credits. Er arbeitet sieben Stunden am Tag. Das ist das Pflichtminimum. Dafür erhält er 500 UCs im Monat. Die restliche Zeit hängt er mit Roni herum, geht im Hof spazieren oder macht Sport. Egal bei welchem Wetter, Nael will jeden Tag raus. Er liebt es, die frische Luft einzusaugen, und hofft, dass seine Lungen dadurch die Lackdämpfe wieder ausspeien. Beim Training gelingt es ihm außerdem am besten, seine düstere Vergangenheit zu vergessen. Er trainiert aber nicht nur, um die Sorgen zu verdrängen, sondern auch, um fit zu bleiben. Dabei achtet er darauf, dass er kein Muskelprotz wird. Von denen laufen hier schon genug durch die Gänge. Naels Körper ist klar definiert. Frauen fahren reihenweise auf sein Aussehen ab. Das nützt ihm allerdings in den nächsten neun Jahren rein gar nichts. Einen der schönsten Abschnitte seines Lebens vergeudet er im Gefängnis.

Dieses armselige Dasein ist vielleicht die gerechte Strafe für das, was er seiner Familie angetan hat.

ZENIA

Bloß schnell weg hier. Meine Hover-Shoes setzen sich prompt in Bewegung. Da Amrex' Wohnung ganz in der Nähe liegt, steht mein Ziel fest. Ich will jetzt nicht allein sein. Hoffentlich ist sie zu Hause. Je mehr ich über Mias Geschichte nachdenke, desto unsicherer werde ich.

Glücklicherweise öffnet Amrex sofort die Tür. Ich presche an ihr vorbei. Meine Freundin ist völlig überrumpelt. «Komm doch rein. Ach, du bist ja bereits drinnen.»

«Du glaubst nicht, was gerade passiert ist! Ich habe Mia getroffen und …» Ich bin dermaßen außer Puste, dass ich kaum reden kann. «… sie hat mir Sachen erzählt, die …»

«Ze. Beruhige dich erst mal.» Amrex hält zwei Schnäpse in ihren Händen. Wo hat sie die so schnell her? Ein Glas davon reicht sie mir.

Ohne zu protestieren, trinke ich. «Igitt!» Aufgedreht setze ich mich auf die Couch und schildere Amrex alles.

Sie sitzt neben mir und hört aufmerksam zu. «Das ist auf jeden Fall so bizarr, dass es wieder wahr sein könnte.»

«Oder Mia ist paranoid», ergänze ich.

«Lass uns in Ruhe nachdenken, Ze. Zuallererst: Keiner darf etwas von eurem Treffen erfahren. Du würdest der Firma, Mia und dir selbst schaden.»

«Warum denn das?», frage ich irritiert.

«Es gibt nur zwei Möglichkeiten. Entweder stimmt es, was sie sagt oder sie fantasiert.»

«Ja und weiter?» Jetzt bin ich gespannt.

«Gehen wir erst einmal davon aus, dass Mia krank ist und

die Sache erfunden hat. Dann würdest du *PerfectHuman* massiv schaden, wenn du solche Gruselmärchen weitererzählst. Die Firma könnte dich wegen Rufmord zur Rechenschaft ziehen. Wenn du deswegen Schadenersatzklagen am Hals hättest, müsstest du dein Leben lang dafür bezahlen. Zudem wäre deine Reputation als Psychologin für immer und ewig zerstört, wenn du Fantasien einer Geisteskranken weiterverbreitest.»

«Und wenn Mia gar nicht krank ist und alles stimmt?» Mein Herz bleibt für einen Augenblick stehen.

«Dann muss Mia die Polizei informieren. Und nicht du.» Amrex zuckt mit den Schultern.

«Das habe ich ihr auch geraten», sage ich.

«Genau. Sie kennt die Details. Du hast nur ihre Geschichte gehört und weißt, dass Mia schon öfter in ihrem Leben übertrieben und gelogen hat. Außerdem würdest du dich in große Gefahr bringen.»

«Wieso?» Mann, bin ich durch den Wind.

«Wenn *PerfectHuman* wirklich kriminell handelt und erfährt, dass Mia geplaudert hat, lebt sie exorbitant gefährlich.» Daraufhin bestellt sie noch einen Schnaps bei ihrem BRO. «Und, das ist besonders prekär: Wenn die herauskriegen, dass sie sich dir anvertraut hat, wärst auch du nicht mehr sicher.»

«Jetzt fühle ich mich schon viel besser!», stöhne ich. «Was soll ich deiner Meinung nach tun?»

«Du solltest ihr einen Spezialisten empfehlen.»

«Habe ich getan. Sie will aber mit keinem anderen reden.» Ich winke ab und lege mich hin. Mein Pulsschlag beruhigt sich irgendwie nicht.

«Tja, dann ist das ihr Problem. Ze, du darfst dich nicht kirre machen, wenn sie sich von niemand anderem helfen lassen will.»

«Du hast ja recht. Aber diese Schauergeschichte von den toten Babys geht mir nicht mehr aus dem Kopf. Was, wenn doch etwas dran ist?»

«Wie könnten wir das herausfinden?» Sie steht auf und läuft ziellos umher. «Mia hat doch von Nummern geredet. Produktionsnummern. Wo stehen die?»

Vor meinem geistigen Auge läuft der administrative Prozess der Babyübergabe ab. «Das ist eine ellenlange Kombination aus Buchstaben und Zahlen, die auch auf den Lieferscheinen steht.» Mein Kopf schmerzt.

Amrex nippt an ihrem zweiten Schnaps. «Kannst du dir diese Nummern genauer anschauen? Also checken?»

«Checken? Wie checken?» Meine Stimme überschlägt sich.

«Ob es da Unregelmäßigkeiten gibt», präzisiert sie.

«Wie soll das gehen? Wir liefern Tausende Babys aus.»

«Ze, wenn wir die Sache nicht überprüfen, wirst du mit dieser Ungewissheit leben müssen. Jeden einzelnen Tag in der Arbeit. Hast du echt Lust darauf?» Das klingt eher wie ein Befehl als eine Frage.

Verzweifelt schüttle ich den Kopf. «Natürlich nicht, aber ich kann diese Nummern nicht einfach mal so prüfen. Ich wüsste gar nicht, wo ich anfangen sollte.»

Amrex läuft wieder längere Zeit in der Wohnung herum. «Moment.» Schlagartig hält sie inne. «Ich hab's!»

Ich rutsche an die Couchkante und bin mir ziemlich sicher, dass ich das nun Folgende nicht hören will.

«Das muss topsecret bleiben. Ein Bekannter erzählt mir andauernd von seinen neuesten Erfindungen. So ein Innovativer, der gerne angibt und mich mag.» Verschwörerisch sieht sie mich an und geht vor mir in die Hocke. «Sein neuester Clou sind spezielle Kontaktlinsen, mit denen man geheime Aufnahmen machen kann, ohne dass irgendetwas im UniversalNet übertragen oder gespeichert wird. Auf diesen futuristischen Schnickschnack fahre ich voll ab. Jedenfalls sind diese Linsen noch nicht im Handel. Trotzdem habe ich sie bekommen. Da er mein Geld nicht wollte, habe ich ihn anders entlohnt.»

«Was?» Ich glotze wie ein Fisch im Aquarium.

«Wie auch immer. Ich habe diese Linsen hier. Mit denen könntest du Fotos von den Produktionsnummern machen, und im Anschluss analysieren wir die ganz in Ruhe. Du müsstest dir lediglich die Dokumente anschauen und dann zweimal kurz hintereinander mit den Augen zwinkern. Fertig.»

«Was ist mit den Leuten im Sicherheits-Check am Eingang von *PerfectHuman*? Die merken das bestimmt.»

Amrex kratzt sich am Kinn. «Ähm, nein. Man kann diese Linsen nicht orten.»

«Wie unheimlich.» Eine Höllenangst fährt mir in die Knochen. «Und wenn alles umsonst ist? Wenn Mia gelogen hat? Ich spioniere doch nicht meine Firma aus. Wenn die mich erwischen, werde ich gefeuert.»

Amrex setzt sich neben mich. «Halt mal den Ball flach. Diese Nummern sind auf Lieferscheinen, die auch die Kunden erhalten. Das ist doch kein Betriebsgeheimnis.»

Ich weiß, dass Amrex recht hat, während sich alles in mir dagegen sträubt. Gedanken fliegen kreuz und quer durch meinen Kopf wie Popcorn in der Mikrowelle.

«Nun, Ze?» Ihre Hand ruht jetzt auf meinem Oberschenkel.

«Ich kann es ja einmal versuchen.» Mir stockt der Atem. Bin ich total übergeschnappt?

Sie lächelt zufrieden. «Na also. Wer sagt's denn. Nur, versuchen alleine bringt nichts. Tu es oder tu es nicht, es gibt kein Versuchen. Das weißt du doch.»

Dieser Spruch stammt von Meister Yoda aus *Star Wars*. Das Zitat kenne ich bereits. Es ist quasi die Lebensweisheit meiner Freundin. «Okay, ich tue es, ich tue es.» Habe ich das tatsächlich gesagt?

«Super, Ze!» Amrex nimmt mich in den Arm. «Und knipse bitte möglichst viele Produktionsnummern. Das meisterst du bestimmt mit Bravour.»

«Na ja, schauen wir mal. Am besten wäre es an einem Sonntag. Da arbeiten die wenigsten», schlage ich vor.

«Macht Sinn.» Amrex steht auf und klatscht in die Hände. «Und nun wechseln wir das Thema. Mit LeBron war es nicht mehr ganz so fulminant, als du weg warst. Ich glaube, er steht eher auf dich.»

Ach herrje, LeBron. An den habe ich bei all dem Wirrwarr gar nicht mehr gedacht. Männergeschichten kann ich jetzt gerade wirklich nicht gebrauchen. «Auf mich? Nein.» Ich muss Amrex beruhigen. «Ich glaube vielmehr, dass er gerne flirtet. Ihr solltet euch erst einmal besser kennenlernen.»

«Stimmt. Wenn du mit Kennenlernen dasselbe meinst wie ich.» Sie grinst breit.

Nach all der Aufregung verbringe ich die Nacht lieber bei Amrex. Obwohl ich todmüde bin, rattert es unaufhörlich in meinem Gehirn. Heimlich Dokumente fotografieren …

NAEL

… joggt mit Roni im Hof. Dadurch, dass sie regelmäßig zusammen Sport treiben, kann sein Kumpel inzwischen mit ihm mithalten. Nur wenige laufen hier ihre Runden. Die meisten Insassen stemmen lieber Gewichte in der Muckibude. «Nael, du hast Besuch.»

Mit dem Handtuch reibt er sich den Schweiß ab. «Wer?»

«Deine Schwester», antwortet Wärter Miroslav.

«Mann, das ist schon eine Ewigkeit her.» Roni wundert sich und bleibt schnaufend neben Nael stehen.

«Bruder, du marschierst besser sofort in deine Zelle. Da bist du sicherer», rät Nael ihm und macht sich auf den Weg.

Als er eine der vielen Besucherkabinen betritt, sitzt Lucie apathisch hinter der gepanzerten Glasscheibe und starrt ins Nichts. Er setzt sich vis-à-vis auf einen Plastikstuhl. «Hey, mein Schwesterchen», spricht er durch das kleine Mikrofon.

Sie schreckt hoch. «Ach … hallo.» Sie sieht ausgesprochen schlecht aus. Ihre zarte Porzellanhaut verschmilzt beinahe mit der hellen Seitentrennwand. Ihr glanzloses braunes Haar legt sich in Strähnen auf ihre schmalen Schultern. Sie trägt ein beiges Shirt, das ihren kränklichen Teint zusätzlich unterstreicht. «Und wie geht es dir, Bruderherz?»

«Passt. Und dir?»

Sie knibbelt an ihren Nägeln. «Ich hatte ein Vorstellungsgespräch.» Ein angestrengtes Lächeln huscht über ihr Gesicht.

«Und?» Er wünscht ihr nichts sehnlicher als ein Erfolgserlebnis. Die vergangenen Monate sind für sie sehr frustrierend gewesen. Erst passierte das mit Igon, dann verlor sie ihren Job, und ihr Bruder wurde weggesperrt. Jeder ihrer Versuche, eine neue Arbeit zu finden, endete im Chaos. Auch jetzt hat Nael kein gutes Gefühl.

«Sie waren richtig begeistert von mir und … wollten mich eigentlich schon einstellen», sagt sie.

«Na also.» Nael ist erleichtert.

«Doch ich hab's wieder vermasselt.» Schweißperlen bilden sich auf ihrer Stirn. «Ich hatte auf einmal so einen Schiss, dass ich mittendrin abgehauen bin. Immer, wenn die Frage kommt, warum ich so lange nicht gearbeitet habe, gerate ich in Panik.»

Sie tut ihm so leid. Seit dem Vorfall mit Igon hat sie ihr Leben nicht mehr im Griff. Wobei das allerdings fast schon vorhersehbar war. Sie zieht das Pech seit jeher regelrecht an. Bereits als Kind ist sie auffallend introvertiert und verschroben gewesen. In der Schule suchte sie sich Freundinnen aus, die verhaltensauffällig waren und gegen den Strom schwammen. Sie konsumierten Drogen und drehten krumme Dinge. Ohne Eltern aufzuwachsen, ist eine große Hypothek, meinten die Psychologen. Kein Wunder, dass Lucie mit vierzehn in einem therapeutischen Jugendheim landete. Dort gab es einige Lichtblicke in ihrem Leben und sie entwickelte den Traum, Landschaftsgärtnerin zu werden. Als sie ihre Ausbildung dann voller Leidenschaft begann, glaubten alle, dass sie die Kurve endgültig gekriegt hatte. Leider rutschte sie gleich in den nächsten Abgrund und fing ein Verhältnis mit ihrem Chef an, der dreißig Jahre älter und verheiratet war. Er behandelte sie schlecht und nutzte ihre Gutgläubigkeit aus. Nael hat vergeblich versucht, ihr die Augen zu öffnen. Erst, als sie durch eine neue Liebhaberin ersetzt wurde, kam die Ernüchterung. Gelernt hat sie daraus nichts. Die Liste ihrer egoistischen und bösartigen Partner ist mit der Zeit immer länger geworden – und Igon ist der traurige

Höhepunkt darauf. Er ist Nael von Anfang an unsympathisch und nicht geheuer gewesen. Ein steinreiches Muttersöhnchen, das in seiner Kindheit von den Eltern mit Geschenken und Credits abgespeist wurde, weil sie nie Zeit für ihn hatten. Später im Leben versuchte Igon, alle Probleme mit Geld zu lösen – wenn das nicht half, dann eben mit Gewalt.

«Ach, Nael. Ich weiß nicht, was ich machen soll. Tagsüber sitze ich nur herum, lese oder kümmere mich irgendwie um unseren Garten. Nachts nehme ich Tabletten, um überhaupt schlafen zu können. Ab und zu besucht mich unsere Nachbarin Frau Tenner. Sonst passiert irgendwie nichts in meinem Leben. Das Geld, das ich vom Staat kriege, reicht gerade mal aus, dass ich nicht verhungere.» Sie kann ihre Tränen nicht mehr aufhalten. «Nael, warum? Warum hast du das getan?» Sie schnieft herzzerreißend.

Nicht schon wieder. Er hat keine Lust auf dieses Thema. «Weil ich nicht anders konnte.»

«Und was haben wir davon? Du bist zehn Jahre im Knast.»

Er versucht, ruhig zu bleiben, weil er weiß, dass dieses Gespräch nichts bringt. Also sagt er das, was er an dieser Stelle immer zu sagen pflegt: «Wir können es nicht ändern. Wozu darüber reden?»

Sie schweigen minutenlang.

«Aber Igon hat es nicht so gemeint.» Die Worte, die sie dünn flüstert, knallen ihm mit voller Wucht entgegen.

«Du willst dieses Arschloch auch noch verteidigen?» Er schreit so laut, dass ihn der Wärter streng ermahnt. «Geht es leiser, Gardi!»

«Jo, Mann.» Nael kaut auf seiner Unterlippe herum. «Hast du ihn etwa besucht?»

«Nein.» Sie fängt an zu zittern. «Vorgestern stand er in unserem Garten.» Ihre Augenlider zucken unkontrolliert.

«Wie?» Seine Stimme überschlägt sich. «Kann nicht sein. Er ist doch noch im Knast?!»

«Nicht mehr», wispert Lucie. «Seine Anwälte haben ihn irgendwie rausbekommen.»

«Was? Dieser Scheißkerl!», brüllt er und knallt seinen Ellenbogen mit voller Wucht gegen die Wand.

«Gardi, letzte Ermahnung!», raunzt ihn der Wärter an.

«Ist ja schon gut.» Nael schüttelt den Kopf. «Schon klar, die Macht des Geldes», spricht er eher zu sich selbst als zu seiner Schwester. «Moment mal! Er darf gar nicht in deine Nähe. Hat doch das Gericht entschieden.»

«Ja, das weiß er auch», sagt Lucie monoton.

«Und? Hast du die Polizei geholt?»

«Nein, Igon war ganz friedlich und meinte irgendwie nur, dass ihm alles leid tut.»

«Klar. Ihm tut's leid. Der Arme.» Nael traut dem Frieden nicht. «Hat er dich angefasst?»

«Nein … aber …» Sie verschluckt sich und hustet.

«Was aber?»

Sie zupft nervös an ihren Haaren herum. «Er … hat gebettelt und gefragt, ob ich ihm verzeihen kann.»

Jetzt wirbelt ein Tornado in Nael. «Und was hast du gesagt?»

«Ich hatte irgendwie Angst, furchtbare Angst.» Sie senkt ihren Blick. «Ich habe gesagt, dass ich ihm verzeihe.»

Sein Herz wird zu Stein. «Ich glaub's nicht. Du verzeihst diesem brutalen Schwein!» Dann steht er auf.

«Was hätte ich denn tun sollen?», fragt sie verzweifelt.

Er dreht sich kurz zu ihr um und liest die pure Hoffnungslosigkeit in ihren Augen. Es wird sich nie etwas ändern, befürchtet Nael.

Er stochert geistesabwesend beim Abendessen im Kartoffelbrei herum. Nie kann er geliebte Menschen beschützen.

«Kleiner, was ist los?», fragt Roni.

«Igon ist wieder draußen.» Nael starrt auf seinen Teller.

«Hä, welcher Igon?» Er braucht eine Weile, um den Namen einzuordnen, dann fällt ihm die Geschichte wieder ein. «Warum ist er draußen? Er muss doch noch Jahre absitzen.»

Nael erzählt ihm von Lucies Besuch und Igons vorzeitiger Entlassung. Dabei geizt er nicht mit Schimpfwörtern.

«Ach du Schande. Was willst du jetzt tun?»

Nael atmet tief durch. «Weiß nicht. Ich habe brutale Angst um sie. Wenn der Arsch ihr noch mal was antut …»

Die anderen Häftlinge am Tisch schauen neugierig herüber. Sorgenfalten machen sich in Ronis Gesicht breit. «Hast du keine Idee, wo sie Unterschlupf finden könnte?»

«Nein.» Nael ist deprimiert.

«Moment.» Roni hat scheinbar einen Geistesblitz. «Es gibt doch diese Einrichtungen, in denen Frauen vor gewalttätigen Männern Schutz finden.»

«Pah! Lucie würde niemals aus dem Haus unserer Eltern ausziehen. Sie liebt es.»

«Dann musst du sie eben zwingen.»

Nael lacht laut auf. «Die hat einen tierischen Dickkopf.» Je länger er allerdings darüber nachdenkt, desto besser findet er diese Idee. Ruckartig steht er auf.

«Wohin willst du?», fragt Roni.

«Komm mit!»

Im Net-Room sind sieben der zwanzig Screener besetzt und es ist mucksmäuschenstill. Es hätte beinahe etwas Meditatives, so wie die Häftlinge vor ihren Displays sitzen. Wären da nicht die

Wachposten mit ihren eGuns.

Roni hat im UniversalNet bald die Kontaktdaten des zuständigen Frauenhauses in Ismaning gefunden. «Also, was soll ich denen alles schreiben?», flüstert er.

Nael ist froh über Ronis Hilfe. «Schreib, dass meine Schwester Angst hat und so. Und, dass sie allein wohnt und belästigt wird. Von ihrem Ex, der sie verprügelt hat. Und sie braucht Schutz und zwar sofort. Und …» Er lässt den Kopf hängen. «… frag auch, was das kosten würde.»

«Wird gemacht.» Dieser Freak hat einiges drauf. Er tippt wie ein Maschinengewehr, während seine Zunge wie ein Scheibenwischer unentwegt über seine Lippen fährt.

«Hey, Bruder, wieso kannst du das so schnell?» Nael ist überrascht, denn Tippen auf Tastaturen ist ein Relikt aus vergangenen Zeiten. Es gibt nur noch wenige Menschen, die das lernen, meist Nostalgiker oder Nerds. In der Schule wird es seit vielen Jahrzehnten nicht mehr gelehrt. Heutzutage erzählt man alles einem BRO. Und der übermittelt es entweder als Text-, Sprach- oder Holo-Nachricht, ganz nach eigenem Gusto.

«Vergiss nicht. Software-Entwicklung, wie damals in den Anfängen der Computertechnik, ist mein Hobby. Ich habe sogar eine uralte Tastatur von 1980 bei mir zu Hause. Die ist unterdessen ein Vermögen wert. So, fertig und abgeschickt.»

Lucie muss einen Platz bekommen. Nael könnte es sich nie verzeihen, wenn seiner Schwester noch einmal etwas zustoßen würde.

ZENIA

Heute ist es so weit. Trotz starker Übelkeit, die mich seit Tagen befallen hat, will ich es durchziehen. Seit unserem Treffen am Mittwoch habe ich Mia nicht mehr gesehen. Sie gilt mittlerweile sogar als vermisst. Wer weiß, was passiert ist?! Und ich habe ihr nicht geholfen.

Nachdem ich alle Babys übergeben habe, packe ich die Gelegenheit beim Schopf. Sonntagnachmittag ab 16 Uhr ist meistens Schluss in meiner Abteilung, und es hält sich selten noch jemand in den Räumlichkeiten auf. Ich ziehe mich in das kleine Büro neben der Elternsuite zurück. Sofort befehle ich dem Stations-BRO, mir die Lieferscheine vom Januar zu zeigen. «Bitte nur eine Auflistung der Produktionsnummern.» In mir tobt ein gewaltiger Sturm. Ich fühle mich wie eine Verbrecherin. Ängstlich sehe ich mich nochmals um, aber ich bin allein.

«Bitteschön, Frau Blumberg. Hier sind 7411 Produktionsnummern der Babys, die wir in diesem Januar ausgeliefert haben», meldet der BRO.

Auf dem Screener vor mir ergießt sich ein Wasserfall aus Zahlen und Buchstaben. Mir wird ganz schwindelig. Ich drohe umzukippen und halte mich an einem Stuhl fest. Reiß dich zusammen! Schleunigst knipse ich mit den Kontaktlinsen die vielen Seiten. «Bitte den Februar.» Nach drei Minuten, die mir wie drei Stunden vorkommen, breche ich die Aktion ab. Das muss reichen. Sofort rufe ich Amrex an, damit sie mich abholt.

Erleichtert entdecke ich draußen vor der Firma das Hover-Mobil meiner Freundin und steige hastig ein.

«Hey, Ze. Alles gut?», fragt Amrex.

«Geht so. Lass uns losfahren.» Kaum hat sich die Tür geschlossen, platzt es aus mir heraus. «Ich habe es getan.»

«Super!» Amrex umarmt mich fest. «Das war doch sicher ein Kinderspiel für dich, oder?»

«Vergiss es. Ich bin ungefähr hundertmal gestorben.»

«Du bist legendär. Ich bin so gespannt, was wir da herausbekommen. Sobald wir bei mir zu Hause sind, testen wir unsere analytischen Fähigkeiten.» Ich kann die pure Abenteuerlust in Amrex' Augen lesen.

Nachdem wir ihre Wohnung betreten haben, brauche ich als erstes Nervennahrung. «Hast du Schokolade da?»

Amrex lacht. «Han Solo, du hast es gehört.»

Der BRO gibt den Befehl an den Vorratsschrank weiter, und innerhalb weniger Sekunden liegt ein Teller mit Pralinen in der Luke neben der Küchentheke.

«Lass uns jetzt die Daten auswerten.» Sie hält ungeduldig ihre Hand auf. «Gibst du mir die Kontaktlinsen?»

«Oh, klar.» Ich fische die Teile aus meinen Augen.

Han Solo öffnet die Fotos und sogleich schweben die Produktionsnummern im Raum herum. Wie Tausende tanzende Glühwürmchen.

«Du bist eine Wahnsinnsbraut. Das sind ja eminent viele.»

Meine Ausbeute scheint Amrex zu beeindrucken. «Na ja, ich habe nur Januar und Februar geschafft, dann hat der Angsthase in mir gesiegt.» Gierig verschlinge ich zwei Pralinen und lasse ein Karamellstückchen genüsslich an meinem Gaumen zergehen. Diese Zuckerbombe ist göttlich.

«Ach du meine Güte. Welcher Nerd hat sich denn diese Myriaden von Zahlen und Buchstaben ausgedacht?», sagt sie.

Ich winke ab und lege mich entkräftet auf die Couch.

Amrex bewegt die Dokumente hin und her. «Wir stellen mal die Nummern untereinander. Günstigstenfalls sehen wir dann etwas. Han Solo, es ist sehr gemein, dass du nicht miträtseln darfst. Aber das ist zu riskant. Ich misstraue dem UniversalNet. Eventuell werden wir überwacht.»

«Kein Problem, Prinzessin. Obwohl mein selbstoptimierter Virenschutz auf dem neuesten Stand ist.» Han Solo ist überhaupt nicht beleidigt. «Kann ich euch sonst noch irgendwie helfen?», will der schöne Mann wissen.

«Nein, danke. Ich muss mich einfach konzentrieren. Das ist eine Sisyphusarbeit.» Sie schaltet ihren BRO auf Stand-by.

Mit halb offenen Augen beobachte ich meine Freundin. «Nicht böse sein, wenn ich einschlafe. Ich bin fix und fertig.»

«Ruhe dich nur aus.» Sie geht mit angestrengter Miene vor den Dokumenten auf und ab. «Hm, die hier ändern sich immer. Das macht Sinn. Einige sind gleich. Keine Auffälligkeiten, wie blöd.» An ihr ist eine Detektivin verloren gegangen.

«Gott sei Dank», bringe ich hervor. Und dafür diese Aufregung. Mehrfach schnaufe ich tief durch, sodass die Anspannung von mir abfällt.

Ich bin fast schon eingeschlafen, als eine Nachricht für mich ankommt.

> Hallo Süße!
> Überraschung. Ich bin in München. Wollen
> wir uns heute Abend sehen? Ich könnte um
> 8 bei dir sein. Kuss Samu

Vielleicht meint das Schicksal es gut mit uns oder Samu spürt, dass ich eine Schulter zum Anlehnen brauche. Zumindest wäre das zur Abwechslung etwas Positives. Ich antworte sofort.

> Schatz,
> was für eine schöne Überraschung! Ich freue mich, bis später.
> Kuss zurück

Mit einem Lächeln döse ich ein.

«Das ist es!» Amrex' Stimme lässt mich hochschrecken.

«Was ist los, wie spät ist es?», frage ich benommen.

«Schau dir einmal das an.» Sie ignoriert meine Frage und schiebt mir einige Dokumente entgegen.

Gähnend richte ich mich auf und sehe auf die Produktionsnummern, die vor meiner Nase anhalten. «Was denn?»

«Jede Nummer besteht aus sieben Elementen. Zum Beispiel AXDN-28FF-9F8E-X598-9102-1830-882F. Nimm das fünfte Element und bilde die Quersumme.»

«Och, nein. Ich habe überhaupt keine Lust auf Matheunterricht.» Den habe ich schon in der Schule gehasst. «Was ist denn damit? Sag's mir doch einfach.»

Etwas Geheimnisvolles liegt in Amrex' Blick, das mich erschaudern lässt. «Ich konstatiere Ungereimtheiten: Das Ergebnis der Quersumme von Element 5 geteilt durch die Quersumme von Element 6 ist in diesem Fall 1.»

«Ja, und?»

«Meistens ist es 1. Aber nicht immer. Bei dieser Nummer AXDN-77BB-5840-X601-9378-3024-IE55 ist das Ergebnis 3. Bei AXDN-D3A3-4CCC-X608-6952-1217-F00C lautet es 2.

Aber es gibt niemals andere Ergebnisse. Meistens 1, ab und zu mal 2 oder 3. Seltsam, oder?»

Mein Magen begibt sich gerade auf eine loopingreiche Achterbahnfahrt.

«Es könnte rein hypothetisch sein, dass drei Babys pro Auftrag produziert worden sind. Wie es Mia gesagt hat. Bei den Nummern mit dem Ergebnis 1 wurde Kind 1 ausgeliefert. In anderen Fällen war das erste Baby nicht perfekt genug, also nahm man Nummer 2 oder 3.»

Meine Nackenhärchen stellen sich auf. «Also, … das ist doch reine Spekulation.»

«Kann sein, kann aber auch nicht sein.» Amrex verschränkt die Arme vor ihrer Brust.

«Na toll. Selbst wenn die Geschichte stimmt, könnten wir im Moment sowieso nicht zur Polizei gehen. Es gibt ja gar keine Zeugin. Wir müssen warten, bis Mia wieder auftaucht.» Mir wird noch schlechter.

Wir schweigen uns an, und irgendwann schaltet Amrex ihren BRO ganz aus. Die Dokumente lösen sich in Luft auf. «Ze, lass uns eine Nacht darüber schlafen. Willst du hier bleiben?» Sie gähnt wie eine Löwin.

«Nein. Samu kommt heute vorbei. Wie spät ist es denn?»

«Es ist kurz nach halb sieben. Soll ich dich heimfahren?»

«Danke, nein. Ich habe meine Hover-Shoes dabei.»

Was für ein Timing. Ich brauche meinen Freund jetzt dringender als je zuvor. Er soll mich festhalten und mir Sicherheit geben in diesem Mix aus Albtraum und Ungewissheit. Gedankenverloren düse ich den Trottoir entlang.

Warum ist Mia verschwunden? Hoffentlich ist ihr nichts zugestoßen. Ich habe urplötzlich ein beklemmendes Gefühl und drehe mich nach allen Seiten um. Bin ich auch schon paranoid? Intuitiv beschleunige ich die Fahrt. Als ich um die nächste Ecke biege, wäre ich fast gestürzt und drossle das Tempo. Erneut spähe ich umher und umklammere meine Tasche.

Zu Hause verschließe ich die Wohnungstür von innen gleich doppelt. So panisch habe ich mich noch nie erlebt. Ich renne zum Fenster und schaue auf die Straße. Nichts Verdächtiges. Warum auch? Zitternd setze ich mich aufs Sofa und versuche, mich zu beruhigen. Ich bilde mir das bestimmt alles nur ein. Keiner verfolgt mich. Bewusst atme ich in mein Zwerchfell hinein und langsam wieder aus. Eine Technik, die mich meistens entspannt. «Romeo, wie spät ist es?»

«Es ist 18 Uhr 51.»

Ich springe unter die heiße Dusche. Wie schön wäre es, wenn man seine Probleme mit Wasser abspülen könnte. Dann würden sie einfach im Abfluss versickern.

Als ich mich abtrockne, haften meine Sorgen weiterhin an mir wie eine Klette. Ich werde Samu alles erzählen. Danach geht es mir sicher besser. Ich umfasse den Anhänger meiner Kette. Mama hatte ihn mir damals geschenkt, als ich von zu Hause auszog. Ein kleines Silberherz mit einem weißen Zirkonia-Kristall. ‹Egal, wo du bist, meine Kleine, ich werde immer in deinem Herzen sein›, hatte sie gesagt. Seither lege ich die Kette nur zum Schlafen ab oder wenn ich schwimmen gehe, was aber so gut wie nie vorkommt.

Kaum habe ich die Haare geföhnt, mein verführerisches schwarzes Negligé angezogen und Drinks bereitgestellt, sendet Samu eine Nachricht.

> Hallo Süße.
> Ich sitze bereits wieder im Taxi Richtung
> Flughafen. Japan hat sich beschwert. Ich
> muss zu einem Vertriebspartner, ansonsten
> storniert er einen Millionenauftrag. Es tut
> mir leid. Ich hoffe, du hast noch einen
> schönen Abend!
> Samu

Ein kräftiger Adrenalinschub bringt mein Blut zum Kochen.
Vor Enttäuschung pfeffere ich ein Glas zu Boden, wo es in tau-
send Einzelteile zerspringt. So kenne ich mich gar nicht. Normalerweise fahre ich nicht leicht aus der Haut. Sofort kommt
mein Housekeeper Jerry angerollt. Er sammelt und wischt die
ganze Bescherung auf. Wenigstens auf den ist Verlass.

> Samu, du bist unmöglich. Weißt du eigent-
> lich, wie oft du unsere Dates platzen lässt?
> Ich hätte dich heute so dringend gebraucht!
> Guten Flug.

Laut schimpfend stapfe ich durch meine Wohnung und deaktiviere meinen BRO für den Rest des Abends, weil ich keine weiteren Nachrichten mehr empfangen will. Wie kann er mich nur
so abservieren? Im Gefrierschrank finde ich einen großen Becher Vanilleeis und löffle ihn in Rekordzeit leer. Mein Körper
ist hundemüde, aber mein Gehirn arbeitet auf Hochtouren. Alles läuft aus dem Ruder. Auf so eine Beziehung habe ich überhaupt keine Lust.

Am nächsten Morgen ignoriere ich die Weckrufe meines BROs

und verstecke meinen Kopf unter dem Kissen.

«Zenia, bitte. Du bist bereits viel zu spät dran.»

«Ist ja schon gut, Romeo.» Ich versuche aufzustehen, muss mich aber gleich wieder aufs Bett setzen. Es geht mir extrem schlecht. Gerade schaffe ich es noch ins Bad, bevor ich mich übergebe. Mühsam schleppe ich mich auf mein Bett zurück und bitte Romeo, mich in der Firma krank zu melden.

«Du hast übrigens einige Nachrichten von Samu und *PerfectHuman*», sagt er. «Soll ich sie dir vorlesen?»

«Nein. Ich will nur noch schlafen.» Hat diese Odyssee irgendwann einmal ein Ende?

Ein unbarmherziges Klingeln weckt mich. «Zwei Männer in Uniform stehen vor der Tür.» Romeo projiziert die Besucher auf die Screener.

«Wer ist das?» Diese Leute kenne ich nicht. Hektisch springe ich auf und suche nach meinem Morgenmantel, nachdem ich bemerkt habe, dass ich immer noch das Negligé vom Vorabend trage. Nur mit ein paar Vanilleeisflecken drauf.

«Hier ist die Polizei. Bitte öffnen Sie die Tür!»

NAEL

… und Roni laufen täglich zum Net-Room, in der Hoffnung, eine positive Antwort des Frauenhauses zu bekommen. Heute ist endlich eine Nachricht da. Naels Kumpel liest sie leise vor.

Sehr geehrter Herr Gardi,

Ihre Schwester ist in Ismaning gemeldet und somit sind wir für sie zuständig. Leider müssen wir Ihnen mitteilen, dass wir aktuell komplett belegt sind. Die Warteliste ist lang, und unsere Prognose lautet, dass wir Ihnen frühestens in 12 bis 18 Monaten einen Platz anbieten können. Es steht Ihnen aber frei, in einem anderen Frauenhaus in Bayern einen Platz anzunehmen. Wenn Sie es wünschen, würden wir Sie bei der Suche unterstützen.

Auf Ihre Schwester kommt eine monatliche Selbstbeteiligung von 1.200 UCs inkl. MwSt. zu. Eine Kaution von zwei Monatsraten ist eine Woche vor Einzug zu leisten.

Wir bitten um Ihr Verständnis und hoffen, Ihnen mit den Informationen gedient zu haben.

Mit freundlichen Grüßen
Manfred Ammann
Stellvertretender Verwalter Frauenhaus Ismaning

ZENIA

Erwischt. Das Blut gefriert mir in den Adern. Die haben herausgefunden, dass ich die Dokumente fotografiert habe.

«Können Sie sich bitte ausweisen?», fordert mein BRO die Männer auf. Sie halten ihre Augen vor die Kamera und Romeo checkt ihre Identität anhand des Iris-Scannings. «Das sind wahrhaftig Polizisten, Zenia.»

Beklommen öffne ich die Tür. Die Männer schätze ich beide auf Mitte fünfzig. Der eine hat keine Haare mehr auf dem Kopf, dafür umso dickere Büschel als Augenbrauen. Der andere ist größer, trägt kürzere graue Haare und hat tiefe Furchen neben den Mundwinkeln. «Guten Tag, Frau Blumberg. Ich bin Urs Gabriell und das ist mein Kollege Konrad Oswaldi. *PerfectHuman* hat uns informiert, dass Sie krank sind. Dürfen wir trotzdem kurz mit Ihnen sprechen?»

«Ja.» Ich sterbe.

Die Beamten treten ein. Unsicher gehe ich zu meinem Bett zurück und greife hilfesuchend nach einem Kissen. Bedrohlich stehen die Männer vor mir. «Eine Arbeitskollegin von Ihnen, Mia Zen, gilt als vermisst.»

«Ja, davon habe ich bereits in der Firma gehört.»

«Haben Sie eine Ahnung, wo sie sein könnte?»

«Nein. Leider nicht.» Ehrfürchtig nehme ich die Waffen in ihren Holstern wahr.

«Wir haben die Wohnung von Frau Zen durchsucht und diesen Zettel gefunden. Ist der von Ihnen?» Der Glatzkopf hält mir ein Stück Papier unter die Nase.

Mein Herz macht einen Aussetzer. Das ist ohne Zweifel mein Zettel. «Ja.»

«Und?»

«Nun, ich habe mich mit ihr getroffen.» Ich knibbele am Zipfel meines Kissens herum.

«Wann war das?»

«Romeo, wann war das Treffen mit Mia?»

«Am Mittwoch, den 15. März, um 19 Uhr», sagt mein BRO.

«Also vier Tage, bevor sie als vermisst gemeldet wurde. Warum haben Sie sich getroffen?», fragt Oswaldi. Seine Worte hallen durch meinen Kopf und entladen sich als Krampf in meinem Magen, sodass ich mich krümmen muss.

«Frau Blumberg?»

«Entschuldigung.» Soll ich von den Babys erzählen? «Wir unterhielten uns über unsere Firma. Ich wollte mehr über ihre Tätigkeit in der Produktion wissen.»

«Und dafür verabreden Sie sich im Englischen Garten beim Bootshaus?» Der Grauhaarige sieht mich skeptisch an.

«Warum nicht?» Verdächtigen die mich etwa?

«Hat Frau Zen dabei erwähnt, wo sie hinwill oder was sie geplant hat?» Er schaut sich in meinem Wohnzimmer um.

«Nein.» Ich verkrampfe mich noch mehr.

«Und wie wirkte sie auf Sie?»

Ich kralle mich regelrecht im Kissen fest. «Sehr nervös.» Das ist nicht einmal gelogen.

«Wissen Sie, warum sie nervös war?»

«Nein, keine Ahnung.» Das ist wiederum eine fette Lüge.

«Haben Sie seither nochmals Kontakt gehabt?», fragt er.

«Nein.» Mir wird heiß und kalt zugleich.

«Auch keinen Call oder irgendeine Nachricht?»

Ich versuche zu schlucken, allerdings macht es mir ein großer Kloß im Hals schwer. «Nein. Ich habe seitdem nichts mehr von ihr gehört.»

«Nun gut.» Der Glatzköpfige setzt sich neben mich. Er riecht übel nach Zigaretten. «Hat Frau Zen noch andere Freunde außer Ihnen?»

Ich richte mich auf. «Mia und ich haben zwar früher in derselben Abteilung gearbeitet. Freundinnen sind wir aber nie geworden.» Schweiß rinnt an meinen Schläfen herunter. Ich glaube, ich habe Fieber. Mit meinem Handrücken wische ich die Perlen weg. «Ich weiß nicht, ob sie überhaupt Freunde hat.»

«Aha. Nun gut, Frau Blumberg, das wäre erst einmal alles. Vielen Dank und gute Besserung.»

Das war's? «… okay, danke.»

Die Männer verlassen meine Wohnung. Ich starre zur Tür. Mir ist nicht ganz klar, ob das wirklich passiert ist oder ob ich gleich erlöst aus diesem Albtraum erwache. Ich hoffe es so sehr und wende einen Trick an, der mir Gewissheit geben soll, ob ich nun schlafe oder nicht: Ich zähle laut und betont bis zehn. Das hat schon einmal geklappt. Vor ein paar Monaten träumte ich von einem dichten Wald, in dem ein gigantisches Feuer ausbrach. Ich konnte nicht fliehen und wurde von den Flammen eingeschlossen. Da fing ich an, im Traum zu zählen, und wachte davon auf. Jetzt ist es anders. Als ich bei der Zahl zwanzig ankomme, sitze ich weiterhin auf meinem Bett und starre immer noch zur Tür. Ich rufe Amrex an.

Meine beste Freundin lässt in der Redaktion alles stehen und liegen und ist eine Viertelstunde später bei mir. «Ze, was zum Teufel ist los?»

Fröstelnd liege ich unter meiner Bettdecke. «Zwei Polizisten waren eben hier.»

«Was?» Sie fällt aus allen Wolken. «Warum denn das?»

«Die haben mich befragt, weil Mia verschwunden ist.»

Sie fummelt nervös mit einer Hand an ihrem silbernen Ohrring herum. «Und was hast du erzählt?»

«Eigentlich nur, dass ich sie getroffen habe.»

«Nichts von den Babys?», fragt sie.

«Nein, obwohl ich hin- und hergerissen war.»

«Vielleicht ist es besser, dass du das nicht gesagt hast.»

«Aber wo ist Mia bloß?» Ich sehe sie vor mir. Sie war so verzweifelt. «Ich habe sie einfach alleingelassen. Ich hätte sie in eine Klinik bringen müssen.» Mein Bauch tut wieder weh.

«Nein, sie hätte sich eh geweigert. Sie wollte ausschließlich mit dir reden.»

«Trotzdem hätte ich etwas tun müssen. Vielleicht Zwangseinlieferung.» Es durchfährt mich ein stechender Schmerz.

Amrex schaut mich mitfühlend an. «Du hast nichts Falsches getan und trägst auch keine Schuld an Mias Verschwinden.» Sie vergräbt ihr Gesicht in den Händen. «Hey, Ze. Lass uns jetzt nicht durchdrehen. Wir wissen gar nicht, was hinter all dem steckt. Wenn Mia von ihrer Geistergeschichte überzeugt ist, will sie sicher nicht mehr bei *PerfectHuman* arbeiten. Vielleicht ist sie getürmt oder nimmt sich eine Auszeit.»

«Meiner Meinung nach ist sie psychisch labil und braucht dringend Hilfe. Ich hoffe nur, dass sie sich nichts angetan hat.» Kurz verschwimmt die Umgebung vor meinen Augen. «Trotzdem gehen mir die Vorwürfe gegen *PerfectHuman* nicht aus dem Kopf. Soll ich es nicht doch lieber der Polizei melden? Du sagst ja selbst, dass die Unstimmigkeiten bei den Produktionsnummern ein Indiz sind.»

«Aber alle sonstigen Indizien sprechen eher dagegen. Das mit den Produktionsnummern könnte ja auch irgendetwas anderes bedeuten. Eine Prüfziffer oder so.» Amrex denkt lange nach. «Nein, wir sagen nichts, Ze. Dieses Szenario haben wir doch schon durchgespielt. Wir würden damit einen riesigen Stein ins Rollen bringen. Und solange Mia nicht auffindbar ist, kann sie gar nicht von der Polizei oder Staatsanwaltschaft dazu befragt werden. Wir müssen erst einmal abwarten, bis Mia wieder auftaucht, bevor wir agieren können.»

«Du hast ja recht.»

Wir schweigen lange.

«Vielleicht ist das ein Zeichen dafür, dass ich meinen Job generell überdenken sollte. Egal, wie das mit Mia ausgeht.»

«Es ist zum Verrücktwerden, Ze. Ich fürchte, dass du bei *PerfectHuman* so oder so nie wieder unbefangen sein könntest. Alles würde dich an dieses Spukmärchen erinnern. Vielleicht ist es wirklich an der Zeit, dass du dir eine neue Stelle suchst.»

«Aber wie finde ich jetzt so schnell etwas? Bisher hatte ich nur diesen einen Job und musste mich auch nicht groß darum bemühen. Mein damaliger Professor in Entwicklungspsychologie, Erlanger war sein Name, glaube ich, hatte einen guten Draht zu *PerfectHuman* und mich empfohlen. Der Rest war dann nur noch Formsache.»

Amrex grübelt nach. «Ich habe einen Plan: Du ruhst dich aus, und ich kümmere mich um alles andere.» Sie hat etwas Entschlossenes in ihrer Stimme, was auf ungewöhnliche Weise beruhigend auf mich wirkt. «Das Einzige, was ich brauche, ist der Zugang zu deinem Arbeitsvertrag.»

«Okay, Romeo. Übermittle Han Solo bitte die Daten.»

«Ich bleibe noch ein wenig bei dir, ja?» Amrex lächelt.

Ich bin ihr unendlich dankbar und schließe meine Augen.

Als ich aufwache, versagt meine Orientierung komplett. «Wie spät ist es? Was ist los?»

«Oh, du hast fast fünf Stunden geschlafen.» Amrex hat es

sich an meiner Küchentheke gemütlich gemacht und schiebt virtuelle Dokumente durch den Raum. «Es ist 19 Uhr 13.»

Langsam richte ich mich auf. «Warst du etwa die ganze Zeit hier?» Meine Knochen tun weh vom langen Liegen.

«Klar. Und ich war sehr effizient. Ich habe ein paar Dinge für dich erledigt und von hier aus Homeoffice gemacht.»

«Kannst du mir sagen, dass ich nur geträumt habe und dass die Welt in Ordnung ist?», bitte ich sie.

«Also, die Sache mit Mia ist leider ein Faktum. Ansonsten ist die Welt bald wieder in Ordnung. Bist du aufnahmefähig? Es gibt Neuigkeiten.»

Ich nicke.

«Um deinen Vertrag mit *PerfectHuman* kümmert sich bereits eine Kanzlei. Du hast eine fiese Wettbewerbsklausel drin stehen. Ein Anwalt prüft, ob sie anfechtbar ist.»

«Okay.» Von diesem rechtlichen Zeugs habe ich keinen blassen Schimmer und bin froh, dass Amrex das übernimmt.

«Und ich habe meine Kontakte angezapft und herumgefragt, wo Psychologen gebraucht werden. Und siehe da. Einer meiner früheren Werbekunden ist Investor bei einer Firma. Da sind ein paar Stellen vakant.»

«Echt?»

«Ja, es ist ein recht junges und erfolgreiches Unternehmen, das innovative, therapeutische Geräte entwickelt. Allerdings klingt die Firmenphilosophie für mich ein bisschen esoterisch.» Sie verzieht ihr Gesicht.

«Esoterisch. Hört sich nicht sehr verlockend an.» Ich sehe schon Wahrsagerinnen mit Kugeln vor mir und rieche Feng Shui Räucherstäbchen.

«Am besten schaust du dir den Job einmal unverbindlich an. Wenn du magst, kann ich euch zusammenbringen.»

«Okay, ich habe ja nichts zu verlieren», willige ich ein.

«Na also. Das wusste ich doch und habe gleich für morgen ein Vorstellungsgespräch klargemacht. Bei *preVita*. Um zehn.» Sie hält einen Daumen hoch.

Die Frau ist ein D-Zug. Ich fühle mich überrollt. «Aber Moment, ich muss morgen zur Arbeit.»

«Nein, morgen ist Dienstag, unser freier Tag. Ich schicke dir mein Hover-Mobil. Es bringt dich dann zu deinem Termin», schlägt Amrex vor.

«Wo soll diese Firma überhaupt sein?»

«Auf der anderen Seite des Englischen Gartens. Das ist eine ziemlich schöne Gegend. Traumhaft, wenn du mich fragst. Du wärst auch ruckzuck mit der U-Bahn dort. Du musst dich aber morgen um nichts kümmern. Steig einfach um 9 Uhr 40 in mein Mobil, fertig.» Amrex zögert. «Oder soll ich heute hier bleiben und dich morgen begleiten?»

«Nein, du hast schon so viel für mich getan. Ich schaffe das allein und komme danach zu dir.» Ich umarme meine Freundin.

Obwohl ich bereits so viel geschlafen habe, falle ich bleiern ins Bett zurück. Mir ist total schwindelig. Gerne hätte ich mich auf das Vorstellungsgespräch vorbereitet, aber ich kann keinen klaren Gedanken mehr fassen.

NAEL

... schüttelt vor Verzweiflung den Kopf. «1.200 UCs im Monat sind viel zu viel Geld. Ich habe nur 4.500 auf der hohen Kante. Das reicht nicht lang.» Er fühlt sich leer. «Warum habe ich immer nur Pech? Ich muss Lucie unbedingt vor Igon schützen. Sie ist so hilflos», sagt er zu Roni.

«Na, Heulsuse, schlechte Nachrichten?»

Nael durchfährt ein Schauer. Diese scheußliche Stimme kommt ihm bekannt vor. Was zur Hölle macht Perk im Net-Room? Brutal reißt der Schlächter Roni an den Haaren vom Stuhl hoch, sodass er vor Schmerzen laut aufschreit. «Na, Schwuchtel, bist du mal wieder mit Papa unterwegs? Warte, bis ich dich alleine erwische. Dann breche ich dir alle Knochen!», droht Perk.

Unverzüglich steht Nael auf und rammt den Fleischberg weg. Der stolpert ein paar Schritte nach hinten und lässt Roni dabei los. Gerade, als er sich auf Nael stürzen will, gehen die Wachleute resolut dazwischen. «Wer von euch beiden Idioten hat angefangen?»

Alle schweigen. Es ist ein ungeschriebenes Gesetz im Knast: Keiner verpfeift einen anderen. Auch nicht den ärgsten Feind.

«Letzte Verwarnung! Beim nächsten Mal landet ihr zwei für ein paar Wochen in Isolationshaft!»

ZENIA ♡

Amrex' Hover-Mobil wartet bereits vor meiner Haustür. Ein paar Mädchen stehen drum herum und bestaunen es von allen Seiten. Es ist eine Sonderanfertigung und damit unverwechselbar. Meine Freundin legt sehr viel Wert auf extravagante Formen und auffällige Farben. In den himmelblauen Lack hat sie winzige Kristalle einarbeiten lassen. Das Modell sieht aus wie ein Delfin. Ich wundere mich jedes Mal, wie Amrex es mit diesem Kunstwerk durch die Zulassung geschafft hat. Nachdem ich im Delfin Platz genommen und den Mädchen zum Abschied zugewunken habe, fährt das Hover-Mobil los. Aufgeregt zupfe ich an meiner Tasche herum. Ich bin halbwegs fit für das Vorstellungsgespräch, wobei mich die morgendliche Übelkeit auch heute nicht verschont hat. Schaden kann es jedenfalls nicht, einmal die Fühler in eine andere Richtung auszustrecken und meinen Marktwert zu testen.

Das Mobil parkt vor einem der vielen Glastürme, die westlich vom Englischen Garten in den Himmel ragen. Im Gegensatz zu den pompösen Gebäuden von *PerfectHuman* ist dieses eher bescheiden, unauffällig und sehr viel kleiner. Staunend steige ich aus. An der Towerfront blitzt etwas auf. Sind das Sterne? Ich kneife meine Augen zu Schlitzen zusammen. Sicher eine Reflexion von der Sonne oder meine blühende Fantasie.

«Frau Blumberg?»

Überrascht drehe ich mich um. «Ja?»

Ein älterer Herr im dunkelbraunen Anzug mit langem grauem Bart, Nickelbrille und Stock humpelt in aller Ruhe auf mich zu. «Sie sind also die junge Dame, von der mir Amrex von Salis vorgeschwärmt hat.»

«Oh, hat sie das?»

«Ja, das hat sie, sogar in den höchsten Tönen. Mein Name ist übrigens Böhringer.»

Das muss der Investor sein. «Grüß Gott, Herr Böhringer.» «Freut mich sehr.» Für einen alten Mann hat er einen kräftigen Händedruck. «Haben Sie es bemerkt? An dem Gebäude funkeln Sterne.» Er deutet mit seinem Stock Richtung Tower.

«Dann habe ich es mir also doch nicht eingebildet», sage ich.

«Nein, das ist wirklich so. Schauen Sie auf das Firmenlogo am Eingang. Über dem *i* bei *preVita* ist ein Stern. Das ist ein Symbol für unsere Firmenphilosophie.»

«Das klingt gut.»

«Sie mögen Sterne?» Er zeigt auf meine Lieblingstasche.

Ich fahre mit meinen Fingern über die Stern-Stickereien. «Oh ja.» Das ist gewiss ein gutes Zeichen. Mir wird warm ums Herz. «Seit ich denken kann, faszinieren mich Sterne.»

«Hätten Sie das vermutet? Bereits im alten Rom glaubte man an die Macht der Himmelskörper. Einige Kaiser planten sogar politische Schritte mithilfe der Sternenkonstellation.» Er hat einen verklärten Blick.

«Interessant. Ein paar gute Sachen sind ja dabei entstanden.» Ein paar schlechte auch ... die alten Römer.

«Stimmt, junge Dame. Ich würde gerne noch viel länger mit Ihnen plaudern, aber Sie haben einen Termin. Kommen Sie mit!» Er führt mich zum Eingang.

Als wir das Gebäude betreten, werden wir von einem majestätischen Regenbogen begrüßt, der sich quer durch die helle Empfangshalle spannt. So etwas habe ich noch nie gesehen. «Ist der wunderschön.» Ehrfürchtig strecke ich meine Hände nach den

Farben aus. Es prickelt an meinen Fingern.

«Das sind kleinste Wassermoleküle, die *preVita* an heißen Tagen einsetzt. Sie kühlen die Haut, machen sie aber nicht nass. Nur zu. Gehen Sie bitte hinein!»

Vorsichtig schreite ich durch den Regenbogen und drehe mich im Kreis, wie ein verzaubertes Kind. «Unglaublich erfrischend.» Für einen Moment schließe ich meine Augen.

Eine nette Dame führt uns in einen Bereich, in dem ein Miniaturkühlschrank Getränke und Snacks anbietet. Wir setzen uns. Auf einem großen Screener an der Wand läuft ein Werbefilm über *preVita*. Allerdings bleibt mir kaum Zeit, ihn zu verfolgen, denn unvermittelt eilt ein junger Mann auf uns zu. Ich stehe auf und streife die Vorderseite meines geblümten Kleides glatt. Herr Böhringer erhebt sich ebenfalls. «Grüß Gott, Herr McGregor. Das ist Zenia Blumberg. Und, Frau Blumberg, darf ich Ihnen den Personalchef von *preVita*, Herrn McGregor, vorstellen?»

«Sehr erfreut.» Wir reichen uns die Hände.

Was für ein junger Personalchef. Ich schätze ihn auf Mitte zwanzig. Mit seinen längeren schwarzen Haaren sieht er ungemein locker aus. Er ist leger gekleidet mit Bluejeans und schlichtem rotem T-Shirt. Dazu trägt er quietschgelbe Turnschuhe. Das nennc ich Mut zur Farbe.

«Ich werde Sie lieber allein lassen und wünsche Ihnen viel Erfolg, junge Dame.» Herr Böhringer verabschiedet sich unerwartet schnell.

«Sie müssen bereits gehen?», fragt der Personalchef.

«Ja, ich habe tatsächlich noch weitere Termine. Als Rentner hat man ein stressiges Leben.» Er zwinkert mir zu. «Aber ich wollte unbedingt Frau Blumberg kurz kennenlernen. Und es hat sich gelohnt. Ich habe einen äußerst positiven ersten Eindruck von Ihnen.»

Meine Wangen fangen auf der Stelle an zu glühen. «Vielen Dank, Herr Böhringer.»

Seelenruhig humpelt der alte Herr zurück zum Ausgang.

«Hier bei *preVita* duzen sich nahezu alle Mitarbeiter. Wollen wir das auch so handhaben? Ich bin Dustin.»

«Das gefällt mir, ich bin Zenia.» Die Atmosphäre scheint nicht so steif zu sein wie bei *PerfectHuman.*

«Falls du dich fragst, warum wir Herrn Böhringer siezen: Er ist von der alten Schule. Er ist ein herzensguter Mensch und hat schwere Zeiten hinter sich. Seine Frau ist vor fünf Jahren nach langer Krankheit gestorben.»

«Das tut mir leid.» Oje, wie traurig.

«Er investiert sehr viel Geld in *preVita.* Dieses Gebäude gehörte früher einmal ihm beziehungsweise seiner Firma.»

«Wirklich?»

«Ja, er hat es uns sozusagen vermacht, weil er an unsere Arbeit glaubt. Er ist davon überzeugt, dass er und seine Frau mehrfach gelebt haben und oftmals schon ein glückliches Paar waren. Und er ist sich sicher, dass er sie in einem seiner nächsten Leben wiedersehen wird.»

Wie niedlich, wenn er sich so über den Verlust hinwegtröstet. «Was für eine wunderschöne Vorstellung.» Ich bekomme eine Gänsehaut und hole tief Luft.

«Ich habe schon einiges über dich im UniversalNet gefunden», sagt Dustin.

«Oh, hoffentlich nur Gutes.» Verlegen greife ich zur Mini-Haarspange über meinem rechten Ohr.

«Keine Sorge. Alles bestens. Du passt sehr gut in unser Psychologenprofil. Bevor ich dir aber mehr über deinen möglichen Aufgabenbereich und unsere Firma verrate, müssen wir erst einen Test mit dir durchführen.»

«Kein Problem.» Das ist üblich bei Vorstellungsgesprächen.

«Weißt du, wir müssen Industriespionage ausschließen», ergänzt Dustin.

Ein Lift bringt uns in die zwölfte Etage. Mein Magen rebelliert kurz, als wir in das Assessment-Center eintreten. Der Raum ist überraschend klein und spartanisch eingerichtet.

«Wir werden dir gleich einige Fragen stellen, und anschließend folgen ein paar Dialoge. Ich hole dich dann in circa eineinhalb Stunden wieder ab.» Dustin lächelt mir warmherzig zu. Seine entspannte Art beruhigt mich ein wenig. Nachdem ich Platz genommen habe, wird die Beleuchtung im Zimmer gedimmt.

«Grüß Gott, Zenia.» Auf dem Screener erscheint eine junge, hübsche Frau mit blonder Wuschelmähne. «Mein Name ist Elisea. Herzlich willkommen im Assessment-Center.»

«Hallo, Elisea.»

«Wir kennen deinen Lebenslauf und dein polizeiliches Führungszeugnis. Ich stelle dir nun noch ergänzende Fragen.» Bei dem Wort Polizei blitzt Mia in meinen Gedanken auf, und es läuft mir kalt über den Rücken. Neben der digitalen Frau öffnet sich ein Diagramm. Es analysiert offenbar meine Stimme. «Was weißt du bereits über *preVita*?», fragt Elisea.

Ich werde nervöser. «Eigentlich noch nicht so viel. Gestern Abend habe ich zum ersten Mal etwas von der Firma gehört. Ich weiß nur, dass ihr ein relativ junges Start-up-Unternehmen seid und therapeutische Geräte entwickelt, die Menschen mit seelischen Problemen heilen sollen. Wie genau, kann ich mir noch nicht so richtig vorstellen. Und ihr braucht Psychologen. Deswegen bin ich hier.»

Auf dem Diagramm sausen Sinuslinien auf und ab. «Danke für deine Antwort.» Die Frau macht eine kurze Pause. «Hast du geplant, Informationen an Dritte und im Speziellen an *Per-fectHuman* weiterzugeben?»

Ich stutze. «Nein, selbstverständlich nicht.» Die Sinuslinien schlagen stärker aus. Ich hole tief Luft.

«Nun die letzte Frage. Was würdest du tun, wenn dir jemand einen großen Geldbetrag anbietet, damit du vertrauliche Informationen von *preVita* weiterleitest?»

«Ich denke, nein, ich bin mir sicher, dass ich das sofort einem Vorgesetzten von *preVita* melden würde. Vielleicht meinem Chef oder dem Verantwortlichen der Rechtsabteilung.»

«Danke für deine Antworten. Einen Moment bitte.»

Es dauert ein paar Sekunden, die mir wie eine Ewigkeit vorkommen, bis Elisea weiterredet.

«Es freut mich, dir mitteilen zu dürfen, dass du den Integritätstest bestanden hast. Nun folgen noch einige persönliche Fragen sowie Simulationen von psychotherapeutischen Tiefeninterviews.» Elisea bringt mich echt ins Schwitzen.

Nach 90 Minuten habe ich endlich den stressigen Test mit kritischen Situationen und simulierten Eskalationen hinter mir. «Herzlichen Dank für das angenehme Gespräch und weiterhin viel Erfolg. Auf Wiedersehen.» Elisea verschwindet sogleich vom Screener.

Von wegen angenehmes Gespräch. «Auf Wiedersehen, Elisea.» Uff, erst einmal tief durchatmen.

«Das war's, Zenia.» Dustin holt mich ab.

Ein zylindrischer Glasaufzug bringt uns blitzschnell in den 52. Stock. Dort betreten wir ein Büro mit einem Konferenztisch und einigen schwarzen Lederstühlen. Gefesselt betrachte ich die bemalten Wände.

«Das waren die Kinder meiner Schwester», sagt Dustin.

«Ein echtes Kunstwerk.» Über einer wunderschönen Blumenwiese fliegen Schmetterlinge und Marienkäfer. Eine Eule hockt auf einem Baum und ein Fuchs schleicht durchs hohe Gras. Es ist alles andere als perfekt, aber so fröhlich und sorglos. Ich kenne sonst nur Büros, die kaum mit persönlichen Dingen ausgestattet sind. Die Tür geht auf und ein kleiner Mann mit wirren weißen Haaren und Schnauzbart kommt auf mich zu. «Servus, ich bin Carl Schuster.» Er erinnert mich ein wenig an Albert Einstein.

«Er ist der Chef der Abteilung für die Probandenbetreuung und ebenfalls Psychologe», ergänzt Dustin.

«Hallo, ich bin Zenia Blumberg.»

«Da Carl dein direkter Vorgesetzter wäre, ist es wichtig, dass er heute dabei ist.»

Mr. Einstein macht auf mich einen väterlichen Eindruck. Er strahlt eine angenehme Ruhe aus. Genauso stelle ich mir einen weisen Psychologen vor.

«Dann sind wir vollzählig.» Dustin räuspert sich. «Nehmt bitte Platz.» Er deutet auf die Stühle. «Zenia, wir haben nun schon sehr viel über dich erfahren. Jetzt verraten wir dir mehr über unsere Firma und Philosophie.»

Ich nicke und hoffe so sehr, dass Dustin und Carl nichts erzählen, was mich abschreckt. Aus Versehen kippe ich ein Glas Wasser um, das auf dem Tisch steht. «Oh nein, Entschuldigung!» Schnell stelle ich es wieder hin. Zu meiner Unsicherheit in Gegenwart von fremden Menschen gesellt sich leider manchmal meine Ungeschicktheit.

«Kein Problem. Es ist ja kein teurer Wodka.» Dustin wischt

die Pfütze mit einem Taschentuch auf. «Wie du vielleicht weißt, sind *PerfectHuman* und *preVita* nicht gerade beste Freunde.»

«Wie meinst du das?», frage ich irritiert.

«Wir glauben nicht daran, dass rundum perfekte Menschen künstlich erschaffen werden können. Keiner kann das. System-Menschen sind zwar ziemlich gut, jedoch nicht perfekt.»

Mich durchzieht ein Schauer, da ich wieder an Mia und die Geschichte mit den Babys denken muss.

«Ich möchte es dir erklären.» Carl übernimmt. «Jeder von uns hat eine Seele. Natürliche Gott-Menschen und auch produzierte System-Menschen. Und diese Seele ist nicht unbelastet. Bei keinem. Beim Tod eines Menschen stirbt nur sein Körper, die Hülle. Nicht aber seine Seele. Die sucht sich irgendwann einen neuen Körper, also stirbt sie nie. Seelen wandern. Einfach gesprochen, haben die meisten von uns schon öfter gelebt.»

Oh, jetzt wird es echt esoterisch. «Ihr setzt demnach beim Buddhismus und Hinduismus an», vermute ich.

«Nein, das hat nichts mit Religion zu tun. Da mischen wir uns nicht ein. Die Leute sollen glauben, was sie wollen. Was wir machen, ist rein wissenschaftlich», meint Carl.

«Okay.» Ich muss an meine Mama denken. Sie sagt oft: ‹Das war in einem anderen Leben›, wenn wir über etwas sprechen, was sehr weit zurückliegt. Allerdings weiß ich, dass sie nicht an Seelenwanderung glaubt. Ich jedoch verschließe mich nicht gegenüber dieser Vorstellung.

«Was weißt du denn über Rückführungen?», fragt Dustin.

Ich grabe in den hintersten Windungen meines Studentengehirns. «Ich weiß, dass Menschen bereits in früheren Jahrhunderten daran glaubten, in vergangene Leben gelangen zu können. Unter Hypnose erzählten sie von Orten, die sie nicht kennen konnten. Damals wurde das oft als Halluzination abgetan.»

«Genau», bestätigt Carl. «Der große Sigmund Freud konnte Anfang des 20. Jahrhunderts viele seiner Patienten in ihre Kindheit zurückführen, um dadurch Traumata zu lösen.» Seine Augen leuchten. «Viele haben ihm nachgeeifert und mit diesen Techniken experimentiert. Und nicht selten sind Hypnotisierte in frühere Leben gelangt. Im 21. Jahrhundert entwickelte sich das allmählich zu einer Wissenschaft.»

«Richtig. Aber was macht *preVita* genau?»

«Wir haben Systeme entwickelt, die jegliches bisher Bekannte in den Schatten stellen. Wir führen die Menschen mithilfe unserer revolutionären Technik in vergangene Leben zurück und therapieren sie zugleich», berichtet Carl stolz.

Ich werde hellhörig. «Wie denn das?»

«Viele Probleme, die wir haben, sind Altlasten aus vorherigen Leben. Die Seele vergisst nicht. Mit unseren Produkten können wir diese negativen Erinnerungen zwar nicht löschen, aber neutralisieren. Die Menschen bekommen einen gesunden emotionalen Abstand dazu.»

«Das klappt mit Technik?» Ich bin hin- und hergerissen zwischen Faszination und Skepsis.

«Freilich. Die Technik macht genau dasselbe, was früher Therapeuten getan haben. Das geballte Wissen aus vielen Jahrhunderten steckt in unserer Software und macht sie so effektiv und erfolgreich. Zu viel dürfen wir aber nicht sagen, das ist Betriebsgeheimnis.»

«Ich verstehe. Aber wozu braucht ihr dann überhaupt noch echte Psychologen, Carl?»

«Die Frage ist sehr gut. Sicherlich wird künstliche Intelligenz in der Zukunft mehr und mehr Psychologen ersetzen. Wir werden aber für die kontinuierliche Weiterentwicklung und das Testen unserer Systeme immer reale Psychologen brauchen.

Hauptsächlich würdest du jedoch die Testpersonen bei den Rückführungen überwachen und betreuen. Sollte die Software für eine spezifische Situation nicht vorbereitet sein, oder wenn in einem Test etwas schiefläuft, musst du einspringen. Das geschieht zwar nicht oft, aber für den Fall der Fälle müssen wir gewappnet sein. Deine Erfahrungen und Therapieansätze fließen auch in die Optimierung unserer Produkte ein.»

Ein Teil meines Wissens wird in Software verewigt. Dieser Gedanke erscheint mir irgendwie faszinierend.

«Aber, wie gesagt, zu viel darf ich dir jetzt im Vorfeld noch nicht verraten», meint Carl.

«Klar. Aber woher wisst ihr eigentlich, was die Leute bei den Rückführungen erleben?», frage ich.

«Alles wird für die Psychologen auf einen Screener übertragen. Hirnaktivitäten werden dabei in Bilder und Stimmen umgewandelt. Das ist für dich dann im Prinzip wie Filme-Schauen. Eine gemeinsame Zeitreise, damit anschließend optimal therapiert werden kann.» Carl kommt näher. «Glaube mir, es ist geradezu spannend bei uns. Aber manchmal auch beängstigend. Das muss ich fairerweise sagen.»

«Wie meinst du das?»

«Es gibt Erlebnisse, die schwer zu verdauen sind. Nicht selten der Tod. Jedoch berichten Probanden, dass diese Erinnerungen, nachdem wir sie neutralisiert haben, sie nicht mehr belasten und es ihnen besser geht.»

Diese neuen Ansätze finde ich ungewöhnlich, aber genial, falls das tatsächlich klappt. «*preVita* hat aber bestimmt auch Skeptiker und Gegner, oder?», frage ich vorsichtig. Amrex hätte das jedenfalls hundertprozentig als Humbug abgestempelt.

«Einige brandmarken uns sogar als Betrüger oder Scharlatane.» Dustin winkt ab. «Meistens liegt es schlicht und ergreifend daran, dass manche grundsätzlich nur an das glauben, was sie sehen und greifen können.»

Ich denke an *PerfectHuman*. «Jetzt weiß ich, was du damit gemeint hast, als du sagtest, dass man keine rundum perfekten Menschen künstlich erschaffen kann.»

«Ja. Wir stellen, die ethischen Aspekte einmal ausgeblendet, die Methoden von *PerfectHuman* gar nicht infrage», hakt Dustin ein. «Wir sagen nur, dass etwas Entscheidendes beim Produzieren eines vermeintlich perfekten Babys fehlt: die unbelastete Seele. Die kann man nicht züchten, schon gar nicht in einer Kapsel. Es ist nun einmal nicht alles in der DNA, Physis oder Psyche. Die Bosse von *PerfectHuman* wissen das natürlich auch und wollten *preVita* deswegen vor zwei Jahren übernehmen. Das Kaufangebot haben wir aber aus moralischen Gründen ausgeschlagen. Danach wurden die wildesten Gerüchte über uns verbreitet, Fake-Studien und noch vieles mehr.»

«Ehrlich?» Ich bin entsetzt. Das hätte ich meiner Firma niemals zugetraut. Ihr unantastbares Image bekommt mehr und mehr Risse. Wie ein Ölgemälde, das alterungsbedingt zu zerbröseln beginnt.

«Ja, aber wir stehen hinter unserer Sache und lassen uns von niemandem beirren. Der Erfolg gibt uns recht. Und mit dieser Überzeugung tüfteln wir weiter an unseren innovativen Konzepten und Therapien. Wir möchten die Menschen glücklicher und stärker machen.» Carl lächelt. «Was dazu kommt: Eine Rückführung hat auch noch einen außerordentlichen Unterhaltungswert. Für die Probanden und die Psychologen.»

«Warum möchtest du eigentlich von *PerfectHuman* weg?»

Dustins Frage erwischt mich kalt. «Ich denke, es ist Zeit für eine Veränderung.» Die ganze Wahrheit kann ich ihm ja wohl schlecht sagen. «Ich arbeite seit Abschluss meines Studiums dort und möchte mich jetzt gerne weiterentwickeln.»

«Das verstehe ich gut. Ab und zu brauchen wir neue Impulse.» Dustins Miene verfinstert sich etwas. «Der Job hier wäre sicher sehr reizvoll. Aber eins musst du noch wissen: Wir können leider nicht so hohe Gehälter zahlen wie *PerfectHuman*. Die haben praktisch ein Monopol und sind eine Gelddruckmaschine. Wir sind ein Start-up und müssen sehr viel in die Entwicklung der Produkte stecken. Wir könnten dir maximal 34.000 UCs im Monat zahlen.»

Das sind 6.000 weniger als bei *PerfectHuman*. Ich seufze. Aber irgendwie würde ich das bestimmt schaffen. Dann spare ich eben ein paar Jahre länger, damit ich mir meinen Wunsch von einer Eigentumswohnung in der Stadt erfüllen kann.

«Dafür arbeitest du nur fünf Stunden täglich bei einer Sechs-Tage-Woche. Die Zeiten teilst du dir gemeinsam mit den Probanden ein. Alles weitere wie Sozialversicherung oder Rente ist mit anderen Firmen vergleichbar, weil es streng gesetzlich geregelt ist. Davon abgesehen können wir dir Einzigartiges bieten: Du darfst auch selbst in deine vergangenen Leben reisen.» Er lächelt wieder. «Interessiert?»

Ich muss nicht lange überlegen. «Ja, das klingt alles sehr gut.» Mit einem Mal ist mir klar, dass ich genau so einen Neuanfang in meinem Leben brauche.

«Wann könntest du denn bei uns starten?»

«Ich weiß es leider nicht. In meinem Arbeitsvertrag ist eine Wettbewerbsklausel. Die lasse ich aber gerade rechtlich prüfen. Falls ich von euch eine Zusage erhalten würde, müsste ich ja erst einmal kündigen ... und vielleicht lässt *PerfectHuman* mich dann früher gehen.»

«Das erwarte ich nicht unbedingt, so wie ich diese Firma einschätze. Ich muss dir auch sagen, dass wir noch andere

Kandidatinnen und Kandidaten interviewen. Ich melde mich aber spätestens in zwei Wochen bei dir. Womöglich weißt du bis dahin auch schon mehr über deine Kündigungsfrist», sagt Dustin.

«Ja, hoffentlich.»

«Aber wie findest du denn überhaupt unsere Philosophie und unsere Arbeit?», will Carl abschließend wissen.

«Ich gebe es zu, am Anfang war ich skeptisch. Vieles ist für mich Neuland. Aber es klingt alles sehr fesselnd. Ich habe von *preVita* einen guten Eindruck. Es würde mich freuen, hier anfangen zu dürfen.» Mein Herzschlag beschleunigt sich.

«Keine Sorge, du hast dich ziemlich gut geschlagen.»

Der Gedanke, dass *PerfectHuman* meine Pläne durchkreuzen könnte, legt sich über meine kindliche Euphorie wie eine erdrückende Bleidecke.

NAEL

… und Roni sitzen auch am nächsten Tag im Net-Room. Der Vorfall mit Perk hat beide ungeheuerlich aufgewühlt. Sie wissen, wie unberechenbar der Schlächter ist. Er könnte täglich aus heiterem Himmel erneut zuschlagen. Versteckt oder öffentlich. Manchmal sind seine Gewaltausbrüche impulsiv und spontan, dann wieder kalkuliert und hinterhältig.

«Du musst mir versprechen, dass du diesem Kerl aus dem Weg gehst.» Nael sieht Roni eindringlich an. «Und die Haare lässt du dir brav abrasieren. Sonst krallt sich dieser Vollidiot wieder dran fest.»

«Nein, die habe ich mit viel Liebe gezüchtet. Lyra hat meine langen Haare gemocht. Sie meinte, ich sähe damit wie Jesus Christus aus, und sie würden zu meinem Charakter passen. Die bleiben schön dran.» Er fährt sich durch seinen Pony.

«Holzauge, sei wachsam!» Nael ist etwas befremdet. «Aber was ist denn jetzt mit Lucie? Was soll ich tun?»

«Auf jeden Fall hören wir endlich mit dem Rumjammern auf. Ich habe einen Plan.» Roni haut mit seiner rechten Faust auf den Tisch und strotzt nur so vor Entschlossenheit.

Nael schreckt hoch. «Was? Wie?» Der schnelle Stimmungswechsel seines Kumpels überrumpelt ihn völlig.

«Zuallererst schreibe ich diesem Frauenhaus, dass wir übergangsweise einen Platz in einer anderen Gemeinde annehmen. In Ismaning lassen wir uns auf die Warteliste setzen. Die Knete müssen wir halt aufbringen. Und du musst endlich in die Puschen kommen.»

«Was für Puschen?»

«Ach, Kleiner.» Roni kugelt sich. «Das ist eine Redewendung. Ich meine, dass du länger pro Tag arbeiten könntest. Dann hättest du auch mehr Geld.»

Nael seufzt. «Ich weiß nicht.»

«Sonst musst du halt das Haus eurer Eltern verkaufen.»

Ein Stich fährt ihm durchs Herz. «Das kann ich nicht.» Das Haus ist das Einzige, was Lucie und ihn noch an die schönen Zeiten mit Mama und Papa erinnert.

«Na, dann würde ich mal loslegen.» Roni reibt sich die Hände. «Also, ich informiere das Frauenhaus, und dann kümmern wir uns darum, dass wir mehr Arbeit kriegen. Einverstanden?»

«Geht klar. Aber wieso wir?», fragt Nael verdutzt.

«Weißt du, ihr könnt das Geld halt ganz gut gebrauchen und ich habe hier eh nichts Besseres zu tun. Also schufte ich auch länger. Kleiner, du hast mir die letzten Monate so oft geholfen, jetzt kann ich mich mal ein wenig revanchieren. Gemeinsam schaffen wir das.»

«Jo, wir schaffen das!» Nael ist so überwältigt, dass er Roni gerne umarmt hätte, aber es gucken zu viele zu. Deshalb klopft er ihm nur kumpelhaft auf die Schulter.

ZENIA

Bitte, bitte, wer auch immer dafür zuständig ist, lieber Gott, liebe Schutzengel, liebes Universum. Ich muss von *PerfectHuman* weg. So bald wie möglich. Ich wünsche mir diesen neuen Job bei *preVita* wirklich sehr. In Amrex' Mobil schicke ich Stoßgebete zum Himmel. Mir gefällt die Vorstellung, schon öfter gelebt zu haben. Noch schöner finde ich aber die Hoffnung von Herrn Böhringer, die Seele seiner geliebten Frau wiederzutreffen.

Mein BRO holt mich mit einer Nachricht jäh aus der Gedankenwelt zurück.

> Süße, warum meldest du dich nicht? Es war
> bescheuert, unser Date abzusagen. Ich
> konnte aber nichts dafür.
> Kuss Samu

Jetzt erst erinnere ich mich, dass ich alle seine Nachrichten ignoriert habe. Ich bin also schon so weit von ihm entfernt. Mein Herz gerät auch nicht mehr aus dem Takt, wenn ich an ihn denke. Vor Amrex' Haustür steige ich aus und überlege, was ich Samu antworte.

> Schatz, ich war echt sauer auf dich! So geht
> man nicht mit seiner Freundin um. Das
> Problem ist, dass du mich andauernd versetzt. Und jedes Mal hast du einen ‹guten
> Grund›. Melde mich.
> Kuss Zenia

Ich berichte Amrex ausführlich über das Vorstellungsgespräch.

Sie ist beeindruckt. *«preVita* stellt also die Vision von *PerfectHuman* infrage. Das nenne ich harten Tobak. Die meisten Unternehmen, die sich *PerfectHuman* in die Quere gestellt haben, sind irgendwann vom Erdboden verschwunden.» Sie überlegt weiter. «Wie auch immer. Die Firmenphilosophie klingt für mich nach wie vor ein bisschen esoterisch, aber das Wichtigste ist ja, dass es dir da gefallen würde.»

«Stimmt. Da kann ich dir nicht widersprechen.»

«Jetzt heißt es abwarten und Tee trinken. Ich drücke dir die Daumen, dass du eine Zusage bekommst. Apropos Tee trinken. Ich habe da eine geniale neue Sorte entdeckt. *Barusa*, etwas Exotisches. Wie wär's, Ze?»

«Gute Idee.»

Wir machen es uns auf der Couch gemütlich und lassen uns von einem romantischen Liebesfilm berieseln.

Am nächsten Morgen bin ich auf dem Weg zur Arbeit, als mich Dustin, der Personalchef von *preVita*, anruft. Aufgeregt lausche ich seinen Worten:

«Die Vorstellungsrunde läuft zwar weiter, aber wir haben uns schon für dich entschieden. Du passt perfekt in unser Team. Um planen zu können, sollten wir möglichst schnell Bescheid wissen, wann du anfangen kannst. Den Vertrag haben wir dir bereits zugesendet.» Er macht Nägel mit Köpfen.

«Das ist ja wunderbar!» Ich flippe förmlich aus vor Freude. «Sobald ich Konkretes weiß, melde ich mich bei dir. Danke, Dustin.»

Selbstsicher betrete ich die Empfangshalle der Firma und stelle mich provokativ mit verschränkten Armen vor meine Hassfigur, den *PERFECT HUMAN*. Diese zehn Meter hohe Statue aus durchsichtigem Glas mit bunten DNA-Strängen habe ich noch nie gemocht.

Den restlichen Tag habe ich nur einen Gedanken im Kopf: Hoffentlich bin ich hier bald weg. Es fällt mir sogar schwer, die Gegenwart der Babys zu genießen. Als wäre doch etwas an Mias Behauptungen dran. In jedem Kollegen vermute ich einen Mitwisser, hinter jeder Mitarbeiterin eine Verbrecherin, in jedem Baby einen Klon.

Nach Feierabend besuche ich Amrex in der Redaktion ihres Net-Journals. Selten bin ich in diesem Gebäude. Es ist eine topmodern renovierte Fabrikhalle mit riesigen Fenstern. Auf unzähligen Screenern flackern Fotos, Filme und Reportagen von Prominenten, Sternchen und Models auf. An die vierzig Redakteure wuseln eifrig herum und schieben Bilder, Videos und Texte in Form von Hologrammen durch die Luft, bis sie eine sinnvolle Einheit ergeben. Nicht schlecht, was Amrex da geschaffen hat. Meine Freundin sitzt mittendrin und sieht konzentriert auf ihre Screener.

«Huhu!» Ich winke ihr übertrieben zu.

«Hey, Ze! Was machst du denn hier?»

«Dir persönlich mitteilen, dass ich die Zusage von *preVita* erhalten habe», quieke ich wie eine Baby-Ente. Ich renne zu ihr und umarme sie so heftig, dass die Rückenlehne ihres schwarzen Ledersessels bedrohlich weit zurückkippt.

«Ich wusste es, Ze. Du bist die Beste! Das ist ein perfektes Timing. Eben habe ich erfahren, dass der Anwalt Unstimmigkeiten in deinem Vertrag gefunden hat.»

Ich horche auf. Das klingt zu schön, um wahr zu sein.

«Die Kündigungsklausel ist anfechtbar. Es sollte also keine große Sache sein, dich da frühzeitig herauszuboxen.»

«Du bist genial.» Ich umarme sie noch einmal ganz fest. «Und was heißt das konkret?»

«Zuerst musst du in schriftlicher Form kündigen. Dann solltest du bei einem Personalreferenten von *PerfectHuman* vorstellig werden, um die Formalitäten zu besprechen. Wobei ... das bringt nichts. Die dürfen wahrscheinlich nichts endgültig entscheiden. Versuche bitte, beim Personalchef selbst einen Termin zu bekommen. Wir können nur hoffen, dass er irgendwie Verständnis zeigt und dich innerhalb von ein, zwei Monaten gehen lässt. Wenn er jedoch auf der Kündigungsfrist und der Klausel im Vertrag beharrt, bleibt uns nichts anderes übrig als zu klagen.»

Über den Personalchef habe ich schon einiges gehört. Er soll ein knallharter Verhandler sein, aber da muss ich wohl durch. «Okay, morgen gehe ich gleich in die Personalabteilung.»

«Der Anwalt wird dann den Rest erledigen.» Amrex hebt ihre Augenbrauen. «Und von der Männerfront gibt es auch Neuigkeiten: LeBron und ich, wir treffen uns heute noch.»

«Was?» Ich dachte, das wird nichts mit den beiden.

Sie beginnt zu flüstern. «Ich muss dauernd an ihn denken. Er ist so scharf. Ich kann nichts dafür.»

«Und weiter?»

«Ich schätze, es wird ein netter Abend, und wir landen bei mir. Verdammt, ich freue mich so exorbitant. Einen Rocker im Bett zu haben, wäre bei mir eine Premiere.»

Amrex und ihre lange Liste der Lover. Aber sie will keinen festen Partner. Sie ist viel zu beschäftigt mit ihrem Net-Journal. Flirts hier, Affären da. Unverbindlich und abenteuerlich.

«Dann wünsche ich euch viel Spaß.»

Am nächsten Tag schicke ich gleich in der Früh meine Kündigung los. In der Firma nehme ich all meinen Mut zusammen und stehe, trotz lästiger Bauchschmerzen, so gefestigt ich nur kann, vor einem hochglanzpolierten Tisch, an dem die Assistentin des Personalchefs von *PerfectHuman* sitzt. ‹G. Halip› steht auf dem Namensschild, das sie am Kragen ihrer viel zu eng geschnittenen weißen Bluse trägt. Ihr roter BH und ihre großen Brüste zeichnen sich deutlich darunter ab.

«Hallo, Frau Halip, ist es möglich, dass ich bitte kurz Herrn Mayer sprechen kann?»

«Wer sind Sie, und worum geht's?» Die junge Frau scheint sich nicht sonderlich für mich zu interessieren, da sie permanent auf ihren Screener stiert. Es wäre freundlich, wenn sie mich wenigstens kurz anschauen würde.

«Ich bin Zenia Blumberg von der Übergabe und habe ein persönliches Anliegen.»

«Herr Mayer ist nicht da.» Sie sieht mich gelangweilt an.

Im Nebenraum lacht ein Mann. Ich werfe ihr einen verächtlichen Blick zu. «Er ist also nicht da?»

«Er hat keine Zeit», blockt sie kratzbürstig ab.

«Wann hat er denn Zeit?», insistiere ich.

«Hm. Vielleicht in zwei Wochen. Da ist eine kleine Lücke im Kalender.»

Ich koche innerlich. Noch bevor ich protestieren kann, öffnet sich die Tür des Büros, und Nicholas Mayer tritt heraus. Das muss er sein. Ich kenne ihn von Fotos. Er ist einen Kopf größer als ich und schleppt unter seinem teuren Anzug einen dicken Bauch vor sich her. Den zieht er schnell ein, als er mich erspäht, und schließt einen Knopf seines Jacketts. «Hallo, möchten Sie zu mir?» Er fährt sich mit der Hand über seine blonden Stoppelhaare.

Gerade will ich antworten, da kommt mir die Assistentin zuvor. «Das ist Frau Blumberg von der Übergabe.» Es klingt abschätzig. «Sie will einen Termin bei Ihnen.»

«Ah, Frau Blumberg.» Er klopft mir kollegial auf die Schulter. «Ich bin auf dem Weg in die Mittagspause. Sie können mich gerne ein Stück begleiten.»

Wir gehen gemeinsam den Flur entlang. Ich höre ihn schwer schnaufen. Allein diese wenigen Schritte scheinen eine sportliche Herausforderung für ihn zu sein. «Wo drückt denn der Schuh, junge Dame?»

«Herr Mayer, ich bin schon seit sieben Jahren bei *PerfectHuman* und war stets sehr zufrieden.» Immer erst Honig ums Maul schmieren.

«Prima, und?» Er mustert mich von der Seite.

Ich versuche, selbstsicher zu wirken. «Jetzt möchte ich mich aber verändern.»

Mayer bleibt abrupt stehen und lächelt. «Wollen Sie die Abteilung wechseln?»

«Nein. Ich möchte das Unternehmen verlassen und habe heute Morgen bereits schriftlich gekündigt.» Meine Direktheit überrascht mich selbst.

«Was, wieso?» Er wird bestimmter.

Ich zucke zusammen. «Es ist einfach ein Gefühl. Ich möchte nicht mehr … Babys und Eltern betreuen.» Das ist sowas von gelogen. Ich habe diese Arbeit immer geliebt.

«Dann geben wir Ihnen eine andere Stelle. Ist doch gar kein Problem. Überall suchen wir gute Leute, beispielsweise in der Produktion. Da sind gerade Stellen frei geworden.»

Reflexartig gehe ich einen Schritt zurück, weil ich an Mia denken muss. «Nein, ich möchte die Firma ganz verlassen und woanders neu beginnen.»

«Wohin wollen Sie denn?» Er setzt ein Pokerface auf. «Sagen Sie es ruhig. Ich bekomme das sowieso heraus.»

«Zu *preVita*.» Ich hauche es mehr.

Nicholas Mayer entgleisen die Gesichtszüge. «*preVita*. Sind Sie von allen guten Geistern verlassen?! Deren Geschäftsmodell basiert auf Fantasien und Hokuspokus. Das ist nicht Ihr Ernst!» Er bekommt ein rotes Gesicht und fängt an zu schwitzen.

Aus einem Büro schaut ein neugieriger Mitarbeiter heraus. «Was gibt's da zu glotzen?!», fährt ihn Mayer an. Der Kollege macht schnell wieder die Tür zu.

«Ich bin sicher, dass Ihr Vertrag eine Wettbewerbsklausel enthält, die einen Wechsel zu *preVita* so bald nicht zulassen wird.»

Ich erstarre, obwohl ich eigentlich damit gerechnet habe.

Er kramt ein Taschentuch hervor und wischt sich die Schweißperlen von der Stirn. «Sie müssen mindestens zwei Jahre pausieren», behauptet er selbstgefällig und geht weiter.

«Können wir uns denn nicht auf eine kürzere Kündigungsfrist einigen? Sie finden ja selbst, dass deren Geschäftsmodell Hokuspokus ist. Da kann es Ihnen allemal egal sein.»

Mayer ist von meiner schlagfertigen Antwort offensichtlich verblüfft. Dann sieht er mich kopfschüttelnd von oben bis unten an. «Sie versauen sich Ihr Leben.» Aufgebracht ruft er einen Sicherheitsmann. «Ich stelle Sie sofort frei. Aber es bleibt bei der Sperre von zwei Jahren.»

Plötzlich habe ich gewaltige Angst, dass seine Drohungen wahr werden könnten.

«Sie packen auf der Stelle Ihre Sachen und verschwinden!», brüllt er mich aus vollem Halse an.

Ich schrecke wie ein geprügelter Hund zusammen.

Unverzüglich nähert sich jemand vom Sicherheitsdienst.

«Frau Blumberg möchte uns schnellstmöglich verlassen. Sie soll ihr persönliches Zeug zusammenpacken. Begleiten Sie sie dann aus dem Gebäude und sperren Sie sofort ihre Zugangsberechtigung», sagt Mayer.

Der riesige, kahl geschorene Wachmann muss mir erst gar nichts sagen. Ich gehorche auch so.

«Das werden Sie noch bereuen!», ruft mir Mayer hinterher. So ein schlimmes Gespräch hatte ich weiß Gott nicht erwartet. Aber ich bin auch froh, dass ich es hinter mir habe.

Zu Hause falle ich erschöpft auf mein Sofa und informiere Amrex, wie es gelaufen ist.

«Ich rede sofort mit dem Anwalt und melde mich dann bei dir», sagt sie voller Tatendrang.

«Danke für deine Hilfe. Hoffentlich bringt es was.» Mich überfällt eine Heißhungerattacke. «Romeo, haben wir noch ein paar Weißwürste und süßen Senf da?»

«Ja, haben wir. Aber es ist 14 Uhr 17 und du weißt, der bayrische Volksmund sagt: Die Weißwurst soll das 12-Uhr-Läuten nicht hören.»

«Das ist mir jetzt völlig wurscht. Und bitte gleich vier.»

Ohne weitere Widerworte setzt Romeo die Kochmaschinen in Gang und muntert mich mit einem bayrischen Volkslied auf.

Total übersättigt liege ich auf meinem Sofa und fühle mich nun selbst wie eine Weißwurst in der Pelle.

Da meldet sich Amrex. «Halt dich fest: Der Anwalt hat sich gerade mit *PerfectHuman* gütlich geeinigt. Interessanterweise ohne Probleme.»

«Wie jetzt? So schnell? Was heißt das?»

«Du musst nicht zwei Jahre pausieren, sondern nur einen

Monat.» Sie posaunt es fröhlich heraus.

«Was?» Habe ich richtig gehört?

«Ja. Du darfst schon in einem Monat bei *preVita* anfangen. Das ist galaktisch!»

Ich muss die Information erst Stück für Stück verarbeiten.

«Ze, lebst du noch?»

«Ja … Ich kann gar nicht glauben, dass es so einfach geht.» Ich weine vor Erleichterung.

«Meine Ze. Weißt du was? Heute Abend stoßen wir darauf an. Um acht bei mir zu Hause?»

«Gute Idee», schluchze ich. «Danke, bis später.» Mehr bringe ich vor Begeisterung nicht heraus. Mit überschwänglicher Freude unterschreibe ich den Vertrag von *preVita* und sende ihn an Dustin zurück.

Amrex' Wohnung hat sich in eine idyllische Alphütte mit offenem Kamin verwandelt. Wir setzen uns in zwei gemütliche Ohrensessel und beobachten das knisternde Feuer. Amrex bestellt bei Han Solo eine Flasche Champagner. Mir wird übel, wenn ich an Alkohol denke. «Für mich eine Holunderschorle, bitte. Und hast du Schokolade?»

«Klar, aber du isst in letzter Zeit ziemlich viel davon.»

«Ich weiß, aber das beruhigt meine Nerven.» Ich bin also wieder auf dem Süßtrip. Blöderweise machen sich diese Fressorgien mittlerweile bemerkbar. Ich glaube, ich habe leicht zugenommen. Mein Rock spannt an der Hüfte. Ich nehme mir fest vor, bald Sport zu treiben und an meiner Bikinifigur für den Sommer zu feilen. Ich hoffe, dass bis dahin eine Sportart erfunden wird, die mir gefällt.

Kurz darauf reicht Amrex Getränke und Schokostückchen. Der herrliche Nougat zergeht auf meiner Zunge. «Danke für alles, was du für mich gemacht hast. Du bist meine persönliche Heldin. Du hast mich gerettet.» Ich nehme Amrex in den Arm.

«Klar doch, du würdest das auch für mich tun.»

Ich habe keine Erklärung dafür, warum ich unvermittelt frage: «Wie war es denn mit LeBron?»

«Wie erwartet: extraordinär. Einfach nur heiß.» Sie spendet sich selbst Applaus.

«Okay, bitte keine Details. Seht ihr euch wieder?»

«Ich weiß nicht. Sehr wahrscheinlich. Allerdings habe ich keine Lust auf eine lange Karenzzeit.» Amrex nippt an ihrem Champagner und lächelt süffisant.

Ungewöhnlich, dass meine Freundin mehr als nur einen One-Night-Stand will. Ungewöhnlich, dass ich eine Spur von Eifersucht empfinde.

NAEL

… bekommt die Zusage eines Frauenhauses in Erding. Zu seinem Erstaunen konnte er Lucie relativ schnell davon überzeugen, dort zu wohnen. Vielleicht, weil sie es eingesehen hat, dass es dort sicherer für sie ist. «Frau Tenner kümmert sich in der Zeit um unser Haus und den Garten», meinte Lucie. Sie hat die Sache mit der Nachbarin ganz allein organisiert. Er ist mächtig stolz auf sie. Sein Herz füllt sich wieder mit Kraft und Lebensfreude.

Nael ist jetzt täglich von 07:15 bis 11:30 und von 13:00 bis 17:45 in der Lackiererei. Motiviert bis in die Haarspitzen. Endlich ergibt seine Beschäftigung einen Sinn. Anstatt 500 UCs verdient er nun 640 UCs im Monat. Roni hat dieselben Arbeitszeiten, sodass die zwei nach wie vor gemeinsam essen gehen und ihre Freizeit zusammen verbringen können.

Trotz dieser positiven Entwicklung verbleibt bei Nael ein ungutes Bauchgefühl, dass er nicht immer und überall auf Roni aufpassen kann.

ZENIA

Am nächsten Morgen schlafe ich lange aus. Ein romantischer Traum hält mich gefangen. Wie gerne hätte ich ihn weitergeträumt. Leider ist er viel zu schnell vorbei. Schon bin ich wieder zurück in der nüchternen Realität – mit der Gewissheit, dass ich meine Liebesabenteuer lediglich in meinen Träumen ausleben kann. Ich seufze. Die vier Wochen Freizeit möchte ich auch nutzen, um mir darüber klar zu werden, wie es mit Samu weitergehen soll. Meine Vorstellung von einer glücklichen Beziehung werde ich niemals aufgeben. Ich bin zu jung für unerfüllte Sehnsüchte und diesen langweiligen Alltagstrott. Eine Energiewelle ergreift mich und zwingt mich aufzustehen, aber plötzlich wird mir so übel, dass ich liegen bleiben muss. «Romeo, mir ist wieder schlecht. Das ist nicht mehr normal. Es kann nicht nur dieses süße Zeugs sein oder die ganze Aufregung.»

«Etwas Ernsthaftes oder Ansteckendes kann es nicht sein. Sonst hätte das Gesundheitssystem Alarm geschlagen.» Er hat sich einen Arztkittel übergezogen, vielleicht, um mich aufzuheitern. «Ich könnte mit dir einen Komplettcheck durchführen. Den haben wir seit 51 Tagen nicht mehr gemacht.»

«Ja, Herr Doktor, bitte.»

Nach einer guten halben Stunde hat mein BRO sämtliche Daten aus Urin und Blut zusammengetragen und analysiert. Er setzt sich auf die Bettkante. Ich habe mich unter der Decke versteckt und hoffe sehnlichst, dass alles in Ordnung ist.

«Du bist vollkommen gesund», schießt es aus ihm heraus.

Ein großer Stein fällt mir vom Herzen und ich gucke erleichtert unter der Decke hervor.

«Aber ...» Romeo zögert.

Wieso aber? Ich will kein Aber. Mein Lächeln friert ein.

«Du bist nicht allein gesund. Dein Baby ist es auch. Du bist schwanger.»

«Was?» Schwanger? Das Wort schleudert wie ein Fremdkörper in meinem Kopf hin und her. Es fühlt sich irgendwie falsch an. «Das kann nicht sein!»

«An dem Untersuchungsergebnis gibt es nichts zu interpretieren. Hier ist das Ultraschallbild.»

Ich starre auf einen hellen Punkt inmitten eines schwarzen Lochs. So, wie man auf ein abstraktes Gemälde guckt und sich fragt, was der Künstler damit ausdrücken will. «Das kleine Ding hier?» Ich kann es nicht fassen.

«Genau. Viel ist da noch nicht zu sehen. Du bist in der fünften Schwangerschaftswoche. Ich glaube, in so einem Fall sagt man herzlichen Glückwunsch.» Er durchbricht tollpatschig meinen fast apathischen Zustand. «Zenia? Alles in Ordnung?»

«Nein.» Chaos, reines Chaos.

«Ein Baby ist doch etwas Schönes.» Er klingt verunsichert.

«Ach, Romeo. Es ist nur sehr unerwartet.» Meine Emotionen fahren Karussell, und ich spreche in Gedanken mit dem Wesen in mir. Warum willst du gerade jetzt in diese Welt hinein? Tränen schießen in meine Augen. Ich wünsche mir zwar Kinder, aber mit Samu läuft es überhaupt nicht. Ein Baby mit einem Mann, der immer weg ist? Wir haben noch nie über Kinder gesprochen. Meine Verzweiflung wächst von Sekunde zu Sekunde. Mir wird wieder schlecht, sodass ich ins Bad rennen und mich übergeben muss.

«Kann ich dir helfen?» Romeo steht im Türrahmen.

«Nein.» Kraftlos schlürfe ich zurück zum Bett. Eine Tasse mit Tee erscheint in der Luke. «Was ist das?»

«Hagebutte. Meine Recherche hat ergeben, dass dieser Tee

in der Schwangerschaft schmerzlindernd und immunstärkend wirkt. Es gibt noch viele andere Dinge, auf die du achten musst. Zum Beispiel bei Fisch …»

«Romeo, bitte.» Ich fahre meinem BRO über den Mund. «Ich habe gerade keinen Kopf dafür.» Er hätte mir sicher einen stundenlangen Vortrag über Ernährung während der Schwangerschaft gehalten. «Ich muss nachdenken.»

«Kein Problem – dann deaktiviere ich meinen Bodymodus, damit ich dich nicht ablenke», schlägt er vor.

Ich drehe die Fakten in die eine und in die andere Richtung. Ich weiß nicht, wie lange ich so sitze. Irgendwann, als die Tasse in meiner Hand längst abgekühlt ist, wird mir klar: Ich brauche dringend einen Tapetenwechsel. Ich muss durchschnaufen und mich neu sortieren. Und überlegen, wie es weitergeht. Ich will zu meinen Eltern.

Liebe Mama, lieber Papa!
Ich würde gerne ein paar Tage bei euch Urlaub machen. Geht das?
Liebe Grüße aus München

Kleine,
das ist eine wunderbare Überraschung.
Gerne! Du kannst jederzeit kommen und so lange bleiben, wie du willst. Wir freuen uns riesig!
Liebe Grüße aus Garmisch

Ich umklammere mit einer Hand das Silberherz an meiner Kette und denke an Mama. Sie kennt mich am besten und kann mir sicherlich helfen. Amrex verrate ich erst einmal nichts von dem

114

Baby. Ich spreche ihr auf die Voicebox, dass ich spontan meine Eltern besuchen und meinen arbeitsfreien Monat auf dem Land verbringen werde. Dann sende ich Samu eine Nachricht. Er muss schleunigst erfahren, dass er Vater wird.

> Schatz,
> ich fahre zu meinen Eltern. Bin für einen Monat von der Arbeit freigestellt. Besuchst du mich einmal? Es gibt viel zu erzählen. Es ist wichtig.

> Süße! Schön, dass du dich meldest! Freige-stellt? Was ist denn los? Ich bin tatsächlich bald in der Nähe von München und schaue natürlich vorbei.

Vielleicht wird doch alles gut. Wer weiß, ob das Kind eine Chance ist und unsere Beziehung rettet?

Meine Eltern habe ich eine halbe Ewigkeit nicht mehr gesehen. Zwar rufen wir uns regelmäßig an, aber ich freue mich sehr darauf, sie endlich wieder einmal in die Arme schließen zu können. Liebevoll streichle ich mir über den Bauch. Gleich wirst du Oma und Opa kennenlernen. Was bist du eigentlich, ein Junge oder ein Mädchen? Ich glaube, ich bin eher der Mädchentyp. So mit Schleifchen ins Haar binden, goldig anziehen und mit Einhörnern spielen. Aber ein Junge wäre auch großartig. Lächelnd schwelge ich in Erinnerungen an meine eigene Kindheit. Als ich klein war, half ich meinen Eltern viel im Garten. Es machte riesig Spaß. Wir ernteten Karotten, pflückten Erdbeeren und gossen alles fleißig. Vor allem erinnere ich mich daran, wie ich behutsam die Schnecken von den Pflanzen ablas. Ich ertrug es nämlich nicht, dass die Tiere durch irgendwelche Mittel getötet wurden. Also sammelte ich sie in einer Box und brachte sie dann mit dem Rad in den Wald. Dort setzte ich sie aus und wünschte ihnen noch ein schönes Leben, nachdem ich sie gebeten hatte, unseren Garten nicht mehr aufzusuchen. Fast jeden Tag verbrachte ich als Mädchen draußen.

Mein Vater strahlt mir an der Haltestelle entgegen.

«Papa!» Ich laufe in seine Arme und rieche das Parfum, das er an sich trägt, solange ich denken kann.

Als wir plaudernd heimschlendern, atme ich die frische Landluft tief ein. Mein Herz geht auf, als ich unseren Garten sehe. Meine Eltern hegen und pflegen ihn, als wäre er ihr zweites Kind. Einige Tulpen blühen bereits. Ich erspähe einzelne Maiglöckchen, und im Staudenbeet nicken Vergissmeinnicht sowie Schwertlilien im sanften Frühlingswind.

Jetzt entdecke ich meine Mutter, die am Hauseingang lehnt. Sie hat leicht abgenommen und sieht hübsch aus in ihrem hellbraunen, längeren Rock und der rosa Bluse. «Ich habe dich so vermisst, meine Kleine.»

«Ach, Mama.» Wir umarmen uns ganz lange und fest. «Was duftet denn hier so herrlich?» Ich schnüffle Richtung Küche.

«Überraschung.» Sie zieht mich hinter sich her.

Der Duft wird intensiver. Auf dem großen, massiven Esstisch steht der schönste Kuchen der Welt.

«Ist das etwa mein heiß geliebter Käsekuchen? Selbst gebacken nach Mama-Rezept?»

«Was glaubst du denn, mein Mädchen, natürlich. Meinst du, wenn du zu Besuch kommst, lässt Mama das Essen drucken?» Mein Papa spielt gekonnt die beleidigte Leberwurst.

«Nein. Aber du musst zugeben, dass dieses Zeugs wie echt aussieht», sage ich zu meiner Verteidigung.

«Stimmt, aber in meinem Kuchen steckt noch die Extrazutat Liebe drin. Das schafft kein Drucker.» Mama zwinkert mir zu.

Bei Tee und Kuchen berichte ich erst einmal von *preVita*. Dabei verliere ich ständig den Faden und kann mich gar nicht richtig konzentrieren.

«Dich bedrückt doch etwas», unterbricht mich Mama.

Ich lächle halbherzig.

«Oh, es folgt ein Frauengespräch», bemerkt mein Vater sofort. «Da lockere ich mal besser die Erde in den Beeten auf.»

Wir kichern. «Viel Vergnügen, Papa.» Sobald es um Gefühle geht, wird es ihm unangenehm und er macht sich regelmäßig aus dem Staub.

«Ach, Mama. Ich weiß gar nicht, wo ich anfangen soll. Erst mal läuft es mit Samu nicht gut. Er ist immer nur geschäftlich unterwegs und hat kaum Zeit für mich ...» Ich schütte ihr mein Herz aus.

«Das klingt nach Problemen. Wichtig ist, dass du ihm nicht vorwirfst, dass er Karriere machen will. Wenn er seine Arbeit für dich aufgibt, wird er unglücklich.»

Ich mag die sanfte Stimme meiner Mama. «Aber ich kann doch nicht ewig warten, bis er irgendwann Zeit für mich hat?!»

«Ich verstehe dich. Rede mit ihm. Sag ihm, was du fühlst, und es wird sich ein Weg finden. Falls es wahrhaftig die große Liebe zwischen euch sein sollte, wirst du es spüren, und ihr werdet wieder glücklich.» Sie nimmt meine Hand. «Da ist noch mehr, oder?»

Ich schlucke schwer. «Ja, ... ich bin schwanger.»

«Ach, Kleine.» Sie schließt mich fest in ihre Arme. «Das ist eigentlich eine sehr schöne Neuigkeit.»

Sie streichelt mir übers Haar. Wir fangen an zu weinen.

«Das ist etwas viel auf einmal.» Ich schniefe in ihre Schulter. «Die neue Stelle, die Schwangerschaft. Und außerdem bin ich mir nicht einmal sicher, ob ich Samu noch liebe. Übrigens weiß er noch gar nichts vom Baby.»

«Du musst ihm auf jeden Fall bald sagen, dass er Papa wird. Vielleicht reagiert er ganz toll und nimmt sich mehr Zeit für dich und das Baby. Eure Beziehung renkt sich dann bestimmt wieder ein. Wann trefft ihr euch denn?»

«Er will mich hier besuchen.»

«Na also.» Mama schenkt mir Tee nach. «Du musst nun viel trinken, damit es dem Nachwuchs gut geht. Darf ich meinen Enkel oder meine Enkelin denn mal sehen?»

«Oh, klar. Romeo, zeige meiner Mama bitte das Baby.»

«Das Ultraschallbild, bitteschön.» Auf den Screener an der Wand wird meine Gebärmutter projiziert. Der kleine weiße Punkt ist mir nicht mehr so fremd wie beim ersten Mal. «Es ist unfassbar winzig. Ich bin in der fünften Woche.»

Mein BRO dokumentiert. «Der Embryo ist etwa so groß wie ein Samenkorn. Zwei Millimeter. Er schwimmt in der Fruchtwasserhöhle, die ihr hier seht. In wenigen Tagen könnt ihr auch schon die Anlagen für Augen, Ohren, Mund, Arme und Beine beobachten. Außerdem bilden sich Rückenmark, Kopf- und Herzanlagen.»

Mama und ich nehmen uns gerührt in die Arme.

«Du hast mir übrigens nie richtig erzählt, wie du Samu kennengelernt hast», sagt sie.

«Echt nicht?» Ich lasse sie los. «Das ist eine ziemlich lustige Geschichte. Es war im Nymphenburger Schlosspark. Ich hatte damals, glaube ich, Mittagspause und wollte unbedingt raus an die frische Luft. Es waren nicht so viele Leute unterwegs. Deshalb fiel mir einer auf, der seinem Hund hinterherlief. Er rief immer wieder ‹Herr Schmitz, bei Fuß›.» Ich fuchtle mit meinen Händen wild in der Luft herum und äffe den Mann nach.

Meine Mutter lacht.

«Weniger lustig war, dass der Hund wie irre auf mich zugelaufen kam. Ich war wie versteinert, total reaktionslos. Du weißt, ich habe etwas Angst vor Hunden. Er sprang mich aus vollem Lauf an.»

«Ach du Schande.» Mama macht große Augen. «Bist du etwa umgefallen?»

«Ja. Der Hund stellte dann seine Vorderpfoten auf meinen Bauch, so nach dem Motto: Ich habe die Beute erlegt.»

«Das hätte ich gerne gesehen.»

«Ehrlich gesagt, fand ich ihn voll schnuckelig. So ein schönes Tier. Er hat ein marmoriertes Fell. Schwarz, weiß und braun. Und niedliche Flecken rund um die Augen. Er ist ein Australian Shepherd. Jedenfalls kam Samu zu uns. Völlig außer Atem. Ich weiß nicht, wie oft er sich entschuldigt hat. Er half mir auf die Beine und schimpfte mit Herrn Schmitz. Mein Kleid war total schmutzig. Samu versprach mir hoch und heilig, dass er es reinigen lassen würde. Der Hund legte übrigens während unserer Unterhaltung ständig den Kopf schief.» Ich ahme ihn nach. «Samu sagte: ‹Ich glaube, er hat sich in Sie verliebt›. Ich wurde knallrot. Um das zu vertuschen, bückte ich mich zum Hund hinunter und hielt ihm die Hand hin. Zack, legte er sich auf den Rücken. ‹Jetzt müssen Sie ihn am Bauch kraulen. Dann ist die Freundschaft besiegelt›, meinte Samu. Ich habe mich erst in den Hund, später in sein Herrchen verliebt.»

Mama scheint hin und weg zu sein.

Mit einem Schlag werde ich traurig. «Aber später mussten

wir Herrn Schmitz abgeben.» Die Erinnerung daran schmerzt nach wie vor. Der Hund war wie ein Familienmitglied.

«Wegen Samus neuer Tätigkeit, oder?»

«Ja, genau. Er musste ständig reisen. Und ich durfte den Hund nicht mit in meine Arbeit nehmen. Wir suchten lange nach einem neuen Zuhause für ihn. Ich glaube, er hat es jetzt gut. Er lebt bei einem kinderlosen älteren Ehepaar.»

«Das hat dir damals bestimmt das Herz gebrochen.» Mama streichelt meinen Arm. «Was meinst du? Wollen wir deinem Baby noch ein Stück Kuchen geben?» Mama will mich ablenken. «Er hat alle Vitamine und Mineralien, die ihr zwei gut gebrauchen könnt.»

«Nie würde ich dazu Nein sagen. Ich hab dich so lieb.»

«Und ich dich, meine Kleine.»

Ich übernachte in meinem alten Jugendzimmer. Meine Eltern haben es nie übers Herz gebracht, es in den vergangenen fünfzehn Jahren in irgendeiner Art und Weise zu verändern. Bis ich achtzehn war, wohnte ich hier. Danach zog ich in die Großstadt, um Psychologie zu studieren.

Ich sehe mich um. Auf dem Holzboden liegt immer noch der Teppich, den ich in der Schule im Werkunterricht gewebt habe. Frau Schweinsbauer war meine Lieblingslehrerin. Die Jungs aus meiner Klasse nannten sie immer Schweinsbraten. In einem Regal sind Einmachgläser mit getrockneten Blumen, die ich auf Ausflügen und bei uns im Garten gesammelt habe. Außerdem das silberne Schmuckkästchen, das mir meine damalige Freundin Katharina zum Geburtstag schenkte. Mit ihr ging ich vom Kindergarten bis zum Gymnasium durch dick und dünn. Traurig, dass ich überhaupt keinen Kontakt mehr zu ihr habe. Als sie mit 16 in die Drogenszene geriet, versuchte ich, sie da wieder herauszuholen. Leider vergeblich. Als sie mir dann auch noch Geld klaute, um ihren Stoff zu finanzieren, trennten sich unsere Wege endgültig. Echt ein Drama. Auf dem Schreibtisch steht mein erster Screener, an dem ich, nicht selten unter Protest, meine Schulaufgaben erledigen musste. Ob der noch funktioniert? Dann wandert mein Blick zu dem Gewächshaus, das ich an meinem zehnten Geburtstag geschenkt bekam. Ich pflanzte Samen von exotischen Früchten ein und schaffte es tatsächlich, Curubas, Kiwanos und Loquats zu züchten. Jetzt ist das Häuschen leer. Am liebsten mochte ich aber mein Bett. Papa hat es selbst gebaut. Er hielt nichts von modernem Schnickschnack und hämmerte Holzpaletten zusammen. Die Bretter strich ich irgendwann pink. Ich kuschle mich in das frisch gewaschene Bettzeug. Mama benutzt immer noch dasselbe Waschmittel. Den Duft kreierte sie selbst, als ich ganz klein war. Und seitdem hat sie nie einen neuen entwickelt. Herrlich. Es riecht einfach nach Zuhause.

Ein paar Tage später steht Samu vor unserer Tür. Mit einem Kloß im Hals begrüße ich ihn. Er hält einen Strauß Rosen in der Hand und strahlt mich an. «Meine Süße. Ich habe dich vermisst!» Wie schön, er hat mir schon so lange keine Blumen mehr geschenkt. Seine Reisetasche fällt auf den Boden. Er umarmt und küsst mich. Ich verharre einen Moment, indem ich meinen Kopf gegen seine Brust lege und hoffe, dass meine längst eingefrorenen Gefühle für ihn wieder auftauen.

«Hast du eine Vase? Die sind für deine Mama.»

«Oh.» Ich stelle die Blumen ins Wasser. «Meine Eltern sind einkaufen gegangen.»

«Also, ich will alles wissen», quengelt er.

«Moment, Moment, schalte mal einen Gang herunter. Wir

haben doch Zeit. Wie wär's, wenn wir spazieren gehen? Aber unsere BROs deaktivieren wir, okay?»

Samu zögert. «Einverstanden.»

Hand in Hand marschieren wir los. Es hat gestern geregnet, und wir müssen den Pfützen ausweichen.

«Hätte ich das gewusst, hätte ich andere Schuhe mitgebracht.» Er trägt seine polierten schwarzen Businessschuhe zu Jeans und weißem Hemd.

«Du weißt doch, dass meine Eltern auf dem Land wohnen.» Ich kann mir ein Schmunzeln nicht verkneifen.

«Mit einem Schlamm-Marsch habe ich aber nicht gerechnet», protestiert er entschieden.

«Dann zieh einfach die Schuhe aus!»

«Jetzt mach mal halblang. Wieso sollte ich sie ausziehen? Dann werden meine Socken schmutzig.»

«Dann zieh auch die Socken aus!»

Er sieht mich entgeistert an. «Damit ich etwa in eine Scherbe oder in einen Ast trete? Nein, danke.»

«Du kleiner Spießer», necke ich ihn.

«Ich, ein Spießer?»

«Ja. Mach mal verrückte Sachen, so wie damals.»

«Vergiss es.» Er umläuft die nächste Pfütze.

Ich habe keine Ahnung, warum ich das tue. Auf einmal baue ich mich vor ihm auf. Er ist zwar einen Kopf größer, aber ich fühle mich jetzt übermächtig. «Wenn du nicht die Schuhe ausziehst, passiert etwas!» Ich stemme meine Hände in die Hüfte.

«Ach, Süße …»

Ich lasse ihm keine Zeit zu antworten und schubse ihn. Samu trifft das derart unvorbereitet, dass er die Balance verliert. Das nutze ich aus und schubse ihn gleich noch einmal. Er rutscht mit seinen profillosen Sohlen aus und landet im Matsch.

«Nun sind nicht nur deine Schuhe schmutzig.» Triumphierend setze ich mich auf ihn. «Ich habe dich gewarnt.» Mit meinem Mund forme ich eine übertriebene Schnute und verschränke die Arme vor meiner Brust. «Sie kam, sah und siegte.»

«Halt! Die Rittersfrau hat noch nicht gewonnen.» Ein herausforderndes Grinsen huscht über sein Gesicht. Er packt mich an den Armen und zieht mich zu sich in den Dreck hinunter. «Eins zu eins.» Wir kugeln uns. «Guck mal da, wie niedlich.» Er zeigt auf einen Regenwurm, der aus der nassen Erde herauslugt.

«Der ist bestimmt nicht niedlicher als ich.»

«Mal überlegen.» Er verdreht übertrieben seine Augen. Dann beugt er sich über mich, und wir küssen uns. Doch mir fehlt das Feuer der Leidenschaft, das ich früher gespürt habe. Für mich beginnt eine Zeitreise. Am Anfang unserer Beziehung stellten wir oft originelle Dinge an. Da war der spontane Zirkusbesuch, bei dem wir tütenweise Popcorn aßen, bis uns die Bäuche wehtaten. Ich erinnere mich an Karussellfahrten auf dem Jahrmarkt und an feurige Küsse in der Geisterbahn. Nachts kletterten wir manchmal heimlich über Mauern, um nackt im Freibad zu schwimmen. Ganz zu schweigen von den rasanten Wildwassertouren und den Stippvisiten im Zoo, bei denen wir vor den Käfigen standen und uns vorstellten, was die Tiere wohl gerade denken. All die wunderschönen Bilder habe ich vor mir. Damals war Samu noch ein Angestellter mit durchschnittlichem Lohn. Abrupt halte ich inne. «Schade, dass wir all die verrückten Dinge gar nicht mehr machen. Ich meine, wir haben überhaupt keine Zeit mehr füreinander.»

Er streicht mir eine Strähne aus dem Gesicht. «Mein Job ist echt anstrengend, und ich muss Vollgas geben, um zu beweisen, was ich draufhabe.»

«Und wann wird das mal wieder anders?» Ich traue mich

nicht, ihn anzuschauen.

«Ich kann dir nichts versprechen, weil ich nicht weiß, was die Zukunft bringt. Aber eins ist klar: Ich liebe dich, und du bist die tollste Frau auf diesem Planeten.»

Ich setze mich hin und sehe ihn an. Mein nasses Shirt klebt an meinem Rücken. «Wenn du bei mir bist, fühle ich mich gut. Wenn du lange weg bist, fühle ich mich allein, als hätte ich gar keinen Partner. Ich wünsche mir einen Mann, der mich beschützt, der jederzeit für mich da ist.»

Er umarmt mich. Ich spüre, wie sein Herz rast.

«Ach, Süße. Wenn ich arbeite, merke ich vermutlich nicht, wie sehr du mich brauchst. Ich versichere dir, ich werde mich ändern und mehr für dich da sein.»

«Dann wirst du in der Firma kürzertreten?» Genau davor hat Mama mich gewarnt: so etwas von ihm zu verlangen. Es erstaunt mich nicht, dass er mich loslässt.

«Nein, Zenia, aber ich werde deine Ängste und Sorgen ernster nehmen.»

«Samu, ich hoffe, du hast meine Ängste und Sorgen bisher auch schon ernst genommen. Mir geht es aber in erster Linie darum, dass wir mehr Zeit miteinander verbringen.»

«Jaja, schon gut. Ich werde es versuchen.»

Ich könnte jetzt Amrex' Lebensphilosophie zitieren. Aber ich glaube, es brächte sowieso nichts.

Auf dem Heimweg berichte ich von meiner neuen Stelle bei *preVita*. Tief im Inneren drehen sich meine Gedanken jedoch nur um eins: Wie und wann soll ich ihm von unserem Baby erzählen? Mir wird schlecht. Mäuschen, bitte nicht. Als hätte das Kind mich verstanden, verschwindet der Übelkeitsanfall.

Am Abend sitzen wir alle im Wohnzimmer. Samu berichtet von

seinen aufregenden Reisen, den anstrengenden Kunden und den neuen Projekten. Besonders Papa ist von seinen Ausführungen angetan und hakt immer wieder nach. Er denkt bestimmt: Was für ein toller Schwiegersohn. Während mein Vater immer euphorischer wird, ziehe ich mich mehr und mehr in meine Gedankenwelt zurück und nicke ab und zu. Samus Worte prallen an meiner Schutzmauer ab. Mama schaut oft mitfühlend zu mir herüber. Warum befürchte ich, dass sich in unserer Beziehung nichts ändern wird? Ist Samu wirklich der Richtige für mich? Und warum bekommen wir gerade jetzt ein Baby? Schlimm genug, dass er nicht merkt, dass ich etwas auf dem Herzen habe.

Als er in der Nacht zu mir ins Bett steigt, nehme ich endlich allen Mut zusammen. «Samu, wir müssen reden.» Ich fummle nervös an der Wolldecke herum.

«Was ist denn?» Er sieht mich gespannt an.

«Ich weiß nicht, wie ich es dir sagen soll.»

«Du kannst mir alles sagen.» Er legt seinen Arm um mich.

«Wir … kriegen ein Baby.»

Er rührt sich nicht. Es ist mucksmäuschenstill. Alles, was ich höre, ist der Puls in meinem Ohr und Samus Atem, der ganz flach geht. Nach einer halben Ewigkeit drückt er sich leicht von mir weg. «Wie ist das möglich? Du meinst ein Gott-Kind?» So, wie er es betont, klingt es wie eine ansteckende Krankheit. Ich bin geschockt und nicke verhalten.

«Aber was sollen wir denn damit?», fragt er dämlich, als hätte ich ein teures Möbelstück besorgt, das wir eigentlich gar nicht brauchen können.

«Das ist nicht der Punkt. Das Kind wächst bereits in mir.»

«Das gibt's doch nicht!» Er steht auf und läuft in Boxershorts hin und her. «Wie konnte das passieren? Du hast doch die Verhütung aktiviert. Ich denke, die Dinger sind absolut zuverlässig.»

«Davon bin ich auch ausgegangen.» Was ist denn das für eine Reaktion? «Ist das alles, was du dazu zu sagen hast?»

Er schüttelt den Kopf. «Mein ganzes Leben wird gerade komplett durcheinandergewirbelt. Und dann ist es auch noch ein Gott-Kind.»

«Ah, so ist das. Du hättest also lieber ein perfektes Baby aus der Kapsel», stoße ich hervor.

«Nein, ich will gar keins!» Er bleibt stehen. «Kinder ja, vielleicht in ein paar Jahren. Warum ausgerechnet jetzt? Das ist einfach nicht der richtige Zeitpunkt.»

Langsam werde ich sauer. «Ach was. Meinst du, ich finde den Zeitpunkt passend? Aber ganz sicher werde ich es nicht wegmachen lassen.»

Er stützt sich auf die Bettkante. «Zenia, bitte lass uns nicht streiten. Ich bin völlig überfordert. Das trifft mich wie ein Schlag. Was verlangst du denn?»

«Eigentlich habe ich mir vorgestellt, dass uns das Baby wieder näherbringt. Dass es eine Chance ist, dass wir uns öfter sehen. Aber es scheint genau andersherum zu laufen. Es bringt uns noch weiter auseinander», sage ich resigniert.

«Nein, das ist nicht wahr. Lass uns morgen weiterreden. Ich brauche etwas Zeit zum Nachdenken.» So ratlos habe ich ihn noch nie erlebt. Zu meiner tiefen Enttäuschung gesellt sich die schmerzhafte Gewissheit hinzu, dass er das Kind nicht will.

Am nächsten Morgen wache ich wie gerädert auf. Samu ist nicht mehr im Zimmer. Als ich in die Küche komme, sitzt er am Frühstückstisch und starrt auf seinen Kaffee.

«Guten Morgen, meine Kleine.» Mama schließt mich in die Arme. «Magst du Tee?»

«Ja, gerne.» Ich setze mich zu Samu. «Hallo.»

«Hallo.»

Mama stellt mir eine Tasse hin und geht in den Garten, wo Papa schon fleißig die Erde des Gemüsebeetes bearbeitet.

«Die Sache mit dem Baby … das habe ich nicht so gemeint. Verzeihst du mir?», fragt Samu.

Ich lächle reserviert.

«Ach, Süße. Alles wird gut.»

Nach Samus Abreise versuche ich, mich zu entspannen und positiv zu denken. Amrex bringe ich auf den neuesten Stand der Dinge. Sie freut sich schon auf ihre Rolle als Patentante. Zudem beschäftige ich mich intensiv mit dem Thema Geburt und spreche immer wieder mit Mama über alles, was mich belastet. Samu meldet sich praktisch nie.

«Er muss bestimmt erst mit der Situation klarkommen», meint meine Mama.

«Ich glaube eher, dass seine Eltern mehr UniversalCredits in die Karriere-, als in die Gefühls-Gene investiert haben.»

Wir lachen. Im tiefen Inneren aber spüre ich, dass unsere Liebe keine Zukunft mehr hat. Ich schaffe es trotzdem mit dem Baby. Notfalls auch ohne Mann.

Als drei Wochen meines Urlaubs vorbei sind, erreicht mich ein Anruf von der Polizei. «Frau Blumberg, wir haben Mia Zen gefunden.»

NAEL

… fragt sich, wo sein Kumpel wohl bleibt. Nach einer halben Stunde bricht er sein Lauftraining ab und geht duschen. Die Bücherei hat schon lange zu. Wahrscheinlich macht Roni ein Nickerchen. Nael hat Hunger, aber er will ihn wecken, um mit ihm gemeinsam zu essen.

Die Zelle seines Freundes ist leer. Das ist ungewöhnlich. Besorgt ruft er Aufseher Alois. «Wo ist Roni?»

Der kräftige Mann nähert sich. «Es gab vor einer guten Stunde eine Schlägerei. Der Junge ist übel zugerichtet worden und liegt jetzt auf der Intensivstation.»

Nael hält sich an der Zellentür fest. Seine Beine drohen, ihm den Dienst zu versagen. «Wieso?» Wie kurz vorm Ersticken versucht er verzweifelt, nach Luft zu schnappen, und krächzt: «Darf ich zu ihm?»

«Die Besuchszeiten sind für heute leider bereits vorbei. Morgen früh geht's wieder ab sieben.»

In dieser Nacht schläft Nael kaum. Unentwegt wälzt er sich voller Schuldgefühle hin und her. Warum hat er Roni nur alleingelassen?

Völlig geschlaucht macht er sich nach dem Frühstück auf den Weg zur Krankenstation. In diesem Trakt ist er glücklicherweise noch nie gewesen. Nachdem er die Sicherheitsschleuse passiert hat, wird er von einem Wärter durch einen Gang mit vielen Zellen geführt. Nael schaut nur geradeaus und bemüht sich, das unrhythmische Piepen der medizinischen Geräte auszublenden. Der Wärter hält vor einer Zelle im hinteren Bereich. Nael darf nicht zu Roni hinein, also tritt er nah an das Gitter heran.

Da liegt sein Kumpel. Sein linkes Bein lagert in einer Schlinge, und Schläuche verschwinden in seinem Körper. Sein Gesicht ist kaum mehr zu erkennen, da alles blutunterlaufen und geschwollen ist. Nael bemüht sich, die aufsteigende Übelkeit zu ignorieren. «Hey, Bruder.»

Roni hebt leicht den Kopf und verzieht das Gesicht. Es soll wohl ein Lächeln sein. Er öffnet den Mund. Allerdings ist er zu schwach, um zu reden.

Eine irre Wut überkommt Nael, aber er muss sich beherrschen. Er will Roni nicht aufregen. «Dich kann man nicht allein lassen, Bruder. Wer hat das getan?» Eigentlich eine überflüssige Frage. Nael weiß es längst. Er krallt sich an den Gitterstäben fest. Ihn überkommt das brennende Bedürfnis, sich zu rächen. Diesem Schwein von Perk wird er es heimzahlen. Er presst Ober- und Unterkiefer fest aufeinander. Auch wenn es ihm schwerfällt, muss er erst den richtigen Zeitpunkt abwarten. Die einzigen Orte ohne Überwachungskameras sind die öffentlichen Toiletten. Irgendwann muss auch Perk dorthin.

Roni schließt seine Augen.

«Er braucht jetzt viel Ruhe. Er ist noch nicht über den Berg.» Ein Arzt bittet Nael zu gehen.

«Mach's gut, Bruder. Ich komme nach der Arbeit noch mal vorbei», sagt er, doch Roni reagiert nicht.

Als Nael später geistesabwesend lackierte Türen kontrolliert, ruft ein Wärter: «Gardi, mitkommen. Du hast Besuch.»

«Meine Schwester?» Wenn ihr wieder dieser Typ aufgelauert hat, dann dreht er durch. Zu seiner Überraschung wird er aber nicht wie üblich in eine der Besucherkabinen gebracht, sondern in einen isolierten Raum ohne Fenster, der nur mit einem Tisch und zwei Stühlen bestückt ist. Von Lucie keine Spur.

Stattdessen kramt ein dürrer, fremder Mann in einer Aktentasche herum. Zwei schwer bewaffnete Aufseher überwachen das Ganze aufmerksam.

«Hey, ich bin hier falsch.» Nael dreht sich ab, doch der Wärter schubst ihn zurück. «Passt schon.»

Verwirrt nimmt er Platz. «Wer sind Sie?»

«Ich bin John Culfier. Eine Sekunde bitte.» Der Unbekannte kramt weiter in seiner Tasche, ohne aufzublicken. Er hat eine spitze Nase und ein knochiges, eingefallenes Gesicht. Das Grau seines Anzugs spiegelt sich in seinen schütteren Haaren wider. Nael findet, dass er einem Vogel ähnelt. Einem zerzausten Reiher oder so. Er könnte ein Anwalt sein. Der Vogelmann kratzt sich am Kopf, legt einen portablen Screener auf den Tisch und setzt sich hin. «So.» Mit seinen kleinen, stechenden Augen fixiert er Nael. «Hallo, Herr Gardi.»

«Hallo, hat meine Schwester Sie geschickt?» Argwöhnisch verschränkt er seine Arme.

«Ihre Schwester? Nein, nein. Ich besuche Sie im Auftrag von *SIvEx* und möchte mit Ihnen über ein Angebot sprechen.»

«Was ist Siffis?»

«*SIvEx*, Herr Gardi.»

«Dann eben *SIvEx*. Was soll das sein, und was wollen Sie von mir?», fragt Nael.

Culfier kratzt sich erneut am Kopf. «Wir sind eine Stiftung, und die Abkürzung steht für ‹Soziale Integration von Ex-Häftlingen›. Wir helfen Insassen nach ihrer Entlassung, wieder im normalen Leben Fuß zu fassen. Wir fokussieren uns …»

Nael lacht laut auf. «Besuchen Sie mich in neun Jahren wieder, jo.» Will ihn der Mann aufs Kreuz legen?

«Und wenn Sie jetzt schon herauskönnten? Oder gefällt es Ihnen so gut im Gefängnis?», kontert er.

«Nein, natürlich nicht. Aber ...»

«Dann hören Sie sich erst einmal an, was ich Ihnen zu sagen habe.» Er fährt Nael über den Mund.

«Ist ja okay.»

Dieser Mann hat etwas von einem strengen Lehrer, der keine Widerworte duldet. «Unser Angebot lautet: Wir holen Sie aus dem Gefängnis heraus und besorgen Ihnen eine Wohnung und auch eine Arbeit.»

«Klar. Sie holen mich mal eben so raus. Und morgen kommt der Weihnachtsmann.» Nael hält grinsend beide Daumen hoch. «Sie sind echt lustig, jo.»

Als Culfier arrogant zurückgrinst, verwandelt sich Naels Ironie blitzartig in Wut. Er beugt sich bedrohlich vor. «Wollen Sie mich verarschen?»

Ein Wärter räuspert sich. Nael lehnt sich wieder zurück.

«Ich kann mich auch um einen anderen Häftling kümmern, wenn Sie nicht wollen.» Culfier klappt seinen Screener zu.

«Moment, Moment.» Nael rudert zurück. «Tut mir leid, aber das klingt für mich wie ein Witz.»

«Ich verstehe Sie ja. Das ist bestimmt alles sehr überraschend für Sie. Aber lassen Sie sich doch helfen. Ansonsten verschwende ich hier nur meine Zeit, Herr Gardi.»

Nael ist das nach wie vor nicht geheuer, aber er hat nichts zu verlieren. «Gut, von vorn. Wieso ich?»

Culfier atmet tief durch, dabei werden seine Nasenflügel breiter. «Herr Gardi, wir sind bestens mit Ihrem Fall vertraut und der Meinung, dass Sie damals keine richtige Verteidigung hatten. Die Anwälte von *SIvEx* sind der Überzeugung, dass

Ihnen eine immense Ungerechtigkeit widerfahren ist. Wir könnten Ihren Fall neu aufrollen und Sie hier herausholen.»

Ungläubig sieht Nael ihn an.

«Wissen Sie, die Stiftung steht für Gerechtigkeit. Es gibt genug Menschen, die zu Unrecht verurteilt worden sind. Hinzu kommt, dass Sie, Herr Gardi, in Ihrem Leben bereits genügend Schicksalsschläge durchleiden mussten.»

Nael denkt wieder an die Flammen. Die schlimmste Erinnerung seines Lebens.

«Herr Gardi, wir wissen auch, dass Sie vor einem Jahr eine kriminelle Tat begingen. Ihr Strafmaß ist aber viel zu hoch. Ihre Motive waren im Grunde genommen human. Sie verteidigten nur Ihre Schwester und haben damit vielleicht sogar ihr Leben gerettet. Sie sind ein selbstloser und guter Mensch mit einem großen Herzen. Sie wären ein wertvoller Zugewinn für unser Integrationsprogramm.»

Er, ein Zugewinn? Nael muss die Worte erst einmal sacken lassen. Woher weiß dieser fremde Mann so viel über ihn? Warum kommt der ausgerechnet zu ihm und nicht zu irgendeinem anderen Gefangenen? Nael ist das sehr suspekt.

«Was sagen Sie dazu, Herr Gardi?»

«Klingt wie ein Traum.»

«So glauben Sie mir, das ist die Realität und die blanke Wahrheit. Sie können von Glück reden, dass Sie von *SIvEx* ausgewählt worden sind. Das ist ein echtes Privileg.»

«Aha. Und wo ist der Haken?» Er muss dafür wahrscheinlich seine Seele an den Teufel verkaufen.

«Haken? Was meinen Sie damit?»

«Im Leben kriegt man doch nix geschenkt, Mann.» Das weiß Nael nur allzu gut.

Der Vogelmann nickt geheimnisvoll.

ZENIA

«Geht es Mia gut?», frage ich.

«Das kann man so nicht sagen», meint der Polizist.

Mein Herz pumpt jetzt das Blut doppelt so schnell durch meine Arterien, sodass es mir schwindelig wird.

«Wir haben Mia Zen in Nürnberg gefunden. Sie ist geistig durcheinander und verwahrlost.»

Sie lebt! Ich bin erleichtert. «Was heißt das, verwahrlost?»

«Die Details möchte ich Ihnen lieber ersparen. Aber sie scheint sich länger nicht gepflegt zu haben.» Der Polizist räuspert sich. «Das weitaus Schlimmere ist, dass sie fantasiert. Sie spricht unaufhörlich von Kidnapping, Babyklonen, Aliens und so weiter.» Er klingt amüsiert.

«Oh, die arme Mia.» Mir wird heiß, weil ich ihre Fantastereien damals live miterlebt habe.

«Wir wollten Sie nur informieren, dass der Fall zu den Akten gelegt wird. Frau Zen ist in der *Psychiatrie Nürnberg-Nord* bestens aufgehoben.»

«Danke für die Info.» Endlich Klarheit. Mias Geschichten waren Gott sei Dank nur ein Hirngespinst.

«Da wäre noch etwas», sagt er.

«Ja?» Ich halte den Atem an.

«Ich muss Sie darüber in Kenntnis setzen, dass wir Sie kurzzeitig überwacht haben.»

«Wie bitte, warum denn das?» Ein heftiges Ziepen durchsticht meinen Unterleib.

«Na, Ihr Verhalten war etwas auffällig, als wir Sie damals zu Frau Zen befragten. Auch hatten Sie in den vergangenen Wochen ständig Ihre ID-Ortung ein- und ausgeschaltet, was uns zusätzlich verdächtig vorkam. Aber, wie gesagt, der Fall ist abgeschlossen. Sie können beruhigt sein.»

Beruhigt? Ich bin wie eine potenzielle Kriminelle beschattet worden. «Na dann. Danke.»

«Auf Wiederhören, Frau Blumberg.»

Ich sitze völlig perplex auf dem Sofa. «Was für ein Wahnsinn.» Wenigstens ist Mia jetzt in guten Händen. Ich werde sie irgendwann einmal dort besuchen.

«Möchtest du einen Beruhigungstee haben, Zenia?»

«Nein, Romeo, danke. Aber sag mal. Ich schalte doch nie meine ID-Ortung aus. Wie kann das sein?»

«Das wundert mich auch. Ich führe deshalb gerade einen Systemcheck durch … Fertig.»

«Und?» Ich lege mich hin.

«Ich habe bei mir einen Virus entdeckt. Das hat nicht nur zur Folge, dass die ID verrücktspielt, sondern zum Beispiel auch der Verhütungsmechanismus. Es folgt ein außerplanmäßiges Update. Ich muss auf der Stelle einen Reset durchführen und mich neu booten. In sieben Minuten und zwölf Sekunden bin ich wieder verfügbar. Bis gleich.» Romeo verabschiedet sich abrupt.

Ich kann seine Worte gar nicht glauben. Mein Baby ist die Folge eines Virus! Ich kämpfe nicht gegen die Sintflut von Tränen an, die in mir hochsteigt, sondern lasse ihr freien Lauf. All meine Sorgen, Ängste und Seelenschmerzen scheinen sich in einem reißenden Schwall zu entladen.

Nach einer gefühlten Ewigkeit bemühe ich mich, wieder klare Gedanken zu fassen. Das Wichtigste ist, dass Mia lebt. Meine Zweifel gegenüber *PerfectHuman* lösen sich in Luft auf. In dem

Moment macht sich mein Baby schmerzintensiv bemerkbar. Bitte, Kleines, bleib ruhig. Alles wird gut. Ich lege die Hand auf meinen Bauch. Aber die Schmerzen werden heftiger. «Du darfst dich nicht aufregen!», flehe ich mein Baby an, aber diesmal gehorcht es nicht. Mich krümmend rufe ich nach meiner Mutter, aber meine Stimme ist so kraftlos, dass Mama mich unmöglich hören kann. Als ich mich ins Bad schleppe und meinen Slip ausziehe, ist er voller Blut und Gewebeklümpchen. Ich weiß sofort, was geschehen ist. Wie eine fremdgesteuerte Marionette steige ich unter die Dusche.

Eingepackt in ein Handtuch taumele ich langsam ins Zimmer zurück und sacke zusammen.

... Genick knackt, als er seinen Kopf von rechts nach links kippt. «Was muss ich als Gegenleistung tun, Herr Culfier?»

«Sie müssten sich hervorragend eingliedern und etwas aus Ihrem Leben machen. Ferner müssten Sie von Ihrer Tätigkeit berichten. Wir möchten nachvollziehen, dass die Integration gut funktioniert.»

Einerseits klingt das für Nael unglaubwürdig. Andererseits hat er schon von solchen sozialen Programmen gehört, die Menschen in Not helfen. Entweder steckt der Staat dahinter oder irgendwelche Gönner mit großem Herzen. Aber warum sollte ausgerechnet er einmal Glück haben? Davon ist er leider bisher sein ganzes Leben lang verschont geblieben. «Das ist alles? Das ist die Gegenleistung?»

«Ja, das ist quasi alles.» Der Vogelmann macht eine Pause.

«Was für eine Arbeit wär's eigentlich?», fragt Nael.

«Wir sind selbstverständlich an einer Sache dran, die perfekt zu Ihrem Profil passen würde. Ich kann Ihnen aber jetzt noch keine Details nennen.»

«Nix Illegales, oder?»

«Nein. Um Himmels willen. Wenn ich Sie das nächste Mal besuche, weiß ich voraussichtlich schon mehr. Bitte, Herr Gardi, wollen Sie raus oder nicht?»

Nael denkt an Roni.

«Sie zögern?»

«Mein Freund ist zusammengeschlagen worden und liegt auf der Intensivstation.» Roni. Perk. Seine Gedanken beginnen sich im Kreis zu drehen und werden immer schneller und schneller.

«Und was wollen Sie nun tun?» Culfier schaut kritisch.

«Weiß nicht.» Seinen Freund zurück- und Perk ungeschoren davonkommen lassen?

Culfier hebt den Zeigefinger. «Ich warne Sie! Auf keinen Fall dürfen Sie sich nochmals etwas zuschulden kommen lassen. Verhalten Sie sich bitte normal und gehen Sie kein Risiko ein.» Seine Anweisungen hallen in Naels Kopf wie ein Echo nach. «Herr Gardi. Letzte Chance! Unterschreiben Sie diese Einverständniserklärung oder nicht?» Er schiebt Nael den Screener entgegen und reicht ihm einen Stift.

Nael starrt auf den Bildschirm. «Was steht da?»

«Dass Sie damit einverstanden sind, dass ein Anwalt Ihren Fall neu aufrollt und wir alles versuchen werden, um Sie hier so bald wie möglich herauszuholen.»

«Ah, Sie sind gar kein Anwalt?»

«Nein, ich bin Sozialpädagoge. Wir würden noch öfter während des Integrationsprozesses miteinander zu tun haben.»

Er hätte schwören können, dass Culfier ein Anwalt ist. Seit wann sind Sozialpädagogen denn so steif? «Was bedeutet diese Zahl?» Nael tippt auf den Screener.

«500.000 UCs müssten wir für Ihre Kaution aufbringen.»

«Was? Gütiger Gott!» So viel ist er denen wert?

«Wir erhalten diese Kaution zurück, wenn Sie innerhalb der nächsten zwei Jahre nicht straffällig werden. Das wäre auch eine Bedingung des Integrationsprogrammes.»

«Was, wenn doch?» Nael spielt mit dem Stift.

«Sie verpflichten sich mit Ihrer Unterschrift, dass Sie den Betrag an uns zurückzahlen müssten, wenn Sie innerhalb der zwei Jahre rückfällig werden würden.»

Der Stift rutscht Nael aus der Hand und fällt auf den Boden. Culfier bückt sich danach. Am Hinterkopf hat er so gut wie keine Haare mehr.

«So viel Geld werde ich nie haben», stöhnt Nael.

«Dann rate ich Ihnen, keine Straftat mehr zu begehen.» Culfier sieht ihm scharf in die Augen. «Ist das ein Problem?»

Nael atmet tief durch und denkt an Perk. Aber er kann doch Roni nicht alleinlassen. Ach. Es klappt eh nicht, dass er hier herauskommt. «Nein. Kein Problem.»

«Bitte jetzt an dieser Stelle unterschreiben.» Culfier zeigt ungeduldig auf eine Linie, die den Abschluss eines zehnseitigen Dokumentes markiert.

Nael kritzelt seine vier Buchstaben hin.

«Prima. Damit läuft die Sache. Ich besuche Sie, wenn ich den Entlassungstermin weiß.»

«Also, in neun Jahren.» Nael kann sich die flapsige Bemerkung nicht verkneifen.

Culfier reagiert gelassen. «Nein. Vielleicht schon in ein paar Wochen. Wir haben einen guten Draht zur Staatsanwaltschaft.»

Nael starrt ihn an. «Na dann.» Irgendetwas an diesem Mann erscheint ihm nicht echt. Aber er wird ihn wahrscheinlich sowieso nicht wiedersehen. Er kann sich nicht vorstellen, welchen Vorteil Culfier von dieser Aktion hat.

«Bis bald, Herr Gardi.»

«Jo», kann er gerade noch sagen, bevor sich der Vogelmann in Luft aufgelöst hat.

Als Nael in seine Zelle zurückkommt, erfährt er, dass es sein Kumpel Roni nicht geschafft hat.

ZENIA

Mama und ich zünden jeden Tag eine Kerze an.

Sie leuchtet in unserem Wohnzimmer auf dem kleinen Kirschbaum-Holztisch. Daneben lächelt uns eine Engelsfigur aus weißem Porzellan an. Eben noch zu zweit, bin ich jetzt wieder allein in meinem Körper. Mein Sternchen ist zu den großen Sternen gereist. Ich schaue aus dem Fenster Richtung Himmel und fange leise an zu weinen. Ob ich jemals wieder glücklich sein kann und Frieden im Herzen finde?

Meine restlichen Urlaubstage ruhe ich mich bei meinen Eltern aus. Nach der Ausschabung werden meine Blutungen allmählich schwächer. Die Trauer lasse ich zu. Nachts weine ich mich in den Schlaf, tagsüber lenke ich mich durch Gartenarbeiten und lange Gespräche mit meinen Eltern ab. Irgendwann ist der Zeitpunkt gekommen, an dem ich mir einrede, dass die Fehlgeburt ein Zeichen ist. Ein Wink des Schicksals. Das Kind hat gespürt, dass Samu es nicht wollte. Es ist lieber an einem anderen Ort. An einem Ort, an dem mehr Liebe herrscht. Ich muss mich zusammenreißen, damit ich nicht verrückt werde. Samu ist definitiv nicht der Richtige für mich. Er ruft unterdessen gar nicht mehr an und reagiert ebenso wenig auf meine Nachrichten. Wie sehr ich mich in ihm getäuscht habe. Er hat mich im Stich gelassen. Verantwortungslos und unreif. Trotzdem muss er vom Verlust des Babys erfahren.

Ich erzähle Amrex alles ausführlich in einem zweistündigen Call. Am Schluss fasst sie unser Gespräch wie nach einem Business-Meeting nüchtern zusammen. Vielleicht, weil sie auch mit all den betrüblichen Ereignissen überfordert ist.

«1. Mias Geschichten waren anscheinend erfunden und nur Produkte ihrer Fantasie.

2. Du musst dich bei deinen Eltern noch gut ausruhen, damit du wieder auf die Beine kommen und Kräfte sammeln kannst. Die brauchst du auch für deinen neuen Job.

3. Samu macht dich nicht glücklich. Er begreift es auch nicht. Eine Trennung ist die einzige Lösung.

4. Die Zeit wird die Wunden heilen. Der Verlust deines Babys tut mir unendlich leid, aber du wirst sicher einen wundervollen Mann kennenlernen und mit ihm ganz viele Kinder haben. Vermutlich musste alles so kommen.

5. Für deinen zweiten Mann Romeo bestelle ich jetzt einen besseren Virenschutz, damit so ein Fiasko nie mehr passiert.

6. Ich bin immer für dich da, wenn du mich brauchst. Wir schauen nur noch nach vorne.»

Tage später stehe ich vor dem *preVita*-Tower. Dieser Job ist meine Hoffnung auf einen Neuanfang. Maßlos aufgeregt, aber dankbar für neue Wege, die sich mir eröffnen, betrete ich um kurz vor neun die Eingangshalle und erfrische mich an den kühlenden Wasserperlen des Regenbogens. Am Empfang winkt mir der Personalchef Dustin freundlich zu.

Den ganzen Vormittag führt er mich durch das Gebäude und stellt mich vielen Mitarbeitern vor. Könnte ich mir doch nur die Hälfte aller Namen merken. Die Leute sind außerordentlich nett zu mir. Hier fühle ich mich gar nicht fremd, sondern wie in einer Familie. Das hat *PerfectHuman* in all den Jahren nicht geschafft. Dort wird Anonymität groß geschrieben und Herzlichkeit klein. Am meisten fasziniert mich bei *preVita* die Forschungs- und Entwicklungsabteilung. Hunderte Mitarbeiter sind emsig damit beschäftigt, virtuelle Elemente von links nach rechts und von oben nach unten durch die Luft zu schieben.

«Hier entsteht unsere Software», sagt Dustin.

«Wahnsinn.» Ich bin überwältigt. «Was machen die alle?», frage ich wissensbegierig.

«Die Programmierer bauen die Daten- und Prozessmodelle. Die Hologramme sind Symbole für die Prozesse, die Daten und die Beziehung der Daten untereinander.»

«Aha.» Ich verstehe nur Bahnhof, verfolge dennoch interessiert das wilde Gestikulieren der Leute. «Wer hatte eigentlich die Idee für *preVita*?»

«Vor ziemlich genau sieben Jahren hat ein finnischer Ingenieur namens Joona Kanerva die Firma gemeinsam mit zwei Software-Entwicklern gegründet. Er ist heute noch unser CEO. Mit der Zeit haben wir dann mit Astrologen, Neurowissenschaftlern und Psychologen medizinische Geräte gebaut, die Menschen in den Alphazustand bringen können. Durch ausgeklügelte Frage-Antwort-Algorithmen, die sich durch künstliche Intelligenz ständig optimieren, werden die Patienten in die Vergangenheit zurückgeführt.»

«Seit wann gibt es denn fertige Produkte?»

«*Jupiter* ist seit einem Jahr auf dem Markt. Er wird bisher nur in Gesundheitszentren oder Praxen eingesetzt, weil die Hardware sehr umfangreich und platzeinnehmend ist. Zudem ist ein Psychologe vor Ort unverzichtbar. Natürlich wird *Jupiter* ständig weiterentwickelt. Parallel dazu sind wir aber auch kurz vor der Testphase unseres neuen Produktes, *Uranus*. Es wird viel kostengünstiger und kleiner sein. Jeder könnte es bei sich zu Hause haben.» Er strahlt. «Stell dir das einmal vor, dafür mussten wir einen virtuellen Psychologen erschaffen, der den Anwender seelisch unterstützt. *Uranus* ist aber noch nicht einsatzbereit. Mit ihm werden jedenfalls unsere Umsätze explodieren. Infolgedessen steigt auch unsere Mitarbeiterzahl rasant. Inzwischen haben wir über 1.500 Angestellte und rechnen mit einer Verdopplung in den nächsten zwölf Monaten.»

Ich werde von seiner Euphorie angesteckt. «Das klingt genial. Und wo werden die Rückführungen durchgeführt?»

«Das wird dir Carl später zeigen. Wir sollten uns aber erst einmal stärken. Hast du Hunger?»

«Und wie.»

In der gemütlichen Kantine, die ‹Marktplatz› genannt wird, verspeise ich eine Gemüsequiche. Danach bringt mich Dustin in einen Raum, in dem es leicht nach Lemongras riecht.

Dort wartet bereits mein Chef auf mich. Nachdem sich Dustin verabschiedet hat, reicht mir Carl eine kleine Schale mit Macadamia-Nüssen. «Das ist die beste Hirnnahrung, mochtest du auch welche?»

«Ja, gerne.» Ich greife zu.

«Na, dann zeige ich dir zunächst deinen neuen Arbeitsplatz. Wir haben momentan fünf Räume dieser Art.»

Ich versuche, mich zurechtzufinden. In der Mitte des Zimmers steht ein längliches, großes Gerät. Ein bisschen wie ein aerodynamisches Raumschiff.

«Das ist das Herzstück von *preVita: Jupiter*, ein sogenannter Retransition-Pod. Darin werden die Rückführungen gemacht. Wir testen damit immer die aktuellste Software.» Der Deckel des Pods hebt sich mit einem sanften Summen. «Hier liegen die Patienten respektive bei uns die Probanden. Es ist ziemlich bequem. Du kannst es gerne einmal testen.»

Ich lege mich auf das weiße Polster. «Das ist echt gemütlich.» Das Material schmiegt sich sofort an meinen Körper.

«Hier befindet sich die ganze Technik.» Carl zeigt auf den Deckel des Hightechsystems.

Beeindruckt stehe ich wieder auf.

«*Jupiter* ist also unser aktuelles Modell. Unsere Weltneuheit ist aber *Uranus*, die tragbare Version.» Er geht auf die Wand zu und lässt seine Iris scannen. Eine dicke Tresortür öffnet sich langsam. Carl hält mir etwas hin, das wie ein Astronautenhelm aussieht. «Das ist unser Retransition-Helmet.»

Gespannt nehme ich ihn entgegen. Er ist leichter als vermutet. «Und da passt die ganze Technik hinein?»

«Ja, wir haben gewaltige Fortschritte gemacht. Mit diesem Helm sind bald sogar gelenkte Rückführungen möglich. Das heißt, wir können Epochen, Ereignisse oder Stimmungen und Emotionen festlegen und die dazugehörigen Vorleben herausfiltern.» Carl wirft sich stolz in seine Brust. «Du könntest eventuell deinem Traumprinzen wieder begegnen, falls du mal einen hattest. Das hört sich nicht schlecht an, oder?»

«Ich … ich würde sehen, ob ich schon einmal richtig geliebt habe?» Klingt zu schön, um wahr zu sein. Ich würde es gerne glauben, aber mein Verstand rebelliert immer noch gegen so viel Spiritualität.

«Ja, genau.» Carl läuft zum Screener. «So, und hier verfolgen wir Psychologen all das, was der Proband erlebt.» Der Bildschirm zeigt momentan das Firmenlogo.

«Das klappt wirklich?», frage ich.

«Jeden Tag besser.» Carl lächelt. «In den Anfängen haben wir ausschließlich Umrisse gesehen und konnten uns die Erlebnisse nur grob vorstellen. Die Hirnströme und -scans werden heute in perfekte 3D-Bilder und Töne transformiert.»

«Unglaublich.»

«Das sagen fast alle, wenn sie das zum ersten Mal hören.

Wie findest du deinen neuen Arbeitsplatz?»

«Bisher sehr gut. Trotz der vielen Technik fühle ich mich hier angekommen.» Wobei noch etwas persönliche Dekoration im Raum fehlt.

«Übrigens, das Wichtigste habe ich vergessen: Toiletten und Dusche sind dort drüben», witzelt Carl. Wir lachen. «Abläufe und Vorgehensweisen bei den Rückführungen wirst du heute noch miterleben. In Kürze kommt eine Probandin zu uns», kündigt er an.

«Cool. Welche Voraussetzungen müssen eigentlich diese Testpersonen mitbringen?»

«Grundsätzlich ist jeder Mensch geeignet. Egal, welches Alter, welche Bildung, welche Herkunft er hat oder ob er an Seelenwanderungen glaubt oder nicht. Bedingung ist einzig, dass er den Integritätstest besteht. Danach müssen die Probanden nichts anderes machen, als sich hinzulegen. Der Rest wird durch unsere Technologie erledigt. Meist sind es Leute, die ohne große Anstrengung etwas Geld verdienen wollen oder einfach Spaß an Rückführungen haben.»

Begierig sauge ich alle Informationen auf und bin sehr gespannt, als schließlich eine junge, hübsche Frau den Raum betritt. Eine sympathische Studentin mit langem Baumwollkleid und braunen Sandalen. Nach einem Small Talk legt sich die Frau in den Retransition-Pod.

«So, Nina, du kennst das alles bestens. Falls du die Rückführung beenden möchtest, einfach ‹Stopp› sagen.» Carl hat eine beruhigende Stimme.

Der Deckel klappt zu. Mein Kopf ist immer noch skeptisch, aber mein Herz wünscht sich, dass es funktioniert.

«Nina ist gleich im Alphazustand. Das geht relativ schnell. Unsere Systeme sind geradezu phänomenal.» Carl erklärt mir die Diagramme auf einem Screener, die Körper- und Gehirnaktivitäten überwachen.

Mein Herz pocht unrhythmisch, als die ersten Bilder aufleuchten.

Ich erblicke eine Landschaft. Vielmehr gigantische Felder und mittendrin einen großen Bauernhof.

«Du siehst nun, was Nina gerade erlebt und was in ihrer Seele gespeichert ist. Wir sind jetzt in einem ihrer früheren Leben», sagt Carl.

«Das sind ja unglaubliche Bilder. Es sieht aus wie echt.» Ich bin hin und weg von der Technik.

Wilde Katzen streunen in einem Hof umher oder faulenzen in der Sonne. In der Ferne läuten Kuhglocken. Plötzlich schreit ein Mann: «Où est mon petit déjeuner?»

Ich erschrecke über den herrischen Ton. Es könnte der Bauer sein. Carl nimmt alles entspannt zur Kenntnis. «Französisch. Da schalten wir lieber den Sprachübersetzer ein.»

Eine jüngere Frau mit verdrecktem Gesicht hetzt über den Hof. Sie trägt einen Korb, der bis zum Rand mit Eiern gefüllt ist. Sie sieht sehr traurig aus, irgendwie resigniert.

Die Stimmung dieser Szenerie ist düster. Es ereignen sich fürchterliche Dinge. Die arme Magd wird mies behandelt und regelmäßig vom Bauern geschlagen.

Carl beendet die Reise bereits nach 45 Minuten. Nina ist sofort hellwach. «Ach herrje.» Sie tastet sich ab. «Ist noch alles ganz?»

«Es scheint so.» Ich bin emotional total aufgewühlt. «Hast du Schmerzen?»

Nina schüttelt den Kopf.

«Die Probanden haben keine körperlichen Schmerzen, obwohl sie das natürlich alles miterleben, aber eben nicht physisch.» Carl wendet sich an die Studentin. «Siehst du beim gerade Erlebten einen direkten Zusammenhang mit der Gegenwart?»

Sie schaut auf den Boden. «Also, ich bin in diesem Leben noch nie geschlagen worden, wobei …» Sie stockt.

Ich halte die Luft an.

«Das wird mir jetzt erst bewusst. Dieser gewalttätige Typ, dieser Bauer, er war so … mächtig. Wenn mir diese Art Mann heute begegnet, wechsle ich sofort die Straßenseite oder mache einen riesigen Umweg. Ich habe dann panische Angst, als wäre ich auf der Flucht. Ich habe das bisher aber nie hinterfragt.»

«Deine Seele hat diese negative Erfahrung gespeichert und mit in dein jetziges Leben genommen», erläutert Carl. «Wir sollten diese Erfahrung neutralisieren, Nina. Dann bist du wahrscheinlich auch diese Ängste los.»

Sie legt sich erneut in den Pod. «Den gesunden Respekt vor starken Männern darf ich aber behalten oder?» Wir lachen.

Die ganze Prozedur dauert nicht länger als zehn Minuten. Danach wacht sie wie befreit auf. «Aber das nächste Mal will ich eine Prinzessin oder eine aufsässige Tyrannin sein.» Sie grinst uns abwechselnd an.

«Selbstverständlich.» Carl albert zurück.

«Übrigens klingt es sehr schön, Nina, wenn du Französisch redest», merke ich an.

«Vor allem, weil ich gar kein Französisch spreche!»

Carl klärt auf. «Das ist das Phänomenale an der Sache. Die Seele speichert die vorigen Leben und damit auch die verschiedenen Sprachen, die wir gesprochen haben. Unsere Systeme erkennen sogar Dialekte.»

«Das ist irre.» Ich bin begeistert.

«Und wie. Stellt euch einmal vor, welches Potenzial in jedem von uns schlummert und im Normalfall nie geweckt wird.» Er macht ein wichtiges Gesicht.

Mehr und mehr weichen meine Zweifel und Ängste einer unzähmbaren Neugier. Vielleicht verbirgt sich doch mehr zwischen Himmel und Erde, als wir alle vermuten.

«Die Technik hat wunderbar funktioniert», erläutert Carl, nachdem Nina gegangen ist. «Ansonsten hättest du den sogenannten Change-Request aktivieren müssen.» Er zeigt auf einen roten Knopf. «Wenn du ihn während einer Sitzung oder im Anschluss daran drückst, werden die Daten der Geräte und die Videoaufzeichnungen des Raumes sofort an die Entwicklungsabteilung übertragen. Die wertet alles aus, behebt Fehler und programmiert neue Funktionen. Falls du etwas Fachliches einflechten willst, kannst du das sehr gerne vor dem Knopfdruck formlos in die Kamera sagen.»

«Und was mache ich in einem Notfall?»

«Da der Raum ständig überwacht wird, ist sofort Hilfe bei dir, wenn etwas passieren würde. Das ist jedoch in den vergangenen zwei Jahren nicht mehr vorgekommen.»

«Da bin ich aber erleichtert. Was muss ich sonst noch berücksichtigen?», frage ich.

«Nachdem du das Gespräch mit den Probanden geführt und gegebenenfalls die notwendigen Daten übermittelt hast, bist du fertig. Entweder ist dann die nächste Testperson an der Reihe oder du machst Feierabend.»

«Das Schwierigste ist also das Gespräch mit den Probanden, wenn sie seelische Unterstützung brauchen.»

«Genau. Und darum gibt es uns Psychologen.» Carl lächelt. «Und, wie hat es dir gefallen?»

«Am Anfang war ich etwas schockiert wegen der brutalen Szenen. Aber vom Konzept und der Technologie bin ich total begeistert. So etwas Geniales habe ich noch nie gesehen. Vor allem die Sache mit der fremden Sprache.»

«Ja, es wird dich noch vieles faszinieren, Zenia. Stell dir vor: Wir entwickeln aktuell eine Softwareversion, die es ermöglicht, dass wir Sprachen aus unseren früheren Leben quasi im Schlaf wiedererlernen.»

Ich komme aus dem Staunen nicht mehr heraus.

«Bis zur Markteinführung dauert es aber noch ein wenig.» Carl setzt *Jupiter* in den Stand-by-Modus. «So, wenn du keine Fragen mehr hast, kannst du gerne für heute Schluss machen. Wir sehen uns dann morgen Vormittag wieder. Da kommt ein Proband, der schon oft zurückgereist ist. Den übernimmst du gleich selbst», schlägt Carl vor.

«Ganz alleine?»

«Ich werde dir natürlich über die Schulter schauen. Außerdem ist dieser Mann handzahm. Er macht Rückführungen nur zum Vergnügen und sieht sie als Abenteuer. Therapieren lässt er sich aber nicht. Das bedeutet, dass psychologische Anschlussgespräche und eventuelle Neutralisierungen wegfallen.»

Ich bin zwar ziemlich verunsichert, spüre jedoch ein angenehmes Kribbeln in meinem Bauch.

Nach Feierabend erhalte ich eine Nachricht.

> Süße, ich komme mir wie der letzte Idiot
> vor, weil ich dich habe hängen lassen. Aber
> ich war komplett überfordert. Wie geht es
> dem Baby? Und was macht der Job?
> Dein Samu

Es bricht mir das Herz, weil ich wieder an mein verlorenes Kind denken muss. Mein Gewissen zerrt an mir. Ich muss dringend diese Last loswerden und ihm davon erzählen.

> Die neue Stelle ist super! Wir müssen uns
> schnell sehen. Wann bist du in München?

> Kann ich nicht genau sagen. Ich hoffe, es
> dauert nicht mehr lange. Freue mich auf
> dich!

Wenn unser Treffen nicht bald klappt, muss ich ihm alles gezwungenermaßen in einem Call sagen.

Aufgeregt stehe ich am nächsten Tag vor dem Retransition-Pod und betreue meinen ersten Probanden.

Herr Yakushi ist, wie Carl gesagt hat, ein Abenteurer, und er liebt spektakuläre Rückführungen. Selbst wenn sie mit dem Tod enden, so wie diese heute. Herr Yakushi war in einem früheren Leben ein Jäger, der mit seinem Fuß in eine Bärenfalle getreten war und jämmerlich verblutete. Die Rückführung endete an dieser Stelle. Das System holte Herrn Yakushi zurück, als er in jenem Leben starb. Ich hoffe nur, dass ich einmal schöne, romantische Geschichten erleben werde.

Als mein zweiter Arbeitstag endet, treffe ich beim Ausgang auf den Personalchef Dustin.

«Und wie gefällt es dir bei uns?», fragt er.

«Super, es ist alles sehr beeindruckend.»

«Also dann, liebe Zenia: Willkommen in unserem Team.» Er schüttelt mir die Hand. «Wie wär's, wenn du erst noch ein paar Tage Carl über die Schulter schaust und dann deine erste eigene Rückführung selbst erlebst? So kannst du dich noch besser in die Probanden hineinversetzen.»

«Echt?» Mein Herz plumpst ein paar Etagen tiefer. «Klar! Ich freue mich sehr darauf, mehr über meine vorherigen Leben zu erfahren.»

An diesem Abend möchte ich mit niemandem mehr reden und deaktiviere meinen BRO. Ungestört will ich die Erlebnisse einordnen. Ich lege mich aufs Bett und betrachte den Sternenhimmel an meiner Decke. Innerhalb weniger Stunden habe ich meinen Horizont erweitert, das bisherige Weltbild hinterfragt und mich für Phänomene sensibilisiert, die mein Verstand bis dato scheinbar nicht greifen konnte. Ein Stern funkelt auf. Durch die Reisen in vergangene Leben habe ich sogar meine alltäglichen Probleme vorübergehend vergessen. Die Worte von Herrn Yakushi haben mich nachhaltig beeindruckt: ‹Es warten jede Menge Abenteuer auf Sie. Fangen Sie bald mit den Rückführungen an. Die Erfahrungen werden Sie bereichern›.

NAEL

… weiß, wie es sich anfühlt, einen geliebten Menschen zu verlieren. All die Jahre hatte die Erinnerung an die grausamen Vorfälle einen Schatten über ihn gelegt. Durch Ronis Tod hat dieser verhasste Begleiter nun neue Nahrung bekommen, sich aufgebäumt und wie eine dicke Kette um sein Herz geschlungen. Nael ist unsagbar traurig. Immer wieder hinterfragt er, ob er seinen Kumpel nicht irgendwie hätte beschützen können. Ständig macht er sich Vorwürfe. Am liebsten hätte er seinen Tod gerächt. Letztendlich siegt aber sein gesunder Menschenverstand, und er geht Perks Prügeltruppe aus dem Weg. Der Anführer selbst ist wegen der Schlägerei in Isolationshaft verlegt worden und schmort dort für mindestens sechs Monate. Das ist nur eine geringe Genugtuung für Nael.

Eine gute Woche später wartet der Sozialpädagoge John Culfier wieder auf ihn. Er trägt einen anderen grauen Anzug mit Nadelstreifen. Auch diesmal stehen zwei Wärter mit ihren eGuns zum Schutz bereit.

«Hallo, Herr Gardi, es gibt gute Neuigkeiten.»

Naels Atmung setzt für einen Moment aus. Er nimmt auf dem weißen Plastikstuhl gegenüber Platz.

«Wir konnten das Revisionsgericht davon überzeugen, dass Sie einem Menschen in einer Notsituation geholfen haben. Ihnen wird zugutegehalten, dass der Verletzte bei der Schlägerei mit Ihnen keine bleibenden Schäden davongetragen hat. Außerdem waren Sie vor der Tat unauffällig.»

Eine Gänsehaut legt sich über Naels Körper.

«Das Strafmaß ist deswegen reduziert und neu auf insgesamt

ein Jahr festgelegt worden», fährt Culfier fort. «Dieses eine Jahr haben Sie bereits abgesessen. Über die zwei Jahre Bewährung haben wir uns schon im letzten Gespräch unterhalten. Zusätzlich bekommen Sie alle Ihre Persönlichkeitsrechte zurück. Sie können sich frei bewegen und werden auch von den Behörden nicht weiter überwacht.»

Für Nael sind das viel zu viele Informationen auf einmal. Sein Gehirn streikt. «Was heißt das auf Deutsch?»

«Sie werden sehr bald entlassen.»

Nael fängt an, unkontrolliert zu zittern. «Das gibt's doch nicht!»

«Hier steht es.» Culfier schiebt den Screener herüber.

Nael schnappt sich das Gerät und läuft zum Aufseher. «Was steht da? Kannst du es mir vorlesen?»

«Warum?» Der Mann ist sichtlich irritiert.

Nael schreit ihn jetzt nahezu an. «Lies vor, bitte!»

«Hier steht …, dass du am 4. Mai entlassen wirst.»

Ruckartig dreht sich Nael um und sieht Culfier an. «Im Ernst?» Er weiß nicht, wie er sich verhalten soll, weil es ihm so surreal vorkommt. Er legt den Screener auf den Tisch und fällt Culfier um den Hals. «Ehrenmann, jo!»

«Hinsetzen!», motzt ein Wärter.

«Schön langsam, Herr Gardi. Ich mache nur meinen Job. Nicht mehr und nicht weniger», sagt Culfier.

Kopfschüttelnd nimmt Nael Platz. «Das ist unglaublich. Wie kann ich Ihnen danken?» Er fasst sich an seine Brust, in der sein Herz gerade Freudentänze veranstaltet.

Culfier winkt ab. «Überhaupt nicht, Herr Gardi. Versuchen Sie sich zu sammeln.» Er tippt auf den Screener. «Sie müssen bitte noch unterzeichnen und dann sehen wir uns das nächste Mal bei Ihrer Entlassung.»

Entlassung. Von diesem Wort kann Nael nicht genug bekommen und starrt jetzt auf die vielen Buchstaben im Screener. Alles verschwimmt vor seinen Augen.

«Sie können es sich in Ruhe durchlesen.» Culfier kratzt sich wieder einmal am Kopf.

«Sehr witzig.» Nael schnappt sich den Stift. «Und, was ist mit der Arbeit? Klappt das etwa auch?»

Culfier zieht seine Brauen hoch. «Ja, es klappt. Was es ist, erfahren Sie noch früh genug.»

«Ich komm hier raus, jo!», schreit Nael und ballt die Fäuste. «Wo muss ich unterschreiben?»

Er läuft durch die Gefängnisgänge und singt laut vor sich her: «Yeah! Bald bin ich weg aus diesem elenden Dreck. Yeah, yeah!» Öfter wird er von Wärtern ermahnt, doch das ist ihm egal. Lucie wird er es aber erst sagen, wenn er definitiv draußen ist. Er ist sich immer noch nicht sicher, ob er das alles einfach nur träumt und bald wieder ernüchtert erwachen wird.

Warum hat ausgerechnet er dieses wertvolle Geschenk erhalten?

ZENIA

Bei *preVita* blühe ich auf. Die Zeit dort vergeht wie im Fluge. Es wird immer interessanter, da ich unglaublich viel über Menschen erfahre und darüber, wie wichtig die Rolle der Seele ist. Die Arbeit mit den Probanden macht gehörigen Spaß und meine eigene Rückführung steht bald an.

Carl kommt nach einigen Tagen freudestrahlend auf mich zu. «Unsere brandneue Software für *Uranus* ist einsatzbereit. Die Betaversion ist für uns zum Testen verfügbar. Endlich sind nun auch gelenkte Rückführungen möglich. Also sollten wir bald deine erste Reise angehen.»

«Echt? Meine?»

«Ja, natürlich.»

Alle meine Organe feiern eine berauschende Party.

Kurz vor Feierabend schickt mir Amrex eine Nachricht.

> Hey Ze,
> ich bin heute um neun mit LeBron verabredet. Im *Stars and Spirits*. Bist du dabei?

Vielleicht ist es keine schlechte Idee, wenn ich etwas Ablenkung habe. Außerdem bin ich neugierig, wie sich Amrex und LeBron als Paar verhalten. Aber vorher will ich Samu noch reinen Wein einschenken. Ich warte nicht mehr bis zum nächsten Treffen. Den richtigen Zeitpunkt wird es dafür nie geben.

Als ich zu Hause bin, setzt Romeo einen Holo-Call mit Samu

auf. Sofort steht er als Hologramm in meinem Wohnzimmer. Ich bin perplex, weil ich eigentlich gar nicht damit gerechnet habe, dass er den Call annimmt. «Hallo.»

«Hey, Süße.» Er sieht angespannt aus. «Wie geht es dir?»

«Gut. Hast du kurz Zeit?» Ich werde nervös.

«Du wirst es nicht glauben, ich habe tatsächlich eine Pause.» Er lächelt. «Schön, dich zu sehen.»

Wie erkläre ich es ihm nur? «Ich ...»

«Nein, ich zuerst, bitte. Ich muss dir einiges sagen ... Ich bin ein Vollidiot. Anfangs war ich geschockt, weil ich kein Kind wollte. Dann habe ich lange überlegt. Wenn unser Baby da ist, werde ich mir definitiv mehr Zeit für euch nehmen.»

Mein Herz droht zu zerreißen. Meine Knie versagen und ich kann mich gerade noch auf einen Barhocker retten. Wenn ich nur seinen Worten glauben könnte. Sie kommen aber so oder so zu spät.

«Süße, es tut mir leid, dass ich dich verletzt habe.»

«Es ist nicht nur das.» Ich hole tief Luft und erzähle mit tränenerstickter Stimme das, was ich ihm schon längst hätte sagen müssen. «Es gibt kein Baby mehr. Ich habe es verloren.»

Stille.

Ich weiß nicht, wie lange. Als ich hochblicke, sehe ich, dass er sein Gesicht hinter seinen Händen versteckt hält.

«Samu. Es sollte wohl nicht sein. Vielleicht ist es besser so. Wir wären wahrscheinlich eh nicht miteinander glücklich geworden.» Ich atme tief durch.

«Aber ...»

«Wir haben uns so selten getroffen, seitdem du diesen Job hast. Wenn wir ehrlich sind, war unsere Beziehung sowieso seit langem gescheitert.»

«Was? Nein.» Er sieht mich traurig an. «Ich habe das alles

nur für uns beide getan, damit wir irgendwann sorgenfrei leben können. Deswegen habe ich so viel gearbeitet.»

«Irgendwann ist zu spät. Du bist nie für mich da. Selbst als du wusstest, dass ich schwanger bin, hast du dich tagelang nicht gemeldet. Das ist keine Liebe, jedenfalls nicht für mich. Es ist vorbei.» Ich zittere am ganzen Körper.

«Bitte, lass uns in Ruhe darüber reden, wenn ich in München bin. Ich werde dich besuchen, ja?» Er wird hektisch. «Ich muss jetzt wieder los.»

«Samu, wir können uns gerne noch einmal treffen. Aber meine Entscheidung steht fest.»

«Zenia, wir finden einen Weg. Bis dann.»

Er realisiert nicht, wie stark ich mich schon von ihm gelöst habe. Noch deutlicher kann ich es ihm nicht sagen. Trotz allem bin ich etwas aufgeräumter als vorher. Endlich kennt er die Wahrheit, das Versteckspiel hat ein Ende.

> Hi Amrex.
> Ich bin heute dabei im *Stars*. Ich kann Ablenkung jetzt ganz gut gebrauchen. Habe Samu alles gesagt.

> Gut gemacht, Ze. Ich freue mich auf dich.

Amrex' Lieblingsclub mag ich nicht so gerne, weil ich mich dort nicht dazugehörig fühle. Die Leute laufen in sündhaft teuren Designeroutfits herum. Da kann und will ich nicht mithalten. Für Besitzer einer Member Card ist Champagner sogar immer inklusive. Ich habe diese Karte nicht, aber Amrex. Der Club ist ein Traum für eine Frau, die Jetset und Alkohol liebt.

Im *Stars and Spirits* ist auch an diesem Abend wieder jeder vertreten, der Rang und Namen hat. Ich erblicke den Schauspieler Jeremias Berger, der einen übel gelaunten Kommissar in der beliebten Serie *Spezialkommando Lizard* spielt. Er ist umringt von drei jungen Frauen in kurzen Röcken, die über jeden seiner Sprüche kichern. Ich kenne den Mann nur aus Werbetrailern. Krimis schaue ich eher selten, lieber Fantasy-Serien oder Filme mit viel Herzschmerz, bei denen ich ungehemmt losheulen kann. An einem Stehtisch unterhalten sich ein paar regionale Politiker angeregt mit Oberbürgermeisterin Magdalena-Carolina von Hofmaurer. In einer Gruppe laut quietschender Girlies kommt mir ein Mädchen bekannt vor: die lustige Rothaarige aus dem angesagten Net-Blog, *Ghostrebels*. An der Bar entdecke ich Amrex und LeBron. Sie sehen nicht gerade wie verliebte Turteltauben aus. In diesem Moment dreht sich LeBron um. «Hi, Beauty.»

«Schön, dass du da bist, Ze.» Vornehm haucht mir Amrex zwei Schickimicki-Küsschen nach links und rechts. «Auf geht's. Ich habe ein Separee für uns reserviert.»

«Genial.» Ich finde das gut, weil wir dadurch etwas vom ganzen Rummel getrennt sind.

Wir lassen die Bar hinter uns, durchqueren den Tanzclub, in dem um diese Uhrzeit noch gähnende Leere herrscht, und gehen in einen stylischen, abgedimmten Raum mit Sitzeinheiten aus weißem Leder.

Jedes Separee bietet Platz für bis zu zwanzig Personen. Die Wände lassen sich variabel verschieben, sodass in Sekundenbruchteilen Räume verschiedener Größen entstehen können. Man kann seine eigene Disco inszenieren, Karaoke singen, virtuelle Spiele zocken, einen Kinoabend veranstalten oder so banale Dinge tun wie essen und trinken. Der Tisch beinhaltet einen Screener, der im Moment die Getränkeübersicht anzeigt. Als Aperitif wähle ich einen *Martini Bianco*. Amrex nutzt die Champagner-Flatrate und LeBron bestellt eine alkoholfreie *Bloody Mary*. Nach ein paar Minuten öffnet sich die Mitte des Screeners, und ein schwebendes Tablett serviert uns die Drinks.

«Auf uns!» Amrex prostet mir zu und lehnt sich mit Kussmund zu LeBron hinüber.

Für meinen Geschmack dreht er sich etwas zu schnell von ihr weg. «Well, Beauty, bitte erzähl von deinem neuen Job.»

«Okay.» Erst zögerlich, dann zunehmend enthusiastisch berichte ich von meinen ersten Tagen bei *preVita*.

«Cool.» Er bringt immer wieder dieses eine Wort heraus und hängt förmlich an meinen Lippen, was mir sehr unangenehm ist. Offensichtlich hat er Amrex völlig ausgeblendet, obwohl sie alle Register zieht. Sie sieht brillant aus in ihrem violetten Overall mit dem verführerisch tiefen Ausschnitt, der ziemlich viel von ihrem knackigen, kleinen Busen preisgibt. LeBron reagiert nicht einmal, als Amrex ihr Knie an seinem Oberschenkel reibt.

Als ich fertig bin, meint sie: «Wer braucht denn so etwas? Reisen in vergangene Leben. Vermutlich funktioniert das sowieso nicht. Aber wenn es Patienten hilft …» Sie schmiegt sich an LeBron und streichelt über seine Brust. «Was meinst du, mein Darling?»

Er hält ihre Hand fest. «Ich finde es fantastisch, diese anderen Leben zu entdecken. Ich wusste es, Girls. Alles hat eine Bedeutung.»

Amrex wendet sich wieder ihrem Champagner zu.

«Sag, Beauty, geht die Seele dahin zurück, wo sie glücklich war?» Ihn scheint das Thema regelrecht zu fesseln.

«Vielleicht oder dahin, wo sie noch etwas erledigen möchte», ergänze ich.

158

«Yes, das denke ich auch. Und diese Déjà-vus?» Er beugt sich vor: «Kommen die von anderen Leben?»

«Wahrscheinlich», entgegne ich euphorisch. Als ich Amrex' genervten Blick einfange, versuche ich mich jedoch zurückzunehmen. Ich stehle meiner Freundin unbeabsichtigt die Show. Das darf nicht sein.

«Vielleicht waren wir an diesen Orten vorher. Die Seele kennt sie noch.» LeBron sieht mich intensiv an.

Eigentlich will ich laut ausrufen: ‹Ja, genau!›, aber aus Rücksicht auf Amrex nicke ich nur. Erstmals spüre ich so etwas wie eine Verbindung zu LeBron. Ich wechsle meine Sitzposition und schwöre mir, dass ich nie wieder diese engen weißen Stretchhosen anziehen werde. Sie zwicken an allen möglichen Stellen. Als ein Tablett mit Häppchen gereicht wird, isst Amrex sofort Baguettes mit Avocado, Hähnchenbrust und Kaviar. Sie hat sich aus der Unterhaltung komplett ausgeklinkt.

«Diese Produkte und Software sind a fucking burner! Die will ich haben. Reisen in andere Zeiten. Cool. Ich war sicher ein König oder ein großer Held.»

Ich finde seine Bemerkung amüsant, aber anstatt zu lachen, räuspere ich mich nur. Von meiner eigenen gelenkten Rückführung, die bevorsteht, berichte ich lieber nicht, da ich Amrex nicht noch mehr zumuten möchte.

Kurz vor Mitternacht verabschiede ich mich und lasse die beiden allein. Auf dem Heimweg schicke ich meiner Freundin eine Nachricht.

Liebe Amrex,
es tut mir leid, dass wir die ganze Zeit nur über meinen neuen Job geredet haben. Ich konnte nicht ahnen, dass LeBron das alles so interessant findet. Ich hoffe, ihr habt noch eine schöne Zeit.

Kein Problem, Ze. Solange er sich heute noch ausreichend für sein unzüchtiges Verhalten bei mir entschuldigt, ist alles in bester Ordnung.

Ich kichere, weil Amrex immer nur an das Eine denkt. Was mich aber viel mehr beschäftigt: Warum ist LeBron plötzlich so präsent in meinem Kopf? Nur, weil er auch an Seelenwanderung glaubt?

NAEL

… unterschreibt am Ausgang des Gefängnisses seine Entlassungspapiere. Er nimmt seine Umhängetasche entgegen, in der sich nichts weiter befindet als ein paar Klamotten und seine Superhelden-Figur, *Mrs. Bygones.* Kurz zuvor hatte er seiner Schwester alles bis ins kleinste Detail erzählt. Von seiner wundersamen Begegnung mit Culfier und seiner frühzeitigen Entlassung. Sie hat es ihm aber erst geglaubt, als es ihr ein Wärter zusätzlich bestätigte.

Die Tore des Gefängnisses gehen in einem gemütlichen Tempo auf. Ehrfürchtig schreitet Nael aus dem Schatten in die Sonne hinaus. Es riecht nach Freiheit. Für ihn ist es der wunderbarste Duft seit langer Zeit. Hier spielt sein neues Leben. Am liebsten hätte er sich kopfüber in einen See gestürzt oder wäre laut grölend durch die Straßen gerannt. So viel Freude steckt in ihm. Er hat keine Ahnung, was ihn erwartet. Aber alles ist besser als dieser grottige Knast. Er blickt auf die Gefängnismauern. Bedrohlich ragen sie empor. Sie bedrücken ihn jetzt aber nicht mehr. Er denkt an seinen verstorbenen Kumpel Roni. Mit den guten Erinnerungen an ihn sieht er zu den Wolken am Himmel und schickt ihm ein Lächeln. «Mach's gut, Bruder! Ich werde nie wieder einen geliebten Menschen im Stich lassen, versprochen.» In Gedanken versunken hört er nur beiläufig das Geräusch der Hover-Limo, die neben ihm anhält.

«Hallo, Herr Gardi.» Culfier grüßt durch das offene Fenster.

«Uooo!» Beeindruckt geht Nael um die schwarze Limousine herum. «Geile Kiste.» Sie hat keine Räder, sondern schwebt einige Zentimeter über dem Boden und folgt unsichtbaren, magnetischen Bahnen.

«Bitte steigen Sie ein», sagt der Sozialpädagoge. In so einem Geschoss durfte Nael bisher noch nie sitzen. Er kommt sich vor wie ein berühmter Filmstar. Er blinzelt, weil ihn die Sonne blendet. Gleich darauf fährt die Fensterscheibe hoch, während die Hover-Limo losschwebt. Die starke Beschleunigung ist in den dynamisch regulierenden Sitzen kaum zu spüren.

«Sie müssen nur einen Wunsch äußern, Herr Gardi, und dann sehen Sie, was passiert.»

Nael grinst. «Nackte Weiber!»

Culfier echauffiert sich. «Geht's noch, Herr Gardi, ich rede von Essen oder Trinken.»

«Na dann. Wie wär's mit einem Weißbier?»

Culfier schüttelt den Kopf. «Sie könnten sich auch ein Glas Prosecco oder einen edlen Tropfen Wein wünschen.»

«Pfui Teufel, Bier passt.» In einer Luke an Naels Seite steht Sekunden später ein Weißbier. Er trinkt es in wenigen Zügen. «Aaah, das ist das richtige Leben!» Mit dem Handrücken wischt er sich den Mund ab.

«Neben Ihnen wären auch Servietten gewesen, Herr Gardi.» Culfier rümpft die Nase. «So, ich bringe Sie nun in ein Hotel. Dort schlafen Sie die erste Nacht.»

«Und danach?», fragt Nael.

«Dann beziehen Sie Ihre Unterkunft in Hallbergmoos.» Der Vogelmann kratzt sich am Kopf.

«Aber die brauche ich nicht. Wir haben doch das Haus unserer Eltern in Ismaning. Das ist auch ganz in der Nähe.»

«Nein, Sie müssen unter Leute. Das haben Sie so unterschrieben. Es ist Teil des Integrationsprogrammes. Sie müssen auch keine Miete zahlen. Die übernehmen wir.»

«Okay. Und wann geht's los mit meinem Job?», fragt Nael.

«Morgen um 8 Uhr 30 haben Sie Ihr Vorstellungsgespräch.»

«Ich dachte, ich habe den Job sicher.»

«Wenn Sie sich nicht allzu dumm anstellen, dann schon.»

«Ach du Scheiße! Und wie soll ich mich vorbereiten?»

«Vielleicht passen Sie zunächst Ihre Ausdrucksweise ein wenig an. Dann klappt das schon. Die Tätigkeit selbst ist recht simpel. Sie sind Testperson für innovative Systeme, die Menschen heilen. Es ist nichts Schwieriges.»

Nael stellt sich die wildesten Schreckens-Szenarien vor: Die spannen ihn sicher in Maschinen und schauen, wie weit sie seine Arme und Beine in die Länge ziehen können. Oder sie stecken ihn ins Eisbad und prüfen, ob die erfrorenen Gliedmaßen je wieder funktionsfähig werden. «Na super, ich bin ein Versuchskaninchen.»

«Keine Angst, Ihnen geschieht nichts. Machen Sie sich keine Sorgen. Übrigens befindet sich Ihr neuer Arbeitgeber in der Gesundheitszone der Stadt.»

Dort ist Nael noch nie gewesen. Ohne ID-Chip wird niemandem Zutritt gewährt. Gut, dass ihm im Gefängnis ein solcher Chip eingepflanzt wurde. Er stellt es sich sehr sauber und steril in dieser Zone vor, in der kein Virus und kein böses Bakterium etwas zu suchen haben. «Aber die lassen mich da bestimmt nicht rein.»

«Behauptet wer?» Culfier schiebt seine Stirn in Falten.

«Ich dachte, da kommen nur System-Menschen rein.»

«Unsinn. Wenn Sie jeweils den Gesundheits-Check schaffen, können Sie da täglich ein- und ausmarschieren. Das machen viele Gott-Menschen, so wie ich auch. Die Mieten sind drinnen enorm hoch, daher pendeln viele. Übrigens, bei der neuen Firma verdienen Sie um einiges mehr als im Gefängnis.»

Nael freut sich. «Wie viel denn?»

«Ich kenne die Gehälter nicht genau. Jedenfalls dürften Sie

mit dem Geld locker die Unterbringung Ihrer Schwester finanzieren können.»

«Super Sache!» Aber woher weiß er das mit Lucies Frauenhaus? Skeptisch mustert Nael diesen undurchsichtigen Typen, dem er so viel zu verdanken hat.

Die Fahrt verläuft angenehm ruhig. Die Hover-Limo macht nahezu keine Geräusche. Nael sieht in einem Display, dass sie mit 380 km/h über die Straße düsen. Ihm wird fast schwindelig, als er hinausschaut. Sogleich verwandelt sich die Fensterscheibe in einen Screener, und es wird eine friedliche Berglandschaft mit einem blauglitzernden See projiziert.

«Besser?», fragt Culfier.

Der Typ liest Gedanken, was Nael unheimlich findet. «Jo. Was hat die Kiste sonst noch so drauf?»

«Ziemlich viel. Die Hover-Limo dient als Kommunikator und Entertainment-Center. Sie erhalten Essen und Trinken. Der Sitz passt sich Ihrem Körper an und massiert sogar, bei Bedarf, verspannte Muskeln. Er kann auch zu einem Bett umfunktioniert werden, falls man ein Nickerchen machen will.»

Nael drückt sich tiefer in das Polster hinein. «Megabequem, diese Luxuskarre.»

«Wir haben keinen Fahrer. Alles funktioniert automatisch. Man muss dem Boardsystem nur Befehle geben: Ziel, Ankunftszeit und so weiter.»

Gebannt hört Nael ihm zu. Er liebt rasante Maschinen. So eine könnte er sich aber nie leisten.

«700.000 UCs kostet das gute Stück in der Grundausstattung und weitere 150.000 stecken in Optionen.» Culfier kann echt Gedanken lesen. Die Limousine drosselt das Tempo und hält vor einem unscheinbaren Hotel am Stadtrand.

ZENIA

Voller Vorfreude sitze ich in der U-Bahn. Auf mein Hobby, anderen Leuten Biografien anzudichten, habe ich heute keine Lust. Ich bin viel zu sehr mit meiner eigenen Geschichte beschäftigt. Ununterbrochen male ich mir aus, wer ich in meinen vergangenen Leben gewesen sein könnte. Und ganz egal, was ich mir vorstelle, es hat immer mit Liebe zu tun. Mit Romantik, Leidenschaft und Zärtlichkeit. Genau das, was mir im aktuellen Leben fehlt.

«Du kannst die Rückführung jederzeit beenden, indem du ‹Stopp› sagst.» Carl erscheint mir aufgeregt.

Das übertreffe ich allerdings um das Hundertfache. Wie ein junger Welpe zapple ich herum und bekomme meinen Herzschlag nicht mehr unter Kontrolle. «Tut mir leid, aber ich bin hochgradig nervös.»

«Alles ist gut, Zenia. Es wird bestimmt schön, weil wir die Reise gelenkt machen.» Seine Stimme beruhigt mich etwas. Ich vertraue ihm voll und ganz und nehme auf einem gemütlichen Sessel Platz.

Carl lässt die Rückenlehne herunterfahren. «Welche Stichworte darf ich denn eingeben?» Er sagt es beinahe poetisch und setzt vorsichtig den Helm auf meinen Kopf.

«Wie wäre es mit ‹unendlicher Liebe›?» Bei dieser Vorstellung fährt mir ein wohliger Schauer bis in meine Zehenspitzen hinein. Hoffentlich habe ich in einem früheren Leben einmal bedingungslos geliebt. Das Gefühl des Verliebtseins kenne ich zwar, aber eine tiefe Liebe habe ich bisher noch nie empfunden. Mit meinem ersten festen Freund Emmanuel war ich acht Jahre zusammen. Anfangs war es sehr aufregend, aber mit der Zeit wurde es immer eintöniger. Wir waren nur noch so wie Bruder und Schwester. Wir verstanden uns super, aber die Leidenschaft blieb irgendwann auf der Strecke. In dieser Komfortzone bewegten wir uns noch lange, bis er mich eines Tages sitzen ließ. Zuerst empfand ich das als Demütigung, dann folgten ein ungläubiges Aufbäumen und die Angst davor, allein zu sein. Später war ich ihm dankbar, dass er uns beide aus diesem ziellosen Alltagstrott befreit hatte.

«Alles in Ordnung?», fragt Carl.

«Ja, alles gut. Ich muss gerade an meine Verflossenen denken.» Ich kichere. «… natürlich aus diesem Leben.»

«Erzähl mir mehr.»

«Das würde dich nur langweilen, glaube mir. Das war nicht wirklich spannend.»

«Schade.» Er lacht und gibt alle erforderlichen Daten in den Screener ein.

Dann war da noch mein Urlaubsflirt Andry. Ein Traum in blond. Muskulös, braun gebrannt, lange Haare und ein Charme, der mich sofort umgehauen hat, als er mich in einer Stranddisco auf Sardinien ansprach. Normalerweise bin ich keine Frau, die sich spontan auf einen Mann einlässt, aber an diesem Abend war ich schon gut angesäuselt. Wir saßen stundenlang in einer Sofaecke und knutschten wild herum. Leider haben wir uns nie wiedergesehen.

«Bist du bereit, Zenia?»

«Was?» Mein Hals ist so trocken, dass ich fürchte, beim nächsten Wort Staub auspusten zu müssen. «Darf ich bitte Wasser haben?»

«Sehr gerne.» Carl reicht mir ein Glas.

Aus Samu und mir hätte etwas werden können. Letztendlich

166

hat sein Job unsere Beziehung kaputtgemacht. Und sein unreifes Verhalten. Vielleicht bin ich am Schluss auch einfach zu ungeduldig gewesen. «Na, dann hoffe ich mal, dass ich in meinen vorherigen Leben mehr Glück mit Männern hatte.»

«Das hoffe ich auch für dich», sagt Carl. «Was meinst du, kann es losgehen?»

Ich atme nochmals tief durch die Nase ein und puste die Luft langsam durch den Mund wieder aus. «Okay.»

«Dann wünsche ich dir eine schöne Reise.»

«Danke.» Ich schließe meine Augen und nehme meinen Herzschlag noch deutlicher wahr als zuvor.

Es erklingt beruhigende Musik. Mich durchfährt eine wohltuende Glückswelle. Sanfte Stimmen formen Bilder in meinem Kopf. Erst verschwommen, dann immer klarer. Mit einem Mal entschleunigt sich mein Herzschlag und ich spüre meinen Körper nicht mehr. Als hätte sich mein Geist vom Rest abgekoppelt. Es ist aber alles andere als beunruhigend, sondern unerklärbar entspannend. Meine Gedanken werden leicht und schweben davon. Mein Blick fällt auf ein Geschehen in einem märchenhaften, verschneiten Wald. Es ist wie in einem Kinofilm. Nur, dass ich selbst darin die Hauptrolle spiele.

Ich verschmelze mit einer Frau.

Wir stehen zu dritt auf einem Schlitten, der von mehreren Hunden gezogen wird. Die weiß gepuderten Bäume biegen sich sanft im aufkommenden Wind. Wir tragen winterfeste Thermo-Funktionsanzüge mit dicken Fellkapuzen, warme Fäustlinge, Moonboots und Skibrillen. Einer der Männer lenkt die Hunde und gibt ihnen Befehle.

Der Schnee peitscht mir ins Gesicht. «Ah, ich kann nichts mehr sehen!» Krampfhaft halte ich mich an der Stange fest.

«Keine Angst. Die Hauptsache ist, dass die Hunde den Weg finden.» Ben lacht.

«Sehr witzig.» Ich verdrehe meine Augen.

«Du wolltest doch unbedingt diesen romantischen Ausflug. Dazu gehört auch etwas Leidenschaft, die Leiden schafft.» Er macht sich weiter über mich lustig.

«Haha. Aber ich wusste nicht, dass der Schlitten so schnell ist. Dann noch dieser eiskalte Wind.»

«Die Hunde sind so schnell, weil sie vor deinem Gejammer wegrennen wollen», ruft er.

«Wie bitte?» Jetzt kann auch ich nicht mehr ernst bleiben. «Na warte, bis wir da sind.»

Die rasante Fahrt endet an einer kleinen, verträumten Blockhütte. Der Tourguide erklärt nun freundlich: «Liebe Lea, lieber Ben. Wir sind hier weit entfernt von der Zivilisation. Sobald es Abend wird, umgibt euch nur noch tiefe Dunkelheit und absolute Ruhe. Und später könnt ihr eventuell den Tanz der Polarlichter beobachten. Aber nun lasse ich euch allein. Falls etwas sein sollte, bin ich für euch jederzeit auf dem Handy erreichbar. Hier ist der Schlüssel. Viel Vergnügen.»

Ben und ich sehen uns verliebt an.

«Auf einmal mag ich die Hunde etwas mehr. Immerhin haben sie uns zu diesem romantischen Platz gebracht», stelle ich glücklich fest.

Wir machen es uns in der Blockhütte gemütlich, legen uns auf das flauschige Lammfell und wärmen unsere durchgefrorenen Körper am Kaminfeuer auf.

«Hab ich dir heute schon gesagt ...»

«... dass ich dich liebe?», vollendet Ben meinen Satz und malt mit seinen Fingern ein Herz auf meine Hand.

Die Bilder verschwimmen und ich fürchte aufzuwachen.

Es wird schwarz.

«Nein, nicht anhalten», flehe ich.

«Alles ist gut, Zenia.» Leise höre ich Carls Stimme im Hintergrund. «Es beginnt nur ein anderes Kapitel aus jenem Leben. Du machst quasi einen Zeitsprung.»

Ich entspanne mich wieder. Diese Liebe zwischen Lea und Ben ist so wunderschön. Sie schmiegt sich bis in meine kleinsten Körperfasern hinein.

Händchenhaltend betrachten wir den Nachthimmel, während wir auf einer Wolldecke am Strand von Es Trenc liegen. Es weht kein Lüftchen und es ist überdurchschnittlich warm für diese späte Uhrzeit.

«Meinst du, wir sehen noch mehr Sternschnuppen?», frage ich gespannt.

«Ganz sicher. Mindestens dreiundzwanzig. Auf meiner Liste stehen sehr viele Wünsche.» Ben grinst.

Ich drehe mich auf die Seite und küsse ihn zärtlich. «Aber eigentlich haben wir alles, was wir brauchen. Vor allem haben wir uns.»

«Und du wirst mich auch nie mehr los.» Er schubst mich sanft auf die Decke zurück und beugt sich über mich. Gerade als er mit seinem Gesicht näherkommt, schreie ich: «Da ist wieder eine!», und schnelle hoch. Dabei krache ich gegen seinen Kopf.

Ben plumpst auf die Seite. «Ein Meteorit hat soeben eingeschlagen.»

«Ich Trottel.» Mitfühlend streichle ich seine Stirn und muss einen Lachanfall unterdrücken.

«Schon gut. Ich hoffe, du hast nicht vergessen, dir etwas zu wünschen. Dann haben unsere Beulen wenigstens eine Daseinsberechtigung.»

«Ich habe mir zwei Kühlpacks gewünscht.» Ich reibe jetzt den Hubbel auf meiner Stirn, der höllisch wehtut.

«Leider geht dein Wunsch nicht in Erfüllung, weil du ihn laut ausgesprochen hast. Ich liebe dich auch mit Beule.» Er küsst mich. «Also, du hast jetzt bereits drei Sternschnuppen gesehen und ich noch keine. Das ist total unfair. Dann wünsche ich mir eben etwas ohne kosmische Helfer.» Er richtet sich auf.

Verliebt bis über beide Ohren spüre ich, wie er mit seinen Fingern ein Herz auf meinen Handrücken malt.

Es wird schwarz.

«Das darf noch nicht vorbei sein!» Die romantischen Bilder halten mich mit aller Kraft gefangen und ich will nicht aus der vergangenen Welt ausbrechen. «Bitte, Carl, ich würde so gerne weitermachen.»

«Ist das nicht zu viel Aufregung für das erste Mal?»

«Zu viel? Im Gegenteil. Von dieser Liebe kann ich nicht genug bekommen.» Ich habe diesen Mann abgöttisch geliebt.

«Dann machen wir noch ein wenig weiter», sagt Carl.

«Oh ja.» Voller Sehnsucht verschmelze ich erneut mit Lea.

«Ayana ... lauf!»

Bens Schreie reißen mich aus dem Schlaf.

«Was ist los?» Im Dunkeln taste ich nach dem Schalter der Nachttischlampe. Ein Glas kippt um und fällt auf den Boden. «Oh nein.» Hektisch knipse ich das Licht an. Mein Freund sitzt aufrecht im Bett und atmet schnell. Er hatte wieder diesen Albtraum, der ihn regelmäßig heimsucht. In solchen Momenten bin ich machtlos und lasse ihn besser in Ruhe.

Als ich aufstehe, landet mein Fuß in einer Wasserpfütze. «Auch das noch.» Das Glas ist bei seinem Sturz nicht zerbrochen und kullert seelenruhig hin und her. Ich sehe es genervt an und kicke es wie einen Fußball quer durch den Raum. Mit einem lauten Krach zerschellt es am Kleiderschrank, und die Scherben verteilen sich über den Schlafzimmerboden.

«Spinnst du?» Bens Augen sind weit aufgerissen und blicken mich entgeistert an.

«Was mache ich hier nur?» Ich falle zurück aufs Bett und vergrabe mein Gesicht in meinen Händen. Diese Ungewissheit lässt mich offensichtlich durchdrehen.

Er rückt zu mir herüber und streicht liebevoll durch mein langes blondes Haar. «Es tut mir leid. Ich wünschte, ich könnte irgendetwas dagegen tun.»

Seitdem wir ein Paar sind, muss ich mir anhören, dass er nichts gegen diesen Traum machen kann, sondern dass er ein Teil von ihm geworden ist. Anfangs verbrachte ich viele Stunden damit zu recherchieren, wie man Albträume loswerden kann. Und jedes Mal, wenn ich Ben von einer anderen Methode erzählte, sagte er nur: ‹Ich will mit diesem esoterischen Zeug nichts zu tun haben›. Wie schlimm es für mich ist, dass ich meinen Freund mit einer Ayana teilen muss, ist ihm scheinbar nicht bewusst. Wie oft hat Ben nachts den Namen Ayana gerufen und ist dann schweißgebadet aufgewacht. Zunächst war ich noch eifersüchtig. Aber er versichert mir, dass er keine Ayana kenne. Und auch keine andere Frau liebe. Und sich nach keiner anderen sehne. Ich weiß oder spüre vielmehr, dass das stimmt. Trotzdem bin ich hilflos. Doch vor ein paar Tagen traf ich eine interessante Frau auf einer Gesundheitsmesse. ‹Ich könnte Ihnen vielleicht helfen›, meinte sie. Plötzlich hatte ich einen Plan und das überwältigende Gefühl, dass ich Ayana für immer auslöschen könnte.

Ben schaut mich innig an. «Hab ich dir heute schon gesagt ...»

«... dass ich dich liebe!», vollende ich unseren Satz.

Sanft malt er mir mit seinen Fingern ein Herz auf die Hand. «Übrigens, gar kein schlechter Schuss für ein untalentiertes Mädchen.»

«Wie bitte? Ich zeige dir, welche Talente noch in mir schlummern.» Ich setze mich auf ihn und kitzle ihn da, wo er es nicht aushält.

«Ich gebe auf, weiße Flagge. Halt, Stopp!» Er versucht, Luft zu holen. «Friedensangebot: Du hörst mit dieser miesen Kampftechnik auf, und ich helfe dir beim Aufräumen des Miststalls.»

«Du alter Romantiker.» Ein weiteres Mal kneife ich ihm in die Seite und springe auf. «Angebot angenommen. Und wer mehr Glasscherben einsammelt, hat einen Extrawunsch frei.»

«Ich erfülle dir auch so jeden Wunsch.»

Wir schauen uns kurz verliebt in die Augen und fangen

dann an, die Überbleibsel des Glases aufzusammeln.

«Moment.» Meine Nase schlägt Alarm. «Riechst du das auch?»

«Es riecht verbrannt!» Er wird panisch.

«Die Kerzen. Habe ich die ausgepustet?» Bis Mitternacht hatte ich noch gelesen, weil ich nicht schlafen konnte. Dabei brannten zwei Kerzen auf dem selbst gebundenen Adventskranz. Wir sprinten los und stolpern durch den Flur zum Wohnzimmer. Mein Freund bleibt wie angewurzelt stehen und starrt auf die brennenden Zweige. Geistesgegenwärtig werfe ich eine Decke auf die Flammen, die sogleich ersticken. «Wir hatten echt Glück.» Hastig reiße ich die Fenster auf. «Ben?»

Er verharrt immer noch wie eine Wachsfigur im Türrahmen. Ich gehe zu ihm. In Zeitlupentempo legt er einen Arm um mich und drückt mich fest an sich. «Diese Nacht ist Horror.»

Meine Hände zittern. «Ja, aber zum ersten Mal hat dein Traum Sinn gemacht.» Ich löse mich sanft. «Er hat uns wahrscheinlich das Leben gerettet. Ohne ihn wären wir nicht wach geworden.»

«Ja.» Er lächelt. «Vielleicht ist jetzt alles vorbei.»

«Was ist vorbei?» Mein Herz macht einen Satz.

«Mein Albtraum mit Ayana. Vielleicht war's das.»

«Dann bist du also doch etwas abergläubisch?»

«Wenn's hilft.» Bens Gesicht hellt sich wieder auf.

«Leider erklärt das aber immer noch nicht, wer Ayana ist.» Ich zucke mit den Schultern.

Er überlegt kurz. «Stimmt, aber ich könnte dich ab jetzt beim Sex so nennen.» Er zwinkert mir zu und rennt dann los Richtung Schlafzimmer.

«Was? Du Fiesling!» Ich jage Ben hinterher, springe aufs Bett und lande auf ihm. «Ich liebe dich.»

«Und ich liebe dich.»

Es wird schwarz.

Die starke Liebe zwischen Lea und Ben durchflutet mich wie im Rausch. Ben malt Lea immer wieder Herzen auf die Hand. Vor Rührung könnte ich losheulen, aber ich reiße mich zusammen. In der stillen Hoffnung, dass die Rückführung nicht zu Ende ist, halte ich meine Augen fest geschlossen. Lea hatte einen Plan, wie sie Ayana auf die Schliche kommt. Welchen nur?

«Zenia, alles gut bei dir? Es tut mir leid, wir müssen aufhören. Mein nächster Termin steht an», sagt Carl.

Widerwillig öffne ich jetzt doch meine Augen, während die Rückenlehne hochfährt. Ich wundere mich, dass ich sofort wieder glasklar denken kann und mich gleich zurechtfinde. «Ja, mir geht's gut.» Ich bin topfit. «Es hat sich so echt angefühlt.» Die Bilder laufen noch einmal vor mir ab. «Ich konnte alles spüren. Das war wirklich endlose Liebe!» Ich strahle Carl an.

«In der Tat war das ziemlich intensiv. Falls es dich interessiert: Du warst eine Schwedin.»

Obwohl Schweden ein faszinierendes Land ist, bin ich noch nie dort gewesen. Dachte ich bisher jedenfalls. Ich grinse und ziehe vorsichtig den Helm ab. «Kann ich denn wieder in genau dasselbe Leben zurückgehen?»

«Ja, natürlich. Solange wir nichts neutralisieren», sagt Carl.

«Genial. Ich muss wissen, wer diese Ayana ist.» Es ist wie in einem fesselnden Film, wenn im spannendsten Moment Werbung eingeblendet wird.

174

«Aber du musst dich gedulden. Die Zeit, die für deine eigenen Rückführungen eingeplant ist, haben wir für diesen Monat leider schon längst verbraucht.»

«Oh … okay. Schade.» Ich lasse den Kopf hängen.

«Weißt du was? Wenn du unbedingt wissen möchtest, wie diese Geschichte von Lea und Ben weitergeht, könnten wir uns heute um 19 Uhr nochmals treffen. Dann sind die meisten Mitarbeiter weg und wir stören niemanden.» Carl hat anscheinend Mitleid mit mir. «Das wäre allerdings in unserer Freizeit, aber ich habe heute Abend sowieso nichts vor.»

Ich falle ihm um den Hals. «Carl, du bist mein Held!»

Um die Zeit zu überbrücken, setze ich mich auf eine Bank im Englischen Garten und tanke etwas Sonne. Jedem, der an mir vorbeiläuft, lächle ich zu. Ich habe tatsächlich einmal bedingungslos geliebt. Wie wundervoll. Ich kann mein Glück kaum fassen. Eine magische Energie durchströmt mich, wenn ich an Lea und Ben denke. Obwohl die beiden auch ihre Probleme hatten, fühle ich ihre enge Verbindung, die kein Albtraum zu trennen vermochte. Lea wird Ayana besiegen. Ich will meiner Freundin von dieser faszinierenden Romanze erzählen.

> Hallo liebe Amrex!
> Können wir kurz sprechen?
> Deine Zenia

> Liebe Ze, bin noch im Büro und voll im Stress! Redaktionsmeetings und Abnahmen ohne Ende. Ist es dringend? Morgen sehen wir uns doch sowieso und haben alle Zeit der Welt. Amrex

> Ist schon okay. Das hat bis morgen Zeit.
> Freu mich auf dich.

Und der Nachrichten-Zirkus geht weiter.

> Süße,
> ich bin morgen für zwei Stunden in München. Hast du um 18 Uhr Zeit?
> Samu

Er macht sich wahrscheinlich immer noch Hoffnungen. Aber für mich ist die Sache abgeschlossen. Zumindest wäre es schön, wenn wir mit Stil und in Freundschaft auseinandergehen könnten. Schließlich hatten wir auch gute Zeiten.

> Ja, klar. Morgen ist zwar Freundinnen-Tag, aber ich komme dann einfach früher heim, damit wir uns treffen können.
> Liebe Grüße Zenia

Ich werde immer nervöser. Bald geht es weiter. Nur noch eine halbe Stunde bis zur Fortsetzung meiner Lovestory mit Lea und Ben.

NAEL

… hat noch nie einen so undurchschaubaren Menschen wie diesen Sozialpädagogen kennengelernt. Er führt Nael durch die Hotelgänge zu Raum 24. «So, Herr Gardi. Hier haben Sie ein Zimmer mit allem, was Sie brauchen. Ich hole Sie morgen früh um 8 Uhr zum Vorstellungsgespräch wieder ab.» Und schon ist der dünne Kauz verschwunden.

Nael tritt ein. Dieses Zimmer ist zwar ganz und gar nicht nach seinem Geschmack eingerichtet, aber natürlich tausendmal besser als seine ehemalige Zelle. Die Wände sind in einem beigen Farbton gestrichen. Das Sofa und der Sessel tragen ein dezentes Blumenmuster. Auf dem Tisch steht eine Schale mit Äpfeln. Er muss an seine Eltern und den hübschen Garten denken. Mit seiner Schwester naschte er als Kind immer heimlich allerlei Beeren aus den Beeten. Wenn seine Mutter dann einen Kuchen backen wollte, waren kaum noch Früchte übrig. Dann schimpfte sie kurz, konnte ihren Kindern aber nicht lange böse sein. Der Kuchen schmeckte auch mit weniger Obstbelag lecker. Nael lächelt und wird zugleich traurig. Was würde er dafür geben, wenn seine Eltern noch bei ihm sein könnten. Nein, heute, an diesem Tag, lässt er keine düsteren Gedanken zu. Sein Blick fällt auf die kleine Küchenzeile. Er geht gemächlich hinüber.

«Hallo, Herr Gardi, ich bin Gerdl, Ihr Assistent.»

Nael macht einen Satz nach hinten, so sehr erschrickt er.

«Tut mir leid. Ich wollte Sie nur fragen, Herr Gardi, ob ich Ihnen etwas zum Trinken oder Essen offerieren kann», entschuldigt sich der virtuelle Hotelpage höflich.

Nael weiß nicht, woher diese Stimme kommt. «Hoppla, so

was kenne ich gar nicht. Äh, was kostet das denn?»

«Alles inbegriffen, Herr Gardi. Sie können essen und trinken, was Sie wollen.»

«Dann nehme ich bitte zuerst einen Espresso.»

«Sehr gerne.» Ein unsichtbarer Helfer arbeitet auf Hochtouren, und in einer Luke steht Sekunden später das heiße, wohlduftende Getränk. «Darf es auch etwas zu essen sein?»

«Unbedingt.» Essen könnte Nael immer. «Wie wär's … mit einem Cheeseburger? Mit allem Drum und Dran.»

«Kommt gleich aus dem Drucker.»

«Jetzt bin ich mal gespannt.» Nael leert seinen Espresso in einem Zug. Schicht für Schicht entsteht in einer durchsichtigen Vitrine ein schmackhaft aussehender Burger mit Brötchen, Fleisch, Käse, Salat, Sauce und Zwiebeln. Nael läuft das Wasser im Munde zusammen. Er fühlt sich wie ein König.

Nachdem er gegessen hat, zieht er sich aus, um zu duschen. Im Bad sucht er aber vergeblich nach Shampoo, Seife und Handtüchern. Auch hat er keinen blassen Schimmer, wie er das Wasser aufdrehen soll, weil er weder Knopf noch Regler entdecken kann. «Gibt's hierfür auch einen Helfer? Hallo, ist da jemand?»

«Selbstverständlich.» Es ist die bekannte Stimme von vorhin. «Ich stehe Ihnen überall im Hotel zur Verfügung.»

Eingeschüchtert, als könne ihn jemand beobachten, stammelt Nael: «Äh … ich möchte duschen. Wie funktioniert das?»

«Bitte stellen Sie sich dafür in die Kabine.» Ein erfrischender Schauer prasselt sogleich von der Decke auf ihn nieder. «Seife gefällig, Herr Gardi?»

«Jo.»

«Bitte halten Sie Ihre Hand unter den Seifenspender.» Eine Düse fährt aus der Wand, und das Gel tropft auf Naels Hand-

178

fläche. «Ist der Duft für Sie in Ordnung?»

«Haben Sie vielleicht auch was Männlicheres? Dieses Zeugs riecht arg nach Kokosnuss.»

«Entschuldigen Sie bitte, Herr Gardi, meine Schnellanalyse hat Ihren Geschmack falsch eingeschätzt.» Aus dem Metallarm kommt erneut Gel heraus. «Besser?»

Es duftet angenehm holzig mit einer Note von Zitrus. «Passt. Danke.» Nach der Dusche steht Nael vor der nächsten Herausforderung. «Wo sind denn die Handtücher?»

«Die brauchen Sie nicht. Der Trocknungsvorgang beginnt jetzt.» Keine Sekunde später wird Nael durch einen Monsterföhn trocken geblasen. «An diese ganzen Hightech-Helfer könnte man sich glatt gewöhnen.» Gerade als er mit dem Zähneputzen begonnen hat, klopft es an der Tür. Er spuckt kurzerhand den Schaum aus. «Jo?»

«Ich habe ein paar Kleidungsstücke für Sie. Der Koffer steht direkt vor Ihrer Tür», ruft eine Männerstimme.

«Äh, danke.» Er freut sich, dass er nicht wieder in seine alten Klamotten steigen muss. Nachdem er sich vergewissert hat, dass niemand auf dem Flur ist, der ihn nackt sehen könnte, holt er flink den Koffer herein. Darin findet er vier Paar Hosen, zwei Shorts, fünf Shirts, drei Longsleeves, zwei Pullover, eine braune Lederjacke, zwei Paar Sneakers und Turnschuhe. Dazu noch Sportbekleidung, Unterwäsche und Socken. «Ist das Luxus!» In einem Kulturbeutel tummeln sich sämtliche Artikel, die ein Mann zum Überleben braucht. Überwältigt von unendlicher Dankbarkeit, kann er sich nicht mehr beherrschen. Er ballt die Fäuste und schreit: «Check it out now, Baby. Joooooo!»

ZENIA

Am Abend liege ich wieder auf dem Sessel in Carls Rückführraum und bin schon ganz zappelig. Hoffentlich erfahre ich, wer diese Ayana ist. Ich lächle. Noch nie habe ich mich so sehr auf eine Fortsetzung gefreut, obwohl ich ein absoluter Serienjunkie bin. Carl überprüft die Einstellungen. «Auf geht's.»

Mein jetziges Leben ist vorerst vergessen und ich verschmelze wieder mit Lea.

Ben habe ich von diesem Treffen nichts erzählt. Er wäre ausgeflippt. Also habe ich heimlich einen Termin bei der Astrologin ausgemacht. Am Telefon sprachen wir vorher über den Ablauf und die möglichen Auswirkungen einer Rückführung. Die Frau meinte, es bestehe die Chance, dass Bens und meine Seele bereits in früheren Leben aufeinandergetroffen sind. Wenn wir Glück haben, taucht dort irgendwo auch eine Ayana auf.

Es wird schwarz.

«Zenia?»

Ich schrecke hoch. «Warum holst du mich zurück, Carl? Das war doch genau die Stelle.»

«Schon, aber was nun passiert, ist komplex. Du erlebst in unserer Rückführung eine weitere Rückführung. Damit habe ich keine Erfahrung. Vielleicht erlebst du nur, wie Lea bei der Astrologin sitzt. Ich weiß nicht, ob du auch sehen kannst, was Lea während ihrer Rückführung erlebt.»

«Ist doch egal.» Ungeduldig wippe ich mit meinem rechten Fuß. «Wie kurios: Ich habe als Lea schon einmal eine Rückführung gemacht.»

«Ja, nur die hat damals die Astrologin übernommen.» Carl klatscht verzückt in die Hände. «Also, lass uns starten.»

Ich muss es jetzt durchziehen. Voller Vorfreude lege ich mich auf das Kanapee. Ich bin aufgewühlt, aber ich weiß, dass ich das Richtige tue.

«Sind Sie bereit, Lea?», sagt die Astrologin.

«Ja», antworte ich knapp und verschlucke mich fast dabei. In der Hoffnung, dass ich den Schlüssel zu Bens Albträumen finde, schließe ich meine Augen.

«Ich wünsche Ihnen eine gute Reise.»

Ich verschmelze mit einem kleinen Mädchen, das allein einen Feldweg entlangläuft. Kurze braune Hosen und ein blaues Tuch, das ich um meinen dünnen Oberkörper gewickelt habe, mehr trage ich nicht. Jeder Schritt meiner nackten Füße wirbelt eine Staubwolke auf. Links und rechts von mir erstrecken sich unzählige vertrocknete Felder. Ich erblicke einen wunderschönen bunten Schmetterling und verfolge ihn blindlings. Mit einem Mal ahne ich, dass ich mich verlaufen habe. Verloren schaue ich in alle Richtungen. Wo bin ich nur? Voller Panik renne ich auf eine Gruppe Feldarbeiter zu.

Eine alte Frau hebt ihren Kopf. «Was suchst du hier?»

«Ich habe mich verlaufen. Ich muss zur Familie Tesfaye», schluchze ich und schnappe nach Luft.

«Meinst du die Tesfayes in der Nähe von Gedulabo?»

«Ja.» Ich nicke.

Sie erklärt mir den Weg. Kurz bevor ich gehen will, bemerke ich, dass mich jemand beobachtet. Ich blinzle gegen die Sonne und halte meine Hand zum Schutz hoch. Es ist ein Junge. Er muss so alt sein wie ich. Etwa elf. Mir fallen sofort seine großen Augen und sein ansteckendes Lächeln auf. Er ist dünn und braun gebrannt. Vielleicht findet er mich hübsch? Jungs mag ich normalerweise nicht so, aber dieser scheint anders zu sein. Obwohl ich nicht mit ihm gesprochen habe, würde ich gerne mit ihm spielen. Aber das geht nicht. Ich muss arbeiten. Kurz lächle ich zurück, bedanke mich bei der hilfsbereiten Frau und mache mich rasch auf den Weg zur Arbeit.

In meinem Strohbett kuschle ich mich am Abend an meinen Stoffbären Avalon und denke an die großen braunen Augen des Jungen.

Am nächsten Morgen, als ich schon länger unterwegs bin, lehnt er völlig überraschend an einem Baum am Rande des Weges. Er hat anscheinend auf mich gewartet. Ich freue mich sehr. Wir begrüßen uns scheu.

«Magst du spielen?», fragt er.

«Ich muss den ganzen Tag arbeiten», sage ich traurig.

«Ich auch. Ich muss diesen Baum beschützen.» Er lächelt verschmitzt. Wir kichern und gucken auf den Boden. «Wollen wir vielleicht morgen zusammen spielen?», fragt er mich sogleich.

«Ja, gerne.» Ich halte die Hand vor meinen Mund und schmunzle. «Aber wie sollen wir das machen, ohne erwischt zu werden?»

«Hier kommt selten jemand vorbei. Und sonst verstecken wir uns einfach. Wollen wir uns morgen eine halbe Stunde früher treffen? Dann haben wir etwas Zeit.»

«Gute Idee, bis morgen.» Ich strahle ihn an.

Den ganzen Tag schwebt mir dieser süße Junge im Kopf herum. Auch beim Einschlafen bin ich ganz aufgeregt und voller Vorfreude auf morgen.

Wenn ich gemütlich gehe, brauche ich normalerweise eineinhalb Stunden bis zur Familie Tesfaye. Heute starte ich fünfzehn Minuten früher von zu Hause und laufe schneller als sonst den nie enden wollenden Weg entlang. Ich trage mein weißes Lieblingskleid, und meine geflochtenen Zöpfe baumeln hin und her.

Gerade ist die Sonne aufgegangen und brennt schon jetzt ungemein stark. Es ist einer der heißesten Sommer seit Langem. Wochenlang hat es nicht geregnet. Die Bauern stöhnen und die Böden vertrocknen.

Meine Eltern arbeiten auf den Feldern. Sie verdienen nicht viel. Es reicht für ein Zuhause und eine warme Mahlzeit am Tag. Sie sind oft schlecht gelaunt. Besonders mein Vater. Er hat sich wohl alles anders vorgestellt. Wie unzufrieden muss er gewesen sein, als ich geboren wurde. Kein Sohn, der kräftig war und hart mit anpacken konnte. Stattdessen kam ich. Ein kleines, zierliches Mädchen. ‹Immerhin bist du eine gute Haushaltshilfe. Und ich werde dafür sorgen, dass du einen reichen Herren heiratest›, hatte er irgendwann gesagt. Diese Worte machen mich heute noch traurig. Ich bin im besten Alter für eine Ehe hier in Äthiopien. Und mein Vater hat leider längst einen reichen Mann für mich gefunden. Den Sohn der Familie

Tesfaye. Da putze ich seit einem Jahr. Ich wasche die schmutzige Wäsche, räume auf, kümmere mich um die Tiere und muss diesen alten, widerwärtigen Mann ertragen. Er gafft ständig. Manchmal greift er mir an den Po oder berührt mein Gesicht. Ich hasse ihn. Meine Eltern darf ich aber nicht enttäuschen. Also wehre ich mich nicht gegen mein Schicksal. Bald werde ich bestimmt selbst Kinder kriegen und wie im Gefängnis leben. Meine beste Freundin Almaz bekam ihr Baby mit elf.

Nach einem längeren Marsch sehe ich den Jungen hinter einer Abzweigung. Er sieht nett aus in seinem rot-gelb gestreiften Gewand. «Wer als Erster auf dem Baum ist!» Er kann klettern wie ein Grünmeerkätzchen, lässt mich aber gewinnen.

So geht es viele Tage. Jeden Morgen verbringen wir Zeit miteinander und haben viel Spaß. Meist spielen wir Klettern, Verstecken oder Fangen.

Eines Tages wird er geheimnisvoll. «Mach deine Augen zu. Ich habe eine Überraschung für dich.»
Er führt mich an der Hand durch den Wald. Immer wieder stolpere ich über kräftige Wurzeln und abgebrochene Äste und versuche, den Schmerz zu überspielen, indem ich leise kichere. Was hat er nur vor?
«Jetzt darfst du gucken.»
So etwas Wundervolles habe ich noch nie gesehen. Mitten im Wald steht ein mit bunten Blumen geschmückter Baumstumpf. Auf ihm liegen Beeren und Nüsse. Ich knie nieder und fühle mich wie eine Prinzessin.

«Guten Appetit.» Er setzt sich auch auf den Boden und strahlt mich an. Das Essen schmeckt köstlich. «Wenn ich ein Flaschengeist wäre und du einen Wunsch frei hättest, welcher wäre das?», fragt er mich nach einer Weile.

«Dass ich nicht diesen Mann heiraten muss.»

«Welchen Mann?» Er schaut mich neugierig an.

«Diesen Sohn von der Familie Tesfaye, bei der ich arbeite. Ich wurde ihm versprochen, aber ich hasse ihn. Er macht mir solche Angst.» Ich fange an, leise zu weinen.

«Sei nicht traurig. Wir kriegen das hin.» Er zerdrückt eine Waldbeere zwischen Daumen und Zeigefinger. «Hiermit schwöre ich, dass ich dich bis in alle Ewigkeit lieben werde. Und ich werde dich vor diesem bösen Mann retten.» Er hält die beiden in Saft getränkten Finger hoch, nähert sich meiner linken Hand und malt ein Herz darauf.

Ich bin fasziniert. Dann tunke auch ich meinen Zeigefinger in eine zerdrückte Beere und wiederhole dasselbe Ritual auf seinem Handrücken. «Und ich schwöre, dass ich nur dich heiraten werde.»

Wir himmeln uns an, bis uns die Realität einholt.

«Ich muss los. Bis morgen.»

«Da gibt's wieder eine Überraschung!», ruft er mir freudig nach.

Gerne hätte ich das Herz mein Leben lang auf meiner Hand getragen, aber die Familie Tesfaye soll es nicht sehen. Die würden nachfragen, woher es stammt. Da ich keine andere Möglichkeit habe, lecke ich es ab. Es schmeckt süß und salzig zugleich.

In der Nacht liege ich wach. Was kann noch schöner sein als der bunt geschmückte Frühstückstisch und das Herz auf meiner Hand? Ich wälze mich hin und her.

Hastig ziehe ich mich am nächsten Morgen an. «Bis heute Abend, Mama.»

«Tschüss, mein Mäuschen.» Sie winkt mir nach.

Das Laufen fällt mir schwerer als sonst. Es ist drückend schwül. Wenn ich in die Ferne blicke, flimmert der Horizont, und die Umgebung verschwimmt. Die Dürreperiode hat ihren Höhepunkt erreicht. Meine nackten Füße brennen bei jedem Schritt auf dem überhitzten Boden. Immer wieder mache ich kleine Bögen und Pausen, um meine Fußsohlen an einem Schattenplatz abzukühlen.

Meine Wasserration habe ich schon verbraucht, als ich völlig erschöpft am Treffpunkt ankomme.

Erleichtert nimmt mich der Junge in die Arme. Obwohl ich etwas überrumpelt bin, lasse ich es zu. Nachdem wir uns aus der Umarmung gelöst haben, führt er mich tiefer in den Wald hinein. Die Bäume werden dichter.

«So können wir die Hitze besser aushalten», sagt er.

Die Spannung steigt, und mein Herz überschlägt sich.

Er dreht sich um. «Nur noch ein paar Schritte, gleich sind wir da. Am Tor zum Paradies.»

Keine Blumen. Schade. Kein Frühstück. Aber zwei vollbepackte Beutel lehnen gegen einen Baum.

«Wir gehen auf Wanderschaft. Hin zu dem wunderschönsten Platz der Welt.»

«Was?» Ich bin verdutzt.

«Ja, lass uns abhauen. Jetzt. Wir können über die Felder laufen, spielen und andere Dinge machen. Ich will nur noch mit dir zusammen sein. Wir haben ein besseres Leben verdient. Und du musst diesen Mann nicht heiraten.»

«Und was ist mit Mama und meinem Vater?»

«Wir werden sie auch glücklich machen. Ich kenne einen märchenhaften und verlassenen Ort. Der ist weit weg von hier. Und bald werde ich ganz viel Geld haben. Dann können wir ein großes Haus bauen und deine Eltern zu uns holen.»

«Wieso eigentlich nicht?» Mein Blick fällt wieder auf die Beutel. «Was ist da drin?»

«Das Nötigste. Wasser, Brot und Decken. Der Weg ist schön, aber leider sehr lang. Wollen wir uns erst ausruhen, bevor es losgeht?»

Die Hitze hat mich geschwächt. «Ja, gute Idee.»

Er breitet die Decken aus und wir legen uns nebeneinander auf den Rücken. Hand in Hand schauen wir in den Himmel.

Irgendwann nicke ich ein. In meinem Traum tanzen wir zwei im Regen. Wir halten uns an den Händen und drehen uns im Kreis. Mein Kleid ist bis auf die Haut durchnässt, und es fühlt sich erfrischend kühl an.

Unsanft werde ich aus dem Schlaf gerissen. Der Junge schüttelt mich heftig. «Wir müssen weg!»

«Was?» Ich höre die Rufe eines Mannes. Diese Stimme kenne ich zu gut. Diesen Mann soll ich heiraten.

«Schnell weg! Die suchen uns.»

Wir schnappen uns die Beutel und rennen tiefer in den Wald hinein. Die Bäume sind auf einmal so dicht, dass wir nicht mehr viel von der Außenwelt mitbekommen.

Er hält inne. «Riechst du das? Ist das Rauch?»

Vor Angst kann ich nicht mehr reden.

Es wird heller und heller, heißer und heißer. Der Wald brennt lichterloh. In rasender Geschwindigkeit breiten sich die Flammen aus.

Wir laufen um unser Leben. Er zieht mich brutal an der Hand hinter sich her. Plötzlich knickt er um und kracht hart auf den Boden. Er will aufstehen, doch er kann seinen rechten Fuß nicht mehr aufsetzen.

Ich schreie und heule. «Bitte, wir müssen weiter! Wir sind sonst verloren!» Jetzt zerre ich an seiner Hand.

Er versucht, auf einem Bein zu hüpfen, jedoch reicht das Tempo nicht aus. Nach ein paar Metern verlassen ihn auch noch seine letzten Kräfte. Die Flammen rücken näher und näher.

Ich kreische: «Komm, komm, los!»

Er ist schlagartig ganz ruhig. «Lauf alleine weiter.»

Ich stocke. «Nein, nicht ohne dich!»

«Wir treffen uns in einem anderen Leben. Lauf und dreh dich nicht um.»

«Was?» Ich starre ihn entsetzt an.

«Lauf, Ayana, lauf!»

Es wird schwarz.

NAEL

… hat trotz seiner inneren Anspannung wegen des anstehenden Vorstellungsgespräches ausgezeichnet geschlafen. Viel weiß er noch nicht über seine neue Tätigkeit, noch weniger über seinen Arbeitgeber, umso erwartungsvoller ist er, was der Tag alles bringen wird.

Als er sich am Buffet des Hotels bedient, ist der Frühstücksraum fast leer. Nur ein Mann im Anzug sitzt an einem Tisch und verschlingt hastig sein Essen.

Als Nael seine Spiegeleier mit Seitan-Würstchen verspeist, erscheint bereits Culfier. Er ist mindestens eine Viertelstunde zu früh. «Na, das sieht doch ganz passabel aus.» Er mustert den Ex-Häftling von oben bis unten.

«Danke.» Nael fühlt sich wohl in Jeans und T-Shirt. Dazu hat er die blauen Sneaker gewählt.

«Na, dann wollen wir mal los.»

«Jo.» Nael greift noch schnell nach einer Brezel, die einladend auf der Theke liegt, und folgt Culfier zur Hover-Limo.

Kaum eingestiegen, erklärt der Sozialpädagoge ganz sachlich und nüchtern: «Die Firma, zu der wir jetzt fahren, heißt *preVita*. Die entwickeln und produzieren dort innovative Geräte, die kranken Menschen helfen. Es geht da in erster Linie um psychische Erkrankungen.»

Nervös stopft sich Nael ein Stück Brezel in den Mund und mampft laut, während er sagt: «Äh, aber ich habe doch keine Schraube locker?»

«Herr Gardi, könnten Sie bitte nicht mit vollem Mund reden? Natürlich sind nicht Sie es, der geheilt werden muss. Mit

Ihrer Hilfe werden die Geräte dort nur getestet.»

«Aha, und wie…»

«Herr Gardi, alle fachlichen Fragen müssen Sie im Vorstellungsgespräch selbst klären. Aber strengen Sie sich bitte an, denn wir haben keine weiteren Optionen.»

«Jo. Ich werde mir Mühe geben.»

Je näher die Gesundheitszone kommt, umso ehrfürchtiger wird Nael, umso kleiner fühlt er sich. Mit jedem Meter stechen die Häuser höher in den Himmel. Die Kulissen werden prächtiger und gigantischer. Alles ist magisch und furchteinflößend zugleich. Er lässt die Fensterscheibe herunter und hat das Gefühl, bisher hinter dem Mond gelebt zu haben. Sie gelangen zu einem Checkpoint. Innerhalb von drei Sekunden sind beide gescannt und können passieren.

«So einfach ist das?», fragt Nael erstaunt.

«Ja, mit dem Unterschied, dass Sie demnächst von Ihrem neuen Zuhause aus mit dem Munich-Airtrain zur Firma fahren werden. Falls das mit der Arbeit klappt. Davon gehe ich jetzt einmal aus.» Er nickt. «Im Zug werden Sie automatisch gescannt, wie alle anderen Gott-Menschen auch.»

«Jo, ich bin drin, in der Gesundheitszone.»

Die Hochhäuser sehen irgendwie anders aus als die, die Nael kennt. Sie sind anmutiger mit ihren Silbertönen und den vielfältigen Verglasungen und Spiegelflächen. Als wären sie Diven, die sich im Sonnenlicht aalen. Auch gibt es zu seiner Überraschung kaum rechteckige Bunker. Jeder Turm hat seine eigene ästhetische und ausgefallene Form. Überall flackert 3D-Werbung auf riesigen Screenern.

«Wie gefällt es Ihnen hier?» Culfier lächelt ihn kurz an.

«Ich bin begeistert.» Nael beobachtet eine Frau im schicken

Hosenanzug, die ziemlich flink unterwegs ist.

«In der Gesundheitszone ist alles sehr hektisch. Viele haben sogenannte Hover-Shoes, damit sie schneller und sicherer vorwärtskommen.»

Nael zuckt zusammen. Auf der linken Seite rauscht etwas an ihnen vorbei. «Alter Schwede!»

«Das ist der Munich-Airtrain, ein Zug der neuesten Generation für den Fernverkehr. Der erreicht eine Maximalgeschwindigkeit von 580 km/h.»

«Wow! Und noch krasser sind die vielen Hover-Mobile. Das sind ja Massen.» Nael gehen fast die Augen über.

«Ja, hier geht es zu wie in einem Bienenstock. Es müssen eben fast eine Million Pendler täglich in die Gesundheitszone reisen. Die Stadt hat wirklich ein cleveres Verkehrskonzept entwickelt mit Airtrain, U-Bahn, magnetischen Straßen und Wegen, die intelligent über mehrere Ebenen zum Ziel führen.»

Ständig sieht Nael Roboter umherdüsen, die putzen, etwas bauen oder gärtnern. «Und was ist das?» Er zeigt auf ein fliegendes Objekt.

«Das sind Drohnen. Sie bringen die Post, die Einkäufe oder einfach nur ein Getränk, falls Sie unterwegs eins wünschen.»

Nael kann sich gar nicht sattsehen. «Wow, Hammer.»

Die Hover-Limo parkt in einer kleinen Nebenstraße vor einem gläsernen Tower. Naels Blick wandert beeindruckt an der Fassade entlang. Er glaubt, etwas aufblitzen zu sehen.

«Herr Gardi, eine Personalreferentin von *preVita*, Clarissa Rubio, wird Sie empfangen. Der Eingang ist dort. Ich warte hier auf Sie und kümmere mich derweil darum, die Krümel Ihrer Brezel wegsaugen zu lassen. Viel Glück!»

«Äh … vielen Dank.» Nael macht sich allein auf den Weg.

Ihm ist mulmig zumute. Als er das Gebäude betritt, strömt ihm ein angenehmer Duft entgegen. Er saugt ihn tief ein. Nach ein paar weiteren Schritten vernimmt er etwas Prickelndes auf seinem Gesicht. Vor ihm erstreckt sich ein großer Regenbogen.

«Krass.» Er greift nach den tanzenden Wasserperlen.

«Herr Gardi?»

«Jo.» Er geht durch den Regenbogen auf eine attraktive Frau mittleren Alters zu.

«Ich bin Clarissa Rubio. Schön, dass Sie bei uns sind.»

«Hallo. Ich freue mich auch.» Sie reichen sich die Hände.

«Bevor wir uns näher unterhalten, machen wir mit Ihnen einen kurzen Test. Folgen Sie mir bitte.»

Nachdem er verunsichert im Assessment-Center Platz genommen hat, versucht ihn die Personalreferentin zu beruhigen. «Keine Sorge, das ist völlig normal. Da musste jeder von uns durch.» Sie lächelt. «Zuerst einmal: Wir duzen uns hier. Ist das okay für dich? Ich bin Clarissa.»

«Klar. Ich bin Nael.»

«So, dir werden jetzt ein paar leichte Fragen gestellt. Und das war's auch schon. Ich hole dich im Anschluss ab, ja?»

«Jo.» Er ist aufgewühlt.

«Guten Tag, Nael.» Ein virtueller Mann erscheint auf dem Screener an der Wand gegenüber. «Mein Name ist Greg. Der Test startet nun. Was weißt du bereits über *preVita*?»

«Äh, ihr macht irgendwelche Geräte und könnt Menschen damit heilen.» Er ist mit seiner dünnen Antwort unzufrieden, aber er weiß nun einmal nicht mehr.

«Kannst du das bitte genauer ausführen?»

«Ich glaube, diese Menschen haben nicht mehr alle Tassen im Schrank. Sind irgendwie krank im Kopf.»

Greg verzieht keine Miene, sondern stellt gleich die nächste Frage. «Hast du Absichten, *preVita* zu schaden?»

Nervös rutscht Nael auf dem Stuhl hin und her. Was meint Greg damit? Kennt er etwa seine dunkle Geschichte?

«Hast du die Absicht, *preVita* zu schaden?» Der virtuelle Mann wiederholt freundlich die Frage.

«Nein. Warum sollte ich das tun?»

Greg antwortet nicht, aber Sinuswellen flackern auf dem Screener wild auf und ab. Nael muss die Diagramme ignorieren. Ansonsten wird er noch nervöser.

«Hast du geplant, Informationen von *preVita* an Dritte weiterzuleiten?»

Er stutzt und denkt an die Abmachung mit Culfier. «Jo.»

«Meinst du mit ‹Jo› Ja?», fragt Greg.

«Jo … äh, ja.» Diesen Umgangston hat er sich nicht erst im Gefängnis angewöhnt. Auch bei seinem Job auf der Baustelle ging es damals nicht viel intellektueller zu. Kraftworte gehörten zum Alltag und waren notwendig, um sich gegenüber den anderen zu behaupten. Darüber hinaus hatte er wegen seiner digitalen Isolation kaum Freunde. Der starke Konsum von Virtual-Games und Reality-Shows hat aus ihm einen Einzelgänger gemacht. Sein Sprachverständnis und sein Wortschatz haben sich so auch nicht gerade weiterentwickelt.

«Wir kennen bereits deine Polizeiakte. Daher die Frage: Hast du ehrliche Absichten, für *preVita* als integrer Angestellter zu arbeiten?», will Greg wissen.

«Was heißt das?», fragt Nael nach.

«Können wir dir voll und ganz vertrauen?»

«Jo.» Das ist wie bei einem Verhör. Ihm ist nicht ganz wohl.

«Vielen Dank, Nael. Dein Integritätstest ist beendet.»

Er atmet auf. Sekunden später öffnet sich die Tür. «Das

war's schon.» Clarissa winkt ihn hinaus und nimmt ihn mit in ihr Büro. Die Frau hat einen eigenwilligen Geschmack. Ihre Wände sind grün-weiß gestreift, und im ganzen Raum breiten sich Urwaldpflanzen aus.

«Es ist lustig bei dir.»

«Ja, ich habe ein Faible für Pflanzen.» Sie lächelt. «Also, Nael. Unsere Firma engagiert sich sehr gerne auch im sozialen Bereich. Als wir vor Kurzem von der Stiftung *SIvEx* und deren Programm gehört haben, waren wir sofort interessiert.»

Er nickt.

«Wir finden die Idee, die dahintersteckt, großartig. Allerdings», wird sie ernster, «werden wir es nicht tolerieren können, wenn du rückfällig wirst. Wirklich null Toleranz!»

«Das sehe ich ein. Das passiert ganz sicher nicht.» Nael versucht, einen vertrauenswürdigen Eindruck zu erwecken.

«Ich muss dir das leider sagen, das ist reine Formsache. Wir gehen natürlich davon aus, dass wir lange und erfolgreich zusammenarbeiten.»

«Was soll ich denn überhaupt hier machen? Was wäre mein Job genau?», fragt Nael.

«Moment kurz.» Clarissa schaut auf ihren Screener und runzelt die Stirn. «Du hast soeben im Integritätstest geantwortet, dass du Informationen über die Firma an Dritte weitergeben wirst. Wie ist das zu verstehen?»

«Mein Sozialpädagoge, John Culfier, will mit mir über meine Arbeit reden. Er möchte, dass ich alles gut mache.»

«Ah, das macht Sinn. Wir haben schon gedacht, dass du uns bespitzeln willst.» Sie zwinkert ihm zu.

Er lächelt unbeholfen. «Nein, das könnte ich nie.»

«Das sehe ich an der Stimmanalyse. Du warst zwar aufgeregt, aber du scheinst immer die Wahrheit gesagt zu haben.»

Es läuft für ihn. Er ist erleichtert.

«Nun, dann verrate ich dir jetzt etwas mehr über *preVita*», sagt Clarissa.

Nael erfährt vieles rund um die Firma. Die ganze Zeit versucht er, ein schlaues Gesicht zu machen, obwohl er sich bei all den esoterischen Ansätzen fragt, wo er hier bloß gelandet ist. «Und was, wenn ich kein anderes Leben hatte?»

Clarissa lacht. «Hattest du bestimmt.»

«Schauen wir mal.»

«Also, Nael, wir haben uns über dich im Vorfeld detailliert informiert, und du hast den Integritätstest bestanden. Ich habe auch einen guten Eindruck von dir. Mein Vorschlag wäre: Du kommst morgen früh um neun her und dann fangen wir an.»

«Und …» Er zögert. «Wie hoch ist mein Gehalt?»

«Du bekommst 2.500 UCs im Monat.»

«Booaa! Echt jetzt?» Er flippt innerlich aus vor Freude.

Sie lacht wieder. «Ja, du musst übrigens auch nicht jeden Tag arbeiten. Immer, wenn Bedarf ist. Du hast aber ein ungefähres Pensum von vier Tagen pro Woche. Die eine Woche mehr, die andere weniger. Darf ich davon ausgehen, dass du zusagst?» Sie strahlt ihn förmlich an.

«Jo.» Ruckartig springt er auf und gibt ihr die Hand.

«Prima, dann unterschreibe doch bitte noch diese Haftungspapiere und den Vertrag.»

«Na, wie ist es gelaufen?», begrüßt ihn Culfier, der vor dem Gebäude gewartet hat.

«Super. Ich habe den Job.»

«Wunderbar, Herr Gardi. Dann bringen wir Sie jetzt in Ihre neue Unterkunft.» Sie steigen in die Hover-Limo. «Sagen Sie, wie war denn das Vorstellungsgespräch konkret?»

«Die haben einen Haufen Fragen gestellt.» Nael gähnt.

«Welche Fragen denn, Herr Gardi?»

«Die wollten wissen, ob ich gute Absichten habe und so.»

«Geht das vielleicht etwas präziser?», fragt Culfier.

«Ob ich was Kriminelles vorhabe oder ob ich Infos an andere gebe und ob ich …»

«Moment. Ob Sie Infos an andere weitergeben? Was haben Sie da geantwortet?»

«Jo, weil ich doch an Sie berichten muss.»

«Das haben Sie genau so gesagt?», horcht Culfier nach.

«Jo, damit *SIvEx* sieht, dass das Integrationsprogramm gut läuft.» Was soll diese ewige Fragerei? Nael empfindet Culfier als Korinthenkacker.

«Exzellent.» Der Vogelmann schaut zufrieden aus dem Fenster.

Nachdem sie die Gesundheitszone wieder verlassen haben, schwebt die Hover-Limo Richtung Nordosten. Sie erreichen einen Ort mit vielen Hochhäusern, die dicht beieinander stehen. Im Gegensatz zu denen in der Gesundheitszone sind diese hässlich, grau und unscheinbar. «Da wären wir. Sie leben in einem sozial unterstützten Wohnquartier. Diese Unterkunft ist nur zwanzig Minuten mit den öffentlichen Verkehrsmitteln von Ihrer Arbeit entfernt», sagt Culfier.

«Krass, wie viele wohnen hier?» Nael ist wie erschlagen.

«Schätzungsweise 150.000 Menschen.»

«Was?» Er ist baff. «Und alle sozial unterstützt?»

«Ja. Und das ist nur eine von vielen Siedlungen dieser Art.»

«Mann. Aber das sind nicht alles Ex-Knackis wie ich?»

«Wo denken Sie hin? Es gibt auch Familien, die Unterstützung brauchen, soziale Notfälle und eine drastische Anzahl von

Klimaflüchtlingen aus anderen Ländern.»

Nael ist beeindruckt.

«Am besten steigen Sie hier aus. Wenn wir mit der Limousine in die Siedlung hineinfahren, kommt das nicht gut an.» Culfier gibt ihm eine Karte mit Adresse und Wegbeschreibung. «Sie wohnen im Haus 74A /17L aufwärts, WG 4, Zimmer b.» Er überreicht Nael eine kleine Box. «Und hier ist noch Ihr BRO drin.»

«Was, ich kriege einen BRO?» Nael wird ganz zappelig. «Ich dachte, sowas geht nur bei System-Menschen?»

«Nein, nein. Bei System-Menschen ist es nur so, dass denen die nötigen Smart-Lenses bereits im siebten Monat in der Entwicklungskapsel auf die Netzhaut gepflanzt werden.» Culfier holt etwas aus. «Ab dem neunten Monat haben sie einen stecknadelgroßen Lautsprecher im Gehörgang und ein Mikrofon in der Nähe der Stimmbänder.»

«Aha.» Nael öffnet die Box.

«Das ist Ihr Set mit Smart-Lenses, Mini-InEar und -Mikro. Wir Gott-Menschen setzen die Linsen einfach nachträglich ein. Den InEar stecken wir in den Gehörgang und das Mikro platzieren wir mit einem kleinen Piks von innen in die Wange. Anschließend synchronisieren sich die drei Dinge automatisch mit Ihrem BRO, und Sie sind auf einen Schlag Teil der modernen Zivilisation und mit dem Rest der Welt vernetzt.»

«Abgefahren. Das kostet doch sicher ein Vermögen.»

«Da *SIvEx* das bezahlt, muss es Sie nicht kümmern. Sie sollten einfach immer für uns erreichbar sein und darum werden Ihnen diese Sachen zur Verfügung gestellt.»

«Ehrenmänner, jo!» Nael hat zwar nicht genau verstanden, wie es funktioniert, aber das findet er bestimmt allein heraus.

«Ihren virtuellen Assistenten können Sie übrigens jederzeit

per Befehl aktivieren oder deaktivieren. Dann geht er in eine Art Dämmerschlaf, bis Sie ihn wieder wecken. In Ihrem BRO sind auch alle wichtigen Kommunikationsdaten gespeichert. Unter anderem mein Kontakt oder der Ihres Arbeitgebers. Wir sind alle untereinander vernetzt. Der BRO teilt Ihnen auch jeweils mit, wann wir uns treffen.»

«Wir treffen uns?», fragt Nael.

«Na, wegen der Gespräche und Zwischenberichte.»

«Aha, klar. Danke für alles, Herr Culfier.»

Als die Hover-Limo davonschwebt, steht Nael hilflos mit Koffer, Umhängetasche und Box vor der unübersichtlichen Siedlung. Er hat überhaupt keinen Plan, wie er das Haus 74 finden soll. Unentschlossen starrt er auf die Karte.

«Hallo. Können wir helfen?»

Er blickt auf. Eine Dreiergruppe junger Frauen nähert sich kichernd. Sie sind nicht älter als 20. «Du siehst so verloren aus. Bist wohl neu hier, was?»

«Ja, ich suche das Haus 74A.»

«Ziehst du da ein?», fragt die Frau mit dem frechen Kurzhaarschnitt und knappen Hotpants.

Er nickt.

Die drei kichern erneut. «Wir zeigen es dir.» Sie spazieren gemeinsam los. «Wie heißt du eigentlich?»

«Nael. Und ihr?»

«Ich bin Monica.» Die Kurzhaarige stellt sich vor. «Und das hier sind Erma und Moya.» Schüchtern winken ihm die beiden anderen zu. Er lächelt freundlich zurück. Sie gehen in gemächlichem Tempo eine enge Straße entlang, in der Kinder lachend herumhüpfen. Weiter hinten hören Teenager laut Musik. Eine andere Gruppe spielt auf einer Wiese Fußball. Diese Siedlung ist sehr lebendig. Ältere Männer und Frauen plaudern am Straßenrand und prosten sich mit Tassen zu. Nael ist dankbar, dass ihm die Mädels helfen. «Woher kommst du?», will Monica wissen.

«Von weit her.» Er hat keine Lust auf Small Talk.

«So wie wir alle.» Sie zwinkert ihm zu. «Wir sind da.» Sie zeigt auf ein Haus, das genauso aussieht wie alle anderen. Nur auf diesem steht groß die 74A über dem Eingang.

«Danke, Mädels.»

Die Dreiergruppe winkt zum Abschied. «Wenn du mal abhängen willst, wir wohnen in 154, direkt im Erdgeschoss, die dritte Wohnung c.»

«Okay, bis dann.»

Als er das Haus betritt, wird ihm klar, was Culfier mit ‹aufwärts› gemeint hat. Hier gibt es nicht nur Stockwerke nach oben, sondern auch welche, die unter der Erde liegen. Nael ist froh, dass er mit dem Lift hochfahren kann. Das Haus hat insgesamt 90 Etagen. Fünfzehn davon unterirdisch. Im 17. Stock findet er seine WG. Er hält seine Hand vor einen Scanner, und die Tür springt auf. Er befindet sich jetzt in einem Korridor. Von dort gehen die Apartments a, b, c und d sowie die Gemeinschaftsküche ab. Sein Zimmer ist sehr spartanisch eingerichtet. Es ist um einiges größer als seine ehemalige Gefängniszelle und viel gemütlicher und farbiger. Das Bett hat einen grünen Bezug. Tisch, Stühle und Kleiderschrank sind weiß. Neben dem Bett entdeckt er noch ein rotes Regal mit leeren Fächern. Er besitzt sogar ein eigenes Bad mit Dusche. Am meisten freut er sich über den Screener an der Wand. Im Gegensatz zum Gefängnis kann er sich nun endlich ungestört Filme anschauen. Er holt *Mrs. Bygones* aus seiner Tasche und stellt sie auf die Fensterbank.

Dann wirft er seine restlichen Sachen in die Ecke und lässt sich aufs Bett fallen. Das ist nicht zu vergleichen mit seiner durchgelegenen, quietschenden Matratze im Gefängnis. Glücklich breitet er seine Arme nach beiden Seiten aus. Sein Magen meldet sich mit einem Knurren. Seit dem Frühstück im Hotel hat er nichts mehr gegessen. Er geht in die Küche und wirft einen Blick in den Kühlschrank.

«Digger, alles easy?»

Nael dreht sich um. Im Türrahmen steht ein junger Mann mit Cap und weiten Jeans, die so tief hängen, dass seine bunten Shorts darunter zu sehen sind. Er wippt unruhig von einem Fuß auf den anderen.

«Alter Verwalter, hast du mich erschreckt!» Nael geht auf ihn zu. «Hallo, ich bin Nael. Heute angekommen.»

«Endcool, ich bin Fred und seit zwei Jahren hier. Dein Nachbar von a.» Er ist etwas größer als Nael und circa gleich alt. «Die Jungs von c und d sind ein paar Tage in China auf Familientour. Lernst du dann bald kennen. Sind echt gute Typen. Hast du eigentlich Hunger?»

«Und wie.»

«Also, wenn du Lust hast, bringe ich dich zur Kantina und zeige dir anschließend den Rest von diesem Laden.»

«Jo. Mach mal. Danke.»

Fred führt Nael zu einem Gebäude, das sich von den anderen durch seine Farbenvielfalt abhebt. Als hätte sich eine ganze Graffiti-Mannschaft daran zu schaffen gemacht. «Das ist die Kantina Kunterbunt. Der Name spricht für sich. Drinnen ist es noch farbiger.»

Nael staunt. Ein großer Raum ist mit unendlich vielen Tischen und Stühlen überfrachtet, die wild durcheinander stehen.

Der Kreativität sind auch hier scheinbar keine Grenzen gesetzt. «Die Tische haben wir selbst bemalt. Viele von uns haben sich verewigt.»

«Echte Kunstwerke.» Nael fällt ein Gemälde mit Tierbabys auf. Ein ganzes Rudel kleiner, putziger Löwen.

«Kannst dich auch gerne austoben, wenn du willst. Musst nur an der Theke Farbe holen. Es gibt noch eine Menge unbemalter Tische.» Fred boxt ihm an die Schulter.

«Bestimmt irgendwann mal.»

Es ist schon recht spät für ein Mittagessen. Nur noch vereinzelt sitzen Leute herum. Fred nimmt Nael mit zur Theke. Dort steht ein auffälliger Typ. Nael vermutet, dass er auch ein Ex-Knacki ist. Er sieht verwegen aus. Seine Arme sind mit Tattoos übersät. «Hallo, ich bin Nael.»

«Hi, Man.» Der Typ ist gerade dabei aufzuräumen.

Nael betrachtet die Tätowierungen. «Haben die dir die Tattoos im Knast gestochen?» Er selbst mag keine Bilder an seinem Körper.

«Sorry, bis in den Knast habe ich es nicht gebracht. Du etwa?» Er mustert ihn schräg.

Nael nickt verlegen.

«No problem. Also, was kann ich dir geben?» Der Typ spricht mit einem leichten Akzent. «Ist nicht mehr viel übrig. Gemüsesuppe, Hähnchen und Kartoffeln.»

Nael hat wie immer einen Bärenhunger, sodass er alles gegessen hätte. «Gib bitte einfach her, was du hast. Eine möglichst große Portion.»

Der Mann schaufelt das Essen auf einen Teller. «Besteck ist dort. Getränke hier. Nachtisch da hinten.»

«Danke, ist ein echter Luxusschuppen.» Nael grinst breit. Er wählt noch eine Flasche Orangenlimonade. Dann legt er seine

Hand auf ein Display, um zu zahlen. «Was, nur neunzig Cent?»

«Auch das Essen ist bezuschusst. Kostet alles 'nen Appel und 'n Ei», bestätigt Fred.

Sie setzen sich hin.

«Also, morgens von sechs bis zehn gibt's Frühstück. Mittagessen von halb zwölf bis halb drei. Dann ist Pause. Abendessen dann von sechs bis zehn. Alkohol gibt's nicht», plappert Fred, ohne Luft zu holen. «Das gehört zu den Regeln. Es sei denn, man schmuggelt ihn rein.»

Nael winkt ab. «Sowas geht bei mir sowieso nicht, Alter. Ich muss sauber bleiben. Ich war doch erst im Knast.»

«Wegen einem Bierchen wirst du bestimmt nicht verhaftet.»

«Das kannst du dir abschminken.» Nael schüttelt den Kopf und stopft sich eine dicke Kartoffel in den Mund.

«Schon gut.» Fred lehnt sich zurück. «Wenn du noch Fragen hast, bin ich für dich da.»

Nael hat viele Fragen, aber eine brennt ihm besonders unter den Nägeln. «Kennst du die Stiftung *SIvEx*?»

«Nie gehört. Warum?»

«Die haben mich früher aus dem Bunker geholt und unterstützen mich überall. Ist so ein Programm für Ex-Knackis.»

«Es gibt so viele Typen hier. Die meisten werden vom Staat unterstützt. Ich auch. Aber von deiner Stiftung habe ich noch nie was gehört. Darf man fragen, warum du gesessen hast?»

Nael starrt auf seinen Teller und verkrampft sich.

«Nichts für ungut. Brauchst es mir nicht zu sagen.» Fred stibitzt ein Stück Hühnchen von Naels Teller.

«Ach … ich habe den Typen fast umgebracht, der meine Schwester misshandelt hat.»

Fred nickt anerkennend. «Respekt, dann werde ich besser immer nett zu dir sein.»

«Jo, pass schön auf, Alter!» Sie grölen und schlagen ein.

Nach dem Essen zeigt Fred dem Neuling die anderen Bereiche der Siedlung. «Eigentlich ist das eine richtige Stadt. Mit Schulen, Geschäften, Sportplatz, Gebetshäusern, Ärzten, Kneipen und Frauen.» Er bleibt stehen. «Hast du eine Freundin?»

«Vergiss es. Gibt nur Ärger.» Nael lacht halbherzig.

«Ich hab auch keine, aber hier laufen ein paar heiße Feger herum. Was meinst du: Wollen wir gemeinsam auf die Pirsch gehen? Bräute gucken, Digger?», fragt Fred.

«Nein, lass mal. Für heute habe ich genug gesehen.»

Nael ist froh, dass er sich nach dem anstrengenden Tag in seine eigenen vier Wände zurückziehen kann. Vor allem möchte er so schnell wie möglich seinen neuen BRO konfigurieren und austesten.

ZENIA

«Ihre Werte normalisieren sich.» Ich höre eine Männerstimme und will meine Augen öffnen, aber es ist zu hell.

«Sie kommt zu sich.» Wieder diese Stimme, die ich nicht zuordnen kann. «Zenia, hörst du mich? Hier ist Regor.»

Wer? Ich blinzle.

«Du bist bei *preVita*, Zenia. Regor ist unser Arzt.» Endlich eine vertraute Stimme.

«Carl, bist du es, Carl?», krächze ich wie ein heiserer Rabe. Langsam nehme ich Umrisse wahr und drücke vorsichtig meinen Rücken durch. Mir schmerzen die Knochen, als hätte man mich durch den Fleischwolf gedreht. Neben mir stehen Carl und ein weiterer Mann, den ich schon einmal irgendwo gesehen habe.

«Wozu ist denn ein Arzt da? Was ist mit mir passiert?», frage ich mit etwas festerer Stimme.

«Du hast eine sehr lange Reise gemacht. Wie fühlst du dich?» Der Doktor löst den Blutsensor von meinem Oberarm.

«Äh, schwach. Sonst ganz okay. Wieso eine lange Reise?» Jetzt entdecke ich erst eine Infusionsnadel, die in meinem Handrücken steckt. «Carl, was ist los?» Mein Herzschlag beschleunigt sich.

«Du warst viel länger weg als geplant. Daher mussten wir dich über diese Kanüle versorgen, aber ich erzähle dir alles gleich in Ruhe.» Er sieht müde aus.

Der Arzt entfernt die Nadel und verlässt den Raum. Ich setze mich aufrecht hin. «Und?»

«Du weißt ja, du hast eine Rückführung in der Rückführung erlebt», stockt Carl. «Die Software hat das leider nicht gepackt.»

«Was?» Ein Funke Angst keimt in mir auf.

«Es ist so … dass … wir dich lange nicht mehr zurückholen konnten.» Mein Chef druckst herum. «Nicht nur das System, auch wir Psychologen haben das nicht geschafft. Um genau zu sein, warst du 26 Stunden in Trance.» Er senkt den Blick.

«Was?» Dieser Zeitraum ist für mich nicht greifbar.

«Unsere Entwickler haben pausenlos versucht, das Problem zu lösen.» Er klingt erschöpft. «Du bist parallel ständig ärztlich betreut worden.»

Ich kann schwer glauben, was ich höre.

«Die Jungs haben dann den Fehler endlich gefunden und behoben. Ein zweites Team hat im Anschluss programmiert, dass ein Proband zukünftig spätestens nach drei Stunden automatisch zurückgeholt wird.»

«Oh mein Gott! Na, immerhin habe ich den Weltrekord in Dauertrance gebrochen.»

Wir prusten beide erleichtert los.

«Dir scheint es zum Glück wieder besser zu gehen. Ist es nicht großartig, dass wir jetzt wissen, wer Ayana ist?», fragt Carl mit weit aufgerissenen Augen.

Ich horche auf, bin aber noch zu vernebelt, um seine Worte sinnvoll verknüpfen zu können. Ich fühle mich rammdösig wie ein Schaf, das zu lange in der Sonne gestanden hat.

«Zenia. Jetzt wissen wir, dass du in einem deiner früheren Leben Lea und in einem anderen Ayana warst. Du weißt, was das bedeutet?»

«Nein.» Ich habe immer noch das Gefühl, als hätte mein Verstand die Konsistenz von Haferschleim.

Er rückt näher. «Der Junge malte Ayana ein Herz auf die Hand. Genau dasselbe geschah bei Ben und Lea. In einem späteren Leben.» Er zieht eine Augenbraue hoch. «Na?»

Das Ritual wiederholte sich. Mein Verstand ist plötzlich glasklar. «Dann steckte in Ben die Seele dieses Jungen!» Ich spreche hastig weiter. «Ben schrie in seinen Träumen den Namen Ayana. Er träumte sein Vorleben, Carl.» Wie im Glücksrausch sehe ich ihn an. «Deshalb war Ben auch wie paralysiert, als der Adventskranz brannte. Die Angst vor Flammen war noch in seiner Seele verankert. So macht alles einen Sinn.» Ich schnappe nach Luft. «Das ist ja wahnsinnig.» Als ich aufspringe, muss ich mich an Carl festhalten, weil mein Kreislauf noch nicht komplett hochgefahren ist. «Ich hätte so gerne gesehen, wie Lea es Ben erzählt hat.»

«Ja, das ist die Antwort, nach der die beiden immer gesucht haben. Das müssen wir uns unbedingt anschauen.» Er fasst sich an den Kopf. «Ich bin schon seit dreißig Jahren Psychologe. Aber das hier haut selbst mich um. Wir schreiben Geschichte!»

«Wir gehen die Sache am besten sofort an.» Ich setze mich total euphorisch wieder hin.

Schlagartig bekommt er ein ernstes Gesicht. «So schnell wird das nicht klappen. Das wäre für deinen Körper und deine Seele zu gefährlich. Du brauchst erst einmal Zeit, um dich zu erholen.»

Ich nicke. Das muss ich wohl oder übel akzeptieren.

«Aber aufgeschoben ist nicht aufgehoben. Wir werden bald wieder zu Lea und Ben reisen, versprochen. Aber jetzt rufst du besser deine Freundin an.»

Amrex! Die wird durchdrehen. Und Samu! Hektisch aktiviere ich meinen BRO. Romeo zeigt sieben verpasste Anrufe an. «Wie viel Uhr ist es?»

«Es ist 21 Uhr 24», sagt Carl.

«Mist, wir waren verabredet. Die machen sich bestimmt furchtbare Sorgen.»

«Es ist alles gut. Amrex hat vor ein paar Stunden bei uns angerufen. Sie hat auch deinen Freund informiert. Wir sollen ihr Bescheid geben, wenn du wach bist.»

«Okay, gut. Romeo, schick bitte eine Nachricht an Samu.»

> Lieber Samu,
> es tut mir leid, dass es mit unserer Verabredung nicht geklappt hat. Wie du weißt, gab es einen Zwischenfall. Bist du noch in München?
> Viele Grüße Zenia

> Schade, dass wir uns nicht sehen konnten. Ich hoffe, es geht dir gut! Ich bin bereits im Flugzeug Richtung Moskau. Melde mich, wenn ich wieder mal in deiner Nähe bin.
> Kuss Samu

Amrex holt mich mit ihrem Hover-Mobil ab und flucht wie ein Rohrspatz. «Was ist denn das für eine Firma, die dich stundenlang in Trance auf einem Sessel liegen lässt? Ich hätte *preVita* beinahe gestürmt!»

«Ach, Amrex, übertreib mal nicht. Mir geht's doch gut.» Um ehrlich zu sein, besser als je zuvor. Zumindest im Herzen.

«Das ist Schwachsinn. Die zeigen dir rührselige Filme und du lässt dich voll darauf ein.» Sie scheint total genervt zu sein.

«Nein! Es sind keine Filme. Meine Hirnströme werden zu Bildern und ….» Ach, es bringt doch eh nichts. Es ist mühsam, mit ihr über Dinge zu reden, die sie infrage stellt und die sie eigentlich nicht interessieren. «Du müsstest es selbst einmal machen, dann würdest du anders darüber denken.»

«Oh, nein danke. Weißt du was? Wir suchen eine neue Arbeit für dich. *preVita* ist unzumutbar!»

«Was? Eine neue? Nein, niemals! Der Job ist genial! Ich finde es total blöd, dass du mich nicht ernst nimmst.»

«Ach, Ze, dich nehme ich ernst. Alles andere ist mir aber zu absurd. Das geht nicht in meinen Kopf hinein und ich glaube auch nicht daran. Es tut mir leid.»

Für ihre Ehrlichkeit und Direktheit liebe ich sie normalerweise, aber jetzt will ich einfach nur eine rücksichtsvolle, sensible Freundin haben. Wie gerne hätte ich ihr von Lea und Ben und ihrer wunderschönen Liebe erzählt, aber es geht nun einmal nicht.

«LeBron philosophiert auch ständig über diesen Firlefanz», stöhnt sie und verdreht ihre Augen.

«Tut er das?» Eine sanfte Wärme steigt in mir auf.

«Ja, ich muss mir ewig anhören, wer er schon alles war und was er in den nächsten Leben sein wird. Er ist für meine Begriffe zu esoterisch. Vielleicht solltest du dich besser mit ihm darüber austauschen, wenn du sonst niemanden hast.» Amrex parkt vor meiner Haustür. Ich komme ins Grübeln. Habe ich überhaupt jemanden, der für das Thema offen ist? Mit Samu ist es gelaufen. Meine Freundin Elena wäre in dem Punkt auf meiner Wellenlänge. Aber seit sie vor zwei Jahren mit ihrem Tennistrainer nach Indien ausgewandert ist, habe ich sie nicht mehr gesprochen. Meinen Freundeskreis habe ich die letzten Jahre völlig vernachlässigt. Zum Glück gibt es Amrex. Aber in diesem Fall ist sie nun einmal nicht die Richtige. Und meine Eltern stehen Rückführungen auch eher skeptisch gegenüber. «Hm, du hast recht, ich habe tatsächlich sonst niemanden. Wäre es wirklich okay für dich, wenn ich mich mit LeBron treffe?»

«Ja, natürlich. Er ist nicht mein Eigentum. Nur im Bett ist er

mein Untertan.» Sie grinst. «Han Solo, übermittle Romeo bitte
LeBrons Kontaktdaten.»

> Hallo LeBron,
> ich habe etwas Tolles erlebt. Magst du es
> hören? Wollen wir uns sehen?
> Liebe Grüße Zenia

> Hi Beauty,
> schön von dir zu hören! Wir können uns
> gerne treffen. Wann und wo?
> LeBron

> Morgen um 11 Uhr? Wie wär's mit *Le Moulin* in der Sendlinger Straße? Ich warte unten am Eingang.

> Yes, gute Idee. Bis morgen. Freu mich sehr!

NAEL

… steht in seinem Badezimmer vor dem Spiegel. Nachdem er den InEar in seinen Gehörgang geschoben und das Mikro in die Wange gepikst hat, versucht er mit ungeschickten Händen, die Linsen auf seinen Augen zu platzieren. «So schwer kann das doch nicht sein, Herrschaftszeiten!» Beim fünften Anlauf klappt es endlich.

«Hallo, ich bin dein BRO.»

«Heiliges Kanonenrohr!» Nael erschrickt brutal und macht einen Satz nach hinten, weil vor ihm, wie aus heiterem Himmel, ein wildfremder Mann erscheint. «Wo kommst du denn plötzlich her? Wer bist du?»

«Ich bin dein virtueller Assistent. Ich stehe nicht in Wirklichkeit hier, sondern werde auf deine Linsen projiziert.»

«Äh … krass. Und jetzt?»

«Wenn du magst, kannst du mich konfigurieren. Gib mir einfach einen Namen, gestalte mein Aussehen und meinen Charakter und verrate mir, wie und wo ich dich am besten unterstützen kann.»

Verwirrt lauscht Nael seinem neuen Begleiter.

«Wenn du den Bodymodus ausschaltest, hörst du nur noch meine Stimme. Du entscheidest, wie sie klingt, ebenso, ob ich eine Frau oder ein Mann bin, und noch vieles mehr.»

«Was für ein lässiges Gerät.» Er verpasst seinem BRO das Aussehen einer schönen Dunkelhaarigen mit durchtrainiertem Körper. Weil er so lange in keiner Beziehung gewesen ist und sich beim besten Willen nicht vorstellen kann, dass eine Frau an der nächsten Ecke auf ihn wartet, findet er das ganz praktisch. Er guckt begeistert auf seinen sexy BRO.

«Und wie soll ich heißen?», erklingt nun eine warme Frauenstimme. «Soll ich dir Vorschläge unterbreiten?»

«Nein, passt schon.» Er überlegt. «Erina … nein, warte.» Den Namen seiner Ex-Freundin mag er zwar, aber sie hat ihn damals eiskalt abserviert. Als sie Schluss machte, sagte sie nur: ‹Du hast etwas Besseres als mich verdient›. Eigentlich meinte sie: ‹Du hast leider keine Knete. Dein Körper ist zwar grandios, aber jetzt brauche ich jemanden, der meine Miete zahlt und mir ein schönes Leben bietet›. Nael verkraftete die Trennung nicht. Sein Herz war gebrochen. Er wollte mit niemandem darüber reden. Also fraß er den Frust in sich hinein. Selbstvorwürfe und Schuldgefühle gingen einher mit Appetitlosigkeit und einem zerstörten Selbstbewusstsein. Er brauchte zwei Jahre, um den Schmerz zu verarbeiten. Dann trat eine neue Frau in sein Leben. Es war die Cousine eines Kumpels vom Bau. Mit ihr war er zwei Jahre zusammen, dann fing sie an zu klammern. Sie erdrückte ihn regelrecht mit ihrer Liebe, ließ ihm keine Luft zum Atmen. Täglich holte sie ihn von der Arbeit ab und brachte ihn am nächsten Morgen wieder hin. Verbot ihm schließlich, sich mit Freunden zu treffen oder gar allein auszugehen. Irgendwann musste er aus Selbstschutz die Reißleine ziehen. Danach hatte Nael genug von Beziehungen und ist bis heute single geblieben. «Lana, du heißt Lana … und siehst toll aus.»

«Danke, Nael. Ich sehe nicht nur gut aus, sondern ich kann auch sonst einiges.» Sie erklärt ihm die Funktionen eines BROs.

«Lana, du bist echt mega.»

«Danke, Nael, du auch. Möchtest du, dass deine ID aktiviert bleibt?»

«Was bringt die überhaupt?»

«Sie ist Voraussetzung für alle Zutrittsberechtigungen, zum Beispiel in die Gesundheitszone. Sie ist dein Ausweis und hat alle Daten über dich gespeichert. Ferner brauchst du sie für Zahlungsvorgänge. Allerdings ist auch die ID-Ortung automatisch aktiviert. Die Behörden wissen dann jederzeit, wo du dich aufhältst.»

«Ich bin lange genug überwacht worden. Schalt sie bitte aus. Ich kann sie ja wieder einschalten, wenn ich sie brauche.»

«Wird gemacht.» In diesem Moment blinken vor seinen Augen Buchstaben auf.

«Du hast eine Textnachricht von *preVita*. Soll ich sie dir vorlesen?», fragt Lana.

«Jo.»

> Hallo Nael,
> bitte komm doch erst übermorgen um zehn
> zu uns. Morgen klappt es leider noch nicht.
> Liebe Grüße Clarissa

Nael ist ganz froh, dass er sich erst einmal in seinem neuen Zuhause einleben kann. Die halbe Nacht verbringt er damit, seinen BRO weiter zu konfigurieren und im UniversalNet zu surfen.

Am nächsten Morgen macht er es sich nach dem Frühstück auf einer Parkbank vor einer Kirche gemütlich. Er atmet die frische Morgenluft tief ein und beobachtet die Wolken. Die haben es im Gegensatz zu ihm ziemlich eilig. Sein neues Leben gefällt ihm. Er bittet seinen BRO, Lucie anzurufen. Voller Begeisterung erzählt er seiner Schwester vom neuen Job. «Und wie ist es bei dir im Frauenhaus?»

«Prima. Ich habe sogar eine Freundin gefunden. Andrena. Sie ist ziemlich verkorkst. Das passt irgendwie zu mir. Wir können sogar zusammen lachen.»

Ihm fällt ein Stein vom Herzen. «Das freut mich so für dich. Und wann sehen wir uns?»

«Bald. Konzentriere dich jetzt erst mal auf deine neue Aufgabe. Und Nael ... Danke für alles. Ich hab dich lieb.»

«Hab dich auch lieb, Schwesterchen.»

«Digger.»

Nael erschrickt.

«Wie wär's mit einem SPALLS-Match? Ich hab zwei Tickets.» Fred hat sich angeschlichen.

«SPALLS, nie gehört, was ist das?»

«Was, du kennst das nicht? Ähnlich wie Basketball, nur mit Hightech und so. Im schwerelosen Raum. Ist voll astrein. Die Jungs fliegen mit Jetpacks in einer Glas-Arena herum und müssen den Ball ins Tor kriegen. Heute spielt unsere Heimmannschaft gegen die Amis und haut sie bestimmt weg.»

Eigentlich möchte Nael Nein sagen, aber er hat schon am Vorabend einen Rückzieher gemacht. Noch einmal kann er seinen neuen Kumpel nicht enttäuschen, und irgendwie klingt das auch ganz witzig. «Jo, geht klar.»

Was für eine Woche: Nael ist aus dem Gefängnis entlassen worden, hat eine Arbeitsstelle bekommen und jetzt auch noch einen neuen Kumpel. So darf es weitergehen.

ZENIA

In der Nacht habe ich stundenlang wach gelegen. Aus Angst, dass die Bilder von Lea und Ben und dieser innigen Liebe bald verblassen könnten. Ich wünsche mir so sehr, dass ich eines Tages Ben treffe beziehungsweise einen Menschen, in dessen Körper seine Seele steckt.

Um kurz vor elf stehe ich vor dem Wolkenkratzer, in dem sich mein Lieblingscafé *Le Moulin* befindet. Ich weiß nicht, was meine Knie weich und wacklig macht: LeBron oder die Vorfreude darauf, meine Rückführungen mit ihm teilen zu können.

«Oh, là, là Madame, sind Sie die schöne Frau, mit der ich ein Rendezvous habe?» LeBrons Stimme weht mir wie eine Sommerbrise in den Nacken. Ich drehe mich um. «Alter Charmeur.»

Er ist richtig schick. Diesmal ohne Rockerstyle. Mit hellgrünem Hemd, das exakt zu seiner Augenfarbe passt, und beigen Hosen. «Hi, Beauty.» Er umarmt mich fest.

Ich löse mich sofort wieder von seinem sehnigen Oberkörper. Nicht so forsch, Monsieur. «Hast du Lust auf den besten Kaffee Münchens?» Ich versuche, meiner Stimme einen natürlichen Klang zu verleihen, um meine Nervosität zu überspielen.

«Und wie.»

«Das Café ist ein Geheimtipp. Nicht viele Leute wissen davon», erkläre ich im Aufzug.

Kaum hat sich die Tür im obersten Stock geöffnet, strömt uns der Duft von frisch geröstetem Kaffee entgegen.

«Riecht das gut.» Er schließt seine Augen und atmet tief ein.

Wir betreten einen gemütlichen Raum, in dem beinahe alles aus Holz ist: die kleinen Zweier- und Vierertische mit den verschnörkelten Stühlen; die hübsche Kuchentheke, auf der sich diverse Leckereien türmen; und auch die niedlichen Regale, die mit einer Galerie antiker Kaffeemühlen aus aller Herren Länder dekoriert sind.

«Ah, *Le Moulin*, die Mühle.» Fasziniert sieht er sich um.

An einigen Tischen schauen sich verliebte Pärchen tief in die Augen. Hoffentlich versteht er das nicht falsch. Die Wahl der Location finde ich jetzt doch nicht mehr so gelungen.

«Schön hier, Beauty.»

Ich glaube, ich werde rot. «Das Café mag ich, weil es noch so ursprünglich ist. So muss es vor langer Zeit ausgesehen haben. Wir werden sogar von echten Menschen bedient», schwärme ich. Wir setzen uns an einen Tisch am Fenster. Von hier aus können wir die beiden Turmspitzen der Frauenkirche sehen. Die Kellnerin kommt zu uns. «Hi, Zenia. Was darf's denn heute sein?»

«Hallo, Lilian, für mich einen Cappuccino mit Arabica-Bohnen aus Brasilien, bitte.»

«Und für den Herrn?», fragt sie.

«Well.» Er kratzt sich an seinem glatt rasierten Kinn. «Das Gleiche, please.»

«Hier wird alles frisch zubereitet», schwärme ich weiter.

Als Lilian mit den Getränken zurückkehrt, bestelle ich gleich noch zwei Stücke vom Käsekuchen. «Nur der von meiner Mama ist besser.»

«Darf ich den von Mama vielleicht auch mal probieren?» Er zwinkert mir zu.

Mir wird viel zu warm unter meiner Seidenbluse. Das war ein eindeutiger Anmachversuch. Gott sei Dank bringt Lilian den Kuchen. Da fällt es bestimmt nicht auf, wenn ich nicht antworte. Ich halte meine Nase über die Köstlichkeit. Ich liebe

Gebäck, noch dazu frisch aus dem Backofen.

«Also, was gibt es so Tolles zu berichten?» Er schaut mich erwartungsvoll an.

«Ich habe etwas Besonderes bei *preVita* erlebt.» Ausführlich erzähle ich von den Rückführungen. Dabei versuche ich, mich nicht von seiner Gegenwart irritieren zu lassen. Er fragt immer wieder nach und will alle Details wissen. Ich kann es nicht verhindern: Die undefinierbare Verbindung zu diesem Mann baut sich weiter auf. Eine Seele, die mich versteht. Ich spreche über Bens Albträume, Leas Rückführung und Ayanas Schicksal. Von der Gewissheit, dass sich Seelen in zukünftigen Leben nochmals treffen können. Hin und wieder entdecke ich sogar Tränen in LeBrons Augen. Um seine Verletzlichkeit zu überspielen, macht er dann schnell einen Witz. «Bist du sicher, dass er Ben hieß und nicht LeBen?»

Ich kichere verlegen. Inzwischen sind unsere Cappuccinos kalt, und die Kuchen stehen immer noch unberührt vor uns. «Was hältst du von all dem?», möchte ich wissen.

«Du hast ein Präsent bekommen und weißt jetzt, dass unendliche Liebe existiert», fasst er zusammen.

Ich glaube an die große Liebe und bin dankbar für seine Worte. «Auf einmal bin ich viel lebendiger. Als hätte ich meine 33 Jahre mit mehr Inhalt gefüllt, mit mehr Erfahrungen. Als wäre meine Seele aufgewacht.» Es kribbelt in meinem Bauch. Ich weiß jetzt, wie es sich anfühlt, richtig zu lieben. «Lea und Ben waren so zauberhaft miteinander. Und ich habe noch längst nicht alles gesehen. Ich will wissen, wie sie sich kennengelernt haben. Möchte den Moment erleben, in dem sie ihm den Grund für seine schlimmen Träume nennt.» Ich werde immer euphorischer.

Sein Blick ruht auf meinen Lippen.

«Aber das Wunderschönste …» Ich zögere. Nein. Das behalte ich für mich. Das Ritual. Das Herz auf der Hand.

«Was ist wunderschön?», hakt er nach.

«Na ja, diese Liebe. Und ich bin dir so dankbar. Du bist der Einzige, mit dem ich darüber offen reden kann.» Ich bemerke, wie ich wieder rot anlaufe und sehe, wie seine Hand auf der Tischplatte langsam näher rutscht. Sofort muss ich an Amrex denken und ziehe ruckartig meine Hand zurück. «Probiere doch einmal den Kuchen.»

Aber LeBron macht keine Anstalten, seinen Blick von mir abzuwenden. Ich muss härtere Geschütze auffahren. «Wie läuft es eigentlich mit Amrex?» Mit dem Löffel rühre ich in meinem kalten Cappuccino. «Liebst du sie?»

«Liebe? Hooo! Was für ein Wort.» Jetzt greift er zur Gabel und nimmt ein großes Stück vom Käsekuchen. «Nein, ich liebe sie nicht. Ich mag sie.»

«Du magst sie? Man mag die Arbeitskollegen oder die Nachbarn. Aber die Partnerin liebt man.»

«Wir sind nicht richtig zusammen.»

Ich lasse meinen Löffel fallen. «Wie? Ihr seht euch und …» Am liebsten hätte ich gesagt: ‹vögelt miteinander›. Mein Anstand hält mich jedoch zurück.

«Ja, aber das ist nur oberflächlicher Sex. You know, ich habe bisher noch nie eine Frau geliebt.»

«Was? Aber du hattest sicher einige.»

«Klar, weil viele Frauen einen coolen Musiker im Bett haben wollen. Ich hab das so satt.» Er schiebt den Teller von sich weg.

Wie viele er wohl schon hatte? Will ich das echt wissen?

«Aber diese Frauen interessieren sich nicht für den sensiblen Mann und schon gar nicht für meine Seele.»

Als er ‹Seele› sagt, muss ich sofort an Ben denken und mein

217

Herz entflammt. «Hast du denn schlechte Erfahrungen gemacht?» Hoffentlich verschließt er sich jetzt nicht, wenn ich die Psychologin heraushängen lasse.

«Well, es gab eine Frau in meinem Leben.» Er spielt am Henkel seiner Tasse. «Wir hatten viele Pläne. Dann wurde sie schwanger. Als Clarin ein Jahr alt war, haben wir uns getrennt.»

Mit allem habe ich gerechnet, aber nicht damit, dass er Vater ist. «Und die Kleine? Hast du noch Kontakt?»

«Quasi jeden Tag. Sie ist bei mir geblieben. Ihre Mutter ist damals auf und davon.»

«Sie hat ihr Baby zurückgelassen?» Ich bin bestürzt.

«Ja, aber ich hab's gerockt. Mithilfe von anderen. Clarin ist jetzt siebzehn und geht in eine Privatschule. Wohnt aber immer noch bei mir.»

«Weiß Amrex davon?», erkundige ich mich vorsichtig.

«Goodness no, warum auch?»

«Wenn eure Beziehung ernster wird, musst du es ihr sagen.»

«So wichtig ist das nun wirklich nicht.» Er zuckt mit den Schultern. «Wie geht es eigentlich deinem Freund, wenn wir schon beim Thema sind?»

Autsch. Sicher werde ich LeBron nicht verraten, dass meine Beziehung am Ende ist. «Alles gut.»

«Und warum triffst du dich dann mit mir?»

Ich muss fest schlucken. «Weil du mich nicht verurteilst, wenn ich von Seelenwanderungen rede.»

«Glaubst du, dass Bens Seele in ihm ist? In Samu?» Diese Frage trifft mich mitten ins Herz. Bens Seele hätte mich niemals so enttäuscht. «Es leben so viele Milliarden Menschen auf diesem Planeten. Warum sollte ausgerechnet seine Seele in meiner Nähe sein?», frage ich bewusst naiv.

«Es könnte doch sein.» Er mustert mich wieder so direkt.

Für einen kurzen Moment flackert in mir der Gedanke auf, dass LeBron Ben sein könnte. Eine Sekunde später muss ich aber darüber schmunzeln.

«Was ist los?», fragt er.

Was sage ich nur? Himmel, schick mir bitte eine Eingebung.

«Ach nichts. Ich freue mich nur, dass das Rätsel von Bens Albträumen gelöst worden ist.»

«Wirst du mir davon erzählen, wenn du noch mal in dieses Leben zurückgereist bist?» Mit einem sanften Lächeln sieht mich LeBron an.

«Warum nicht?» In seiner Gegenwart fühle ich mich verstanden. «Woher hast du eigentlich die Narbe an der Stirn?»

«Well. Das Ding habe ich mir geholt bei … meinem ersten Stage-Diving auf einem Konzert in Atlanta. Die Idioten im Publikum haben mich nicht aufgefangen.»

Wir müssen beide aus vollem Halse lachen, sodass sich ein paar Gäste neugierig umdrehen.

«Ich kenne einen Ort, an dem wir noch mehr Spaß haben.»

«Was?» Ich traue meinen Ohren nicht. Ist der verrückt?

«Nein, nein, nicht, was du denkst. Jesus! Ich meine *Dreamworld*. Kennst du das?»

Ich atme erleichtert auf. «Ja, aber da war ich noch nie. Warum eigentlich nicht?»

Ich bin überrascht, wie amüsant diese unterirdische Spielhölle ist. Eine überdimensional große Halle ist in zwei Bereiche abgetrennt. Ein Teil heißt *NostalgyNow*, der andere *FutureNow*. Ich liebe alles, was an vergangene Zeiten erinnert. Staunend sehe ich mich um. Viele der Geräte in *NostalgyNow* werden von virtuellen Guides erklärt: einarmige Banditen, Flipperkästen und Roulettetische.

«Ich zeige dir die modernen Sachen. Magst du Tiere?» Das hämische Funkeln in LeBrons Augen verrät mir, dass er etwas im Schilde führt.

«Ja, die mag ich.»

Die *FutureNow*-Arena ist komplett anders. Neueste Technologie und topmoderne Spiele stehen hier im Mittelpunkt. Wir betreten die Attraktion *Crazy Animals*. Ich entdecke echte und projizierte Felsbrocken und Bäume. Dutzende Leute ducken sich aufgeregt, schreien herum, verstecken sich hinter Steinen und geben sich wilde Handzeichen. «Was soll das?»

LeBron grinst breit. «Wir müssen Schätze suchen. Überall sind Goldmünzen, Perlen und Diamanten verborgen.»

Auf einmal ist der Himmel voller Möwen. «Vorsicht!» Er zieht mich nach unten.

«Ach du Schreck. Sind die echt?», frage ich.

«Nein, aber täuschend echt. Und vor allem sind sie unsere Feinde in Level 1. Du musst abtauchen! Die wollen uns angreifen, weil sie gerade brüten und ihre Eier verteidigen.»

«Wie bitte?» Entgeistert schaue ich ihn an.

Unerwartet stürzt sich eine Möwe steil auf uns hinab. «Unter den Baum, los!», schreit er, während er mich hinter sich herzieht. «Du guckst da und ich hier, ob was versteckt ist.»

Die Abenteuerlust übermannt mich und ich taste hektisch den Baumstamm ab. «Bingo!» Stolz zeige ich ihm eine weiß schimmernde Perle.

«Good Girl. Wir müssen jetzt rüberrennen.»

Misstrauisch beobachte ich zwei Möwen, die laut meckernd über uns kreisen. «Die hauen nicht ab!»

«Wir müssen es einfach riskieren.» LeBron sieht mich herausfordernd an. «Dann los!» Wir sprinten durch die Landschaft auf den nächsten Felsen zu. Außer Atem werfen wir uns auf den Boden. Eine der Möwen schießt knapp über unsere Köpfe hinweg. Warum habe ich nur diesen Rock an und keine Hosen? Er schiebt sich zu weit hoch. Als ich ihn nach unten zupfe, legt LeBron seinen Arm um meine Schulter. Ich bin verunsichert. Einerseits fühle ich mich bei ihm geborgen. Andererseits will ich ihm keine falschen Hoffnungen machen. «Was soll das?»

«Was soll was?»

«Dein Arm», sage ich vorwurfsvoll.

«Sorry, das war ein Reflex.» Er zieht ihn wieder zurück.

In dem Moment landet Möwenschiss auf seinem Kopf. «Weiße Haare passen gut zu deinem Alter.» Ich kann mich kaum noch halten vor Lachen.

«Beauty kann ein gemeines Mädchen sein.»

Ich springe auf und laufe los. Am Himmel sehe ich eine Möwe im Sinkflug. Dabei achte ich nicht auf den Parcours und stolpere über eine Baumwurzel. Ich falle der Länge nach hin. Die Möwe fliegt weg.

LeBron stürzt sich neben mich. «Hast du dir wehgetan?» Er hält meine Hand fest und sieht mich sorgenvoll von oben bis unten an.

«Es ist alles gut.» Diese Szene ist zu komisch. «Du müsstest einmal dein Gesicht sehen. Als wäre ich gerade gestorben.»

Er ist ganz ernst. «Ich hatte Angst um dich.» Völlig überraschend küsst er mich auf den Mund.

Einen Moment bin ich perplex und stoße ihn dann brüsk von mir weg. «Hey, spinnst du?!»

«Sorry, Beauty, ich habe den Kopf verloren.»

Auf dem Heimweg spazieren wir schweigend eine Allee entlang. Große Kiefern türmen sich wie majestätische Leibwächter neben uns auf. Andauernd muss ich an den Kuss denken und bin wie blockiert. Ich fühle mich mies. Vielleicht wäre es anders, wenn er nicht mit Amrex zusammen wäre.

LeBron durchbricht die Stille. «Sorry noch mal.»

Ich versuche, kühl und analytisch zu reagieren. «Es ist besser, wenn wir Amrex nichts davon erzählen. Es hat sowieso keine Bedeutung.»

«Klar.» LeBron ist wohl einverstanden.

Schnell ein neues Thema anschneiden. «Schau mal.» Ich zeige auf zwei Eichhörnchen, die Fangen spielen und an unseren Füßen vorbeiflitzen. «Wie süß.»

«Yes, sweet. Als ich klein war, saßen mein Dad und ich oft auf einer Bank im Central Park und fütterten Eichhörnchen. Die sind in New York größer als hier und sehr zutraulich. By the way, dort ist jetzt leider vieles unter Wasser.» Er klingt traurig.

«Ein Drama. Sind deine Eltern denn trotz der Klimakatastrophe in Amerika geblieben?»

«Kann sein. Wir haben keinen Kontakt mehr.» Seine Stimme bricht. «Oft täuschen wir uns in Menschen, die wir lieben.»

Unverhofft muss ich an Samu denken. «Oh. Das stimmt.»

«Mein Dad trank viel Alkohol. Oft abends, wenn ich schlief. Eines Nachts wurde ich wach. Er brüllte meine Mum an und wollte sie schlagen. Ich ging dazwischen, um ihr zu helfen … und dann vermöbelte er mich. Die Narbe an der Stirn kommt davon, sie ist nicht vom Stage-Diving.» Er versucht zu lächeln.

Das ist grausam. Ich leide mit ihm. «Und dann?»

«Mum blieb bei Dad. Als ich sechzehn war, lief ich von zu Hause weg. Drogen, Diebstahl und andere Desaster.»

Besorgt bleibe ich stehen. «Oh mein Gott!»

«Ich glaube, sie haben nie nach mir gesucht.» Seine Stimme

zittert leicht. «Well, Beauty, das ist der Grund, warum ich überhaupt keinen Alkohol mehr trinke. Ich will nicht werden wie mein Vater.» LeBrons harte Schale bekommt Risse. Er ist ein einsamer Kerl, der sich nach Liebe sehnt. Anscheinend hat er doch ein paar gute Seiten.

Ich stupse ihn mit meinem Ellenbogen von der Seite an. «Du überraschst mich: Du hast echt einen weichen Kern.»

«Vielleicht.» Er zögert. «Weißt du, mit dir kann ich super reden. Du bist mir sehr vertraut.»

So weit würde ich jetzt nicht gehen. «Das liegt wohl an meiner Ausbildung als Psychologin.»

«Nein, ich kann mich bei dir öffnen wie bei keiner Frau zuvor. Das hat nichts mit deinem Beruf zu tun. Zenia, ich glaube, ich habe …»

«Nein.» Es reicht. «Das geht nicht. Sag bitte nichts mehr!» Kein weiteres Wort könnte ich ertragen.

«Aber, Beauty …» Er versucht, mich festzuhalten, aber ich reiße mich los und renne Hals über Kopf davon.

Verwirrt laufe ich in meiner Wohnung auf und ab. Was ist los mit mir? Was ist los mit ihm? In mir beginnen sich Engelchen und Teufelchen zu streiten. Vielleicht habe ich ihm durch unser Treffen falsche Hoffnungen gemacht. Warum habe ich mich nur zur Spielhölle überreden lassen? Ich mag LeBron zwar, weil ich mit ihm gut reden kann, er ein weiches Herz und auch irgendetwas Anziehendes hat. Aber, dass er meine Freundin so offensichtlich hintergeht, ist vollkommen daneben. Bens Seele darf nicht in ihm stecken.

Eine Nachricht unterbricht meine Analyse.

> Hi Beauty,
> danke für den wundervollen Tag …
> Freue mich, dich bald wiederzusehen!
> Dein LeBron

Mein Herz schlägt höher. Ganz ruhig, Zenia! Das passiert nur, weil ich so lange keine Aufmerksamkeit mehr von einem Mann bekommen habe.

> Hi LeBron,
> der Abend war ganz nett. Ich danke dir fürs Zuhören.
> Viele Grüße Zenia

NAEL

… fühlt sich von Fred prächtig unterhalten. Er ist witziger als das SPALLS-Spiel selbst. «Jetzt pass doch den Ball, du Oberpfeife!» Sein Kumpel regt sich fürchterlich über seine Lieblingsmannschaft, die *Europe Star Puncher*, auf. Die spielen heute im Halbfinale der Weltmeisterschaft gegen ihre Erzrivalen, die *Space Warriors US*. «Gib doch diesen beschissenen Ball ab!» Fred ist der Meinung, dass SPALLS viel mit Strategie, Taktik und Intelligenz zu tun hat. Nael kann davon rein nichts erkennen. Genial findet er lediglich die spacigen Anzüge mit Jetpacks.

«Das war Foul, du Penner, hast du Tomaten auf den Augen?» Fred ist außer sich.

Naels Gedanken schweifen ab. «Sag mal, glaubst du, dass es nach dem Tod weitergeht?»

«Was?» Fred kommt näher. Es ist ziemlich laut in der Arena, weil die Fans ihre Mannschaften mit Chorgesängen anfeuern.

«Glaubst du, nach dem Tod geht's weiter?», schreit Nael.

«Was redest du denn da? Die sterben doch hier nicht.»

Er lacht. «Nein, nein, nicht hier beim Spiel. Ich meine, wenn jemand stirbt. Kommt nach dem Tod noch was?»

«Tot ist tot. Lass mich endlich schauen», motzt Fred.

«Du meinst nicht, dass die Seele weiterlebt?»

Jetzt dreht sich Fred zu ihm um. «Mensch, bist du high? Gib mir auch was davon!»

Wieder muss Nael lachen. «Ach, lass gut sein.»

«Tooooor!» Fred erdrückt ihn fast beim Jubeln.

Nael lässt sich anstecken und grölt mit.

ZENIA

Ich habe heute Nacht von LeBron geträumt. Es war pure Erotik. Und ziemlich real. So real, dass es mir fast peinlich ist, als ich mich im Spiegel betrachte. Warum träume ich so etwas? In meinem Studium habe ich gelernt, dass wir in unseren Träumen vielerlei verarbeiten. Beispielsweise emotionale Ereignisse. Ein Traum kann dabei helfen, unsere Stimmung wieder zu heben oder unsere Angst zu bändigen. Träume können auch kreative Lösungen herbeiführen, weil uns während des Schlafens keine Blockaden des rationalen Alltags behindern. Oft spiegeln sie aber nur unerfüllte Fantasien wider. Es gibt auch Theorien, nach denen Träume der Schlüssel zu unserer Seele sind und zeigen, was wir in einem früheren Leben erfahren haben. Was auch immer davon auf meinen Traum zutrifft – es nervt mich, dass LeBron derartig präsent ist. Normalerweise verblasst ein Traum im Laufe des Morgens, doch dieser hängt an mir wie Blei. Er lässt sich nicht abschütteln.

Bei *preVita* versuche ich, mich abzulenken, und studiere im Rückführraum den Report zum nächsten Probanden. ‹Nael Gardi, 31 Jahre, 1,85 m, 92 Kilo, ledig, keine Kinder, ehemaliger Häftling, ist mithilfe einer Stiftung frühzeitig entlassen worden›. Aha. Interessant. Ein Verbrecher. Und ganz neu bei uns. Mir ist leicht mulmig zumute. Sie würden ihn sicher nicht zu mir schicken, wenn er gefährlich wäre. Ich reibe meine Hände, weil es mich fröstelt. In fünfzehn Minuten wird er da sein. Also habe ich noch Zeit. «Einen Ingwertee, bitte.» Am Meetingpoint füllt sich eine Tasse mit einem leisen Zischen. Ich nehme mein Getränk entgegen und setze mich an einen Tisch. Wieder kommen mir Lea und Ben in den Sinn. Ach, könnte ich doch so etwas erleben. Jetzt und hier. Ungewollt flackert ein Bild von LeBron vor meinem geistigen Auge auf. Weg aus meinem Kopf! Ich wärme meine Hände an der Tasse. Wieso steigere ich mich überhaupt in ein vergangenes Leben hinein? Ich analysiere mich nüchtern. Weil ich mich schlicht und ergreifend genau nach dieser Liebe sehne, wie ich sie als Lea erlebt habe. Ich nippe vorsichtig an meinem Tee. Wenn's doch so einfach wäre. Ich seufze. Was spricht denn dagegen, dass das noch einmal geschieht? Warum nicht in diesem Leben? Vielleicht wartet sogar irgendwo Bens Seele auf mich. Ich würde mich ja auf die Suche machen. Aber wo soll ich bei fast zwölf Milliarden Menschen anfangen? Gedankenverloren spiele ich mit dem Silberherz an meiner Kette.

«Zenia.» Meine Kollegin Semona steht an meinem Tisch. «Der Proband ist schon da.»

«Danke.» Ich muss mich innerlich wachrütteln, um in die reale Welt zurückzukehren. Schnell richte ich meine blaue Bluse und den längeren weißen Rock, checke die kleinen Spangen in meinem Haar und mache mich auf den Weg.

Als ich die Tür meines Rückführraumes öffne, ist niemand da. «Hallo, Herr Gardi?»

«War auf dem Klo.» Ein Mann kommt mit gesenktem Kopf aus dem Bad und fingert am Reißverschluss seiner Hose herum. Er hat sich hoffentlich die Hände gewaschen. Ich schiebe diesen ekligen Gedanken beiseite und bin geflasht, wie attraktiv der Proband ist, als er seinen Kopf hebt. «Nael Gardi, hallo.» Er winkt leicht unbeholfen und lässt seine Hände dann in den Taschen seiner Jeans verschwinden.

Zum Glück fällt das Händeschütteln weg. «Hallo. Ich bin

Zenia Blumberg.» Ich bin überrascht, wie gehemmt er sich verhält. Von einem Verbrecher hat er nicht gerade viel. Auch sein Gesicht spiegelt keinerlei Aggressivität wider. Im Gegenteil. Es ist eher weich, lieb und markant. «Wie geht es Ihnen?»

«Gut, danke.» Verhalten beißt er auf seiner Unterlippe herum. Er ist total unsicher.

«Wollen wir uns duzen? Ich bin Zenia.»

«Geht klar. Ich bin Nael.»

Sein Name klingt wie eine schöne Melodie. «Heute haben wir also das Vergnügen miteinander.»

Er zieht seine Augenbrauen in die Höhe. Was für ein bescheuerter Satz, den ich sofort bereue. «Ich meine, heute werde ich dich bei der Rückführung begleiten», setze ich eilig nach. «Das ist dein erstes Mal, stimmt's?»

«Jo.»

Noch so eine zweideutige Frage und ich versinke im Erdboden. Ich muss sachlicher sein. «Weißt du denn, was gleich mit dir geschieht?»

«Nicht wirklich.»

Wie jetzt? «Aber du hast das Gespräch mit der Personalabteilung geführt und Arbeitsvertrag sowie Haftungsdokumente unterschrieben?»

«Jo, irgendwas habe ich unterschrieben.»

So eine schnurzpiepegale Einstellung ist mir schon lange nicht mehr untergekommen. «Im Grunde ist es ganz einfach. Du machst eine Reise in eines deiner vergangenen Leben. Dazu legst du dich in dieses Hightechgerät.» Ich zeige auf den Retransition-Pod. Nael betrachtet ihn skeptisch. Was hat dieser Mann nur verbrochen? «Nun, es kann sehr emotional werden. Manchmal auch nicht so schön. Also, mach dich auf einiges gefasst», sage ich. Kurz halte ich inne, ob eine Zwischenfrage von ihm kommt, aber er schweigt. «Wie auch immer. Du musst nur deine Augen schließen. Der Rest geschieht quasi automatisch.»

«Aha. Was für ein Rest?»

«Die Systeme versetzen dich schnell in den Alphazustand», erkläre ich ihm.

«Was ist das?» Er legt sich hin.

«Eine Art Dämmerzustand. Zwischen Wachsein und Schlafen. Du wirst sehr relaxed sein, vertraue mir. Ich kann dich, davon abgesehen, jederzeit zurückholen, oder die Maschine macht es von selbst. Wollen wir es einmal versuchen, oder hast du noch Fragen?»

«Äh, jo.»

Überrascht horche ich auf.

«Ich werd's doch überleben, oder?»

Unsere Blicke treffen sich, und ich sehe zum ersten Mal länger in seine grau-blauen Augen. Ich habe selten einen so attraktiven Mann getroffen. «Überleben wirst du höchstwahrscheinlich, ich bin da optimistisch.»

Er lächelt zaghaft. Seine Schüchternheit scheint meine allmählich zu neutralisieren. «Dann gute Reise. Es geht los.»

Der Deckel des Retransition-Pods klappt langsam zu.

«Moment», ruft er.

«Ja?» Ich unterbreche den Vorgang, und der Deckel öffnet sich erneut. Diese Situation finde ich irgendwie amüsant.

«Was machst du eigentlich?», fragt er mich zwar spät, allerdings berechtigt und sieht mich erwartungsvoll an.

«Ich verfolge das, was du erlebst, auf dem Screener.» Ich zeige auf den Bildschirm.

«Du bist also die Psychologin?»

«Ja.» Ich habe das Gefühl, dass er diese Tatsache nicht gerade berauschend findet.

«Aber Psychologinnen sind doch …», stockt er und ringt nach Worten.

Ich kann mir ein Grinsen nicht verkneifen. «Wie denn?»

«Ähm … älter. Und mit Brille», schießt er nach.

Wir kichern wie kleine Kinder. Diese Form von Humor ist irgendwie eigenwillig, aber trotzdem witzig. «Ist jetzt alles gut? Wollen wir nun loslegen?»

«Jo, ich bin bereit.»

Ich lasse den Deckel des Retransition-Pods komplett herunterfahren. «Wenn du magst, kannst du jederzeit ‹Stopp› sagen.»

«Stopp!»

«Wie bitte?», stutze ich.

«Du hast doch gesagt, ich kann jederzeit ‹Stopp› sagen.»

«Du Scherzkeks. Ab mit dir in die Vergangenheit!»

NAEL

… hört angenehme Musik, während Stimmen in sein Ohr dringen. Er spürt, wie sein Körper ganz leicht wird.

Er nimmt eine verschneite Berghütte wahr. Ein Hund bellt und Kinder schreien. «Und wer füttert die Schweine?», fragt eine Frau. Zwei Jungs und ein Mädchen laufen weg. Sie müssen im Alter zwischen drei und zwölf Jahren sein. «Dann bleibt das wohl an mir hängen.» Ein übergewichtiger Mann in Lederhosen und Holzfällerhemd geht lächelnd auf die Frau zu, gibt ihr einen Kuss und nimmt den Eimer voller Essensreste entgegen.

Nael verschmilzt mit dem Mann.

Er trottet gemütlich Richtung Stall. «So, seht mal, was ich Feines für euch habe.» Die Schweine kommen grunzend auf ihn zugelaufen. Zufrieden schaut er ihnen beim Fressen zu. Danach zieht er Pullover und Mantel über und schnappt sich Trekkingstöcke sowie einen Rucksack. «Liebes, ich dreh eine Runde», ruft er.

«Gut, aber sei pünktlich zum Essen wieder da», bittet ihn seine Frau.

Albert stapft durch den Schnee und weiter über das Eis. Er liebt es, allein über den Gletscher zu wandern. Nur in diesen Momenten hat er Zeit für sich selbst. Er hält inne und genießt die atemberaubende Aussicht.

Plötzlich wird es laut. Der Boden unter ihm bebt und

es kracht. Albert bricht durch die Eisdecke und rauscht viele Meter in die Tiefe. Er kann nicht einmal schreien. Der Schock lähmt ihn. Nach wenigen Sekunden landet er hart auf einem kleinen Felsvorsprung.

Alles ist so düster.

Sofort ist ihm klar, dass er in eine Gletscherspalte gefallen ist. Er will sich aufrichten, doch sein Körper versagt ihm den Dienst. Aber scheinbar lebt er noch. Er muss da schnell raus.

Hilfesuchend blickt er umher und entdeckt über sich einen schwachen Lichtschimmer. «Hallo! Hallo! Ist da jemand?» Pumpende Schmerzen melden sich jetzt in seinem linken Bein. Trotzdem will er aufstehen. Zittrig greift er nach seinen Stöcken, stützt sich ab und fällt wieder um. Dann sieht er es: Unter ihm geht es noch weiter, viel weiter in die Tiefe.

Sein Pulsschlag dröhnt in seinem Kopf.

Geistesgegenwärtig tastet er den Felsvorsprung mit seinen Stöcken ab. Er scheint stabil zu sein. Albert hat panische Angst, dass er noch weiter abstürzen könnte. Er rückt nach hinten, Zentimeter um Zentimeter. Nur weg vom Abgrund. Schlotternd zieht er sein Handy aus der Manteltasche und starrt auf die Anzeige. Kein Empfang. Er hält es in alle Richtungen, aber es tut sich nichts. Mit Todesangst sieht er sich um. Es gibt keine Möglichkeit, die Gletscherspalte hochzuklettern, also bleibt er einfach sitzen. Wie in Zeitlupe holt er die Alu-Rettungsdecke aus seinem Rucksack heraus, um sich damit einzuhüllen. Reiner Überlebensinstinkt. Er atmet durch.

Irgendwann wird es ganz dunkel. Aus Sorge, dass er im

Schlaf abrutschen könnte, hält er sich wach, indem er an seine Familie denkt. An seine tollen Kinder und seine liebevolle Frau.

Der Lichtschimmer ist wieder da. Die Sonne geht auf. Jetzt suchen sie sicher nach ihm. Hunger hat er keinen. Das wundert ihn. Mit seinem trockenen Hals hätte er sowieso nichts runterbekommen. Aber er hat großen Durst. Er trinkt nur wenig aus seiner Flasche. So kostbar ist das Wasser. Er versucht, den Schnee zu essen, aber er ist viel zu kalt.

Er schreckt hoch. Scheinbar ist er vor Erschöpfung doch eingeschlafen. Er lebt also noch, oder er hatte bisher falsche Vorstellungen vom Leben nach dem Tod.

Am dritten Tag muss er aufstehen. Das Wasser ist aufgebraucht. Also nimmt er all seinen Mut zusammen und humpelt einen Schritt vorwärts. An die Schmerzen im Bein hat er sich längst gewöhnt. Er entdeckt eine Stelle, an der sparsam Wasser heruntertropft. Er streckt seinen Arm aus, um mit der Flasche etwas davon aufzufangen. Es klappt. Es ist mühsam, aber bald hat er ein wenig gesammelt. Er schiebt die Thermosflasche zwischen Mantel und Pullover, um das Wasser durch seine Körpertemperatur zu erwärmen. Nach knapp einer Stunde kann er endlich ein paar Tropfen nippen.

Oft bleibt ihm die Luft weg, wenn der Schüttelfrost ihn übermannt. Meist setzt er sich dann auf seine Hände oder klemmt sie sich unter die Achseln. Sein Urin wärmt ihn für wenige Augenblicke. Er hat längst aufgegeben, ihn aufhalten zu wollen.

Es muss der vierte Tag sein. Die Gedanken an seine Familie halten ihn am Leben. Manchmal glaubt er, es kommt Hilfe. Doch es ist nur das Gluckern des Eises. Mittlerweile sind seine Füße taub. Er stellt sich vor, wie man ihn hier herausholt, wie die Kinder auf ihn zulaufen und alles gut sein wird. Die Hoffnung gibt ihm einen erneuten Energieschub.

Am nächsten Tag hört er Stimmen. Oder ist es wieder der Gletscher, der spricht? Er bemüht sich, zu rufen und sich bemerkbar zu machen. Doch er hat nur noch wenig Kraft. Er greift nach den Stöcken, allerdings kann er sie nicht halten, weil seine Finger nahezu abgestorben sind. Die Stöcke fallen in die Tiefe.

Es wird schwarz.

«Nael? Geht's dir gut?» Die Psychologin hat sich über ihn gebeugt. Die Sommersprossen auf ihrer Nase verschwimmen kurz vor seinen Augen.

«Was ist denn los?» Er kommt gar nicht zurecht.

«Du bist wieder zurück aus dem Eis. Es tut mir leid, dass du gleich am Anfang so eine schlimme Erfahrung gemacht hast.»

Langsam richtet er sich auf. «Wie krass war das denn! Hast du bitte ein Glas Wasser für mich?»

«Mit Eis oder ohne?», neckt sie ihn.

«Körpertemperatur, bitte», kontert er schlagfertig.

Sie reicht ihm lächelnd das Glas. Er trinkt es in einem Zug

leer. «Das war alles wie echt. Ich war irgendwie in dem Mann da drin. Voll abgefahren. Wie macht ihr das?»

«Du warst diese Person beileibe einmal. In einem früheren Leben. Ein Bauer in den österreichischen Alpen. Du bist sicherlich irritiert.»

«Nein, der Film war echt gut. Hat richtig Stimmung gemacht. Aber ich habe den Schluss gar nicht gesehen.»

«Du darfst die Rückführung selbstverständlich auch Film nennen.» Sie zwinkert ihm zu. «Wir können uns gerne beim nächsten Mal den Schluss anschauen und dich anschließend therapieren.»

«Nicht nötig. Egal, wie das mit Albert ausgeht, ich bin nicht traurig oder traumatiliert.»

«Traumatisiert.» Sie schmunzelt. «Wir können auch jetzt darüber reden, wenn du möchtest …»

«Alles gut, nein danke. Und hey», nuschelt er in sich hinein. «Es ist nur … ich habe miese Erfahrungen mit Psychologen gemacht.» Die haben Lucie auch nicht geholfen.

«Das ist schade … Wie überall gibt es auch von uns gute und schlechte.»

«Wenn du meinst.» Sein Magen knurrt. «Hoppla.»

«Das hört sich ganz so an, als hätte dich der Ausflug in die Berge hungrig gemacht. In unserer Kantine bekommst du leckere Sachen. Warte, ich guck noch schnell, wann wir uns das nächste Mal sehen.» Sie wirbelt an ihrem Screener herum.

Nael betrachtet sie von der Seite. Dabei verweilt sein Blick verstohlen auf ihrem Po, danach auf ihren Brüsten. Er findet Zenias Kurven ziemlich sexy.

«Wie sieht's bei dir morgen aus?» Sie dreht sich zu ihm um.

Erwischt. «Äh … gut.» Seine Psychologin sieht sehr gut aus.

«Dann bis morgen. Um zehn.»

235

«Was, für heute ist Schluss?», fragt er überrascht.

«Ja. Das reicht für dein erstes Mal. Und jetzt los! Sonst verhungerst du mir noch. Am Ende des Ganges steigst du wieder in den Lift, mit dem du gekommen bist, und sagst ‹Marktplatz›.» Sie scheucht ihn kichernd hinaus. «Meine nächste Probandin kommt in zwei Minuten.»

Er muss zugeben, dass ihm sein erster Arbeitstag gefallen hat. Vor allem seine persönliche Betreuerin.

ZENIA

Am Abend stülpe ich mein Big-Shirt über, lege mich aufs Sofa und gehe diesen ungewöhnlichen Tag noch einmal in Gedanken durch. Erst dieser heftige Traum von LeBron. Dann Nael, der schöne Verbrecher. Spinne ich völlig? Warum denke ich jetzt so viel über Männer nach?

Passiert das, weil ich in diesem Leben bisher noch keine erfüllte Liebe gehabt habe und von Samu so enttäuscht bin? Muss ich irgendetwas nachholen? Oder ist es wegen der Rückführungen und meiner Hoffnung, Bens Seele wiederzufinden? Ich atme tief durch. Nael jedenfalls macht mich ausgesprochen neugierig. Einerseits ist er unsicher und eher einfach gestrickt, aber äußerst liebenswert und witzig. Andererseits hat er eine dunkle Seite. Warum war er nur im Gefängnis? Um abzuschalten, lese ich eines meiner Lieblingsbücher: *Märchen aus 1001 Nacht.*

Mein BRO meldet eine Nachricht von LeBron.

> Hi Beauty, ich vermisse dich und möchte dich wiedersehen! Dein LeBron

Ich würde mich vielleicht mit dir verabreden, wenn du nicht derartig berechnend Amrex gegenüber wärst. Ich muss ihn abwimmeln.

> Bei mir sieht es schlecht aus. Ich muss viel arbeiten. Außerdem finde ich es unfair, wie du mit Amrex umgehst. Wir sollten uns nicht mehr sehen.

Es kommt keine Antwort.

Am nächsten Vormittag treffe ich Nael im Rückführraum. Er grüßt schüchtern und legt sich gleich auf die Liege. «Heute aber bitte kein Eis.»

Amüsiert halte ich ihm die Decke hin. «Magst du? Falls du doch noch einmal in eine Gletscherspalte fällst.»

Ich bin wie verzaubert: Naels Lachen stellt alles andere in den Schatten. Er hat strahlend weiße Zähne. Dazu zeigen sich auch noch vorwitzige Grübchen auf seinen Wangen. Hallo, Zenia! Du musst nicht gleich auf jeden Mann stehen, der dir über den Weg läuft. Meine Hormone scheinen verrückt zu spielen.

«Ne, nicht nötig. Ich brauche keine Decke.» Er macht sofort seine Augen zu.

Ich lasse wie fremdgesteuert meine Blicke über ihn schweifen. Was für ein schöner Mann! Jetzt bin ich völlig übergeschnappt. Mein Verhalten muss eine Extremvariante von Liebesentzug sein. Was soll's. Gucken ist doch wohl erlaubt. Mir gefällt so ziemlich alles an ihm. Sein Dreitagebart und seine leicht gebräunte Haut. Er trägt einen klassischen Kurzhaarschnitt im Undone-Look. Nicht zu frisiert, aber auch nicht zu wild. Durch sein enges T-Shirt zeichnet sich sein gut trainierter Oberkörper ab. Besonders beeindruckend sind auch seine stark ausgeprägten Venen an den Armen, die zu seinen großen, kräftigen Händen führen. Was er wohl damit angestellt hat? Ich konzentriere mich wieder auf meine Arbeit und schließe den Deckel des Pods.

Seine folgende Rückführung berührt mich stark. Ihn auch?

Nael war in einem seiner früheren Leben ein glücklich verheirateter Mann, der noch als Opa mit seiner rüstigen Frau verrückte Dinge anstellte. So waren die beiden heimlich in ein abgezäuntes Grundstück eingestiegen, um zwei Äpfel zu stibitzen. Beinahe hätten sie sich bei dieser Aktion alle Knochen gebrochen. Ich konnte die intensive Liebe dieses Pärchens spüren. Ich bin gespannt auf Naels Reaktion und frage ihn gleich, nachdem die Rückführung zu Ende ist. «Das war sehr emotional. Wie hast du dich denn gefühlt?»

«Hm. Alt und schwach.»

«Sonst nichts?» Ich bin irgendwie enttäuscht. Sag doch bitte etwas über die Liebe zwischen den beiden.

«Nö. Sonst nichts.» Er zuckt mit den Schultern. «Und was sollte das?»

«Vielleicht ist die Botschaft, dass du alles schaffen kannst, wenn du nur willst. Jede Mauer überwinden. Mag auch sein, dass du die Liebe zwischen den beiden erleben solltest.»

«Vielleicht soll ich auch einfach nur mehr Sport machen, um fit zu bleiben.» Er grinst schief.

«Bestimmt! Ich gehe davon aus, dass wir dich nicht therapieren müssen?» Er hält sowieso nichts davon.

«Jo, richtig. Und schauen wir jetzt noch einen Film?»

«Warum eigentlich nicht?» Ich prüfe meinen Tagesplan. Zeit hätte ich. Und ich genieße seine Gegenwart. «Wie wär's vorher mit einer kleinen Pause und einem Kaffee?»

«Gute Idee.»

«Die Maschine an unserem Meeting Point macht den zweitbesten Kaffee, den ich je getrunken habe. Übertroffen wird er nur von dem meines Lieblingscafés.»

NAEL

… kommt es so vor, als hätte er durch den Gefängnisaufenthalt verlernt, mit Frauen zu sprechen oder gar zu flirten. Zenia gefällt ihm, weil sie so schön, witzig und schlau ist. Und manchmal auch verlegen. Das gibt ihm mehr Sicherheit. Er würde ihr am liebsten Witze erzählen, nur damit sie lächelt. Aber ihm fällt im Moment keiner ein. Als sie von ihrem Cappuccino trinkt, bleibt ein Klecks weißer Schaum an ihrer Nase hängen, was sehr lustig aussieht.

«Äh, du hast da was.»

«Wie, wo, was?» Sie fingert in ihrem Gesicht herum.

«Na, an deiner Nase ist Schaum.»

Schnell holt sie eine Serviette und wischt ihn ab. «Wcg?»

«Jo, weg.» Er probiert den Kaffee. «Wirklich lecker.»

«Nicht wahr», bestätigt sie.

«Sag mal, werden diese Rückführungen noch spannender oder bin ich jedes Mal so ein alter Mann?»

Sie prustet los. «Keine Sorge. Du bist sicher auch einmal eine gebrechliche Oma.»

Er verzieht sein Gesicht.

Sie lacht sich kaputt. «Aber ich hätte eine Idee für deine nächste Reise. Wir machen sie mit unserem neuen System. Das kann noch viel mehr als alles, was du bisher erlebt hast. Du musst dann auch nicht mehr in den Pod, sondern setzt dich auf einen Sessel und trägst einen Helm.» Sie strahlt. «Wir wagen eine gelenkte Rückführung.»

«Eine was?» Nael schaut entgeistert.

«Gelenkt bedeutet, dass wir Stichworte eingeben können, wie beispielsweise ‹Abenteuer›, ‹Krieg›, ‹Gefahr›, ‹Glücksmo-

240

mente›, ‹Hochzeit› oder ‹Liebe›, und schon bist du mittendrin.»

«Aha. Ich weiß nicht so recht.» Das klingt für ihn unglaubwürdig und sehr sonderbar.

«Hey, sei doch offen für Innovationen! Das gehört bei uns dazu, dass wir ständig neue Dinge ausprobieren.»

«Hm ... wenn du meinst.» Er will sie nicht enttäuschen.

Wenig später sitzt er auf einem bequemen Sessel. Allerdings sehnt er sich nach dem Pod zurück, weil er ihm durch den Deckel Schutz gegeben hat. Doch da muss Nael wohl durch.

Zenia holt etwas aus einem Safe. «Schau mal. Das ist unser Retransition-Helmet.»

Er stülpt ihn sich über den Kopf. «Sehe ich sehr komisch mit diesem Ding aus?»

«Wie ein echter Astronaut. Ich fahre die Rückenlehne jetzt herunter. Wenn dir kalt sein sollte oder du unterbrechen willst, sag einfach Bescheid. Welches Stichwort soll ich eingeben?»

«Weiß nicht. Such dir was aus. Aber bitte nicht ‹Krieg› oder ‹Gefahr›. Etwas Schönes, wenn´s geht.» Ihm ist unwohl bei der Sache, aber er lässt sich auf dieses Abenteuer ein.

«Gut, dann überrasche ich dich. Los geht´s.»

Nael verschmilzt mit einem jungen Mann.

Er trägt karierte Hosen und ein weißes Hemd. Seine längeren Haare hat er mit Wachs geglättet und streng hinter die Ohren gekämmt. Es ist Herbst. Auf dem Waldboden liegen unzählige bunte Blätter. Er sieht einen Riesenmammutbaum mit einer skurrilen Form. Er muss ein stolzes Alter haben, schätzungsweise 2000 bis 3000 Jahre. Die gewaltigen Wurzeln formen einen Eingang zu einem

gigantischen Hohlraum.

«Komm rein», ruft eine Frau.

Vorsichtig betritt er den Baumstamm. «Hier passt ein ganzer Elefant hinein.» Er sieht sich staunend um. «Das ist ja kolossal!»

Eine attraktive Rothaarige mit Sommersprossen auf der Nase winkt ihn zu sich. Sie hat eine Decke auf dem Boden ausgebreitet. Daneben steht ein Picknickkorb mit einer Flasche Rotwein, und auf einem Tablett präsentieren sich diverse leckere Häppchen. «Na, habe ich dir zu viel versprochen, mein Prinz?» Sie nähert sich mit verführerischem Hüftschwung.

«Du bist toll.»

Sie küssen sich innig.

«Elijah würde uns umbringen, wenn er davon wüsste.» Sie löst sich leicht aus seiner Umarmung.

«Dein Bruder wird uns niemals finden.» Er zieht sie auf den Boden und streicht ihr liebevoll eine Haarsträhne aus dem Gesicht.

«Sag, wenn du nur noch ein paar Stunden Lebenszeit hättest ... was würdest du tun?», fragt sie ernst.

«Ich würde dich an mich drücken und dich bis zum Ende festhalten.» Er sieht sie verträumt an.

Ihre Gesichter kommen aufeinander zu, und ihre Lippen versinken in stürmischen Küssen.

Behutsam knöpft er ihre gelbe Bluse auf, stülpt sie über ihren Kopf und löst sanft ihren BH. Seine Zunge liebkost zärtlich ihre Brustwarzen.

Sie bebt.

Er hält inne und zieht sein Hemd aus. Ungeduldig ergreift sie seine Schultern und krallt sich in seiner Haut fest. Sie schmiegen ihre Körper eng aneinander. «Du bist so heiß!» Wie von Sinnen zieht er sich weiter aus und reißt ihr Rock und Slip vom Leib. Er liebt diese Frau endlos. Noch nie hat er jemanden so begehrt, noch nie ist sein Verlangen stärker gewesen. «Ich wünschte, wir könnten die Zeit für immer anhalten.»

Sie bewegt ihren Unterleib und bringt ihn an den Rand der Ekstase.

«Stopp!» Nael unterbricht.

Es wird schwarz.

Die Situation ist ihm merklich peinlich. Gehemmt öffnet er seine Augen. Zenia steht neben ihm mit roten Wangen. Auf ihrer Bluse zeichnen sich kleine Schweißflecken ab. Ihm ist nur allzu bewusst, dass sie auch diese Sex-Szenen gesehen hat. Aber eine andere Tatsache ist ihm noch viel unangenehmer: Er hat einen Ständer. In Gedanken verflucht er sich, weil er diese leichte Leinenhose trägt und somit alles schonungslos gut zu sehen ist. Er schämt sich in Grund und Boden. «Es war etwas heißer als in der Gletscherspalte», sagt er.

Zenia verharrt kurz, dann prustet sie los. Plötzlich realisiert er, welch zweideutigen Spruch er von sich gegeben hat.

«Ich kann nicht mehr. Ich brauche ein Sauerstoffzelt.» Sie setzt sich auf einen Stuhl. «Ehrlich gesagt bin ich froh, dass du die Stimmung aufgelockert hast. Das war ja sehr intim.»

«Jo, krass.» Er lacht mit.

«Nael. Du hast gerade nicht nur Leidenschaft, sondern auch echte Liebe empfunden.»

Er zieht skeptisch seine Augenbrauen zusammen. «Hast du

243

‹Liebe› als Stichwort eingegeben?»

«Nein, das nicht … Ich habe ‹Leidenschaft› eingegeben. Ich konnte nicht ahnen, dass diese Art von Leidenschaft dabei herauskommt. Ich wollte dir etwas Gutes tun. Verzeihung.»

«So schlimm war das jetzt auch wieder nicht», grinst er. In Naels Bauch kribbelt es. Ihm ist nur nicht ganz klar, welche Frau das in ihm auslöst: die hübsche Rothaarige aus der Rückführung oder seine attraktive Psychologin.

Die eiserne Kette, die sein Herz bislang verschlossen hielt, lockert sich ein wenig.

ZENIA

Da ich dringend frische Luft brauche, schlage ich einen Spaziergang vor. Ich würde gerne mehr über Nael erfahren. Ein paar Minuten entfernt liegt ein idyllischer Stadtpark mit einer großen Wiese, auf der ein paar Kinder Monster-Serve spielen. Das muss für Menschen ohne BRO irrsinnig komisch anmuten, da sie die virtuellen Monster, die mit einem Schläger durch die Luft gepfeffert werden, weder sehen noch hören können. Aus dem *preVita*-Report weiß ich, dass Nael einen BRO hat, aber ihn scheint das witzige Spiel gar nicht zu interessieren. Er sieht nachdenklich aus und schaut ununterbrochen auf den Kiesweg. «Glaubst du eigentlich wirklich an Rückführungen?», fragt er unverhofft.

Ich bleibe stehen. «Ja! Du etwa nicht?»

Er steckt seine Hände tiefer in die Hosentaschen. «Das kann auch alles ein Fake sein. Ihr könntet mir irgendeinen Film im Kopf abspielen.»

«Warum sollten wir das tun?» Wieso glauben viele Leute nicht daran? Für Lea wäre es damals auch viel leichter gewesen, wenn Ben daran geglaubt hätte.

«Keine Ahnung. Um Geld zu verdienen.»

«Was? Nein. Aber du fühlst doch alles wie echt. So etwas kann man nicht fälschen. Einen Schwindel könnte sich die Firma gar nicht leisten. Der würde sofort auffliegen.»

«Tut mir leid», sagt Nael leise.

«Schon gut.» Ich bereue meinen scharfen Ton. «Weißt du, ich hatte selbst so aufschlussreiche Rückführungen, dass ich nicht mehr an deren Echtheit zweifle. Ich habe darin die grenzenlose Liebe erlebt.» Glücksgefühle durchströmen mich, wie jedes Mal, wenn ich an Ben und Lea denke. «Das war schön.» Wir gehen weiter. Mir fällt seine angenehme Größe auf und die Tatsache, dass unsere Schrittgeschwindigkeiten harmonieren.

«Die ganz große Liebe. Gibt es die tatsächlich?»

Seine nüchterne Frage erstaunt mich. «Ich jedenfalls glaube ganz fest daran. Man muss nur Glück haben, dass man sie auch findet. Und was denkst du?»

«Nein.» Betreten starrt er auf den Weg.

Er hat also keine Partnerin. Insgeheim freue ich mich ein bisschen darüber. «Und warum glaubst du nicht daran?»

«Weiß nicht. Bisher hatte ich immer Pech.»

«Wahrscheinlich bist du einfach nur an die falschen Frauen geraten», sage ich. Eigentlich eine abgedroschene Floskel, die ich normalerweise nie verwende.

Er zuckt mit den Schultern. Schweigend gehen wir weiter. Nael scheint nicht in Plauderlaune zu sein. Schade. Dann vielleicht ein anderes Mal.

Ich muss gähnen. «Oh, es ist schon spät. Sollen wir langsam heim?»

«Klar.» Er unterdrückt ein Gähnen, was niedlich aussieht.

«Morgen ist mein freier Tag. Machen wir übermorgen weiter, um zehn?», schlage ich vor.

«Gerne. Lana, merk dir bitte diesen Termin.»

«Sehr gerne, Nael. Bereits notiert.»

Ich bin kaum überrascht, dass er einen weiblichen BRO hat. Wie mag sie wohl aussehen? «Zeigst du mir deinen BRO?», frage ich neugierig.

«Äh, wieso?» Er sieht mich verunsichert an.

«Nur so. Aus Interesse.»

«Wenn's sein muss.» Er zögert kurz und schaltet dann seinen BRO als Hologramm frei.

Vor mir erscheint eine perfekt geformte junge Frau in einem heißen Sportdress. «Schön, dich kennenzulernen, Zenia.»

Was für eine Figur! Automatisch ziehe ich mein Bäuchlein ein und winke ihr zu. «Hallo, Lana.»

Nael ist das sichtbar unangenehm. «So, ich nehme besser die Abkürzung zum Airtrain. Dann bis übermorgen.» Er will sich wohl schnell aus dem Staub machen. Ich finde das sehr amüsant.

Kaum Zuhause angekommen, erhalte ich eine Nachricht.

> Hi Beauty,
> ich weiß, du hast viel zu tun und findest es nicht richtig. Aber ich muss dich wiedersehen.
> LeBron

Was für ein Generve. Er kann und will es nicht begreifen. Ich müsste Amrex eigentlich darüber aufklären. Aber vielleicht mache ich damit nur unsere Freundschaft und ihre Affäre kaputt. Für Amrex ist es ja sowieso nichts Ernstes. Ach, ich warte den passenden Moment ab, um ihr ein Warnsignal zu senden.

> Hallo LeBron,
> bitte habe Verständnis. Es geht einfach nicht.
> Gruß Zenia

... frühstückt in der Kantina und betrachtet das satte Gelb der Sonnenblumen, die jemand auf den Tisch gemalt hat.

«Digger, wie läuft's?» Es ist Fred.

Nael freut sich, ihn zu sehen. «Es läuft super.» Er erzählt ihm ausführlich von *preVita* ... «Und die Leute in dem Laden sind alle ganz nett ... vor allem meine persönliche Betreuerin.»

«Eine heiße Schnecke?», fragt Fred.

«Nein, keine Schnecke. Eine richtig tolle Frau.»

«Mein ich doch.» Fred nickt. «Und wie ist die so?»

«Zenia hat krasse braune Augen und wunderschöne lange Haare. Dazu hat sie auch noch eine echt geile Figur. Und sie ist verdammt lieb und witzig.»

«Du verknallter Träumer», hänselt ihn Fred. «Und wann siehst du sie wieder?»

«Morgen in der Firma.» Nael wird ernster. «Aber sie will sicher nix von mir wissen.»

«Was schwafelst du da? Du bist ein angesagter Typ!»

«Ich kann ihr doch gar nix bieten.» Niedergeschlagen sieht er Fred an. «Die Frau spielt in der Champions League und ich nicht mal in der Kreisklasse. Da habe ich doch keine Chance.»

«Du willst vom Platz gehen, bevor das Spiel angepfiffen wurde? Vergiss es! Mach dich an sie ran. Geh in die Offensive, dann siehst du, was Sache ist.»

«Weiß nicht. Ich bin immer enttäuscht worden, wenn ich mich in eine Frau verliebt habe», sagt Nael.

«Mach, was du willst. Was anderes: Hast du noch mal Bock auf ein SPALLS-Match? Heute ist das Finale.»

«Klar, warum nicht?»

Naels BRO Lana meldet eine Nachricht von Culfier und liest sie vor.

> Hallo Herr Gardi,
> ist es Ihnen recht, wenn ich am Abend vorbeikomme? Ich bin dann in Ihrer Gegend.
> John Culfier

«Alter, wie lang dauert das Spiel?», fragt Nael seinen Kumpel.

«Von zwei bis etwa vier.»

«Lana, bitte eine Nachricht an Culfier senden.»

> Prima, Herr Culfier. Dann gegen sechs.
> Nael Gardi

«Digger, was? Hast du etwa eine heiße Braut als BRO? Eine Lana?», stutzt Fred und reißt seine Augen weit auf.

«Also … irgendwie schon.»

«Wenn du bei einer echten Frau landen willst, solltest du das ändern. Sowas kommt nicht gut an.»

Nael muss an Zenias Reaktion auf Lana denken. «Jo, hast recht.» Wenig später hat er einen Mann als virtuellen Assistenten. Sein Name ist Lino.

ZENIA ♡

In meiner Wohnung ist es recht klein. Trotzdem fühle ich mich darin pudelwohl. Ganz im Gegensatz zu Amrex mit ihrem gigantischen Zuhause, habe ich nur zwei Räume: den Wohn- und Essbereich, der sich abends in mein Schlafzimmer verwandelt, und dann noch das Bad. Auch bei mir bestehen, wie in den meisten Wohnungen in der Gesundheitszone, die Wände nahtlos aus Screenern. Meist habe ich darauf ein beruhigendes Motiv eingestellt: einen idyllischen See, eine schöne Frühlingswiese oder einen einsamen Waldweg. Auf der einen Seite meines Wohnzimmers steht ein marineblaues Zweiersofa, unter dem ich meine geliebten Bücher lagere. Ich gehöre zu den Wenigen, die noch auf Papier gedruckte Bücher besitzen. Vor dem Sofa ist ein höhenverstellbarer Glastisch. Gerne lege ich getrocknete Blumen unter die Platte. Manchmal wechsle ich sie gegen bunte Glitzersteine aus. Gegenüber vom Sofa befindet sich die weiße Küchenzeile. Ich liebe meinen goldenen Gipsfrosch, der mit seinem Dauergrinsen auf dem Kühlschrank meditiert. Besonders stolz bin ich auf meine Bar. Per Befehl fährt eine schwarze Theke mit zwei Hockern aus der Wand. Dort setze ich mich gerne hin, um zu essen und nachzudenken. Das Bad hat nicht viel zu bieten bis auf die Dusche. Sie tauscht, wenn ich es wünsche, den Platz mit einer Wanne. Mein absolutes Highlight ist der kompakte Kleider- und Schuhschrank, der aus der Wand herausfahren kann.

Und genau davor stehe ich jetzt ratlos. Zum Freundinnen-Tag ziehe ich am besten etwas Bequemes an. In schwarzem BH und Seidenslip betrachte ich mich in meinem Garderobenspiegel. So einen Traumkörper wie Naels BRO Lana werde ich nie haben. Ob ich ihm trotzdem gefalle? Leider hat man uns in der Firma einen Strich durch die Rechnung gemacht. Heute Morgen verkündete Dustin in einem kurzfristig angesetzten Holo-Konferenz-Call, dass wir Psychologen von nun an ausschließlich mit gleichgeschlechtlichen Probanden arbeiten. ‹Zwischen Mann und Frau gibt es immer gewisse Spannungen oder Hemmungen. Wir müssen professionell bleiben›, meinte er. Ob er die Aufzeichnungen mit der Sex-Szene gesehen hat? Wie auch immer. Ich entscheide mich für gemütliche Latzhosen und ein lila Shirt, das ich lässig darunter trage.

So, jetzt aber ab zu Amrex. Ich muss ihr unbedingt von den Neuigkeiten erzählen.

NAEL

… räumt nach dem verlorenen SPALLS-Endspiel gegen die *China Dragons* sein Zimmer auf, da das Gespräch mit seinem Sozialpädagogen ansteht.

Als Culfier eintritt, rümpft er die Nase.

«Sie sind was Schickeres gewohnt, oder?» Es kommt schärfer heraus, als Nael es eigentlich wollte.

«Hauptsache, Sie fühlen sich wie zu Hause, Herr Gardi.»

Sie setzen sich an den kleinen Tisch.

«Möchten Sie was trinken?», fragt Nael.

«Nein, danke. Lassen Sie uns gleich mit dem Interview starten.» Es scheint so, als wolle Culfier die Sache möglichst schnell hinter sich bringen. «Geht es Ihnen gut, Herr Gardi?»

«Jo, super.»

«Das freut mich. Wie gefällt es Ihnen denn bei *preVita*?»

«Ganz gut.» Nael nimmt eine Flasche Wasser und trinkt einen großen Schluck daraus.

«Was ist Ihre Aufgabe?»

«Ich bin Tester für Hightechgeräte.»

«Was sind das genau für Geräte?» Er zeichnet die Antworten mit seinem Screener auf.

«Die, mit denen man Rückführungen machen kann.»

«Ja, das weiß ich. Und was passiert da?», hakt Culfier nach.

«Ich gucke einen Film.»

«Sie glauben, dass es keine echten Rückführungen sind?»

«Die sagen, dass es echt ist.» Nael spielt mit dem Verschluss der Flasche. «Ich bin mir da nicht sicher.»

«Und diese Filme sind richtig gut gemacht?», fragt Culfier.

«Brutal gut.»

«Und sind Sie dabei allein?»

«Nein, eine Psychologin ist dabei, Zenia Blumbach.» Bei der Erwähnung ihres Namens wird ihm ganz warm ums Herz.

«Aha … und wie ist die so?»

«Nett.» Am liebsten hätte er ‹heiß› gesagt.

«Soso.» Culfier grinst. «Hatten Sie irgendwelche Schwierigkeiten mit den Mitarbeitern?» Er sieht ihn nun wieder ernst an.

«Nein, warum sollte ich?»

«Weil Sie manchmal ein kleiner Hitzkopf sind. Aber gut, wir sind fertig für heute.» Er kratzt sich am Kopf und packt seine Sachen zusammen. «Für das nächste Interview wünsche ich mir, dass Sie folgende Informationen in Erfahrung bringen: Mit welchen Innovationen befasst sich *preVita* aktuell? Wann kommen sie auf den Markt, und was werden sie kosten?»

Nael wundert sich. «Wozu soll das gut sein?»

«Je mehr Sie erfahren, umso gewissenhafter können Sie Ihre Aufgaben in der Firma wahrnehmen.»

«Aha.»

Culfier will gerade gehen, als er sich noch einmal umdreht: «Ach, am Donnerstag würde ich Sie gerne anrufen. Ich kann da leider nicht persönlich vorbeikommen.»

«Kein Problem. Bis Donnerstag.»

ZENIA

«Hereinspaziert, Ze!» Amrex hat schon zwei frisch gepresste Orangensäfte bereitgestellt. «Wollen wir heute einen exquisiten Filmtag veranstalten?»

«Ja, auf jeden Fall, aber vorher muss ich dir unbedingt noch etwas erzählen.» Ich bin ganz aufgeregt und fummle am Träger meiner Latzhose herum.

«Moment, dazu machen wir es uns aber erst bequem.» Sie deutet auf die Couch und reicht mir das Getränk. «Ich wette, es hat mit einem Mann zu tun.»

«Erraten.» Dass meine Freundin sofort weiß, was los ist, überrascht mich nicht. «Also, er heißt Nael, ist Anfang 30 und arbeitet bei uns als Proband. Er sieht unverschämt gut aus. Er hat ein unbeschreiblich schönes, männliches Gesicht und dazu einen durchtrainierten Körper. Obendrauf das tollste Lächeln des Universums. Seine Hände sind kräftig, aber seine Haut scheint weich wie Samt zu sein. Er ist auch sehr nett, aber auf seine Art irgendwie speziell.»

«Hört sich doch passabel an. Aber was meinst du mit ‹speziell›?» In einem Rutsch trinkt sie ihre Vitaminbombe leer.

«Er ist total schüchtern.» Ich nippe an meinem Getränk.

«Echt? Das hat bestimmt einen Grund», folgert sie.

«Versprichst du mir, dass die Geschichte unter uns bleibt? Wegen der Schweigepflicht und so.»

«Ze, wo denkst du hin. Du weißt doch genau, dass alles bei mir bestens aufgehoben ist. Oder habe ich jemals Geheimnisse ausgeplaudert?», sagt sie.

«Nein. Ich will nur sichergehen. Das Ding ist … er war vor Kurzem noch im Gefängnis.»

«Er war bitte was?» Jetzt zieht sie eine Augenbraue hoch. «Du stehst auf einen Delinquenten, Ze? Was hat er denn verbrochen?»

«Also, ich weiß es nicht», sage ich.

«Du weißt nicht, was er getan hat?» Sie ist entrüstet. «Das finde ich nicht ganz unwichtig!»

«Du hast ja recht. Ich habe mir auch schon Gedanken darüber gemacht. Die Personalabteilung von *preVita* kennt seine Akte im Detail und hat keine Bedenken, ihn bei uns arbeiten zu lassen. Den Integritätstest hat er auch problemlos bestanden. Ich glaube nicht, dass die Firma potenziell gefährliche Menschen einstellen würde. Außerdem hat ihn eine soziale Institution früher aus dem Gefängnis geholt. Das hätten die auch nicht gemacht, wenn sie geringste Zweifel an ihm gehabt hätten.»

«Das mag tatsächlich sein.» Sie bestellt den nächsten Saft bei ihrem BRO. «Aber erzähl mir mehr von Nael.» Sie stupst mir liebevoll in die Seite.

«Ich habe mit ihm Rückführungen gemacht. Bei einer davon hat er die Liebe zu einer Frau intensiv gespürt.» Und zwar bis in seinen Unterleib. Aber das verheimliche ich jetzt besser.

«Das klingt doch sehr nach deinem Geschmack. Große Emotionen und Romantik pur.»

«Genau.» Über Männer kann man mit Amrex echt reden. Ich denke an Ben. Ich muss ihr davon berichten, obwohl ich ahne, dass sie mich für verrückt erklären wird. «Apropos ...» Ich erzähle ihr nun alles über meine Rückführungen und meine Hoffnung, Bens Seele wiederzufinden.

Meinen ärgsten Befürchtungen zum Trotz flippt Amrex nicht aus. Im Gegenteil. Sie dreht richtig auf. «Das ist der absolute Hammer, Ze! Ich sehe schon deine Annonce in meinem Magazin: ‹Seele gesucht! Wenn du Angst vor Feuer hast, gerne

Sternschnuppen zählst und Herzen auf Hände malst, melde dich bei mir», verulkt sie mich.

«Eigentlich willst du damit sagen, dass ich reif für die Klapsmühle bin.»

«Genau.» Wir kringeln uns. «Schabernack beiseite, Ze. Du musst in diesem Leben glücklich werden und darfst dich nicht an Illusionen aus der Vergangenheit festklammern», sagt sie.

«Vielleicht.» Nüchtern betrachtet hat sie recht.

«Aber was ist denn nun mit Nael?», fragt Amrex.

«Ich weiß nicht. Irgendwie gefällt er mir. Er ist ein sehr interessanter Mann.»

«Aber?» Sie hebt neugierig ihre Augenbrauen.

«Ehrlich gesagt, ist er etwas einfach gestrickt.» Ich fühle mich sofort schlecht, nachdem ich es ausgesprochen habe.

«Umso besser. Mit den intellektuellen Überfliegern hattest du bisher kein Glück.»

«Ach, dumm ist er ja nicht. Aber er hat den Gefängnis-Jargon drauf und erscheint dadurch simpler.»

«Das gibt bestimmt aphrodisierende Rollenspiele im Bett», sagt sie mit einem fetten Grinsen.

Ich schüttle meinen Kopf. «Mensch Amrex, du weißt doch, dass ich anders ticke als du.»

«War doch nur ein Späßle zur Aufheiterung der Stimmung.»

Wir kichern um die Wette. «Im Ernst, Ze. Warte ab, wie es sich weiter entwickelt. Du hast bisher nur wenig Zeit mit Nael verbracht. Vielleicht entpuppt er sich auch von innen als schillernder Schmetterling.» Ihr Gesicht hellt sich auf. «Übrigens, mit LeBron läuft es richtig gut. Euer Treffen hat unserer Liaison nicht geschadet. Es hat sie eher angekurbelt, würde ich steif und fest behaupten. Er war gestern spät nämlich noch bei mir. Pünktchen, Pünktchen, Pünktchen.»

Was für ein Betrüger. Er schläft mit Amrex und will sich weiterhin mit mir treffen. Und ein schlechtes Gewissen wegen des Kusses und seiner Sülzereien scheint er auch nicht zu kennen.

«Und er hat mir beim Sex etwas vorgesungen.» Amrex reißt mich aus meinen Gedanken.

Ich kann mir das nicht mehr anhören. Bleib ruhig, Zenia, und verhalte dich wie eine normale Freundin. «Das ist doch … süß.» Mir fällt kein besseres Wort ein.

«Ja, klar. Vielleicht entwickelt sich mehr daraus, wer weiß.» Sie streicht ihre kurzen Haare hinters Ohr.

Gott bewahre! Das ist der Zeitpunkt für ein Warnsignal. «Du, nicht falsch verstehen, aber was weißt du eigentlich über ihn? Ich meine nur, dass Musiker, genauso wie Seeleute, den Ruf haben, dass auf sie in jedem Hafen eine andere Braut wartet.»

«Ich bin da nonchalant. Wo gibt es denn eine schärfere Braut als mich?» Sie fährt mit ihrer Hand siegessicher an ihrem eng anliegenden schwarzen Catsuit entlang.

«Dein Selbstbewusstsein möchte ich haben», lache ich.

«LeBron und ich. Wir sind wie füreinander geschaffen», sagt Amrex überzeugt. «In jeglicher Hinsicht.»

«Na ja, ich würde an deiner Stelle eher zurückhaltend mit Gefühlen sein.»

«Wer redet denn bitteschön von Gefühlen? Er ist einfach nur scharf», sagt sie.

«Solange du keine ernsten Absichten hast, ist alles in Butter.» Doch irgendwie zweifle ich daran.

«Danke, Frau Psychologin.» Amrex findet meinen Ratschlag scheinbar witzig. «Was soll's. Er tut mir gut. Auf das Leben!» Sie hebt ihr Glas. «Was ist denn jetzt mit Samu? Seht ihr euch noch mal?»

«Ja, irgendwann. Wobei er schon weiß, dass wir keine gemeinsame Zukunft haben.»

In dem Moment meldet sich mein BRO. «Du hast eine neue Nachricht von Samu.»

Amrex wundert sich und macht eine gespenstische Geste. «Uuuuuh ... wenn man vom Teufel spricht ...»

> Hallo Zenia, ich komme morgen Abend
> nach München. Wie wär's? Hast du so um 8
> Uhr Zeit? Kuss Samu

> Hallo Samu,
> 8 Uhr bei mir Zuhause passt. Bis dahin.
> Viele Grüße Zenia

«Also, sollte Samu wieder mal absagen, dann kannst du gerne mit uns ausgehen», sagt Amrex.

«Wenn du schon vom Teufel sprichst, solltest du ihn nicht gleich auch noch an die Wand malen.»

«Warten wir's ab. Ich wollte dir nur sagen, dass du immer willkommen bist. LeBron hat ohnehin nach dir gefragt.»

«Echt? ... Nein, lass mal», blocke ich ab.

«Alles klar. Nur für den Fall der Fälle. Magst du noch einen Saft?», fragt sie.

«Nein, danke. Ich finde, wir sollten jetzt mit unserem Filmtag beginnen.»

Als ich spät am Abend wieder zu Hause bin und mich bettfertig mache, kommt eine Nachricht an.

Hi Beauty, denke gerade an dich! Geht es
dir gut? Dein LeBron

Der Mann hat echt keinerlei Skrupel. Langsam geht er mir richtig auf den Geist! Ich lege mich auf mein Sofa.

Ja. Ich war bei Amrex, und sie hat von dir
geschwärmt. Du scheinst dir Mühe zu geben.

… Herz und Seele sind aber bei dir …

Würden diese Worte nicht von dem Mann stammen, der mit
meiner besten Freundin schläft, würde ich sie wunderschön
finden. Aber sie kommen von einem oberflächlichen Musiker.
Ich antworte nicht mehr. Stattdessen erhalte ich noch eine
Nachricht.

Hallo Zenia,
es ist wie verhext. Mein Flug mit *Speedway*
nach München wurde gestrichen. Die alternativen Flüge sind auch alle überbucht.
Es klappt morgen nicht. Entschuldige, dafür kann ich ehrlich nichts. Melde mich
wieder. Samu

Es macht mich irre, dass dieses Treffen einfach nicht stattfinden will. Einen Vorteil hat das Ganze aber.

Meine Gedanken formen sich zu einem genialen Plan.

NAEL

… soll heute in einen anderen Raum gehen.

Ein junger Mann erwartet ihn dort bereits. «Servus, Nael, ich bin Marcus. Wir sind ab jetzt ein Team.»

«Servus. Aber wo ist Zenia?»

«Na ja, es gibt eine neue Regelung bei *preVita*, dass nur noch gleichgeschlechtliche Personen bei den Rückführungen zusammenarbeiten dürfen.»

«Aha.» Er glaubt ihm kein Wort und fürchtet, dass Zenia nichts mehr mit ihm zu tun haben will. Was hat er denn falsch gemacht? Er ist enttäuscht.

Nach einer langweiligen Reise ins Mittelalter, wo er ein Buchbinder war, schleppt sich Nael unmotiviert zum Marktplatz, um etwas zu essen. Er grübelt darüber nach, womit er Zenia verärgert haben könnte. Ist sie vielleicht von ihm genervt, weil er nicht an Seelenwanderung glaubt oder weil er nicht über Gefühle reden will? Oder ist er ihr einfach zu simpel, oder schämt sie sich für seine Gossensprache?

«Nael!»

Er dreht sich um. Zenia rennt ihm entgegen. Ihre langen Haare schaukeln beim Laufen hin und her. Leicht außer Puste bleibt sie vor ihm stehen. «Hey.»

Sein Puls schießt in die Höhe. «Hallo.» Er weiß vor Verlegenheit nicht, was er sagen soll.

«Hast du Lust, heute Abend auszugehen? Ich bin mit meiner Freundin Amrex verabredet. Komm doch mit.» Sie strahlt.

«Warum nicht? Sehr gerne.»

«Super. Wir könnten nach Feierabend gemeinsam hingehen.» Ihre Augen leuchten.

«Mann, krass, jo.» Sein Stammeln ist ihm peinlich.

«Um sechs am Ausgang. Ich muss wieder los.» Sie hat es offensichtlich eilig.

Ein Date mit Zenia. All seine Zweifel verfliegen im Nu. Er kann sich nicht mehr rühren, so überwältigt ist er.

«Was ist denn mit dir los, Nael? Hattest du eine Erscheinung?» Sein Psychologe Marcus klopft ihm kameradschaftlich auf die Schulter.

«Jo, ich habe einen Engel gesehen», grinst Nael.

«Du bist bestimmt immer noch in Trance», witzelt Marcus.

«Jo, oder so ähnlich.»

Sie schlagen lachend ein und gehen gemeinsam essen.

ZENIA

Nach Feierabend stelle ich mich vor den Spiegel im Umkleideraum bei *preVita* und fühle mich großartig in meinem langen grünen Kleid, das vorteilhaft die schönsten Stellen meiner Figur betont. Durch die Paillettenborten an Kragen und Ärmeln sieht es sehr edel aus. Wie jeden Tag habe ich um meine Augen einen leichten Kajalstrich gezogen und Wimperntusche aufgetragen. Alles wasserfest, versteht sich. Heute habe ich zusätzlich noch einen roséfarbenen Lipgloss aufgelegt. Wenn Nael an meiner Seite ist, wird LeBron hoffentlich sein Interesse an mir verlieren. Mein Plan muss aufgehen.

Nael wartet schon am Ausgang. Er sieht umwerfend aus. Zur edlen grauen Jeans trägt er eine braune Lederjacke. Darunter ein eng anliegendes weißes T-Shirt. «Hallo.» Ich werde nervöser. «Hattest du einen schönen Tag?» Weil ich nicht weiß, wohin mit meinen Händen, stemme ich sie in die Hüfte.

«Jo. Wobei ich in der zweiten Rückführung ein Mädchen war, irgendwo in Südamerika.»

Ich schmunzle. «Für einen gestandenen Mann muss das tatsächlich befremdlich sein.»

«Stimmt! Und wie ist es bei dir gelaufen?», fragt er.

«Heute haben wir einer Probandin sehr gut helfen können und viel Ballast von ihrer Seele genommen. Sie hatte schlimme Erlebnisse während der Französischen Revolution. Wahrscheinlich sind ihre Albträume nun für immer verschwunden. So etwas macht mich glücklich.»

«Schön! Übrigens, ich habe Marcus gebeten, die Weiblichkeit aus meiner Rückführung zu neutralisieren. Er hat aber ge-

262

meint, dass ein wenig Einfühlungsvermögen auch einem Mann nicht schadet.» Er zwinkert mir zu.

«Marcus ist ein hervorragender Psychologe.» Ich zwinkere zurück. «Wollen wir los?»

«Klar. Wohin?», fragt er.

«Zu einer Lounge-Bar. Die Adresse hat mein BRO.»

In diesem Moment ruft Amrex an. «Ze, hier ist es voll stupide, lass uns im *Stars and Spirits* treffen.»

«Oh, okay, bis gleich.» Ich bin enttäuscht. «Wir gehen in ihr Lieblingslokal. Es ist ein nobler Club für Leute, die gerne zeigen, dass sie viel Geld haben. Immerhin gibt es dort ausschließlich biologisches und sehr leckeres Essen.»

«Klingt gut.» Er lächelt. «Du siehst übrigens stark aus.»

«Danke.» Er kann ja richtig charmant sein.

«Leute, es gibt etwas zu feiern!» Meine Freundin steht aufgekratzt an der Bar, als wir ankommen. «Hallo, ich bin Amrex.» Sie hält meinem Begleiter elegant die Hand hin.

Er schüttelt sie lächelnd. «Hallo, ich bin Nael.»

«Schön, dich zu sehen. Zenia hat viel von dir erzählt.» Sie grinst. «Also, ihr zwei: Heute habe ich einen Großauftrag unter Dach und Fach gebracht. In jedem Munich-Airtrain wird zukünftig mein Magazin über die Screener flimmern, für mindestens zwei Jahre.» Sie streicht sich eine Strähne hinter ihr linkes Ohr. «Und deshalb geht heute alles auf mich.»

Ich falle ihr um den Hals. «Gratulation, du Superfrau!»

«Glückwunsch», schließt sich Nael an.

«Danke, danke. Yippie! Verzeihung, ich bin normalerweise nicht so frenetisch.» Sie ordert eine Flasche *Moët & Chandon*.

Ich sehe das Fragezeichen in Naels Gesicht. «Wundere dich nicht. Amrex hat einen Tick und benutzt gerne Fremdwörter», flüstere ich ihm ins Ohr und bemerke seinen angenehmen Duft. «Manchmal machen die Wörter Sinn. Manchmal nicht. Es ist aber so oder so ganz unterhaltsam.»

«Ich merke es eh nicht, ob's Sinn macht.»

Wir müssen beide losprusten. Er ist erfrischend ehrlich.

«Was denn?» Amrex hat offensichtlich nichts mitbekommen. «Gemein, ich will auch mitlachen.» Sie zieht eine lustige Schnute. Meine Freundin liebe ich genauso, wie sie ist. Mit all ihren Spleens, ihrer Lockerheit und Unbekümmertheit. Amrex ist aber auch die taffe Businessfrau mit brillanten Fähigkeiten. Durch ihre Weltoffenheit behandelt sie alle Menschen gleich und ist unglaublich großzügig. Wäre ich ein Mann, würde ich sie glatt heiraten. «Alles okay, meine Liebste.» Ich umarme sie.

Wir haben gerade unser erstes Glas Champagner leer getrunken, als LeBron ankommt. «Hi, Girls.»

Amrex küsst ihn überschwänglich auf den Mund. Ich atme tief durch, als er mich begrüßt. «Hi, Beauty.»

«Hallo, LeBron, darf ich dir Nael vorstellen?»

«Hi, Man. Wir kennen uns doch!»

«Jo, klar.» Nael ist auch erstaunt.

«Ihr kennt euch?» Ich weiß jetzt nicht, ob das ein Vor- oder Nachteil ist. Warum ist die Welt nur so klein?

«Yes. Ich arbeite einmal die Woche für einen Sozialdienst bei der Essensausgabe in der Kantina in Hallbergmoos. Und er wohnt da und kriegt von mir Essen.» Ich bin verblüfft. Alle Achtung, jetzt überrascht mich LeBron aber positiv. Die Männer schlagen ein.

«Ein Grund mehr, um anzustoßen.» Amrex reicht LeBron ein Glas Schampus. Er lehnt es vorwurfsvoll ab. «Ich trinke keinen Alkohol. Das weißt du doch.» Er wendet sich wieder an Nael. «Woher kennst du die Ladies? Du bist aber nicht der Lover von Zenia, oder?»

Nael verneint und wirft einen flüchtigen Blick in meine Richtung. Mein Herz macht einen Doppelhopser. Ich lächle ihm zu.

«Nein, Samu hat mal wieder abgesagt.» Amrex zuckt mit den Schultern. Ich spüre, dass Nael mich mustert. Jetzt denkt er bestimmt, dass er nur zweite Wahl ist, super. Danke, Amrex!

LeBron bohrt weiter. «Und warum lässt Samu eine Frau wie dich sitzen, Beauty?»

«Der ist wie immer in der Welt unterwegs und kümmert sich um seine wichtigen Geschäfte», sagt Amrex.

«Danke, ich kann für mich selbst reden!», schimpfe ich sie lauter als gewollt an.

«Zenia und ich sind nur Arbeitskollegen.» Nael betont jedes Wort klar und deutlich. «Sie hat wohl dringend eine Ersatzbegleitung gebraucht.» Er klingt sauer. Ich traue mich vor Scham kaum noch aufzuschauen.

«Wenn du nicht Zenias Lover bist: Hast du eine andere heiße Frau am Start?», fragt LeBron.

Was soll dieses Verhör? Er schießt sich irgendwie auf Nael ein. So gut scheinen sich die beiden dann wohl doch nicht zu kennen. Ich fange an, mir Sorgen zu machen.

«Nein, habe ich nicht.» Verlegen guckt Nael auf den Boden.

LeBron winkt ab. «Well, mit deiner Vergangenheit ist es sicher schwer, Girls zu erobern. Wer will schon einen Knasti?»

Das hat er jetzt nicht wirklich gesagt. «Spinnst du total?!», blaffe ich ihn an.

LeBron streichelt mir über die Wange. «Beauty, das ist doch nur die Wahrheit.» Angewidert weiche ich zurück.

Nael macht mit zornerfülltem Gesicht einen Schritt auf LeBron zu. «Was war das gerade? Hä?»

Aus Angst vor einer Schlägerei halte ich Nael am Arm fest. «Lass gut sein. Bitte. Er meint es bestimmt nicht so.»

«Sorry», entschuldigt sich LeBron halbherzig.

«Was bist du denn heute so angriffslustig, mein Brummbär?» Amrex findet das alles offenbar gar nicht schlimm.

Nael ist immer noch angespannt. Ich kann ihn verstehen.

«Lasst uns endlich anstoßen, Kinder», fordert Amrex. «Ich habe heute einen Großauftrag eingetütet.»

«Glückwunsch, sexy Lady.» LeBron tätschelt ihr nacktes Bein, das der Minirock freigibt.

Sie kippt daraufhin das zweite Glas Champagner in einem Zug hinunter. «Deliziös, das Tröpfchen!»

«Wisst ihr eigentlich, wie ich Amrex kennengelernt habe?» Krampfhaft versuche ich, das Thema zu wechseln und lasse Nael wieder los.

Meine Freundin reagiert aufs Stichwort. «Das war so: Zenia stand mitten auf dem Karlsplatz und schaute sich eine Modewerbung auf einem Screener an. Sie probierte virtuell ein schickes gelbes Blumenkleid an. Da habe ich sie angesprochen.»

«Ich fand das Outfit wunderschön und Amrex gefiel es auch», vollende ich. «Ich fragte sie, ob ich nicht doch lieber das blaue Kleid kaufen sollte. Wir unterhielten uns über Mode und haben uns auf Anhieb verstanden. Dann gingen wir spontan in ein Café und plauderten noch lange weiter.»

«Wollt ihr zwei coolen Ladies echt den Abend mit diesem langweiligen Versager verschwenden?» LeBron schüttelt gehässig seinen Kopf.

Alle starren ihn an. Ich bin zu geschockt, um etwas sagen zu können und fürchte, dass Nael gleich explodieren wird. Präventiv nehme ich seine Hand und drücke sie fest.

Mit einer Mischung aus Wut und liebevoller Nähe sieht er

mir tief in die Augen. Es kribbelt heftig in meinem Bauch.

«Jesus, man könnte glatt meinen, dass ihr zwei ineinander verliebt seid. Ich könnte kotzen.» LeBron dreht sich ab.

Der ist wohl auf Krawall gebürstet. Jetzt kann ich mich nicht mehr beherrschen. Wie eine Furie schnelle ich auf ihn zu. «Was bist du nur für ein arroganter, widerlicher Typ!»

Amrex hat mittlerweile das dritte Gläschen intus und lacht sich nur noch kaputt. «Huuu, was für eine Aufregung. Zenia kann ja richtig schimpfen.»

«Komm, Nael, das reicht! Nur weg hier, bevor noch Schlimmeres passiert!», befehle ich.

Aufgebracht verlassen wir den Club.

«Was für ein Arsch!», flucht er. Seine derbe Ausdrucksweise erschreckt mich nicht im Geringsten, weil ich mich auch nicht gerade mit Ruhm bekleckert habe.

«Es tut mir so leid. Ich wusste nicht, dass du LeBron kennst und dass er so eklig sein kann.» Das hätte ich ihm nie zugetraut. Spätestens dieser Abend hat gezeigt, wie unberechenbar er ist. Ernüchtert stelle ich fest, dass sich dadurch auch noch der letzte Funke Anziehungskraft zu ihm in Luft aufgelöst hat.

Wir gehen durch die Metzstraße, in der sich ein paar schicke Bars befinden. Langsam haben wir ein wenig Hunger, und ich spendiere Sandwiches.

«Sag mal, hast du wirklich … einen Freund?» Verunsichert sieht Nael mich an.

«Eigentlich nicht.» Ich bemerke, dass sich sein Gesicht aufhellt und freue mich.

«Was heißt ‹eigentlich›?», fragt er nach.

«Tja. Du wirst es nicht glauben: Ich habe bereits Schluss gemacht, aber er will noch mal mit mir reden.»

«Und ändert das vielleicht was an deiner Entscheidung?»

«Nein, die ist endgültig. Ich bin schon sehr lange nicht mehr glücklich in dieser Beziehung. Es gibt kein Zurück.» Das Kapitel Samu ist abgeschlossen. «Moment, Amrex ruft an.»

«Hey, Ze. Wo seid ihr denn? Wir wollen uns mit euch vertragen. Kommt wieder zurück.»

«Das ist keine gute Idee.»

«Och, bitte», fleht mich meine Freundin an. «Wir haben so viel Gaudi, und LeBron möchte sich entschuldigen.»

Wenn ich nur diesen Namen höre, werde ich rasend. «Nein, lass mal, LeBron hat sich so dermaßen daneben benommen, dass wir keine Lust mehr haben. Mach's gut, Amrex. Bis bald.»

«Warum stehen die Frauen auf diesen Typen?», fragt Nael.

«Autsch!» Dummerweise knicke ich mit meinem Fuß um und lasse mein Sandwich fallen.

«Alles gut?» Behutsam stützt er mich und bringt mich zu einem Metalltisch vor einem Thai-Restaurant. Ich spüre seine starken Arme. Nael nimmt mir gegenüber Platz und hält mein Bein mit seinen Händen fest. Vorsichtig zieht er meinen Schuh aus und dreht meinen Fuß in alle Richtungen. «Tut das weh?»

Mir wird ganz warm. «Nein, es scheint nichts Ernstes zu sein.» Warum habe ich das nur gesagt? Er hätte mich ruhig noch länger untersuchen können.

«Und», bohrt er nach, «was ist mit LeBron?»

Das war's mit dem schönen Moment. «Was soll mit ihm sein?» Mein Fuß schlüpft wieder in den Schuh zurück.

«Warum stehen Frauen auf den?»

«Na ja, ich schätze, dass Frauen Musiker einfach anziehend finden. Die haben für viele etwas Magisches.» Mir ist das Thema total unangenehm. «Lass uns nicht weiter über diesen Angeber reden. Was ist mit dir? Du hast also keine Freundin?»

Er zieht seine Augenbrauen in die Höhe. «Pst. Geheimnis. Im Knast waren nur Männer.»

Ich beuge mich vor und boxe ihn in die Seite. «Aber du hattest ja wohl ein Leben vor dem Gefängnis.»

Er zuckt zusammen. «Hey, ich bin da megakitzelig.»

Sofort denke ich an die Szene aus meiner Rückführung, in der Lea Ben kitzelt. Es ist wie ein Déjà-vu.

«Ja, da gab's zwei, drei Frauen.» Nael wird nachdenklich. «Ist aber schon längst vorbei.»

«Willst du darüber reden?»

«So schlimm ist es dann auch wieder nicht, dass ich mit einer Psychologin darüber reden muss.»

«Hoppla. Das hat gesessen.»

Er lacht. «So habe ich es nicht gemeint. Ich finde nur, wir hatten heute schon genug nervige Themen.»

Vielleicht erzählt er es mir irgendwann einmal. Er steht kurz auf und wirft den Rest meines schmutzigen Sandwiches in den Mülleimer. «Soll ich dir ein neues besorgen?»

«Nein, danke. Passt.»

Es fängt an leicht zu regnen. Blinzelnd breite ich meine Arme aus und genieße die Regentropfen, die zart auf meine Haut rieseln. «Sollen wir dahin?» Nael zeigt auf den überdachten Eingang des Restaurants.

«Nein, lass uns doch hier sitzen bleiben. Es ist so harmonisch.» Ich lege meinen Kopf in den Nacken und schließe meine Augen. Instinktiv spüre ich, dass er mich beobachtet. Diese Vorstellung ist prickelnd. Ich lausche dem Regen, wie er sanft auf den Tisch trommelt.

Nach einer Weile blicke ich wieder auf und wische mir die Tropfen aus meinem Gesicht. Nael hat sich vorgebeugt und stützt seine Ellenbogen auf die Oberschenkel. Der Regen plätschert auf seinen Nacken und sammelt sich an seinem Kinn, bevor er zu Boden tröpfelt. Nael sieht wieder so friedlich aus. Ich denke an die eskalierende Situation in der Bar zurück. Er wäre sicher auf LeBron losgegangen, wenn ich ihn nicht gestoppt hätte. «Darf ich fragen, warum du im Gefängnis warst?»

«Das willst du nicht wissen.»

«So schlimm?» Auf einmal habe ich Angst vor der Wahrheit.

«Nein, ich habe meine Schwester vor einem Schläger gerettet.» Er faltet seine Hände. Seine Knöchel färben sich weiß, so stark drückt er die Finger ineinander. Einerseits schreckt mich der Grund für seine Inhaftierung ab, andererseits finde ich es männlich und anziehend, wenn ein Mann eine Frau verteidigt.

«Aber warum musstest du dafür ins Gefängnis?»

«Dumm gelaufen und ein schlechter Anwalt», grummelt er vor sich hin. So richtig darüber reden mag er nicht.

«Wie heißt deine Schwester?»

«Lucie.»

«Geht es ihr gut?»

«Passt.»

Darüber will er auch nichts erzählen. Belastet ihn der Eklat mit LeBron so stark? Oder dominieren andere Sorgen? Oder redet er generell nicht über seine Gefühle? In seinem Leben ist wahrscheinlich viel Schlimmes vorgefallen. Es scheint mir, dass er gelernt hat, Dinge zu verdrängen. Seine Schutzmauern sind hoch und dick. Vielleicht dauert es einfach noch eine Weile, bis er zu mir Vertrauen aufgebaut hat. Ich muss ihm Zeit geben. Doch heute kapituliere ich. «Lass uns gehen.»

Es hat aufgehört zu regnen. Wir spazieren über den nassen Bürgersteig. «Ich liebe den Geruch und die Frische nach dem Regen», schwärme ich.

Nael atmet tief ein. «Ich auch.» Zum ersten Mal sieht er

mich wieder intensiv an. «Darf ich dich nach Hause bringen?»

Ich bin so sehr von seinem Blick verzaubert, dass ich nicht höre, was er sagt. Ich versinke im Grau-Blau seiner Augen.

«Ich bringe dich heim, okay?», wiederholt er.

Wenn die Augen der Spiegel der Seele sind, hat er eine wahnsinnig schöne. «Was?» Reiß dich zusammen! «Ja, gerne.»

Als wir vor meiner Haustür ankommen, verlagert er sein Gewicht von einem Fuß auf den anderen. Ich kaue unentschlossen auf meiner Unterlippe herum. Diesen Tick hatte ich schon, als ich noch ein kleines Mädchen war. Frag mich bitte, wann wir uns wiedersehen!

«Ich habe jetzt zwei Tage frei», murmelt er in sich hinein.

«Okay ... Schade, dass wir nicht mehr zusammen arbeiten.»

«Ja, das finde ich auch. Aber wir treffen uns bestimmt auch so in der Firma.» Er wippt weiter auf seinen Sohlen. «Dann, bis bald. Schlaf gut.»

Wie ferngesteuert gehe ich einen Schritt auf ihn zu, mache jedoch kurz darauf einen Rückzieher. Schön langsam. Nichts überstürzen. «Also, gute Nacht.» Als ich die Treppe zum Eingang hochlaufe, drehe ich mich nochmals um. Nael winkt mir schüchtern zu.

Zart klopft dieser Mann an der Tür zu meinem Herzen an.

NAEL

... wird sein Grinsen gar nicht mehr los. Auf der Heimfahrt im Munich-Airtrain flirten ihn ein paar hübsche Frauen an. Er wäre nie auf die Idee gekommen, eine von ihnen anzusprechen. Er hat nur noch Zenia im Kopf. Warum hat er sie nicht nach einem Date gefragt?

Am nächsten Morgen ist er gerade mit dem Frühstück fertig, als sein Sozialpädagoge anruft. Den hat er völlig vergessen. «Hallo, Herr Culfier.»

«Hallo, Herr Gardi. Passt es für unser Interview?»

«Äh, jo.» Nael hätte am liebsten eine faule Ausrede vorgeschoben, weil er schlecht vorbereitet ist. Er verlässt die Kantina, um ungestört reden zu können.

«Was haben Sie die Tage bei *preVita* erlebt?» Culfier fackelt wie immer nicht lange herum.

«Ich habe wieder Rückführungen gemacht.» Nael schlendert Richtung Sportplatz.

«Wie läuft die Zusammenarbeit mit den Psychologen und den anderen Kollegen?»

«Gut.»

«Geht das noch genauer?» Culfiers Ton wird schärfer.

«Sehr gut.» Auf eine doofe Frage folgt eine doofe Antwort.

«Herr Gardi!» Culfier klingt genervt.

«Sie sind halt alle sehr nett und die Arbeit macht Spaß.»

«Das freut mich. Konnten Sie etwas über die neuesten Produkte und Innovationen erfahren?»

Verdammt! Was gibt's denn Neues? Wild schießen Gedanken durch Naels Kopf, was er Interessantes berichten könnte.

Er kommt ins Schwitzen. Die Sache mit dem Helm hat er noch nicht erzählt. «Die neue Software ist in so einem Resistant-Herbert ... oder, wie heißt das Teil, Lino?»

«Retransition-Helmet», korrigiert sein BRO.

Der Sozialpädagoge kann sich einen Lacher nicht verkneifen. «Und, was ist so neu daran?»

«Damit können die gelenkte Rückführungen machen.» Nael setzt sich auf eine Bank neben dem Basketballfeld.

«Was heißt ‹gelenkt›?»

Nael beobachtet eine Gruppe junger Männer, die sich mit einem Ball nähert. «Weiß nicht.»

«Herr Gardi, lassen Sie sich nicht ablenken.»

«Na ja. Die können irgendwie Ereignisse oder Gefühle eingeben und dann reist man genau dahin zurück.»

«Und wann kommt das auf den Markt?»

«Wer?» Nael ist wieder mit seinen Gedanken woanders, weil die Männer ihm zuwinken.

«Das System mit dieser neuen Software.»

«Ach so, das weiß ich doch nicht.» Er deutet den Jungs an, dass er gleich mitspielt.

«Herr Gardi, das war doch genau Ihre Aufgabe, das alles herauszufinden. Und was soll das Produkt bei der Markteinführung kosten?»

«Woher soll ich denn das wissen?»

«Einfach durch Fragen. Ich muss Sie an unsere Vereinbarung erinnern. Sie müssen ausführlich, ich wiederhole, ausführlich über Ihre Tätigkeit berichten. Das klappt mit Ihnen überhaupt noch nicht gut. Wir haben Sie aus dem Gefängnis geholt und uns an alle Abmachungen gehalten. Also, bitte halten Sie sich auch an Ihre! Das ist hier ein Geben und Nehmen. Verstanden?!»

«Hm. Klar.» Nael hat ein schlechtes Gewissen.

«Merken Sie sich bitte folgende Fragen für das nächste Mal: Hat die neue Software noch Schwachpunkte? Wann erscheint sie auf dem Markt? Wie viel soll sie kosten? Und: Arbeitet *pre-Vita* mit Partnern zusammen?»

«Das kann ich mir nicht alles merken.»

«Das schaffen Sie schon, Herr Gardi. Sonst informiert Sie Ihr BRO. Der lässt sich nicht ablenken und kann sich Dinge bestens merken.»

«Alles klar.» Dieser Doofmann nervt, denkt Nael.

«Also, bis dann.»

Ihm bleibt wohl keine andere Wahl. Nächstes Mal muss er Zenia detaillierter fragen. Beim Gedanken an sie fängt sein Herz wieder schneller an zu pochen.

«Hey, Buddy, leg mal 'nen Zacken zu, wir brauchen dich.» Einer der Basketballspieler ruft ihm zu.

«Bin schon da.»

ZENIA

In der Firma bin ich nicht richtig bei der Sache. Immer wieder denke ich über den vergangenen Abend nach. Wie konnte Le-Bron nur so widerlich sein? Ich schüttle mich vor Abneigung. Er hat es nicht ertragen, dass Nael bei mir war. So sehr ich diese fiese Szene verabscheue, aber es ist im Prinzip genau so gelaufen, wie ich es wollte: LeBron bin ich los.

Als ich nach Dienstschluss die Firma verlasse, bleibe ich wie angewurzelt stehen. Am Ausgang lehnt LeBron an einem Baum. «Was machst du denn hier?», frage ich vorwurfsvoll.

«Ich wollte mich entschuldigen, Beauty.»

«Dann müsstest du Nael auflauern. Du hast dich gestern idiotisch benommen.» Als ich weitergehen will, hält er mich an der Hand fest. «Was soll das?», fauche ich ihn an.

Sofort lässt er mich los. «Ist ja okay. Die Pferde sind mit mir durchgegangen. Sorry, ich bin ein schlechter Verlierer.»

«Was hast du denn bitteschön verloren?», blaffe ich ihn an.

«Na, dich!», sagt er.

«Ich kann mich nicht erinnern, dass du mich schon einmal besessen hast.» Ich wende mich ab.

«Warte. Können wir reden, bitte?» Er läuft mir hinterher.

«Wenn's sein muss, aber nur kurz.»

Zum ersten Mal trägt er ein T-Shirt. Seine Unterarme sind voller Tattoos. Auf dem rechten ragt ein Drache mit Schlangenkörper empor. Auf dem linken fallen mir ein Schmetterling und ein Herz auf.

«Gefallen sie dir?», fragt LeBron.

Ertappt. «Geht so.» Nur keine unnötige Zeit verschwenden.

«Was willst du?»

«Du hast mir von deiner Seele erzählt. Und ich muss ständig daran denken, was du über die Liebe gesagt hast», schleimt er. «Und es könnte doch sein, dass sich unsere Seelen schon getroffen haben, in anderen Leben. Vielleicht warst du in meinem Harem?», sülzt er zweideutig.

«Was?» Hat der einen Knall? Ich schaue ihn entgeistert an.

«War nur ein Scherz.» Er stupst mich. «Seriously. Meinst du, dass du Bens Seele irgendwann einmal findest?»

Ich atme tief durch. «Mag sein.» Aber jetzt lasse ich mich von diesem Typen nicht wieder einlullen. Der weiß genau, welche Knöpfe er bei mir drücken muss.

«Zenia, kann ich ehrlich sein?»

«Besser nicht», platzt es aus mir heraus, denn ich fürchte zu wissen, was jetzt kommt.

«Da ist etwas, seit wir uns zum ersten Mal begegnet sind.» Er macht eine theatralische Pause. «Ich spüre, dass unsere Seelen zusammengehören.»

Das sind Worte, nach der sich wohl jede Frau sehnt. Aber sie stammen von LeBron und sind deswegen nichts wert. «Nur weil wir uns gut über Seelen unterhalten können, heißt das noch lange nicht, dass wir seelisch verbunden sind.»

«Doch. Ich empfinde viel für dich.»

«Aber ich nicht für dich!» Ich werde lauter.

«Ach, komm. Du fühlst es doch auch. Wir gehören zusammen. Kein anderer Mann liebt dich so sehr wie ich!»

Mein Verstand und meine Seele sprechen gleichzeitig die Wahrheit aus. «Nein, du irrst dich. In diesem Leben gehören wir nicht zusammen.»

NAEL

… bleibt an seinem zweiten freien Tag lange im Bett liegen und starrt Löcher in die Luft. Selbstzweifel machen sich in ihm breit. Er traut sich nicht, Zenia eine Sprachnachricht zu schicken. Ihm fallen nicht die passenden Worte ein. Was, wenn er Blödsinn sagt? Ihm ist bewusst, dass er ihr intellektuell und rhetorisch unterlegen ist. Er muss auf Augenhöhe kommen, sich mehr anstrengen und diese Gossensprache irgendwie ablegen. «Lino, wie kann ich gescheit sprechen lernen?»

Sein BRO schlägt das Programm ‹Höflichkeit für Dummies› vor. «Das ist interaktiv.»

«Dann lass mal starten.» Nael wird ganz euphorisch.

Auf dem Screener erscheint eine ältere Frau mit strengem, hoch sitzendem Dutt. «Wie darf ich Ihnen helfen, Herr Gardi?»

«Äh, ich will schlauer reden können.»

«Wenn Sie mit ‹schlau› höflich meinen, dann sind Sie bei diesem Kursus genau richtig.»

«Jo, meine ich doch.»

«Es gibt selbstverständlich viele Lebenssituationen, in denen Sie Höflichkeit durch Benehmen und Handeln zeigen oder durch Worte ausdrücken können.»

«Wie bitte?» Nael runzelt die Stirn.

«Haben Sie bestimmte Präferenzen, und welche Schwerpunkte möchten Sie im Kursus gerne legen?»

«Ich verstehe nur Bahnhof.»

«Entschuldigen Sie bitte, Herr Gardi, dass ich mich so unverständlich ausgedrückt habe. Das war unhöflich. Anders gefragt: Welche Situationen in Ihrem Leben würden Sie gerne mit Höflichkeit bewältigen?»

«Mit Frauen und so.»

«Sehr gerne, Herr Gardi. Mit Frauen also. Um Ihnen den auf Sie persönlich zugeschnittenen Kursus anbieten zu können, habe ich noch eine ergänzende Frage: Meinen Sie Konversationen beispielsweise mit einem Familienmitglied, einer Arbeitskollegin, einer Freundin, einer potenziellen Partnerin oder mit der aktuellen Lebensgefährtin?»

«Äh … ich nehme mal die potente Partnerin.» Nael freut sich und denkt an seine schöne Psychologin.

«Diese Option ist in diesem Programm leider nicht verfügbar. Wenn Sie zum Erotikbereich wechseln wollen, sagen Sie jetzt bitte Ja.»

«Was? Nein, Lino, abbrechen!»

«Auf Wiedersehen, Herr Gardi.» Die Frau verschwindet vom Screener. Er schafft das schon allein. Höflich reden kann nicht so schwer sein.

Als er wenig später zum Frühstück in der Kantina erscheint, steht LeBron bei der Essensausgabe. Die Konfrontation bleibt Nael wohl nicht erspart. Er hat einen unbändigen Hunger und muss an die Theke.

«Hi, Man, wie geht es?» Der Rocker spricht, als wäre nichts vorgefallen. «Im Angebot heute: leckere Würstchen, Spiegeleier und Speck. Ich habe auch nicht draufgespuckt.»

«Sehr witzig, her damit!»

«Sorry, ich war ein Arsch.» LeBron übt gespielte Selbstkritik. Nael sieht ihn mit einem vernichtenden Blick an.

«Habe die Kontrolle verloren, Man.»

«Ja, war megabescheuert. Äh, krieg ich mein Essen?»

Unübersehbar lässt sich LeBron absichtlich viel Zeit. «Bist du scharf auf Zenia?»

«Mann, du kannst es echt nicht lassen!»

«Bleib locker, Junge.» Er klatscht ihm verkohlte Würstchen und zermatschtes Spiegelei auf den Teller. «Bitteschön.»

Innerlich kochend dreht sich Nael von ihm weg, schnappt sich eine Limonade, bezahlt und steuert mit dem Tablett Richtung Essbereich.

«Übrigens, Zenia und ich sind seelenverwandt», ruft ihm LeBron hinterher.

Nael spürt, wie sich sein Magen verkrampft. Er versucht, seine Aggressionen zu kontrollieren, aber es funktioniert nicht. Er dreht sich zu LeBron um und brüllt unverblümt seinen Frust heraus: «Hör auf, mich anzumachen, auf deine Seele scheiß ich!»

Er muss kurz über sich selbst schmunzeln. Es klappt doch ziemlich gut mit seiner höflichen Sprache.

ZENIA

Gerade schlürfe ich meinen morgendlichen Cappuccino, als eine Nachricht von Samu eintrifft.

> Hallo Zenia,
> ich bin heute Abend in der Stadt. Hast du
> Zeit? Könnte gegen halb acht bei dir sein.
> Geht das?
> Samu

Sofort antworte ich.

> Hi Samu,
> ja, das geht, um halb acht bei mir. Ich glaube es aber erst, wenn du vor meiner Tür
> stehst.
> Viele Grüße Zenia

Ich wünsche mir so sehr, dass nichts mehr dazwischen kommt. Es ist auch für ihn besser, wenn endlich klare Verhältnisse herrschen.

An diesem wunderschönen Morgen entscheide ich mich, ein Stück durch die malerischen Maximiliansanlagen zu spazieren und bei einer anderen U-Bahn-Station als üblich einzusteigen. Ich liebe das Licht- und Schattenspiel der Bäume. Die Blumen scheinen darum zu konkurrieren, welche von ihnen die prächtigste ist. Unzählige Farben und Düfte durchströmen mich und betanken meine Seele mit neuer Energie. Der Wind kitzelt in meiner Nase, und aus allen Richtungen zwitschern mir Vögel zu. Ich bin wie verzaubert, bis mich ein kicherndes Mädchen und seine Mutter in die Realität zurückholen. «Mama, guck mal, die Frau hat lustige Schuhe an.»

Ich schaue auf meine Füße. Um Gottes willen! Ich trage noch meine pinken Pantoffeln. Ich bin ja total durch den Wind. Grinsend mache ich mich auf den Weg zurück nach Hause. Dort tausche ich schnell meine Hausschuhe gegen Ballerinas aus, um dann wieder Richtung U-Bahn-Station zu laufen. Diesmal aber ohne Umwege. Ich muss mich nach wie vor über mein Missgeschick wundern. Wahrscheinlich bringen mich diese Männergeschichten so durcheinander. Oder ich vermisse schlicht und ergreifend Nael. Immerhin habe ich ihn an seinen zwei freien Tagen weder gesehen noch gehört. Hoffentlich treffe ich ihn heute im Marktplatz. Genau in diesem Augenblick meldet mein Romeo eine Sprachnachricht.

> Hallo Zenia, hier ist Nael. Hast du Lust auf Mittagessen? Um 12 am Empfang?

Mir wird warm ums Herz. Ja, ich will, ich will, ich will!

> Lieber Nael, ich bin gerne dabei. Freue mich! Zenia

Ich bin völlig aus dem Häuschen. Wie ein verknallter Teenager, der mit seinen aufflammenden Gefühlen nicht umgehen kann.

NAEL

… sitzt allein in Marcus' Rückführraum. Er ist stolz auf sich. Er hat Zenia einfach eine Nachricht geschickt. Zack, bumm, fertig. Die Aussicht, sie zu sehen, durchflutet ihn mit Energie.

«Warum denn so zappelig, Nael?»

Er zuckt zusammen, als er Marcus' Stimme hört. «Ich bin nur supergut drauf.» Leider kommt erst die Arbeit, dann das Vergnügen.

Aufgeregt spaziert er später in der Eingangshalle von *preVita* herum. Mit einem Mal schießen ihm wirre Gedanken durch den Kopf. Der Streit mit LeBron nagt an ihm. Dieses Gerede über Seelenverwandtschaft hat ihm schwer zugesetzt.

«Hallo.» Zenia strahlt ihn an.

Er kann nicht genug bekommen von ihrem Lächeln. «Hallo.» Seine Stimme zittert. «Wollen wir zum Marktplatz?»

«Nein, ich habe eine andere Idee.» Unsicher knibbelt sie am Gürtel ihres Kleides. «Hast du Lust auf ein kleines Abenteuer?»

Ihm ist es egal, was sie unternehmen, er will nur in ihrer Nähe sein. «Klingt gut.» Sein Magen knurrt laut. «Hoppla.»

«Ich verspreche dir, dass du auch etwas zu essen kriegst.»

Sie ziehen los. Es kostet ihn große Überwindung, aber er will es gleich hinter sich bringen. «LeBron hat wieder doof rumgelabert.» Er weiß gar nicht, was ihn verrückter macht: die ständigen Provokationen des Amerikaners oder die Ungewissheit, ob Zenia doch Gefühle für diesen Idioten hat.

Besorgt bleibt sie stehen. «Was hat er denn gesagt?»

«Dass eure Seelen zusammengehören und so.» Es tut ihm im Herzen weh, während er diese Worte ausspricht. Er schaut

Zenia gespannt an, um ihre Reaktion deuten zu können.

Sie scheint geschockt zu sein. «Nur, weil ich ihm einmal von meiner Rückführung erzählt habe und er auch an Seelenwanderung glaubt? Nein!»

«Zenia, der Typ fährt voll auf dich ab!»

Sie wird rot. «Kann sein. Aber ich nicht auf ihn. Er ist arrogant, eifersüchtig und aggressiv. Nein danke! Mit so einem Typen will ich nichts zu tun haben.»

Der Loser hat's verbockt. Eine zentnerschwere Last fällt von Naels Schultern ab. «Du hast ihn eiskalt durchschaut. Wie eine echte Psychologin.»

Sie lachen und gehen ein paar Blöcke weiter.

«Da wären wir.» Sie zeigt auf einen topmodernen, kegelförmigen Wolkenkratzer, der nach oben hin immer breiter wird. Nael guckt die Glaswand hoch. Zenia wird ihn doch wohl nicht in ein nobles Restaurant ausführen? Mit dem Aufzug fahren sie in den obersten Stock.

«Wo sind wir hier?», fragt Nael.

«Bei meinem Lieblingsbauern Vincent.»

«Beim Bauern, in einem Hochhaus?» Er wundert sich. «Ich kenne die nur auf dem Land.»

«In der Gesundheitszone ist alles anders. Um die Versorgung sicherzustellen, die Straßen nicht zu verstopfen und die Umwelt zu schonen, wird auf den Dächern angebaut. Eigentlich macht man das schon ewig lange. Aber seit fünf Jahren ist es in München Vorschrift, bei Neubauten die Dächer zu bewirtschaften.»

«Aha, gar keine schlechte Idee.» Als die Lifttür aufgeht, verschlägt es ihm die Sprache. So muss es im Paradies aussehen. Vor ihm erstreckt sich eine Obst- und Gemüseplantage. Er sieht Bäume, an denen rotbackige Äpfel baumeln. Auf einem

Feld wiegen sich saftig grüne Blätter von Salatköpfen im Wind. Und weiter hinten erstrahlt ein farbenfrohes Blumenbeet. «Wow!» Die vielen Eindrücke kann sein Gehirn gar nicht auf einmal verarbeiten.

Liebevoll sieht sie ihn an. «Das ist wie im Paradies, oder?»

Nael freut sich, weil sie seine Gedanken ausspricht. Staunend schreiten sie durch die Gänge. Ein Teil des Daches liegt unter freiem Himmel, ein anderer ist von einer riesigen Glaskuppel umhüllt. Ein weiterer wird zum Schutz vor zu viel UV-Licht von einem gigantischen Segeltuch bedeckt.

«Hier werden Kräuter, Gemüse und Obst aus der ganzen Welt angebaut. Ist das nicht großartig? Temperatur, Sonneneinstrahlung und Luftfeuchtigkeit lassen sich nach Bedarf der Pflanzen individuell regeln, sodass alles optimal wachsen kann. Das hat mir Bauer Vincent erzählt.» Lächelnd dreht sie sich im Kreis. «Ich mag frische Nahrung viel lieber als solche aus dem 3D-Drucker. Sie ist nur leider viel teurer.»

Er hätte sie am liebsten in den Arm genommen, weil sie so begeisterungsfähig und leidenschaftlich ist. In dem Moment schreitet ein kleiner, alter Mann auf sie zu. «Hallo, Zenia.»

«Hallo, Vincent. Das ist mein Arbeitskollege Nael.»

Der Bauer mit der tiefbraunen Haut schüttelt ihnen die Hände. «Herzlich willkommen. Was darf's denn heute sein?»

«Wir würden uns gerne erst einmal umschauen», sagt sie.

Nael ist fasziniert. Von seiner zauberhaften Begleitung und der prachtvollen Umgebung zugleich.

«Gut, gebt einfach Bescheid, falls ihr Hilfe braucht.» Vincent geht gemütlich weiter. Als Erstes zeigt Zenia Nael die Orangen- und Zitronenbäumchen und ein Feld voller Erdbeerpflanzen. Sie pflückt eine reife Frucht ab und reicht sie ihm.

«Lecker.» Als wäre sie aus dem Garten seiner Eltern.

Sie spazieren zu den Rebstöcken, und Zenia gibt ihm nun eine Traube. «Probiere die mal.»

«Die hat einen krassen Geschmack.» Er kommt sich vor wie im Schlaraffenland und greift selbst zu. Dabei berührt er zufällig Zenias Hand. Ein Blitz durchzuckt ihn. Sie halten inne und sehen sich verschüchtert an. Diese wunderschönen Augen. In Naels Bauch schlüpfen kleine Schmetterlinge aus ihren Kokons und machen erste Flugversuche. Er wünscht sich, dass dieser Augenblick nie vergeht.

«Von hier sieht man sicher gut die Sterne.» Sie blickt schwärmend zum Himmel.

Ihm gefallen Zenias geflochtene Zöpfe. Sie passen zu ihrer romantischen und verspielten Art. «Wollen wir mal zusammen Sternschnuppen zählen?» Er weiß nicht, warum er so forsch ist.

«Was? Wie … gerne.» Sie taumelt leicht. «Mir ist ein wenig schwindelig. Ich muss mich kurz hinsetzen.»

«Das ist wohl die feuchte Luft.» Nael bringt sie zu einer Bank und setzt sich besorgt neben sie. «Und du hast bestimmt Hunger.» Er tippt ihr zärtlich mit dem Finger auf den Bauch.

«Möchtet ihr vielleicht einen Gemüseteller essen?» Bauer Vincent eilt herbei. «Ich habe gerade gekocht.»

«Oh ja, den liebe ich. Und du, Nael?»

«Ich auch, für mich aber eine doppelte Portion, bitte.»

Nach dem Essen fühlt sich Zenia schon viel besser. «Ich fürchte, ich muss zurück zur Firma.» Sie richtet sich auf. «Danke, Vincent. Mach mir bitte wie immer einen Korb fertig und schick ihn mir mit einer Drohne nach Hause.»

Nael ist glücklich. Es läuft richtig gut. Sein Selbstvertrauen wächst. Er spricht sich innerlich weiteren Mut zu und überwindet sich. «Wollen wir morgen wieder zusammen essen?»

«Ja, gerne.» Ihre Augen funkeln. «Um zwölf am Ausgang.» Wie ein Leopard im Käfig schleicht er am Abend in seinem Zimmer auf und ab. Er muss raus.

Auf dem Sportplatz powert er sich aus und geht nach dem Duschen hinüber zur Kantina. Er könnte ein ganzes Schwein verdrücken. Aber vorher wird gemalt. Beflügelt und inspiriert lässt er sich Pinsel und Farben geben. Er ist kein guter Maler, doch er hat den innigen Wunsch, auf der Stelle einen Tisch anzupinseln. Er sucht sich einen aus, der ein wenig abseits vom Getümmel steht, und malt einen dunkelblauen Himmel, durch den eine Sternschnuppe zieht – umringt von kleinen Sternen.

«Du Romantiker.» Fred hat die uncharmante Gabe, sich unbemerkt anzupirschen. «Was geht ab?»

«Ich werde bestimmt ein berühmter Künstler», prahlt Nael.

«Dann musst du aber noch viel üben.» Sie lachen.

Nael vollendet sein Kunstwerk und isst anschließend gierig zwei Teller Nudeln mit Hackfleisch.

«Du kannst was vertragen.» Fred nuckelt an seiner Blue-Cola und schüttelt den Kopf.

«Kunst und Liebe machen hungrig», strahlt Nael.

ZENIA

Ich stehe, wie so oft in letzter Zeit, vor dem Spiegel meines Kleiderschranks und führe Selbstgespräche. Wie konnte das mit Nael so schnell passieren? Bin ich echt verknallt? Unfassbar! Da ich wieder einmal nicht aus meiner Haut als Psychologin herauskomme, versuche ich, mein Verhalten und meine Emotionen zu analysieren. Wieso Nael? Wenn ich an ihn denke, fühle ich mich geborgen. Er würde mich bestimmt bis aufs Blut verteidigen. Und er ist so authentisch. Er ist einfach nur Nael. Wahrscheinlich habe ich keine Lust mehr auf komplizierte Männer. Er ist das komplette Gegenteil von Samu. Schüchtern, ziellos, natürlich. Aber ist Nael wirklich der Richtige für mich? Zumindest ist mit ihm alles möglich. Wir können noch gemeinsame Ziele definieren und eine Zukunft aufbauen. Nichts ist festgelegt. Ich werde euphorisch. Er hat ein liebenswertes Herz mit vielen kleinen Wunden, die ich gerne heilen will. Eigentlich sind wir beide voller Geheimnisse. Oder wünsche ich mir nur sehnsüchtig, dass die Seele von Ben in Nael steckt? Zu meiner Verteidigung muss ich gestehen, dass seine Attraktivität sehr anziehend auf mich wirkt. Vielleicht verliere ich dadurch jegliche Objektivität. Ich lächle und stelle mir vor, wie ich meinen Kopf an seine Brust lehne. Wie meine Hand zwischen seinen Muskeln ruht. Wie ich sein Herz spüre. Mir wird ganz heiß.

«Du hast eine Nachricht von Samu.» Romeo sorgt für abrupte Abkühlung.

> Hallo Zenia. Es klappt heute Abend erst
> gegen 21 Uhr 30. Passt das noch?

Ich erzittere kurz bei dem Gedanken an das Treffen.

| Hallo Samu, ja, das ist okay. Bis später. |

Er ist sichtlich enttäuscht, weil ich seiner Begrüßungsumarmung ausweiche. Traurig setzt er sich auf mein Sofa. «Haben wir noch eine Chance?»

«Ach, Samu», seufze ich. «Ich habe dir ja schon gesagt, dass es mit uns keinen Sinn mehr macht. Es ist gut, dass wir jetzt noch mal alles persönlich klären, aber für mich hat unsere Beziehung keine Zukunft.» Meine Emotionen sprudeln aus mir ohne Punkt und Komma heraus. «Du bist ein toller, kluger und erfolgreicher Mann. Aber du hast nie Zeit für mich.»

Er schweigt.

«Ich habe keine Lust darauf, ständig zu warten. Und als du wusstest, dass ich schwanger war, hast du dich gar nicht mehr um mich gekümmert.» Ich setze mich neben ihn und sehe ihn an. «Samu, da ist der letzte Funke Liebe in mir erloschen.»

Er wendet den Blick von mir ab. «Ich verstehe dich. Ich habe so einiges falsch gemacht», murmelt er. «Dann ist es also endgültig aus mit uns?»

«Ja.» Auch wenn es mir schwerfällt: Männer brauchen klare Worte, das habe ich im Studium gelernt.

Wie in Zeitlupe erhebt er sich, nimmt seine Jacke und geht langsam zur Tür. Er stoppt noch kurz und dreht sich um. «Ich habe geglaubt, dass wir für immer zusammenbleiben. Es tut mir leid, dass ich dir nicht geben konnte, wonach du suchst.» Dann verschwindet er für immer.

Siehst du, Süßes. Das wolltest du alles nicht, deshalb bist du von uns gegangen. Ich spreche mit meinem verstorbenen Baby. Wir treffen uns in einem anderen Leben.

Mein BRO meldet sich. «Zenia, vor sieben Minuten kam eine Nachricht von LeBron an. Ich wollte aber nicht stören.»

«Danke, Romeo, du kannst ja richtig einfühlsam sein.»

My Beauty.
Ich muss ständig an dich denken. Bitte gib
uns eine Chance!
Dein LeBron

Der Typ raubt mir den letzten Nerv. Meine Laune sinkt noch tiefer in den Keller. Er will es einfach nicht wahrhaben.

LeBron, lass mich bitte endlich in Ruhe!

Aber … I love you.

Und ich liebe einen anderen!

Das hat hoffentlich gesessen, LeBron. Geh dahin, wo der Pfeffer wächst! Tatsächlich kommt keine Antwort mehr von ihm, stattdessen von Amrex.

Ze, geht's dir gut? Ich schwebe auf Wolke
sieben. LeBron ist ein Connaisseur. C'est
magnifique!

Ihre Worte bestätigen mich nur noch mehr darin, dass LeBron ein Idiot ist. Ich muss Amrex die ungeschminkte Wahrheit sagen. Am besten, wenn sie ein bisschen angeheitert ist.

> Hi Amrex,
> lass uns bald wieder treffen.
> PS: Habe mit Samu endgültig Schluss gemacht.

> Du bist ein legitimes Phänomen, Ze. Ja, lass uns bald treffen.

Gerade, als ich mich ins Bad aufmachen will, sagt Romeo: «Eine Sprachnachricht ist da.»

Ich werde noch verrückt. Wenn das wieder dieser LeBron ist, drehe ich völlig durch. «Bitte abspielen.»

> Hallo Zenia.
> Ich freue mich auf morgen! Schlaf schön.
> Nael

> Hallo Nael, schön, dass du dich meldest.
> Ich freue mich auch sehr. Gute Nacht.

Mein Herz tanzt vor Glück. «Romeo, ich brauche jetzt ganz laute Musik.» Überschwänglich flippe ich gemeinsam mit der Verrückten im Spiegel aus.

NAEL

… steht am Mittag aufgeregt am vereinbarten Treffpunkt.

Nach einer schüchternen Begrüßung führt Zenia ihn zu einem
Biergarten am Rande des Parks. Auf dem Weg dorthin redet sie
wie ein Wasserfall. «Da ist es ganz verträumt. Das liegt an den
vielen uralten Eichen, die Schatten spenden. Ich bin öfter da,
weil das Essen gut und bezahlbar ist. Ich hoffe, es gefällt dir.»

Fast alle Tische sind belegt, aber Zenia hat das beste Plätz-
chen reserviert. Eine Drohne, die wie ein schick gekleideter
Kellner aussieht, begleitet die beiden zu ihrem Platz.

«Ist das nicht schön hier?» Sie lächelt ihn an.

«Wunderschön.» Sein Blick bleibt an ihr hängen.

Sie wird rot und zupft nervös an ihrem Shirt herum. Er mag
dieses enge Top, das ihre weiblichen Rundungen unterstreicht.
Allerdings muss er aufpassen, dass er nicht zu oft hinstarrt. Nael versucht, seine Bewunderung zu verbergen, indem er ausgiebig die Gegend betrachtet. Der automatische Servierwagen offeriert ihnen geschwind eine große Auswahl an Getränken.
Nael und Zenia greifen zeitgleich zum selben Glas.

«Verzeihung.» Er zieht seine Hand zurück. «Du zuerst.»

«Danke.» Sie nimmt zwei Gläser mit Wasser herunter. Eins
reicht sie ihm. «Bitteschön.»

Sie prosten sich zu. Die Tischoberfläche besteht aus einem
Screener, auf dem sie köstlich aussehende Menüs anklicken
können. Beide wählen unabhängig voneinander einen Salat mit
gratiniertem Ziegenkäse und Walnüssen. Ein paar Minuten später bringt der Servierwagen die Teller vorbei.

«Das geht ja ab wie Schmitz Katze», sagt Nael.

Sie guckt ihn amüsiert an. «Deswegen ist es mittags immer voll. Geschäftsleute haben nun mal nicht so viel Zeit.» Sie tippt mit der Gabel auf den Käse. «Und du magst das auch?»

«Ja, Milch von Ziegen und Schafen vertrage ich besser als Kuhmilch. Ich habe eine Allergie. Das ist richtig ätzend. Mein Hals wird dann so dick, dass ich kaum noch atmen kann. Dazu kriege ich auch noch Bauchkrämpfe.»

«Du Armer.»

«Keine Angst. Meine Fürze stinken nicht», sagt er, worauf sie laut loslachen muss. Der Witz war zwar nicht höflich, aber genial, denkt er und stopft sich grinsend eine volle Ladung Salat in seinen Mund.

«Hättest du nicht lieber ein Steak genommen?», fragt sie.

«Logo. Aber ich wollte nicht verfressen rüberkommen. Also, ich meine, wie ein Neandertaler … ach, du weißt schon …»

Sie lacht erneut. «Und ich wollte sehr weiblich sein. Smarte Damen essen doch Salat, nicht wahr?»

Das Gelächter der beiden ist so laut, dass sich ein paar Herrschaften pikiert zu ihnen umdrehen.

«Beim nächsten Mal gehen wir Steak essen, was meinst du?», fragt sie, nachdem sie wieder Luft zum Reden hat.

Steaks hat er Jahre nicht mehr gehabt. «Auf jeden Fall!»

«Ich liebe es medium, noch mit einem rosa Kern. Am liebsten mit Röstaromen vom Grill», schwärmt sie.

Ihm läuft das Wasser im Mund zusammen.

«Weißt du, was ich als Kind oft gemacht habe?», fragt sie.

«Rinder gejagt?» Er grinst breit.

«Nein, du Scherzkeks! Ich habe irgendein Gemüse aus unserem Garten gepflückt und meiner Mama vorgesetzt. Die musste daraus ein Menü zaubern.»

«Nicht schlecht. Lucie und ich haben oft in unserem Garten

Früchte gemopst. Mama fand das nicht so lustig.»

«Wo sind deine Eltern jetzt?»

Sein Herz, das eben noch vor Freude Luftsprünge gemacht hat, erstarrt zu einem Eisblock. In ihm läuft ein Film ab.

«Nael?»

«Sie sind tot.» Er sitzt wie versteinert auf seinem Stuhl.

«Oh, das tut mir leid.» Sie legt ihre Hand auf seine.

Es vergehen einige Sekunden, in denen er ihre zarten Finger mustert. «Es ist passiert, als wir noch Kinder waren.» Mehr Details über den Unfall will er nicht preisgeben und redet schnell weiter. «Unsere Oma hat sich danach um uns gekümmert. Sie war eine so liebe Frau. Ihr haben wir krass viel zu verdanken. Sie hatte es mit uns nicht immer einfach. Ich wollte schon bald selbst Geld verdienen und habe die Schule in der 10. Klasse geschmissen. Lucie hat eine Ausbildung zur Gärtnerin gemacht. Als Oma starb, haben Lucie und ich allein im Haus unserer Eltern gewohnt.»

«Was für eine traurige Geschichte. Und wo ist Lucie jetzt?»

«In einem Frauenhaus in Erding. Dort ist sie sicher.» Vor diesem Schwein, denkt er den Satz zu Ende.

«Okay.» Sie lässt seine Hand nicht los. «Vielleicht kann ich sie einmal kennenlernen.»

«Wirklich? Du willst sie echt kennenlernen?» Der Eisblock taut langsam wieder auf.

«Selbstverständlich, sie ist deine Schwester.»

«Toll. Das fädeln wir irgendwann mal ein.» Ein wohliger Schauer läuft ihm über den Rücken. Zenia und Lucie könnten sich tatsächlich mögen. Vielleicht werden sie sogar Freundinnen. Es wäre schön, wenn Lucie ebenfalls an seinem neuen, positiven Leben teilhaben könnte. Aber er will nichts überstürzen.

«So, und jetzt zu dir. Was gibt's Neues?»

Sie zieht sanft ihre Hand zurück. «Ich habe noch einmal mit Samu geredet. Es ist nun definitiv Schluss.»

Nael muss sich beherrschen, dass er nicht losjubelt. «Und wie geht's dir damit?»

«Einerseits tut er mir leid. Andererseits bin ich froh, dass endlich Klarheit herrscht.»

Er hätte sie am liebsten auf der Stelle umarmt und sucht nach Worten. «Na dann, was soll ich sagen ... wie wär's mit Mousse au Chocolat?»

Ihr fällt die Gabel auf den Teller. «Ist nicht wahr. Das ist mein Lieblingsdessert.»

«Meins auch. Ich habe gesehen, dass es das sogar mit Kokosmilch gibt.» Er hält beide Daumen hoch.

«Wunderbar. Das Problem an diesem Teufelszeug ist nur, dass ich dafür zwei Wochen lang Sport machen muss. Sonst landet es ungefiltert auf meiner Hüfte.» Sie sieht an sich hinunter. «Aber ich mache gar keinen Sport, obwohl ich es mir immer wieder vornehme.»

«Dein Body ist perfekt.» Ist er von allen guten Geistern verlassen? Was redet er da? «Also, ich meinte generell und überhaupt mag ich keine Hungerhaken.»

Jetzt kichert sie. «Kein Problem, ich glaube, ich habe das richtig verstanden. Also, zweimal Mousse.» Kurz darauf stehen die Dessertschalen vor ihnen, und sie machen sich genüsslich darüber her.

Die Schmetterlinge tanzen in seinem Bauch. «Sehen wir uns morgen?», schlägt er vor.

«Gerne. Aber ich muss das erst mit Amrex abklären, denn wir verbringen normalerweise die Dienstage miteinander. Ich gebe dir bald Bescheid.» Nachdem sie den Nachtisch genossen haben, schiebt Zenia die leere Schale von sich weg. «Warum schmeckt das nur so teuflisch gut? Ich platze aus allen Nähten.»

«Ich auch, aber ich liebe es.» Er streicht sich über den Bauch. Eine ganz andere Liga als das Essen im Gefängnis. Er dankt Culfier. Zeitgleich fällt ihm das Interview ein. Das letzte Gespräch ist nicht ganz so optimal gelaufen. Er muss sich mehr Mühe geben. Schließlich will er keinen Ärger mit dem Vogelmann.

«Was ist los?» Sie scheint zu merken, dass ihm etwas durch den Kopf geht.

«Ich muss doch mit meinem Sozialpädagogen über meine Arbeit reden. Das ist anstrengend.»

«Aber die haben dich immerhin aus dem Gefängnis geholt.»

«Jo, deshalb versuche ich auch, mein Bestes zu geben, aber dieser Culfier will ziemlich viel wissen, Mann.»

«Was denn zum Beispiel?»

Auf dieses Thema hat Nael eigentlich überhaupt keine Lust. Aber er muss sowieso noch Informationen zusammentragen. «Er will wissen, was bei *preVita* abgeht und so. Ob sich das alles echt anfühlt. Welche Leute ich kennenlerne und so weiter. Er will sogar wissen, was die neuen Produkte kosten und wann sie rauskommen.» Er zuckt mit den Schultern.

«Die Preise stehen noch gar nicht fest. Erst kurz vor der Markteinführung. *Uranus* soll aber für die Mittelschicht erschwinglich sein.» Zenia stutzt plötzlich. «Aber Moment mal, warum will er das alles wissen?»

«Wahrscheinlich will er nur, dass ich gut aufpasse und so. Es ist Culfier krass wichtig, dass ich alles perfekt mache. Und dass es keinen Ärger gibt.»

«Okay, das ist zwar legitim, trotzdem sind einige Fragen ein bisschen grenzwertig», sagt sie.

«Ich weiß. Und er fragt auch, ob *preVita* Partner hat.»

Skeptisch schaut sie ihn an. «Was für Partner?»

«Weiß nicht, Partner eben.»

«Es gibt Entwicklungspartner, Vertriebspartner und andere. Aber das sind Betriebsgeheimnisse. Das musst du ihm dringend sagen. Firmennamen dürfen wir auf keinen Fall nach außen kommunizieren.»

«Ich weiß doch auch nicht. Lass uns lieber über Schokolade reden.» Nael will die Zeit mit Zenia einfach nur genießen. Er wäre für sie rund um den Globus gereist, um ihr die herrlichsten Schokoladensorten zu besorgen.

«Ich könnte mich mit dir ein Leben lang über Gott und die Welt unterhalten, aber wir müssen zurück zur Firma.» Sie legt ihre Hand auf den Sensor, um zu bezahlen.

«Hey, du bist zu schnell», protestiert er. «Dann zahle ich beim nächsten Mal.» Er kann sich sowas endlich auch leisten und ist ganz stolz darauf.

«Abgemacht», sagt sie.

Nael erinnert sich nicht, wann er das letzte Mal so glücklich war. Die Ketten an seinem Herzen werden endgültig gesprengt.

ZENIA

Da die Glückshormone in mir sprießen wie die ersten Schneeglöckchen im Frühling, strahle ich alle in der Firma an. Nichts kann meine Laune trüben. Nael ist etwas Besonderes. Ich schaue aus dem Fenster hinaus Richtung Himmel. Eine Wolke formt ein Herz. Ein Zeichen? Ich freue mich so sehr auf den morgigen Tag.

Nach Feierabend mache ich es mir auf dem Sessel in meinem Rückführraum gemütlich und rufe Amrex an. Nachdem wir ausgiebig über den misslungenen Abend im *Stars and Spirits* geredet haben, erzähle ich ihr, was ich in den vergangenen Tagen alles mit Nael erlebt habe.

«Das klingt doch schon mal nach einer anständigen Basis», stellt Amrex fest.

«Und er findet mich perfekt», quieke ich. «Er mag meine Rundungen und alles andere.» Mein Herz überschlägt sich fast, als ich an seine Worte und Blicke denke.

«Hat da etwa jemand die rosarote Brille auf?», fragt sie.

«Kann sein. Ich genieße auf jeden Fall den Moment. Nael ist so erfrischend unkompliziert.»

«Habt ihr etwa schon rumgemacht?»

Diese Frage habe ich von Amrex eigentlich viel früher erwartet. «Nein, nein. Aber es ist alles angenehm vertraut.»

«Er ist dir also nicht mehr … zu banal?», horcht sie vorsichtig nach.

«Wie er etwas sagt, ist eher simpel, ja. Aber er bemüht sich, diesen Gefängnis-Slang abzulegen. Irgendwie süß. Davon abgesehen hat er so viele Eigenschaften, die ich an einem Mann liebe, dass mich das gar nicht mehr stört. Wir können zum Beispiel über alles ungeniert lachen. Dann bilden sich immer kleine Falten an seinen Augen. Und dann diese Grübchen an den Wangen. Ah, ich schmelze dahin. Und er ist auch so natürlich, ehrlich und bodenständig. Vor allem hat er sich jetzt endlich geöffnet und er redet über seine Gefühle. Zwar zaghaft, aber immerhin. Und ich kann ihn so gut riechen.»

«Ich flippe aus. Du bist richtig verschossen!», jubelt Amrex.

«Kann sein. Weißt du, ich bin ihm so nah, obwohl unsere Leben extrem unterschiedlich sind.»

«Wie meinst du das?»

«Na ja, er hat Dinge erlebt, die ihn geprägt haben. Schlimme Dinge. Mein Leben ist dagegen ein Wattebausch.»

«Komm, Ze. Du hast auch ganz schön viel mitgemacht in den letzten paar Wochen.»

«Stimmt. Aber davon weiß er nichts. Noch nicht.»

«Wie aufregend, da treffen zwei Rätsel aufeinander. Ich bin mal gespannt, wie die gelöst werden», sagt Amrex.

«Er ist ein Buch mit sieben Siegeln. Vielleicht macht es das auch so spannend.»

«Weißt du denn mittlerweile, warum er im Gefängnis war?»

«So halb. Er hat seine Schwester vor einem gewalttätigen Mann gerettet. Was genau passiert ist, weiß ich nicht. Aber ich glaube, dass er ein Beschützer ist und ein gutes Herz hat.»

«Du scheinst deinen Mr. Traumprinz getroffen zu haben.» Amrex freut sich für mich. «Übrigens wollte ich fragen, ob es okay ist, wenn ich den Tag morgen mit LeBron verbringe?»

Schon bei der Erwähnung seines Namens zucke ich zusammen, als hätte sie mir von einer ekligen Vogelspinne erzählt. «Klar ist es okay, Amrex. Schwebst du mit LeBron immer noch auf Wolke sieben?»

«Ich bin sozusagen eine Etage tiefer gerutscht, auf Wolke Sex. Allerdings hatte ich ein unterirdisches Erlebnis mit ihm. Ich war zu Hause in seinem Loft. Das war echt übel.»

«Warum?»

«Wenn er doch nur etwas halbwegs Geschmackvolles aus dem Apartment gemacht hätte. Aber es ist nur ein riesiger Raum, in dem alles aufgetürmt ist, was du dir vorstellen kannst: Fitnessgeräte, ein Schlagzeug, lebensgroße Comicfiguren et cetera. Nicht gerade ästhetisch. Ich war durch und durch konsterniert. Es ist so öde und einfallslos eingerichtet. Sofa, Stühle, Tische, nichts passt zueinander. Er hatte nicht mal aufgeräumt. Mir hat's da überhaupt nicht gefallen.»

«Du Arme, und dann?»

«Mir war ehrlich gesagt nicht danach, in der Bude zu bleiben. Außerdem kam noch die Nachbarstochter vorbei. So eine dumme Göre, die nur genervt hat. Ich bin relativ schnell gegangen. Und jetzt sehen wir uns eben morgen.»

«Die Nachbarstochter. Wie heißt sie denn?», hake ich nach.

«Clarin, glaube ich. Wieso?»

«Ich muss dir etwas sagen. LeBron ist nicht ehrlich zu dir.»

«Was, wieso?», stutzt Amrex.

«Als wir uns getroffen haben, hat er mir gesagt, dass diese Clarin seine Tochter ist.»

«Seine bitte was?» Sie klingt entsetzt.

«Ja, tatsächlich. Aber sprich ihn doch darauf an!»

«Nein.» Sie macht eine Pause. «Eigentlich ist mir das egal. Ich will ihn ja nicht heiraten. Soll er doch Kinder in der ganzen Welt haben. Ich will nur den Thrill mit ihm.»

«Sicher?»

«Sowas von sicher. Ich will mir doch nicht den leidenschaftlichen Tag mit ihm durch tiefgründige Gespräche verderben.

Auf keinen Fall.» Sie klingt wieder fröhlich.

Gott sei Dank. Sie scheint wirklich keine romantischen Gefühle für ihn zu haben.

«LeBron ist sowieso nicht der Typ für eine ernsthafte Beziehung», sagt sie.

«Sehe ich auch so.» Dann werde ich ihr auch nichts von seinen widerlichen Anmachversuchen erzählen.

«Also, bist du mir nicht böse, Ze, wenn unser Freundinnen-Tag morgen ausfällt?»

«Überhaupt nicht. Passt mir auch gut. Dann kann ich mich mit Nael treffen.» Mein Herz entflammt.

Romeo informiert sofort Naels BRO.

«Perfekt. Vive la vie! Schade, dass du jetzt nicht hier bist. Dann muss ich wohl allein mit mir anstoßen», sagt Amrex, und ich höre, wie sie einen Korken knallen lässt.

… ist so gut drauf, dass ihn nicht einmal der lästige Besuch seines Sozialpädagogen stört. «Alles im Lot?»

Culfier scheint von der flapsigen Begrüßung irritiert zu sein. «Ja, Herr Gardi. Es freut mich, dass Sie bestens gelaunt sind.» Er setzt sich rasch zu ihm an den Tisch und holt seinen Screener heraus, um auch dieses Mal das Gespräch aufzuzeichnen. «Dann legen wir los.» Er räuspert sich.

Nael verschränkt die Arme vor seiner Brust und sieht ihm amüsiert zu. Culfier ist schon wieder so förmlich und steif, dass er in einer Slapstick-Komödie mitspielen könnte. Wenn er ihn nur nicht mit derartig unangenehmen Fragen löchern würde, hätte er ihn fast ein wenig gern. «Haben Sie etwas Besonderes bei *preVita* erlebt?»

Ja, er hat sich in Zenia verliebt. «Nein, nichts Besonderes.»

«Wie läuft die Zusammenarbeit mit den Kollegen?»

«Immer noch gut.» Nael ist von den ständig wiederkehrenden und unsinnigen Fragen gleichermaßen gelangweilt und vor allem genervt.

«Konnten Sie herausfinden, was die neuen Produkte kosten?» Culfier kratzt sich am Kopf.

Nael fragt sich, ob der Vogelmann Flöhe hat. «Also, der Preis steht noch nicht fest. Aber die coolen Teile sollen sich viele leisten können. Das neue Ding heißt übrigens *Uranus.*»

«Sehr gut. Hat die Software von *Uranus* denn noch irgendwelche Schwachstellen?»

Das hat er Zenia gar nicht gefragt. Nael wird nervös. «Nein, das Ding funktioniert perfekt. Es gab nie Störungen oder so.» Unsicher wippt er mit seinem rechten Fuß. «Die denken, dass es bald auf den Markt kommt.» Warum hat er nur über Flöhe nachgedacht? Es beginnt ihn schon selbst zu jucken.

«Gut, Herr Gardi.» Culfier nickt anerkennend. «Und welche Partner hat *preVita*?»

«Da habe ich nur rausgefunden, dass es Entwicklungs- und Vertriebspartner gibt. Mehr weiß ich nicht.»

«Das ist ein bisschen dünn, ich brauche konkrete Namen von Unternehmen.»

«Aber die sagen, dass das geheim ist.»

«Dann lassen Sie eben Ihren Charme spielen, Herr Gardi. Sie kriegen das schon hin. Und denken Sie bitte immer daran, dass Sie Ihren Vertrag einhalten müssen.»

«Mann, aber ich bemühe mich doch.» Er wird ein wenig lauter. «Alles, was ich rausfinde, sage ich Ihnen. Aber was nicht geht, geht nicht.»

«Ich möchte nur, dass Sie Ihre Aufgaben bewusst und ernsthaft wahrnehmen und Ihren Verpflichtungen nachkommen. Ich mache auch nur meinen Job.» Culfier versucht, ihn zu beruhigen. «Es wäre sehr hilfreich, wenn Sie noch detaillierter informiert wären. Dann sind wir uns auch sicher, dass Sie sich mit der Firma identifizieren. Wissen Sie denn zum Beispiel, ob *preVita* bereits profitabel arbeitet?»

«Nein! Soll ich da reinspazieren und fragen, wie viel die verdienen?» Nael kann sich nicht mehr zügeln.

«Jetzt beruhigen Sie sich. Aber zu Ihrer Frage: Ja, das sollten Sie. Natürlich sollten Sie dabei nicht auffällig werden. Kümmern Sie sich darum, dass Sie mir beim nächsten Mal alles beantworten können.» Er kratzt sich hinter seinem Ohr. «Es geht mir nur um Ihre Zukunft bei *preVita*, Herr Gardi. Was ist, wenn es die Firma nicht schafft und Sie auf der Straße stehen? In diesem Fall müssten wir frühzeitig eine Alternative für Sie suchen. Nur darum geht's.» Culfier tupft sich mit einem Taschentuch Stirn und Mundpartie ab.

«Wollen Sie mich für dumm verkaufen? Mal ganz ehrlich. Meinen Sie, dass ein popeliger Proband wie ich mit seiner Fragerei rausfinden könnte, ob die Firma kurz vor der Pleite steht?» Nael schüttelt den Kopf. «Und dann diese Fragen zu den Produkten und so. Das hat doch nichts mit sozialer Integration zu tun!»

Eine unangenehme Stille breitet sich aus. Culfier mustert ihn mit einem Blick, der Nael das Blut in den Adern gefrieren lässt. «Herr Gardi, ich schalte jetzt den Screener und die Gesprächsaufzeichnung aus. Was Sie mir eben gesagt haben, wird gelöscht. Ich vergesse Ihre Worte.» Er kratzt sich hinter seinem Ohr, während er Nael bedrohlich fixiert. Der bekommt es fast mit der Angst zu tun. Sollen die Flöhe ihn doch auffressen, diesen Giftzwerg, denkt Nael.

«Wir haben jetzt zwei Optionen. Entweder: Sie recherchieren gewissenhaft und beantworten meine Fragen. Oder, und das ist die Alternative, ich finde einen guten Grund, dass Sie wieder zurück in den Knast wandern.» Nun beugt er sich überheblich nach vorne. «Und noch ein freundschaftlicher Ratschlag: Wenn irgendjemand von diesem Gespräch erfährt, sehen Sie sowieso die Gefängnismauern wieder von innen. Und ganz nebenbei müssen Sie die Kaution für den Rest Ihres Lebens abbezahlen. Kapiert, Gardi?!»

Nael schießt das Blut in den Kopf. Er ist unschlüssig, wie er reagieren soll. Dieser Culfier hat sein Leben fest in der Hand und könnte es ohne Mühe zerquetschen. «Ich glaube, ich habe es jetzt verstanden.»

«Gut, Herr Gardi. Das wurde auch Zeit. Dann wissen Sie ja, was zu tun ist.»

Nachdem Culfier weg ist, fühlt sich Nael wie gefoltert. Einge-schüchtert sitzt er an seinem Tisch. Die Sache ist ihm von An-fang an komisch vorgekommen. *SIvEx* benutzt ihn zum Aus-spionieren von *preVita*. Er ist eine verdammte Marionette. «Aus der Scheiße komme ich doch nie mehr raus!» Ihm wird schlecht. Völlig ratlos zieht er seine Sneaker an und will an die frische Luft, um einen klaren Kopf zu bekommen. Da klingelt es an der Tür. Bloß nicht wieder Culfier.

«Hier ist LeBron.» Die Stimme seines Widersachers knallt ihm durch die Sprechanlage entgegen. Der hat ihm gerade noch gefehlt. Der ist ja noch schlimmer.

«Hau ab!», brüllt Nael.

«Können wir reden, Man?»

«Keine Lust. Verschwinde!»

«Ich muss dir etwas sagen. Es ist wichtig. Es geht um Ze-nia», sagt LeBron mit dramatischem Unterton.

«Okay. Aber keine miesen Tricks. Komm kurz hoch.»

Als LeBron das Zimmer betritt, sieht er sich kopfschüttelnd um. «Fuck! Was für ein Loch.»

«Was willst du, miese Ratte?»

LeBron setzt sich auf das Bett. «Ich muss dir was über Zenia sagen. Ich mag die Frau sehr.» Er lässt sich nach hinten fallen.

Nael schäumt vor Wut. «Deine Gefühlsduseleien interessie-ren mich nicht. Was ist mit Zenia los?»

«Ich will nur, dass es ihr gut geht», sülzt LeBron.

«Du solltest dich lieber um Amrex kümmern. Mit der bist du doch zusammen.»

«Spiel nicht den Heiligen! Amrex ist für den Fun und Zenia ist für immer … big love. Unsere Seelen gehören zusammen.» Er richtet sich wieder auf. «Also, jetzt mal Klartext: Was läuft da zwischen euch?»

Nael stellt sich direkt vor ihn. «Erstens geht es dich einen Dreck an, was ich mit Zenia habe, und zweitens hasse ich es, wie du über Frauen redest.»

«Also, seid ihr zusammen oder nicht?»

«Alter, bist du taub? Es geht dich gar nichts an! Und jetzt verschwinde!» Nael zeigt zur Tür.

«Well. Komm runter.»

«Mach die Fliege!», schreit er ihn an.

«Ist ja gut.» Der Rocker hebt abwehrend die Hände. «Kann ich wenigstens noch schnell aufs Klo?»

«Verpiss dich endlich. Ich will keine Ratten im Bad!»

LeBron hastet kopfschüttelnd davon. «Zieh dich warm an, du verdammter Verbrecher.»

«Digger, was ist denn hier los?» Fred streckt den Kopf aus seinem Zimmer heraus.

Nael haut mit der Faust gegen den Türrahmen. «Warum nerven heute alle, Mann?»

«Sorry, ich zische gleich wieder ab», sagt Fred.

«Nein, nicht du. Dieser LeBron. Er macht sich ständig an Zenia ran und provoziert mich andauernd.»

«Was für ein Vollidiot!»

«Ich habe Schiss, dass sie sich von diesem Deppen zulabern lässt. Er quatscht ständig über Seelen. Darauf fährt sie voll ab.»

«Hör auf, an diesen Penner zu denken, und konzentrier dich nur auf die Braut», sagt Fred.

«Hast recht. Wenn das das einzige Problem wäre.»

«Wieso, was denn noch?»

«Vergiss es.» Er darf ihm bloß nichts von Culfier erzählen. Das ist ein zu heißes Eisen. Aber irgendwie muss er sich aus dieser Umklammerung lösen. Er mag es nicht, wenn er im Würgegriff ist.

«Darfst alle Probleme bei mir abladen. Dafür sind Freunde da … Wann siehst du eigentlich Zenia wieder?»

Ein kurzes Lächeln huscht über Naels Gesicht. «Morgen.»

Sein BRO meldet sich. «Ein Anruf für dich, Nael.»

Er nimmt den Call an. «Hallo?»

«Hier ist Marija. Ich bin die Ärztin im Frauenhaus Erding. Herr Gardi, wir haben einen Notfall. Ihrer Schwester geht es nicht gut. Sie hat versucht, sich das Leben zu nehmen.» Die Worte der Frau schmettern ungefiltert gegen sein Herz.

«Was?» Ihm wird schwarz vor Augen und er muss sich an der Türklinke abstützen.

«Wir haben sie noch rechtzeitig gefunden. Ein Notarzt hat sie stabilisiert. Wir müssen Lucie leider jetzt zwangsüberweisen», redet sie weiter.

«Wie?» Nael kann keinen klaren Gedanken fassen.

«Ihre Schwester wird gerade in die Psychiatrie der *Bandura Klinik* im Norden Münchens gebracht. Könnten Sie dorthin kommen?»

«Ja.» Völlig aufgebracht rennt er an Fred vorbei zum Aufzug. «Ich muss weg.» Es kommt ihm so vor, als hätten sich alle gegen ihn verschworen.

«Digger, was ist los?», ruft ihm sein Kumpel nach.

Nael ist wie von Sinnen. Es schüttelt ihn durch, so viel Angst hat er davor, seine Schwester zu verlieren. So einen Anruf hat er allerdings schon seit Jahren erwartet, trotzdem trifft es ihn jetzt wie ein Blitz aus heiterem Himmel. Seine Schwester war in so vielen Lebensphasen energielos und traurig. Als sie als Jugendliche zum ersten Mal Suizidgedanken geäußert hat, dachte er noch, sie wolle sich nur wichtigmachen. Mehr und mehr merkte er aber, wie ernst es war. Immer wieder musste sie in psychologische Behandlungen, aber geholfen hatten die nie.

Die *Bandura Klinik* befindet sich am Stadtrand außerhalb der Gesundheitszone. Nael nimmt den Airtrain. Die Welt scheint über ihm zusammenzubrechen. Entweder spioniert er *preVita* aus oder er wandert wieder in den Knast. Dann labert ihn dieser schwachsinnige Idiot LeBron zu. Und jetzt Lucies Selbstmordversuch. Schlimmer kann es nicht mehr kommen. Er könnte losheulen. Warum passiert das ausgerechnet jetzt? Es hat sich doch alles zum Besseren gewendet.

Sein BRO leitet ihn zuverlässig zur Klinik. Nael steht vor einem breiten weißen Gebäude, das nicht gerade einladend aussieht. Viele Fenster sind wie im Gefängnis mit Gitterstäben gesichert. Er versucht, sich kurz zu sammeln, atmet tief durch und steuert auf die riesigen Glastüren des Haupteinganges zu. Er muss einen Security- und Healthcheck über sich ergehen lassen, bevor er überhaupt den Bereich betreten darf, in dem Lucie untergebracht ist.

Auf dem Weg schnauzt ihn ein Patient an: «Ich bin der Teufel, und du hast mir nicht gehorcht. Du wirst für deine Sünden in der Hölle schmoren!» Nael bekommt es mit der Angst zu tun und legt einen Schritt zu.

Abgemagert und bleich liegt Lucie in einem sterilen, kahlen Zimmer. Nael findet es enorm deprimierend. Im Bett nebenan röchelt eine alte Frau. Er blendet das unangenehme Geräusch aus und nimmt die Hand seiner Schwester. Dabei achtet er darauf, dass er nicht in die Nähe der Wunden kommt, die mit Verbänden umwickelt sind. Lucies glanzlose Augen starren an die Decke. Sie ist nur noch ein Schatten ihrer selbst. Die rötliche Narbe unter ihrem rechten Auge hebt sich noch deutlicher als sonst von ihrem blassen Gesicht ab.

Eine korpulente Pflegerin betritt das Zimmer. «Sind Sie Herr Gardi? Der Arzt möchte Sie sprechen.»

Auf dem Flur wartet ein junger Mann mit weißem Kittel und schwarzen Locken. «Grüß Gott, Herr Gardi. Ich bin der behandelnde Arzt, Dr. Fresier. Wir haben Ihre Schwester stabilisiert. Es geht ihr körperlich soweit gut. Seelisch ist sie aber weiterhin instabil und suizidgefährdet.»

Nael ist geschockt. «Und was passiert jetzt mit Lucie?»

«Es gibt mehrere Behandlungsmöglichkeiten. Aber zunächst müssten wir klären, wer dafür aufkommen wird.»

«Warum?»

«Es wird sehr teuer sein. Wenn wir Ihre Schwester bei uns behandeln, kostet das rund 700 UCs am Tag. Und in der Regel bleiben die Patienten mit Suizidgefahr mindestens drei Monate hier, bis sie einigermaßen wieder auf eigenen Beinen stehen können.» Der Arzt kneift die Lippen zusammen.

«Was? So viel verdiene ich nicht.» Nael ist entsetzt.

«Herr Gardi. Es gäbe da noch eine andere Möglichkeit. Es gibt ein neues Medikament namens *Melivived*, das schnell wirkt. Depressionen und alle dazugehörigen Symptome sind auf einen Schlag weg. Wenn wir das benutzen würden, könnten wir Ihre Schwester bereits nach drei Tagen entlassen. *Melivived* kostet aber an die 50.000 UCs. Das ist alles gedeckt ab Versicherungsstufe VII. Darf ich fragen, welche Stufe Frau Gardi hat? Sie hat leider keinen ID-Chip implantiert, darum wissen wir das nicht.»

«Stufe I, die Basis.»

Der Arzt macht ein ernstes Gesicht. «Dann müsste Ihre Schwester alles selbst tragen. Kann sie das bezahlen?»

«Nein, natürlich nicht. Warum ist das Mittel denn so teuer?»

«Es wurde in der Schweiz entwickelt und ist erst kürzlich auf dem Markt zugelassen worden. Das Medikament hat ein Patent, und es gibt nichts Vergleichbares. Es muss für den Patienten vor Ort genetisch angepasst und bei speziellen klimatischen Bedingungen zwischengelagert werden. Dies geschieht für München im *Medical-Center-Ost.* Erst dann dürfen wir es den Patienten verabreichen.»

Nael lässt seine Schultern hängen. «Aber ich kann es auch nicht zahlen.» Was soll er nur tun?

Der Arzt hat wohl Mitleid. «Rufen Sie mich bitte in den kommenden Tagen an und teilen Sie mir Ihre Entscheidung mit. Die Basisleistung endet erst in zwei Wochen. In dieser Zeit kümmern wir uns selbstverständlich ohne Leistungseinschränkung um Ihre Schwester.»

Nael spürt eine tiefe Leere in sich, als er in Lucies Zimmer zurückgeht. Sie blickt geistesabwesend durch ihn hindurch.

«Mein Schwesterchen.» Er nimmt erneut ihre Hand und streichelt sie vorsichtig. «Warum nur?»

Nach einer gefühlten Ewigkeit fängt sie an zu reden. «Meine Freundin Andrena. Sie ist weg. Wieder zu Hause bei ihrem brutalen Mann.»

Er starrt sie entgeistert an.

«Und dann war ich ganz allein im Zimmer. Andrena hat mich oft verzweifelt angerufen und geheult. Sie hat gesagt, dass es ein großer Fehler war, zu ihm zurückzugehen, und dass er sie wieder schlägt.» Sie schluchzt herzzerreißend. «Aber sie hat keine Kraft, ihn noch mal zu verlassen. Sie tut mir so leid. Dann kam meine eigene Geschichte wieder hoch, und die schrecklichen Gedanken habe ich nicht verkraftet.»

«Es wird alles gut. Ich brauche dich doch, Engelchen. Du

kannst nicht einfach so wegfliegen. Egal, was passiert, denk dran: Ich bin immer für dich da.»

«Ich weiß.» Sie lächelt sanft. «Und ... wie geht es dir denn?»

«Ganz gut.» Soll er ihr von Zenia erzählen? «Ich habe eine Frau kennengelernt.»

«Das ist schön.» Sie gähnt. «Ich will alles wissen, aber nicht jetzt. Ich bin so müde.» Sie schließt ihre Augen und schläft sofort ein. Er hält noch lange ihre Hand und denkt nach. Durch die tragischen Umstände kann er sich gar nicht richtig auf das Treffen morgen mit Zenia freuen. Und wo kriegt er das verdammte Geld für die Medikamente her? Er hat damals geschworen, dass er immer auf Lucie aufpassen würde, und dieses Mal wird er nicht versagen.

Plötzlich hat er eine Eingebung.

ZENIA

Normalerweise brauche ich morgens etwas länger, um fit zu werden, aber heute nicht. Putzmunter trinke ich meinen leckeren Cappuccino im Bett und füttere die Schmetterlinge im Bauch mit Gedanken an Nael. Heute verbringen wir den ganzen Tag miteinander. Oh mein Gott, wie aufregend! Wir haben überhaupt keine Pläne geschmiedet. Nur Zeit und Treffpunkt stehen bisher fest. Um zehn beim Anlegeplatz am Lerchenauer See. «Romeo, was macht das Wetter heute?»

«Es wird warm und sonnig mit 25, gefühlt 28 Grad. Maximale Windgeschwindigkeit 19 km/h von Südwest. Regenwahrscheinlichkeit zwei Prozent, Luftfeu...»

«Ist ja schon gut, mein Lieber.» Ich unterbreche meinen hoch motivierten BRO. «Die Kurzversion reicht auch.»

«Sehr wohl. Ich hätte noch einen Vorschlag. Warum nimmst du nicht ein paar Würstchen mit? Dazu noch Salat und Baguette. All diese Dinge wären auch vorrätig. Am Lerchenauer See gibt es gemütliche und malerische Grillplätze, haben meine Recherchen ergeben.»

«Du bist mein Held, Romeo. Aber noch besser als Würstchen wären echte Rindersteaks. Lass bitte schnell zwei liefern. Nael wird begeistert sein.»

Nach dem Duschen ziehe ich mein gelbes Sommerkleid an, flechte meine Haare zu einem Zopf und betrachte mich im Spiegel. Perfekt. Schön, aber nicht zu aufreizend. «Es kann losgehen.»

Schon von Weitem sehe ich den hübsch angelegten See. Heute

311

ist viel los. Sowohl Pärchen als auch Familien mit Kindern nutzen den schönen Tag, um spazieren zu gehen. Auf der Wiese putzen Enten ihr Gefieder, und ein paar Schwäne schwimmen divenhaft am Ufer entlang. Ich folge dem Parkweg und entdecke Nael hinter der nächsten Abzweigung. Mit gesenktem Kopf steht er da und hat wie so oft die Hände in den Taschen seiner Jeans vergraben. Ich mag es, wenn er diese engen T-Shirts trägt, durch die sich seine Muskeln abzeichnen. Ein Kribbelschauer gleitet über meinen Körper.

«Hey.» Er winkt mir verhalten zu.

«Hallo.» Ich lächle. «Hier komme ich mit einer Überraschung.» Ich wedele mit der Solar-Kühltasche. «Die darfst du aber erst am Mittag öffnen.»

«Du bist wundervoll.» Er nimmt mich fest in seine Arme.

Ich genieße es, im siebten Himmel zu schweben. Er atmet tief durch. Als wir uns wieder in die Augen sehen, merke ich, dass ihn etwas bedrückt. Aber ich spreche ihn nicht darauf an. Ich warte lieber ab, ob er es von sich aus erzählt. «Komm, wir mieten ein Boot», schlage ich vor.

Kurz nachdem wir in einem nostalgischen Tretboot sitzen, halte ich es nicht mehr aus. Ich muss wissen, was er hat. «Ist alles in Ordnung?»

Er hört auf zu treten und starrt abwesend aufs Wasser. «Nein, alles andere als das.» Seine Worte stoßen wie ein Dolch in mein Herz. «Meine Schwester … wollte sich umbringen.» Er spricht fast ohne Regung, wie ein Roboter.

«Was?» Ich bin schockiert. «Und … wie geht es ihr jetzt?» Ich lege meine Hand auf seine.

«Geht so. Sie ist völlig am Ende, kommt nicht mit der Vergangenheit klar. Wenigstens kümmern sich die Ärzte um sie.»

«Wo ist sie?»

«In der *Bandura Klinik*.» Seine Stimme bricht.

Kurzerhand übernehme ich das mühsame Treten und lenke das Boot zielsicher in eine kleine Bucht, damit wir allein sind. Nach wie vor halte ich seine Hand. «Womit kommt Lucie denn nicht zurecht?»

Er legt seinen Kopf in den Nacken. «Sie hatte schon immer komische Männergeschichten am Laufen. Doch dieser Igon war der Schlimmste.» Er lacht ironisch auf. «Als sie mit dem ankam, wusste ich sofort, dass es schiefgeht.» Sein Gesicht verfinstert sich. «Aber sie hat nicht auf mich gehört, sie war megaverliebt. Einmal kam ich früher nach Hause. Die haben so laut geschrien. Dann krachte es.» Er presst Ober- und Unterkiefer stark aufeinander. «Lucie flog durch die Fensterscheibe.»

«Oh mein Gott!»

«Sie landete draußen auf der Wiese. Gesicht und Hände waren zerschnitten, und sie blutete stark.» Jetzt kämpft er mit den Tränen.

Mir schnürt es die Kehle zu.

«Dann prügelte dieser hirnlose Typ weiter auf sie ein. Wäre ich nicht dazwischen gegangen, hätte er sie wahrscheinlich umgebracht. Ich habe nur noch rot gesehen und konnte mich nicht mehr kontrollieren.»

Ich umfasse seine Hand stärker. Er durchlebt erneut diesen furchtbaren Moment.

«Dieses Schwein habe ich krankenhausreif geschlagen. Die Nachbarn haben uns auseinandergerissen. Aber er hat's überlebt.» Er sieht mich an. «Und ich bin zu zehn Jahren Knast verurteilt worden. Das Ding ist, dass ich eine südkoreanische Kampftechnik eingesetzt habe. Die haben gesagt, das ist so schlimm wie eine tödliche Waffe. Wenigstens hat Lucie gegen

Igon ausgesagt – er musste auch sitzen. Aber er ist vor Kurzem entlassen worden, weil er einen so tollen Anwalt hat. Mit viel Schotter geht eben alles.»

Seinen Zorn und seine Verzweiflung kann ich nachvollziehen und hätte ihn am liebsten in den Arm genommen. «Und darum ist Lucie im Frauenhaus? Weil du Angst um sie hast?»

«Jo, genau. Er soll sich bloß von ihr fernhalten. Sie ist seit der ganzen Sache krank im Kopf und im Herzen. Ständig hat sie Angst und ist unfähig zu arbeiten. Sie ist einfach nur fertig. Und jetzt ist ihre einzige Bezugsperson aus dem Frauenhaus auch noch weg. Das Fass ist übergelaufen.»

«Wenn du möchtest, könnte ich doch einmal mit deiner Schwester reden. Ich kann ihr vielleicht helfen.»

«Nein. Ich will nicht, dass du da reingezogen wirst. Lieber, wenn es ihr wieder besser geht.» Er winkt ab. «In der Klinik wird sie gut betreut. Es gibt aber eine Möglichkeit, wie sie schneller geheilt werden kann. Der Arzt hat von einem neuen Medikament aus der Schweiz gesprochen, *Meli*… irgendwas.»

«Du meinst *Melivived*?»

«Jo, genau. Das Zeugs kostet aber ein Vermögen, weil es noch gepanscht werden muss oder so. Im *Medical-Center-Ost*. Das Problem ist, dass unsere Krankenkasse das nicht bezahlt. Und wir beide haben auch nicht so viel Knete.»

«Ich kann dir doch Geld leihen», schlage ich vor.

«Nein, danke. Das möchte ich nicht. Ich krieg das irgendwie hin. Geld macht eine Freundschaft kaputt.» Er dreht den Kopf von mir weg.

«Ich würde dir gerne helfen, aber wenn du willst, könnten wir auch Amrex und LeBron fragen. Die haben sehr viel.»

«Ha.» Er sieht mich wieder an. «Dieser Scheißkerl! Niemals.»

«Ist wieder etwas vorgefallen?»

«Ach, vergiss es. Nein, von LeBron will ich gar nix.» Mit geröteten Augen fährt er fort. «Er ist nicht ehrlich und liebt Amrex nicht. Du musst sie unbedingt vor ihm warnen.»

Gute Menschenkenntnis. Ich nicke. «Das habe ich schon vergeblich versucht.»

Nachdenklich verlassen wir die Bucht und steuern in Richtung Ufer. Wir legen am Steg an und steigen aus dem wackligen Boot aus. «Aber wie willst du das Geld für Lucie beschaffen?»

Er kaut auf seiner Lippe herum. «Ich habe eine Idee. Ich weiß aber noch nicht, ob es funktioniert. Ich habe unserem Onkel Matej geschrieben. Der ist steinreich. Der könnte uns helfen. Aber bisher hat er nicht geantwortet. Wahrscheinlich schuftet er immer noch wie ein Tier. War früher schon so. Darum haben wir seit Jahren keinen Kontakt mehr.» Er seufzt.

«Ich hoffe, es klappt. Ansonsten wird es einen anderen Weg geben. Ich bin für dich da», sage ich.

Er nimmt mich fest in seine Arme. «Schön, dass es dich gibt.» Dann umfasst er mein Gesicht mit seinen großen Händen. «Du bist das Beste in meinem Leben.» Wie in Zeitlupe nähert er sich. Oh mein Gott, ich sterbe. Meine Knie werden vor Erregung ganz weich. Ich gehe auf die Zehenspitzen, lege meine Hände auf seine Brust und schließe meine Augen. Als er mich sanft küsst, zucke ich kurz zusammen. Seine Lippen sind rauer, als ich vermutet habe. Unsere ersten Berührungen sind zurückhaltend und schüchtern, dann immer leidenschaftlicher. Nach einer Weile lege ich mein Gesicht auf seine Brust und lausche seinem Herzschlag. Hier gehöre ich hin. Könnte ich diesen Moment doch für immer einfrieren.

Schroff werden wir in die reale Welt zurückgeholt, weil irgendjemand schreit: «Hey, Leute. Ihr habt eure Tasche verges-

315

sen.» Es ist der Bootsvermieter.

«Oh.» Kichernd renne ich zu dem Mann hin. «Danke.» Mit einem verlegenen Lächeln laufe ich zu Nael zurück. «Jetzt gibt es erst einmal die Überraschung.» Das wird ihn bestimmt freuen und auf andere Gedanken bringen.

«Du bist so süß. Lass die Katze aus dem Sack.» Er deutet auf die Kühltasche. «Was ist da drin?»

«Leider keine Katze, aber dafür Rindersteaks aus Argentinien. Wir machen ein schönes Feuer, grillen das Fleisch und genießen dann den Rest des Tages.»

Seine Miene versteinert sich. «Ich … hasse Feuer. Es gibt keine schönen Feuer.»

Ich warte darauf, dass er einen Witz macht und anfängt zu lachen, aber er schweigt. «Entschuldige, das wusste ich nicht.» Ben hatte auch solche Angst vor Feuer. Mein Herz gerät aus dem Takt. Ist er es womöglich? Ich erzittere bei der Vorstellung und umklammere fest den Griff der Tasche.

«Kein Problem. Das kannst du auch nicht wissen. Woher auch.» Er wirkt abwesend. «Aber ich will nicht darüber reden.»

«Wenn du willst, können wir die Ursache irgendwann in einer Rückführung suchen und deine negativen Gefühle neutralisieren.» Und ich wüsste, ob er Ben ist.

«Nein, lass mal. Dafür brauche ich keine Rückführung. Die Idee mit dem Steak ist aber sehr lieb. Danke.»

Was hat dieser Mann alles durchgemacht? Ein Rätsel mehr. «Ich habe auch einen leckeren Salat und ein französisches Baguette dabei. Steaks gibt es dann eben ein anderes Mal aus der Pfanne.»

Er nickt und seine Gesichtszüge entspannen sich ein wenig. Wie selbstverständlich nimmt er meine Hand. Wir setzen uns auf eine Bank und schauen uns verliebt an.

Ich nehme etwas aus dem Augenwinkel wahr. Jemand stand gerade noch da hinten im Gebüsch, aber jetzt ist er weg. Komisch. Ich sehe wieder Nael an und staune über seine Bräune. «Du wurdest vom lieben Gott richtig schön programmiert», schwärme ich. «Du hast eine gesunde Gesichtsfarbe.»

Er hält seine Hand neben meine. Ein Unterschied wie Tag und Nacht. «Und bei dir hat er sich für eine angenehme Blässe entschieden.»

Wir lachen. Er streichelt liebevoll meinen Handrücken, während ich mich an seine starke Schulter lehne. Es ist wie im Traum. Ich beobachte das Spiel seiner Finger. Wenn er mir jetzt ein Herz auf die Hand malt … Vielleicht trägt er tatsächlich Bens Seele in sich? Mehr und mehr steigere ich mich in diese Szenerie hinein, sodass ich beinahe verrückt werde. Sanft fahren seine Finger über meine Haut.

Jäh durchbricht sein BRO diesen märchenhaften Moment. «Du hast eine Mitteilung von Onkel Matej.»

> Mein lieber Junge,
> natürlich können wir uns treffen. Aber ich kann nicht reisen. Könntest du kommen? Ich wohne mittlerweile in Birmingham, 53 Priory Queensway, UK.
> Freue mich.

Nael springt auf. «Jetzt können wir Lucie helfen.» Er strahlt bis über beide Ohren. Fast wäre ich zur Seite gekippt und muss mich erst einmal sammeln. «Willst du jetzt nach England?»

«Jo. Wie lange fährt man bis nach Birmingham, Lino?»

«Mit dem Airtrain brauchst du vier Stunden und sieben Minuten, inklusive Umsteigen in London. Um 13 Uhr 42 startet der nächste vom Hauptbahnhof», antwortet sein BRO.

Sieh mal einer an: Nael hat wohl Lana gefeuert und Lino eingestellt. Ein männlicher BRO an seiner Seite ist mir gleich viel sympathischer.

«Nael, möchtest du auch noch die Airplattform-Nummern in München und London wissen?» Lino ist sehr pflichtbewusst.

«Passt schon. Ich muss aber sofort los.» Nael wird völlig nervös und hektisch.

Mein Herz beginnt zu trauern. «Natürlich musst du gehen… Ich begleite dich bis zum Hauptbahnhof.»

«Ich wünsche dir viel Glück und eine gute Reise. Nimm das aber bitte mit. Du hast ja noch gar nichts gegessen.» Ich gebe ihm das Baguette.

Er schmunzelt. «Ich fahre doch gar nicht nach Paris.»

Wir küssen uns zärtlich zum Abschied.

Schon als der Zug längst nicht mehr zu sehen ist, stehe ich noch traurig am Gleis und starre ins Nirgendwo.

NAEL

... verflucht seine Lage. Er wäre unendlich gerne bei Zenia geblieben, aber er muss jetzt Lucie helfen. Dazu braucht er Geld. Onkel Matej und Tante Ieva sind die einzigen Verwandten, die noch leben. Seine letzte Chance.

Während der Fahrt nach England ruft er Lucie an. «Hey, Schwesterchen. Wie geht's?»

«Gut», antwortet sie nicht ganz so überzeugend.

Er will sie nicht in seine Pläne einweihen. Auf keinen Fall darf sie sich jetzt aufregen. Belastende Dinge muss er von ihr fernhalten. Wenn alles geregelt ist, erfährt sie es noch früh genug. «Sind die Leute in der Klinik nett zu dir?»

«Ja, sehr.»

«Was hat der Arzt gesagt?»

«Dass ich Tabletten schlucken soll. Dann hat er mich heute früh zu so einer Gruppentherapie geschickt. Da mussten wir uns alle vorstellen, ein Baum zu sein. Dann fragten sie mich, wie ich mich dabei fühle. Ich wollte viel lieber ein Brombeerstrauch sein und sagte das auch. Darum steht wahrscheinlich heute Nachmittag ein Gespräch mit dem Psychologen an.» Sie klingt resigniert.

«Brombeerstrauch ist doch schön.» Nael wundert sich über diese idiotischen Methoden.

«Egal. Du hast gesagt, du hättest eine Frau kennengelernt. Erzähl mir mehr.»

Er entspannt sich etwas. «Sie heißt Zenia. Wir arbeiten bei *preVita* zusammen.»

«Ist sie auch Probandin?»

«Nein, nicht erschrecken: Sie ist Psychologin, aber nicht so eine komische. Sie ist ganz anders. Sie ist ein Traum. Wir können gut reden und haben immer was zu lachen. In ihrer Nähe bin ich einfach nur glücklich. Du wirst sie auch mögen.»

«Nael, sie darf mich hier auf keinen Fall besuchen. Bitte! Ich will irgendwie nicht, dass sie mich so sieht. Ich bin zurzeit nur ein Häufchen Elend.»

«Aber dir wird's bald besser gehen. Und wenn du wieder zu Hause … also, ich meine, im Frauenhaus bist, dann lernst du sie kennen.»

«Das klingt so, als hätte dich Amors Pfeil getroffen.»

«Jo. Aber ich habe Angst, sie zu verlieren.»

«Du hast so viel durchgemacht und hast es verdient, glücklich zu sein. Mach's dir nicht selbst durch negative Gedanken kaputt. Pack es an und vermassle es nicht durch ständiges Grübeln und Hadern», sagt sie.

«Mach ich. Aber genau das solltest du dir auch hinter die Ohren schreiben. Wir sehen uns bald, Schwesterchen.»

Während der Zugfahrt starrt Nael aus dem Fenster. Seine Gedanken überschlagen sich und rasen zwischen Lucie und Culfier hin und her. Er hat keine Ahnung, wie er alles schaffen soll. Wie kommt er nur an die Informationen über *preVita* heran? Zenia will er auf keinen Fall ausspionieren. Wahrscheinlich muss er Marcus anzapfen. Es ist zum verrückt werden. Nael versucht, sich zu sammeln und sich auf das Gespräch mit seinem Onkel vorzubereiten. Wie reagiert er wohl? Ob er ihm Geld geben wird? Was, wenn nicht? Er hat große Angst vor einer Abfuhr. Die mürrische, alte Frau ihm gegenüber heitert seine Laune auch nicht gerade auf. Ihre Mundwinkel hängen tief nach unten. Der dunkelrote Lippenstift ist verlaufen und markiert die Falten rund um ihren Mund. Sie sieht dadurch noch griesgrämiger aus. Gerne hätte er sich woanders hingesetzt, aber es ist kein Platz mehr frei. Also schließt er seine Augen und bemüht sich, an etwas Positives zu denken. Zenias Kuss war das Schönste, was er je erlebt hat. So gefühlvoll und zärtlich, gleichzeitig fordernd und leidenschaftlich. Er spürt die Hitze in sich aufsteigen. Er kann es immer noch nicht fassen, dass eine so tolle Frau ihn mag. Er steht auf und sucht nervös einen Ort im Zug, an dem er ungestört und in aller Ruhe eine Nachricht in seinen BRO sprechen kann. Er landet letztendlich auf der Toilette.

> Liebe Zenia, es tut mir leid, dass ich nicht bei dir geblieben bin. Ich hoffe, du verstehst es. Lucie geht's übrigens ein bisschen besser. Aber sie ist noch lange nicht …

Das Klo spült automatisch.

> … ach Mist. Äh … sie ist noch nicht über den Berg. Drück mir die Daumen, dass es mit Onkel Matej klappt. Ich denk an dich.

Sofort kommt ihre Antwort.

> Lieber Nael, mach dir bitte keine Sorgen. Ich bin nicht böse. Du tust das Richtige, ich verstehe das. Ich kann unser nächstes Treffen kaum erwarten. Bis bald. Zenia

Er geht zurück an seinen Platz. Der grimmige Gesichtsausdruck der Frau ist unverändert.

Nur noch eine Stunde Fahrt. Seine Anspannung steigt. Welcher Prunk ihn wohl erwartet? Onkel Matej hat immer schon verschwenderisch mit Credits um sich geworfen. Mit einem Lächeln erinnert sich Nael an seinen achten Geburtstag. Was er an dem Tag im Wohnzimmer erblickte, hatte alles bisher Dagewesene in den Schatten gestellt: ein silberfarbenes Hover-Mountainbike. Er hatte sich bis dahin nur alte, verrostete E-Drahtesel der Nachbarsjungen ausgeliehen, wenn er einmal fahren wollte. Aber da stand nun sein eigenes Bike. Er fuhr noch damit, als er bereits so groß war, dass seine Knie gegen den Lenker stießen. Leider war Onkel Matej geschäftlich so stark eingebunden, dass er nie viel Zeit hatte, Naels Familie zu besuchen. Aber wenn er kam, gab es üppige Geschenke. Auch für Lucie. Er mochte sie sehr gerne und nannte sie liebevoll ‹Schätzchen›. Ihr brachte er immer die schönsten Puppen aus der ganzen Welt mit.

Am Bahnhof in Birmingham angekommen, muss Nael noch zehn Minuten zu Fuß laufen. Sein BRO weist ihm auf den letzten Metern den Weg, den er im Eiltempo zurücklegt. Er kann es kaum erwarten, seinen Onkel zu treffen. Doch die Vorfreude weicht schnell einer Fassungslosigkeit. Hier gibt es keine edlen Prunkvillen, sondern nur jede Menge verwahrloster Hochhäuser. Hilft sein Onkel etwa in einem sozialen Programm? Als er die Zieladresse entdeckt, mustert er die schmutzige, teilweise abgerissene Fassade. An der Haustür findet er unzählige Namen, leider auch den seines Onkels. Er klingelt. Sofort drückt jemand auf den Türöffner, und eine bekannte Stimme ertönt aus dem Lautsprecher: «Zwölfte Etage, Zimmer 12g.»

Misstrauisch betritt Nael das Haus. Der Lift ist kaputt, also muss er zwölf Stockwerke hochgehen. Im Treppenhaus stinkt es undefinierbar, sodass er sich sein Shirt vor die Nase hält. Völlig außer Atem kommt er oben an. Er dachte, dass es nicht mehr schlimmer werden könnte. Doch dann steht Onkel Matej in der Wohnungstür. Er hat stark zugenommen. Sein dicker Bauch wird von einem fleckigen Unterhemd bedeckt. Dazu trägt er eine schmuddelige Jogginghose.

«Hallo, mein Junge.» Es scheint ihm gar nichts auszumachen, dass sein Neffe ihn in diesem erbärmlichen Zustand antrifft.

«Hallo, Onkel.» Obwohl er sich ein wenig ekelt, umarmt er ihn herzlich.

«Tritt ein! Aber bitte schau dich nicht um. Hahaha!»

Es ist unmöglich, sich nicht umzusehen und den Gestank zu ignorieren. Die Wohnung hat eine ähnliche Größe wie Naels Zimmer, aber hier zeigt sich ein Bild des Grauens: Es liegen Handtücher, Klamotten und Essensreste herum. Auf dem Tisch und der Küchenzeile entdeckt er schmutziges Geschirr, das vor sich hingammelt. Ein Bett steht mitten im Wohnraum. Matratze, Kissen und Decke sind nicht bezogen, dafür voller unappetitlicher Flecken. Überall im Zimmer sind leere Bierdosen und Whiskyflaschen verteilt. Matej zeigt auf das Sofa. Nael sucht nach einem Platz, wo keine Brandlöcher oder schmutzige Stellen sind. Vergeblich. Er setzt sich angewidert hin.

«Magst du was trinken, Junge?»

«Jo, Wasser.»

«Mit Wasser spül ich die Teller ab. Hier gibt's nur gescheite Sachen. Bier?»

«Passt auch.»

Sein Onkel geht zum Kühlschrank. Erst jetzt fallen Nael die

Löcher in den Wänden auf. So, als hätte jemand mit dem Hammer hineingehauen. An einigen Stellen wuchert der Schimmel. Nael juckt es überall. Er kann nicht länger hinsehen und nimmt die Bierbüchse entgegen.

«Ich nehme was Stärkeres.» Sein Onkel setzt eine Whiskyflasche direkt an den Mund. «Ah … das tut gut. Ist mein Abendbrot. Hat viele Vitamine und Kalorien. Hahaha!»

Nael starrt ihn wie einen Fremden an. Damals wohnte sein Onkel in einem prächtigen Haus. Mit Dienstboten und einem Swimmingpool. Er besaß mehrere Hover-Mobile. «Onkel, was ist passiert?»

«Weißt du, mein Junge …» Er lässt sich auf den Sessel fallen, und eine Staubwolke schwebt Nael entgegen. «Seitdem mich deine Tante verlassen hat, bin ich ein gebrochener Mann.» Er schaut in die Flaschenöffnung.

«Tante Ieva hat dich verlassen?»

«Ja, das ist schon ein paar Jahre her. Ich habe sie wirklich geliebt, weißt du. Aber ich hatte sie wohl vernachlässigt.»

«Und dann?»

«Endlos lang versuchte ich, deine Tante zurückzugewinnen, aber sie war kalt wie ein Eisblock.» Er trinkt wieder. «Um mich abzulenken, führte ich ein Lotterleben.» Er lächelt. «An Frauen mangelte es mir nicht. Meine Arbeit war mir plötzlich nicht mehr wichtig und ich fing an zu spielen. Erst mit kleineren Beträgen, dann mit größeren.»

Nael runzelt die Stirn.

«Mir war es irgendwann egal, wie viel ich verspielte. Das Leben hatte eh keinen Sinn mehr ohne Ieva. Bald hatte ich alles verzockt. Mein Haus, meinen E-Copter, meine Segeljacht, einfach alles. In Deutschland bekam ich Spielverbot. Also wanderte ich nach England aus. Hier ist gleich ein Casino um die Ecke.

Hahaha! Dann begann ich Arsch, Kredite aufzunehmen, und die waren auch zack weg. Bei unzähligen Banken stehe ich nun in der Kreide und verrecke in diesem Loch.»

Er hat Haus und Hof verspielt. Nael ist so geschockt, dass er kaum noch Luft bekommt, geschweige denn etwas sagen kann. Sein Plan fällt wie ein Kartenhaus in sich zusammen.

«Aber genug vom Papperlapapp. Lass uns auf das Leben trinken, denn ich bin immer noch da. Hahaha!» Er setzt erneut die Flasche an den Mund. «Und nun zu dir. Warum bist du hier, mein Junge? Wie geht es euch, dir und Lucie?»

Es war alles umsonst. Nael traut sich gar nicht zu antworten. Dann entscheidet er sich zu lügen. «Uns geht's gut. Ich wollte dich nur mal wieder besuchen …»

Gerne hätte Nael noch am selben Abend den Zug zurück genommen, aber der war bereits ausgebucht. Also entschließt er sich, die Nacht in einem günstigen Hotel zu verbringen, abseits dieses heruntergekommenen Viertels.

Das Zimmer ist sauber. Es hat ein Bett und ein Bad. Und in der Ecke steht auch noch ein Schnellwaschtrockner. Perfekt. Nael hat das Gefühl, dass der Gestank von Onkel Matejs Wohnung tief in seinen Klamotten und in seinen Poren steckt. Nachdem er geduscht hat, lässt er sich mutlos und erschöpft auf die harte Matratze fallen und schickt Zenia eine Sprachnachricht. Sie macht sich bestimmt Sorgen.

> Hallo Zenia, wie geht's dir? Bei mir ist es nicht so gut gelaufen. Mein Onkel ist pleite. Ich fahre morgen zurück. Melde mich dann.

Hallo Nael, das tut mir so leid. Dann finden
wir eine andere Lösung. Wenn du magst,
können wir jetzt gerne sprechen.

Nein, ich muss erst darüber schlafen. Vielleicht können wir uns morgen sehen. Gute
Nacht.

Ich freue mich auf dich. Es wäre schön,
wenn wir uns bald sehen könnten. Ich vermisse dich!

Ich vermisse dich auch …

So sehr ihn die Gedanken an Zenia mit Wärme und Energie
füllen – die grausame Realität setzt ihm stark zu. Er deaktiviert
seinen BRO, weil er nicht mehr gestört werden will. Er muss
jetzt Ruhe bewahren und scharf nachdenken. Es muss doch eine Lösung geben.

Urplötzlich kommt ihm eine brillante Idee. Vielleicht hatte diese Reise doch einen Sinn.

ZENIA

Glücklicherweise hat sich Nael gemeldet. Die ganze Zeit habe ich auf ein Lebenszeichen gewartet. Allerdings habe ich auf gute Nachrichten gehofft und wurde, wie er, bitter enttäuscht. Ich spüre, wie schlecht es ihm geht. Es ist zwar spät abends, aber ich muss Amrex mein Herz ausschütten und rufe sie an. «Es gibt Neuigkeiten von Nael.»

«Schieß los.»

Zuerst erzähle ich ihr von unserem Treffen und dann von dem aufregenden Kuss.

«Ze. Das freut mich so.»

«Was?» LeBrons Stimme ertönt im Hintergrund. «Du hast was mit diesem Loser? Ich fass es nicht!»

Ich bin perplex, dass LeBron unser Gespräch mithört.

«Boah, Darling, kannst du dich bitte heraushalten. Du hast mich vorhin schon auf die Palme gebracht.» Amrex seufzt. «Ze, hör nicht auf den Kerl.»

«Okay.» Ich versuche, ihn einfach auszublenden. «Aber leider ist der schöne Moment mit Nael völlig in den Hintergrund geraten.» Angestrengt berichte ich von Naels Schwester Lucie, von ihrem Selbstmordversuch, den teuren Medikamenten und von Naels gescheitertem Plan, Unterstützung von seinem Onkel zu erhalten. «Ich würde ihm so gerne helfen, aber mein Geld nimmt er nicht.» Mir wird es schwer ums Herz.

«Wir könnten ihm Geld geben.» Amrex bietet ohne zu zögern ihre Hilfe an, und ich bekomme sofort Gewissensbisse. Hoffentlich fasst sie das jetzt nicht als Betteln auf.

«What? Bist du crazy? Doch nicht diesem Bastard!» LeBron mischt sich wieder ungefragt ein.

Ich bin sprachlos, und mein schlechtes Gewissen wird sofort von einem unbändigen Zorn überlagert.

«Du elender Egoist! Wir sollten Nael helfen. Er ist in Schwierigkeiten und braucht dringend Geld, damit seine Schwester wieder gesund wird», kreischt Amrex.

«Bullshit! Dafür gibt es Krankenkassen», stichelt er weiter.

Ich muss jetzt losweinen. «Nein, die übernehmen das nicht.»

«Mausi … soll ich zu dir kommen?», fragt Amrex besorgt.

«Fuck! Er soll schauen, wo er bleibt. Wir sind nicht Mutter Theresa!», zischt LeBron uns an.

«Du musst immer deinen unqualifizierten Senf dazugeben! Wir haben genügend Geld», faucht Amrex zurück.

«Wir kennen seine Schwester nicht. Wer weiß, ob es die überhaupt gibt oder ob er mit dem Geld abhauen will. Verbrecher sind unberechenbar. Und dieser besonders», motzt er.

«Du hast ja die Weisheit mit Löffeln gefressen!», motzt Amrex zurück.

Schwer geschockt über seine Aussagen, fühle ich tiefen Hass in mir aufsteigen. «Er würde deine Hilfe sowieso nicht annehmen, LeBron!» Etwas ruhiger fahre ich fort. «Vielleicht findet sich eine andere Lösung.»

«Dieser Nichtsnutz kriegt leider gar nichts gebacken. Ich weiß nicht, wie eine Frau, wie du, auf diese Null stehen kann», nervt uns LeBron weiter.

«Du gehst jetzt schleunigst nach Hause!» Amrex hat offensichtlich die Schnauze voll von ihrem Lover. Für diese Aktion liebe ich sie.

Der nächste Tag will nicht enden, und Nael meldet sich nicht. Die Rückführungen der Probanden dauern gefühlt dreimal länger als sonst, und die anschließenden Gespräche sind hochgradig kompliziert und anstrengend. In den Pausen gönne ich mir jeweils einen Cappuccino, während sich meine Gedanken ständig um das surreale Gespräch von gestern Abend drehen. Die Erinnerung an die demütigenden Worte von LeBron lässt mich nicht los. So viel Verachtung habe ich nie zuvor für jemanden empfunden. Es ärgert mich maßlos, dass ich LeBron einmal toll fand. Was für ein Blender. Ich dachte damals sogar kurz darüber nach, ob Bens Seele in ihm stecken könnte. Doch selbst wenn es so wäre, würde ich jetzt gerne darauf verzichten. Mit diesem Menschen will ich nichts mehr zu tun haben. Im Gegensatz zu LeBron hat Amrex genial reagiert. Wenn es keine andere Lösung gibt, würde sie Nael sicher Geld leihen. Ob er es dann auch annimmt, steht auf einem anderen Blatt. Er muss es aber zumindest wissen. «Romeo, bitte setze einen Holo-Call mit Nael auf.»

«Das ist leider nicht möglich, Zenia. Er hat seinen BRO deaktiviert.»

Er braucht anscheinend Zeit zum Nachdenken. Ich schnaufe tief durch und gehe wieder in den Rückführraum, wo die letzte Probandin für heute wartet.

Am späten Abend erreicht mich die lang ersehnte Sprachnachricht von Nael.

Liebe Zenia, ich bin endlich zurück. Die Fahrt war eine Tortur. In London musste ich über vier Stunden warten. Heute klappt es nicht mehr mit einem Treffen. Sehen wir uns morgen? Sollen wir zusammen essen? Um 12 Uhr beim Marktplatz? Gute Nacht. Ich vermisse dich sehr!

> Lieber Nael,
> schade, dass wir uns heute nicht mehr sehen können, aber ich freue mich auf morgen! Ich vermisse dich auch sehr!
> Schlaf gut.

Die halbe Nacht wälze ich mich im Minutentakt von der einen auf die andere Seite. Ich muss Nael davon überzeugen, dass er unsere Hilfe annimmt … Irgendwann verliert mein präfrontaler Cortex den Kampf gegen die Müdigkeit, und ich schlafe doch noch ein.

Während der Arbeit am nächsten Vormittag bin ich wibbelig und aufgeregt. Immerzu strecke ich meinen Kopf zur Tür hinaus, sobald ich ein Geräusch auf dem Gang höre. Es könnte ja Nael sein. Ich muss über mich selbst lachen und kümmere mich dann wieder pflichtbewusst um meine Probandin. Gerade, als ich die Rückführung mit der Frau starten will, höre ich laute Männerstimmen auf dem Flur. Irritiert öffne ich die Tür und verfolge ein wildes Handgemenge. Vier schwer bewaffnete Männer führen eine Person ab. Ich erkenne ihn sofort. Oh mein Gott. «Nael!», schreie ich und renne hinter ihnen her. Ich merke, wie mein Nervensystem vibriert.

Die Gruppe bleibt stehen. Nael hört auf, sich zu wehren, und dreht sich um. So habe ich meinen Freund noch nie gesehen. In seinem Gesicht spiegelt sich die pure Verzweiflung wider. Mein Herz droht zu zerspringen. «Nael, was ist los?» Mehr bekomme ich vor Entsetzen nicht heraus.

«Keine Ahnung.» Er schüttelt den Kopf.

«Weiter geht's.» Die Polizisten schubsen ihn grob vorwärts. Jetzt meldet sich mein Kreislauf definitiv ab. Meine Beine werden weich und ich klappe auf der Stelle zusammen.

Da ich Amrex als Notfallkontakt bei *preVita* angegeben habe, kommt sie sofort. «Was ist passiert?»

Ich kauere zusammengekrümmt auf einer Liege im Arztzimmer. Mein Zittern kann ich kaum kontrollieren. Ein Sanitäter informiert Amrex: «Frau Blumberg steht unter Schock. Ich denke, es ist das Beste, wenn Sie sie nach Hause fahren und bei ihr bleiben. Sie braucht jetzt Unterstützung.» Er lächelt warm und verständnisvoll.

Geistesabwesend sitze ich kurz darauf zu Hause auf meinem Sofa. Die Bilder von Nael und diesen Polizeibeamten gehen mir nicht mehr aus dem Kopf. Was hat er bloß getan? Amrex nimmt neben mir Platz. «Bitte Ze, was ist los? Wenn du nicht redest, kann ich dir nicht helfen.» Sie bestellt Wasser bei Romeo.

Ich nehme das Glas entgegen. «Nael. Sie haben ihn in der Firma festgenommen. Die Polizei.» Beim Versuch zu trinken, verschütte ich die Hälfte.

Amrex stellt das Glas auf den Tisch und schließt mich in die Arme. «Ze, das gibt es doch nicht. Was hat er denn wieder getan? Hat er irgendetwas gesagt oder die Polizei?»

«Nein.» Ich sehe erneut sein verstörtes Gesicht vor mir und, wie er in Handschellen abgeführt wird. «Nur, dass er keine Ahnung hat, was das soll.» Ich weine ungehemmt los.

«Verdammt. Womöglich ist das alles nur ein Missverständnis. Wir müssen herausfinden, was da los ist. Ich weiß auch schon, wie.» Amrex befiehlt ihrem BRO, den Münchner Polizeipräsidenten anzurufen. «Er schuldet mir noch etwas.»

Da ich so laut schluchzen muss, verstehe ich kaum ein

Wort. Nach dem Gespräch läuft Amrex aufgebracht durch die Wohnung und informiert mich. «Jemand ist gestern Abend gegen 23 Uhr ins *Medical-Center-Ost* eingebrochen. Dabei ist ein Wachmann getötet worden.»

Nur schwer kann ich ihr folgen. «Ja, und? Was hat das mit Nael zu tun?»

«Angeblich ist seine DNA am Tatort gefunden worden, also ein paar seiner Haare.» Sie spielt nervös an ihrem Ohrring. «Es sieht nicht gut für ihn aus.»

Nie zuvor in meinem Leben habe ich mich so hilflos gefühlt. Ich reflektiere die Worte hundertfach. «So etwas macht er doch nicht!»

«Ich gehe jetzt mal davon aus, dass er es nicht getan hat. Wobei, ganz ehrlich … er hat schon ein Motiv.» Sie setzt sich wieder zu mir. «Ich weiß, es ist eine üble Situation. Aber lass uns einen klaren Kopf behalten. Überleg mal. Er braucht dringend Lucies Medikamente. Vielleicht wollte er die stehlen?»

Ich glotze meine Freundin an. «Weißt du, was du da sagst? Du sagst, dass Nael jemanden getötet hat!»

«Ich weiß es nicht, Ze. Ich versuche doch nur, alles irgendwie zu ordnen. Er war vermutlich verzweifelt und wusste keinen Ausweg. Ich glaube auch nicht, dass er geplant hat, den Wachmann umzubringen. Aber so gut kennen wir Nael nicht, oder würdest du deine Hand für ihn ins Feuer legen?»

Zu gerne hätte ich sie angeschrien, dass sie schweigen soll, aber eine innere Stimme hält mich zurück. Düstere Befürchtungen bohren sich in mein Gehirn. Ich kenne ihn wirklich noch nicht so lange.

«Nael braucht unbedingt einen guten Anwalt», fährt Amrex fort. «Nicht wie damals. Das wird kein zweites Mal geschehen. Dafür werde ich sorgen. Ich rufe diese Kanzlei an, die dir bei der Kündigung geholfen hat. Die haben auch für Strafrecht exzellente Anwälte und ein eigenes Agenten- und Rechercheteam, das Hand in Hand mit Polizei und Justiz zusammenarbeitet. Und sie haben den besten Ruf in der Region.»

Ich bin froh, dass Amrex mir hilft. Sie kann Gefühle scheinbar auf Befehl ausknipsen und rational bleiben. Im Gegensatz zu mir. Mein Herz glaubt fest daran, dass Nael unschuldig ist. Aber mein Verstand meldet Zweifel an.

Amrex hat es tatsächlich geschafft, für den morgigen Vormittag einen Termin bei einem Anwalt zu erhalten. Trotzdem fühle ich mich kraftlos, deprimiert und bin voller Angst, was die Zukunft bringen wird. Um mich zu sammeln, habe ich ein paar Tage Urlaub genommen.

Nach einer unruhigen Nacht habe ich mich am Morgen etwas gefangen. Amrex' Mobil parkt vor einem beeindruckenden Tower, der hoch in den Himmel schießt. Leuchtende, goldene Buchstaben zieren die obersten Stockwerke des imposanten Gebäudes: *Gordal & Edvardson.*

Nachdem wir die Sicherheitszone der Kanzlei passiert haben, fährt uns ein Lift in die 125. Etage – in einer atemberaubenden Geschwindigkeit, sodass mir kurz schwarz vor Augen wird. Als sich die Tür öffnet, stehen wir direkt vor dem mondänen Empfang, an dem drei Damen eifrig bei der Arbeit sind. «Frau von Salis, Frau Blumberg. Herzlich willkommen.» Eine der Frauen begrüßt uns freundlich. «Mein Name ist Johanne Birnböck. Der Chef höchstpersönlich ist gleich für Sie da. Bitte nehmen Sie schon einmal in Zone Fünf Platz, gleich da hinten.»

Noch nie zuvor habe ich eine Anwaltskanzlei von innen gesehen. Ehrfurcht und Beklemmung machen sich in mir breit, obwohl ich nichts zu verheimlichen habe. Es gibt hier viele Separees, ähnlich wie in Amrex' Lieblingslokal, nur dass kein Champagner offeriert wird. Stattdessen nichtalkoholische Getränke und kleine Häppchen, die in einem Kühlschrank aus Glas darauf warten, konsumiert zu werden. Wir haben aber weder Durst noch Hunger.

«Grüß Gott, mein Name ist Keno Edvardson.» Der Mann, der selbstsicher auf uns zusteuert, ist geschätzt Ende dreißig, schlank und groß. Sein eng geschnittener dunkelblauer Anzug sitzt wie maßgeschneidert.

«Ich bin Amrex von Salis und das ist Zenia Blumberg, grüß Gott.»

Ein Lächeln huscht über sein Gesicht, als er uns die Hände schüttelt. «Freut mich, Sie kennenzulernen. Setzen Sie sich bitte.» Er macht auf mich einen sehr formellen und steifen Eindruck. Ein Anwalt eben. «Ich habe mir bereits den Polizeibericht besorgt», legt er los.

Unser Separee wird jetzt komplett von der Außenwelt getrennt, indem schallisolierende und blickdichte Wände herunterfahren. Irgendwie erdrückend. Als nächstes schweben zahlreiche Akten durch die Luft, die der Anwalt routiniert hin- und herschiebt. Der verliert keine Zeit. «Ich muss Ihnen ein paar Fragen stellen, meine Damen. Dabei könnte jedes Detail Ihrer Antworten hilfreich sein. Sie müssen bitte von Anfang an mit offenen Karten spielen. In welcher Beziehung stehen Sie zu Nael Gardi?» Seine Worte treffen mich mitten ins Herz. Edvardson sieht uns abwechselnd an.

«Beide, Zenia und Nael, arbeiten bei der Firma *preVita*. Und mögen sich sehr gerne.» Amrex spricht mit fester Stimme.

«Sie und Herr Gardi sind also ein Paar?», fragt er mich.

Ich merke, wie ich rot anlaufe. «So etwas in der Art.»

«Das heißt?»

«Wir sind noch nicht lange zusammen. Erst ein paar Tage», flüstere ich.

«Und Sie?» Er sieht Amrex an.

«Ich bin Zenias beste Freundin und habe Nael bisher nur ein Mal gesehen. Ich habe ihn nur flüchtig kennengelernt.»

«Nun gut.» Er deutet auf eines der virtuellen Dokumente. Ich kann mich gar nicht darauf konzentrieren. Der Dämmerzustand, in dem ich mich befinde, lässt es nicht zu.

«Zunächst spricht sehr vieles gegen Herrn Gardi. Um es präzise zu sagen, eigentlich alles.»

Ich starre auf den Boden, weil ich seinem Blick nicht standhalten kann. Mein Atem wird flacher und flacher, als würde mir jemand ein Korsett immer enger und enger um die Brust schnüren.

«Zuerst müssen wir klären, wo Herr Gardi zur Tatzeit war. Leider hatte er seine ID-Ortung deaktiviert. Deswegen hat er bisher noch kein Alibi. Waren Sie vorletzte Nacht bei ihm, oder wissen Sie, wo er sich aufgehalten hat?»

Zu viele Fragen auf einmal. Mit meiner Hand fächere ich mir Luft zu.

«Nein, wir waren nicht bei ihm. Am Dienstag besuchte er seinen Onkel in Birmingham. Wann genau er am Mittwochabend zurückgekommen ist, wissen wir leider nicht», antwortet Amrex gefasst, und ich bin dankbar für ihre Unterstützung.

Der Mann saugt laut Luft durch seine Nase ein. «Wann hatten Sie das letzte Mal Kontakt zu ihm?»

Ich schrecke hoch. «Ich?»

«Ja.» Er kneift seinen Mund zusammen.

Ich greife mir an die Schläfen.

«Möchten Sie ein Glas Wasser haben?»

«Nein, danke.» Ich muss mich konzentrieren. «Er hat mir vorgestern am späten Abend eine Nachricht geschickt. Dass er wieder zu Hause ist.»

«Um wie viel Uhr war das?», fragt er nach.

«Romeo, wann kam die letzte Nachricht von Nael?»

«Um 22 Uhr 08», antwortet mein BRO.

«Okay. Warum war er bei seinem Onkel?», fragt Edvardson.

«Naels Schwester ist sehr krank und braucht dringend Medikamente. Die sind extrem teuer. Unbezahlbar für ihn oder Lucie. Deshalb wollte er seinen Onkel um Geld bitten. Aber der konnte ihm nicht helfen.» Die Nebelschleier in meinem Gehirn lösen sich allmählich auf.

Edvardson stutzt. «Medikamente. Welche Medikamente?»

«Spezielle, sie helfen bei Depressionen. *Melivived*», stammle ich. War Nael es doch? Es spricht wirklich vieles gegen ihn.

«Frau Blumberg, ist alles in Ordnung? Fällt Ihnen noch etwas ein?» Die Stimme des Anwalts rüttelt mich wieder wach.

Ich schlucke den Kloß in meinem Hals herunter. «… Ja.» Ich muss es ihm erzählen. «Nael hat mir bei unserem letzten Treffen gesagt, dass diese Medizin für seine Schwester … im *Medical-Center-Ost* gelagert wird.»

«Dann wird dort eingebrochen, ein Mann stirbt, und die Polizei findet Gardis DNA am Tatort.» Er rümpft die Nase.

«Bitte, Herr Edvardson.» Amrex fährt dazwischen. «Nael ist doch nicht so leichtsinnig und riskiert wieder seine Freiheit. Er hat bereits im Gefängnis gesessen und wurde erst vor Kurzem entlassen.»

Er nickt nachdenklich. «Ja, mit dem Fall bin ich vertraut. Alles kann ich zwar noch nicht richtig in den Zusammenhang bringen, aber das wird mir bestimmt noch gelingen.»

«Er wollte ganz sicher niemanden töten!» Ich schreie es beinahe heraus. Prompt erstarre ich und hasse mich selbst. Was sage ich denn da?

Edvardson schaut mich mit einem Röntgenblick an. «Sie schließen also nicht aus, dass er es getan haben könnte?»

Mir stockt der Atem. «Ich weiß es nicht. Aber eigentlich traue ich es ihm nicht zu. Ich glaube, er hat ein gutes Herz.»

«War er denn zuletzt angespannt?»

Ich nicke. «Als er vom Selbstmordversuch seiner Schwester erfuhr, war er total verzweifelt. Dann hatte er die Hoffnung, dass ihm sein Onkel Geld geben werde. Nach der Absage ging es ihm sehr schlecht.»

Der Anwalt übernimmt wieder das Ruder. «Das hört sich alles nicht besonders entlastend an, wenn ich ehrlich sein soll. Aber ich schlage Ihnen Folgendes vor. Wir warten mein Gespräch mit Herrn Gardi ab. Dann melde ich mich bei Ihnen.»

«Glauben Sie, dass ich ihn bald im Gefängnis besuchen darf?» Meine Frage klingt eher wie ein Flehen.

«Leider ist es bei dem aktuellen Stand der Ermittlungen nur seinem Anwalt erlaubt, ihn zu sprechen. Aber seien Sie versichert: Ich werde alles in meiner Macht Stehende tun, um Ihrem Freund zu helfen. Wenn er unschuldig ist, werden wir das beweisen.»

Zum ersten Mal spüre ich einen Funken Hoffnung, auch wenn alles aussichtslos erscheint.

Am nächsten Morgen wache ich erschöpft auf. Was für eine schreckliche Nacht. Wie lebendig im Schattenreich, habe ich stundenlang nur dagelegen. Schmerzliche Gedanken, aussichtslose Erklärungsversuche, verpuffendes Schönfärben und verzweifelte Vermutungen haben sich immer wieder in einer Endlosschlaufe aneinandergereiht. Ich schleppe mich ins Bad und will mit Wechselduschen meinen Kreislauf in Schwung bringen. Frisch, aber nicht munter, esse ich einen Happen, obwohl mir der Appetit längst vergangen ist. Nur in meiner Wohnung herumzulaufen, macht mich wahnsinnig. Also gehe ich spazieren. Ich wünsche mir nichts sehnlicher, als dass Nael unschuldig ist. Könnte er es tatsächlich gewesen sein? Im nächsten Moment verurteile ich mich für diesen Gedanken.

Eine innere Stimme treibt mich zum Ostbahnhof. Durch die Personalunterlagen bei *preVita* kenne ich Naels Adresse. Er hat einmal seinen Kumpel Fred erwähnt, der mit in seiner WG wohnt. Vielleicht kann er helfen. Ich muss Hinweise finden.

Ich wundere mich nicht, als ich in der Siedlung ankomme. Schon öfter habe ich solche lieblosen Betonklötze gesehen, war aber nie näher herangegangen. Die Gegend ist erdrückend, und ich fühle mich nicht sicher hier.

Zwei düstere Gestalten kommen mir entgegen. Ich verdränge meine Furcht. «Hallo, kennt ihr einen Fred?»

«Ja, wir kennen einen. Weiß nicht, ob das dein Fred ist, aber der ist dahinten am Kirchplatz mit ein paar anderen. Möchtest du nicht lieber mit uns beiden mitkommen?»

Will mich der junge Kerl mit den fettigen Haaren echt anmachen? «Nein, danke.» Rasch peile ich die Gruppe junger Männer bei der Kirche an. «Hallo, ist einer von euch Fred?»

Sie drehen sich neugierig zu mir um.

«Der bin ich.» Ein Mann mit einer Cap meldet sich. «Bist du von der Aufsicht?»

«Nein. Aber kennst du Nael?»

«Ja, ich wohne mit ihm zusammen. Wo brennt's denn?»

«Ich bin seine Freundin.»

«Zenia. Endcool! Er hat mir schon viel von dir erzählt.»

«Oh, hat er das? Wie schön!» Mein Herz freut sich, mein Verstand ist unentschlossen. «Fred, hast du kurz Zeit? Können wir ein Stück gehen?»

«Logo. Wo ist Nael denn?»

Ich erzähle ihm alles.

Diese Geschichte muss er wohl erst einmal verdauen und setzt sich auf eine Bank. «Das war er nicht. Der Junge traut sich nicht mal, hier verbotenen Alkohol zu trinken. Das hat der niemals getan. Never ever.»

«Hast du ihn denn Mittwochabend gesehen?»

«Das weiß ich nicht, ich führe kein Tagebuch.»

«Bitte überlege ganz genau. Ist dir vielleicht etwas komisch vorgekommen?», insistiere ich. Fred muss mir helfen!

«Ey, ja. Er rannte völlig durchgeknallt los nach so einem Gespräch mit diesem bescheuerten Typen aus der Kantina. Und dann kam noch dieser Anruf. Ich hab's null geschnallt.»

«Was, wieso Typ, meinst du LeBron?» Mir wird schlecht.

«Ja, dieser komische Typ, der ihn ständig beleidigt und so. Und dummes Zeug über dich quatscht. Der besuchte ihn. Nael brüllte ihn raus, er sollte verschwinden. Mensch, war der drauf. Und dann wurde Nael angerufen und war schneller weg, als ich gucken konnte.» Fred setzt ein Denkergesicht auf. «Danach habe ich ihn nicht mehr gesehen.»

In mir wirbelt ein Hurrikan. Dieser Blödmann von LeBron. Was wollte er von ihm? Dann schüttle ich den Kopf, als könnte ich so meine Gedanken besser sortieren.

«Der Typ kam übrigens noch einmal», fügt er hinzu.

«Wer, LeBron?»

«Ja, ein oder zwei Tage später. Nael war nicht da. Ich auch nicht, aber ein WG-Kumpel ließ ihn rein, grade als er aus China zurückkam. LeBron hatte wohl irgendwas in Naels Zimmer vergessen. Hat mir Tian erzählt.»

«Hm … komisch. Okay, Fred. Danke.» Ich mache mich wieder auf den Weg.

«Zenia, er war's nicht. Ich verwette meinen Arsch drauf», ruft Fred mir nach und macht eine siegessichere Faust.

Ich wünschte, ich wäre genauso überzeugt wie er.

Planlos schlendere ich durch die Anlage. In dem Moment meldet Romeo eine Nachricht vom Anwalt.

> Grüß Gott, Frau Blumberg,
> ich habe eben mit Herrn Gardi sprechen können. Er beteuert, dass er unschuldig ist. Zur Tatzeit sei er ganz allein zu Hause gewesen. Es klang alles glaubwürdig, aber wie Sie wissen, hat er leider kein Alibi. Er hat mir aber Leute genannt, die er als Feinde bezeichnet. Dem gehe ich nach. Außerdem werde ich *SIvEx* auf den Zahn fühlen. Diese Stiftung kommt mir sehr suspekt vor.
> Ich hoffe, Ihnen geht es gut.
> Mit freundlichen Grüßen
> Keno Edvardson

> Hallo Herr Edvardson,
> vielen Dank für die Nachricht und Ihre Bemühungen. Sie können sich jederzeit bei mir melden, sollte es Neuigkeiten geben.
> Herzliche Grüße
> Zenia Blumberg

Wie fremdgesteuert mache ich vor einem bunten Gebäude halt. Dieser Ort zieht mich magisch an. Als ich das Haus betrete, bestaune ich mit offenem Mund die vielen farbigen Tische.

«Die Essensausgabe ist zwar schon geschlossen, aber wenn Sie was trinken wollen, da hinten ist der Automat», ruft mir eine hagere Frau zu.

«Danke.» Nachdem ich mir eine Limonade geholt habe, setze ich mich gedankenverloren an einen der Tische. Die Frühstückszeit ist wohl gerade vorbei, es sind kaum noch Leute hier.

«Das gibt's doch gar nicht! Hier sind Millionen Tische, und du hast genau Naels ausgesucht. Boah, ey!»

Ich schrecke hoch. Wie aus dem Nichts steht Fred plötzlich neben mir und tippt auf die Tischplatte. «Wie?» Verwirrt schaue ich ihn an.

«Weißt du, diesen Tisch hier hat Nael bemalt.»

Ich sehe erst jetzt den Nachthimmel voller Sterne … und eine Sternschnuppe. Mir geht das Herz auf.

NAEL

… beobachtet Zenia eine Zeitlang aus den Augenwinkeln. Sie sitzen schweigend an einem Tisch im Besucherraum.

Sie spielt aufgewühlt mit ihren Haaren. Immer und immer wieder dreht sie die Spitzen um ihre Finger. Als sie sich flüchtig ansehen, lächelt sie unecht. «Warum nur?»

Es kostet ihn große Überwindung, ihrem Blick standzuhalten. «Ich kann es dir nicht sagen.»

Als er ihre Hand berühren möchte, fährt ein Aufseher dazwischen: «Nicht anfassen!»

Zenia legt ihre Hände auf ihren Schoß. Sie knabbert nervös auf der Unterlippe herum. «Was für eine schreckliche Situation.» Krokodilstränen kullern über ihre Wangen.

Nael wünscht sich nichts sehnlicher, als sie in den Arm nehmen und trösten zu können, ihr zu sagen, dass alles gut wird, aber er bringt kein Wort heraus. Seine Kehle ist wie zugeschnürt.

Sie durchbricht die Stille. «Wie geht es dir?»

Nael zuckt mit den Schultern und schaut auf seine Hände, die zu Fäusten geballt sind.

«Ich habe Lucie informiert», sagt sie.

Er horcht auf. «Was, das gibt es doch nicht! Wieso hast du das getan?» Ein Sturm der Entrüstung braut sich in ihm zusammen. «Ich will nicht, dass sie sich Sorgen macht!»

«Aber Nael, sie ist deine Schwester und muss es wissen.» Ihre Stimme zittert.

«Wie hat sie reagiert und was hat sie gesagt?» Er versucht, seine Gefühle zu kontrollieren.

Zenia senkt ihren Kopf. «Sie hat mir alles erzählt. Einfach

alles. Und auch, was du deiner Familie angetan hast.» Ihre Worte sind wie Messerstiche. Mitten in sein Herz. Er spürt, wie auch noch die letzte Kraft aus seinem Körper weicht. Zenia atmet mehrmals tief durch und hebt ihren Kopf wieder. Mit eiskalten, zornerfüllten Augen, die selbst die Hölle gefrieren lassen würden, schreit sie ihn an: «Du elender Mörder!»

Schweißgebadet wacht Nael mitten in der Nacht auf. Gott sei Dank war das nur ein Albtraum. Er fühlte sich so echt an. Ihn würde es nicht überraschen, wenn das in Wirklichkeit genau so ablaufen würde.

ZENIA ♥

Seit unserem Treffen mit dem Anwalt sind nun schon fünf Tage vergangen. Weitere Informationen zum Stand der Ermittlungen kamen sehr spärlich und waren nicht aufschlussreich. Doch heute habe ich einen Termin in der Anwaltskanzlei. Edvardson und ich sitzen im selben Separee wie beim ersten Besuch. «Wir sind einen Schritt weiter. Wir wissen jetzt, wer sich hinter *SIvEx* verbirgt. Ihnen dürfte die Firma bestens bekannt sein», sagt er.

«Okay.» Ich kann diese Anspannung kaum aushalten.

«Auf den ersten Blick ist das zwar nicht erkennbar, denn es steckt eine undurchsichtige Verflechtung von Beteiligungen dahinter. Aber *SIvEx* ist ein Tochterunternehmen Ihres ehemaligen Arbeitgebers *PerfectHuman*.» Er klopft mit den Fingern auf den Tisch.

Regungslos starre ich ihn an. So sehr ich es versuche, ich kann mir keinen Reim darauf machen. «Ist das Zufall?»

Edvardson kneift seine Augen zusammen. «Frau Blumberg, Zufälle sind nicht mein Metier. Wenn Sie sich einmal die Ziele und Strategien von *preVita* und *PerfectHuman* ansehen, dann sind diese Firmen gewissermaßen Konkurrenten.»

«Ich weiß.»

«Aufgrund aller Informationen, die ich bisher gesammelt habe, muss ich folgern, dass *PerfectHuman* *preVita* ausspionieren wollte.» Der Anwalt verschränkt die Arme vor seiner Brust.

«Was?» Ich bin fassungslos.

«Wahrscheinlich, um Schwachstellen beim Konkurrenten zu finden, hat *PerfectHuman* jemanden bei *preVita* eingeschleust. Einen Strohmann. Jemanden, der einen naiven und ahnungslo-

344

sen Eindruck macht. Einen Gefangenen, der so schnell wie möglich seine Freiheit zurückerlangen will.»

«Was? Nein, nicht Nael!»

«Ich vermute, Herr Gardi sollte Mitarbeiter bei *preVita* aushorchen. Und da kommen Sie ins Spiel.»

«Ich?» Bitte nicht!

«Denken Sie scharf nach. Haben Sie Herrn Gardi vielleicht die einen oder anderen Interna von *preVita* preisgegeben? Oder haben Sie ihm Zugang zu Dokumenten oder Informationen gewährt?»

Der Puls hämmert in meinem Kopf. «Das nicht, aber er hat mich einmal so komisch ausgefragt. Ich habe mir nicht viel dabei gedacht.» Wütend über mich selbst bohre ich meine Fingernägel in meine Handflächen.

«Es kann aber auch sein, dass er keine Ahnung davon hatte und selbst nur ein Spielball von *SIvEx* war. So weit sind wir noch nicht mit unseren Recherchen.»

Ich weiß nicht mehr, was ich glauben soll. Jedes seiner Worte vernehme ich wie durch Nebelschwaden. Nael, ein Spion? Für mich bricht eine Welt zusammen. Hat er alles nur vorgetäuscht? Verzweifelt raufe ich mir die Haare. «Oder hat *PerfectHuman* Nael erpresst? Und haben die ihn deswegen wieder ins Gefängnis gebracht?»

«*PerfectHuman* traue ich so einiges zu», murmelt der Anwalt. «Dafür gibt es aber bisher keine Beweise.»

Plötzlich habe ich einen unangenehmen Geistesblitz. Ist Mias Geschichte vielleicht doch kein Produkt einer paranoiden Frau? «Herr Edvardson, ich habe noch ein paar Informationen über *PerfectHuman*, die hochinteressant sein könnten. Ich hatte eine Kollegin …» Nichts kann mich jetzt noch aufhalten.

NAEL

... sitzt in Untersuchungshaft. Die Zelle unterscheidet sich nicht sehr von seiner damaligen. Nur, dass er dieses Mal in einem anderen Trakt des Gefängnisses untergebracht ist. Er hat schon viele Tiefpunkte in seinem Leben gehabt. Doch dieser hier ist mit Abstand der schlimmste. Obwohl sein Anwalt Edvardson einen guten und zuverlässigen Eindruck macht, glaubt Nael nicht daran, jemals wieder in Freiheit leben zu können. Ständig muss er an den Horrortraum denken und an Zenias hasserfüllte Augen. Endlich hat er eine Frau gefunden, für die er sein Herz komplett geöffnet hätte, und nun ist alles zerstört. Wahrscheinlich ist das die Quittung für all das, was er getan hat. Die schrecklichen Erinnerungen an seine Kindheit flackern blitzartig in ihm auf. Die Schreie seiner Eltern, die Flammen. Schüttelfrost lässt ihn erschaudern, und er rollt sich auf der Matratze zusammen. Zu oft sind ihm in den vergangenen Jahren diese Szenen durch den Kopf gejagt. Die seelischen Schmerzen haben sich zwar verdrängen, aber nicht auslöschen lassen. Jetzt sind diese Bilder wieder genauso präsent, als würde alles gerade passieren:

Nael ist zehn Jahre alt und spielt auf dem Rücksitz des Hover-Mobils mit seinen beiden Heldenfiguren *Mr. & Mrs. Bygones*. Onkel Matej hat sie ihm von seiner letzten Geschäftsreise aus Amerika mitgebracht. Im gleichnamigen Blockbuster können die zwei Superheroes gemeinsam die Zeit zurückdrehen, und Nael liebt es, das nachzuspielen. Sein Vater neckt ihn zwar oft mit ‹let bygones be bygones›, was so viel heißt wie ‹dass die Vergangenheit ruhen›, aber das stört Nael nicht im Geringsten und er erfindet immer neue Geschichten.

«Aber nicht, dass du mir wieder nach einer Stunde Wandern schlapp machst, Nael», foppt ihn sein Vater, der das von den Nachbarn ausgeliehene Mobil durch den kurvenreichen Jochpass im Allgäu lenkt. Sein Papa verzichtet bei jeder Gelegenheit auf den Autopiloten, da er viel mehr Freude am selbst gesteuerten Fahren hat. Nael verdreht seine Augen. Er hatte eigentlich keine Lust auf Wandern, aber Lucie war bei einem Kindergeburtstag eingeladen und seine Eltern hatten ihn quasi überredet, mitzukommen.

«Etwas frische Luft tut dir übrigens gut. Und ein bisschen Farbe im Gesicht schadet dir auch nicht», hat Mama gesagt.

«Na, was meint ihr?», fragt Nael seine Spielzeughelden. «Machen wir schlapp?» Dabei streckt er *Mr. Bygones* weit nach vorne zwischen seine Eltern und ruft mit verstellter dunkler Stimme: «Nein, wir wandern wie echte Superhelden! Und wenn es uns zu viel wird, drehen wir einfach die Zeit zurück.» Dabei gleitet ihm sein Held aus den Fingern.

«Hoppla», ruft sein Vater, dem *Mr. Bygones* in den Fußraum gefallen ist. «Das war aber kein heldenhafter Abgang.»

«Bitte, Papa, gib ihn mir zurück!», quengelt Nael. «Schnell, schnell, Papa!»

«Keine Panik!» Sein Vater bückt sich und tastet den Boden unter sich ab. «Hab dich.»

«Achtung!» Mamas schriller Aufschrei geht Nael durch Mark und Bein, aber ihre Warnung kommt zu spät.

Er sieht nun alles wie in Zeitlupe. Der entgegenkommende Lastwagen prallt seitlich auf und schiebt das Fahrzeug mit Nael und seinen Eltern über die Leitplanke, den Berghang hinunter. Sie überschlagen sich mehrfach. *Mr. Bygones* fliegt Nael entgegen, doch er kann ihn nicht greifen, weil er im nächsten Moment durch einen dumpfen Aufprall aus dem Wagen katapultiert wird. Nael schleudert durch die Luft, bevor er benommen auf einer Wiese liegen bleibt. Unter Schmerzen steht er auf und blickt den steilen Abhang hinunter, wo das Mobil lichterloh brennt. Er taumelt dem Flammenmeer entgegen. Es wird höllisch heiß, und er schafft es nicht, sich weiter zu nähern. Verzweifelt schreit er sich die Seele aus dem Leib, während er realisiert, dass seine Eltern im Fahrzeug eingeklemmt sind. Er kann ihnen nicht helfen.

In seiner blutverschmierten linken Hand hält er immer noch *Mrs. Bygones*, aber ihm fehlt *Mr. Bygones*, um die Zeit zurückzudrehen …

ZENIA

Ich gehe in die Redaktion, um Amrex zu besuchen. Überraschenderweise ist sie nicht da. Eine Kollegin meint, dass sich die Chefin ein paar Tage freigenommen hat. Verwundert rufe ich sie an. «Wo bist du?»

«Zu Hause.»

So einsilbig kenne ich sie gar nicht. «Soll ich kommen?»

«Wenn du willst.» Sie klingt gleichgültig.

Wir sitzen nebeneinander auf ihrer großen Couch und schauen an die Decke. Der friedvolle Himmel über uns bildet einen erbarmungslosen Kontrast zu der gedrückten und deprimierenden Stimmung. Bisher hat Amrex kaum ein Wort von sich gegeben. Nur, dass sie eine Auszeit brauche.

«Was ist denn los mit dir?»

Sie nippt an einem Energydrink und antwortet nicht.

«Hallo, jemand da?» Ich lege meine Hand auf ihr Bein.

Sie zuckt zusammen. «LeBron hat mit mir Schluss gemacht.»

«Was, wieso?» Ich falle aus allen Wolken. Schockzustand und Erleichterung streiten sich in mir wie die Kesselflicker.

«Nach unserer Dissonanz wegen Nael – du weißt schon – trafen wir uns noch einmal, um uns auszusprechen. Ich wollte alles mit ihm klären. So konnte es nicht weitergehen.» Sie ist geknickt. «Da schnauzte er mich brutal an. Mit Tiraden von Beschimpfungen.»

«Was hat er denn gesagt?»

«Dass ich eine kranke Alkoholikerin und nur zum Koitieren gut sei. Er sagte mir eiskalt ins Gesicht, dass er jemanden wie mich nie lieben könne.» Sie trinkt wieder einen Schluck und kämpft gegen die Tränen an. «Er meinte auch, mein Hover-Mobil sähe aus wie ein schwuler Hai und nicht wie ein Delfin. Und dass er es hasst, wenn ich ständig Fremdwörter benutze. Also detestiert er alles an mir.»

Habe ich zuvor LeBron nur verabscheut, brennen bei mir jetzt alle Sicherungen durch. «Dieser Scheißkerl hat jemanden wie dich gar nicht verdient!» Ich nehme sie in den Arm. «Übrigens liebe ich deine Fremdwörter. Die sind bravourös!»

«Ach, Ze. Wenigstens war der Sex famos. Mehr wollte ich ja eigentlich gar nicht.» Dann geschieht etwas, das ich noch nie bei ihr erlebt habe. Amrex weint. Sie heult wie ein Schlosshund und will nicht mehr aufhören.

Ich streichle ihr übers Haar. «Es wird alles gut.» Sie hat offensichtlich doch mehr Gefühle für LeBron entwickelt. Normalerweise lässt sie es nie so weit kommen. Viele tolle Männer haben sich schon ernsthaft für sie interessiert, aber sobald Emotionen ins Spiel kamen, hat sie einen Riegel davor geschoben. Ich vermute, dass sie eine Art Bindungsangst hat und glaubt, dass sie in einer festen Beziehung zu viel von sich aufgeben müsste. Ich wünsche ihr so sehr, dass sie einmal an den Richtigen gerät und loslassen kann.

Lange liegen wir uns in den Armen. Irgendwann rappelt sie sich auf und lacht zum ersten Mal wieder. «Er war ein Wolf im Schafspelz. Der Drops wäre gelutscht. Aus, Amen, finito.» Sie schnäuzt sich die Nase. «Aber viel wichtiger ist Nael. Gibt´s Neues von ihm?»

Ich bin froh, dass sie nachfragt und berichte ihr alles. Von meinem Besuch in der Siedlung, wer hinter *SIvEx* steckt und von dem Spionageverdacht. Dass Nael mich vielleicht nur ausgenutzt hat. Und dass ich dem Anwalt die Sache mit Mia und den toten Babys erzählt habe.

«Mann, was für eine Geschichte. Aber ich kann mir nicht vorstellen, dass Nael dich nur benutzt hat. Ehrlich, Ze, der ist nicht der Typ dafür. Im Gegensatz zu LeBron.»

«Stimmt. Ich warte einfach ab, was der Anwalt herausbekommt. Er scheint effektiv und gut zu sein.»

«Den Eindruck habe ich auch.» Sie lächelt mich mit geschwollenen Augen an. «Mannomann, sind wir zwei desolate Gestalten! Du verliebst dich in einen attraktiven Verbrecher und ich mich in einen oberflächlichen Rüpel-Rocker. Und was haben wir davon?»

Wir entschließen uns, den ganzen Frust und Ärger auszublenden und in Fantasiewelten zu flüchten. Das geht am besten mit unserer Lieblingsserie *Chaotic World*. Darin erfüllen zwei Zwillingsschwestern, die unterschiedlicher nicht sein könnten, auserwählten Leuten ihre Wünsche. Die eine übernimmt einen Wunsch, der im guten, reinen Herzen eines Menschen entsteht. Die andere einen aus den tiefsten, schwärzesten Abgründen der Seele. Damit versinkt die Welt in einem gnadenlosen Chaos.

Mitten in der vierten Folge der siebten Staffel meldet sich der Anwalt bei mir. «Frau Blumberg, es gibt Neuigkeiten. Eine ziemlich dramatische Entwicklung.»

Auf einen Schlag bin ich zurück in der Realität. «Was ist passiert?»

«Dafür muss ich etwas weiter ausholen.» Seine Stimme klingt angespannt. «Die Polizei hat gestern eine verbrannte Leiche in einem Wald gefunden. Viel ist nicht mehr von ihr übrig geblieben, es wird deshalb ein wenig dauern, bis sie identifiziert ist.»

«Oh.» Angewidert verziehe ich mein Gesicht.

«Aber, was in diesem Zusammenhang viel interessanter ist:

Zufällig genau einen Tag zuvor hatten Drogenfahnder einem aktenkundigen Dealer namens Joe Hartley ein Ortungsgerät untergejubelt. Und jetzt kommt's: Der Mann war zur Tatzeit genau in diesem Waldstück bei Anzing.»

Ich sehe Amrex ratlos an, die das Gespräch mitverfolgt. «Okay, und was hat das mit unserem Fall zu tun?»

«Eventuell ist dieser Mann in ein weiteres Verbrechen verwickelt. Als man ihn festnahm, fand man in seiner Wohnung Pläne des *Medical-Centers-Ost*. Das sind keine öffentlich zugänglichen Dokumente. Die hat er sich illegal besorgt. Darauf sind alle Details mit den Grundrissen, dem Sicherheitskonzept, dem Alarmsystem et cetera. Und jetzt wird es besonders interessant, Frau Blumberg. Auf seinen Notizen steht auch das Wort *Melivived*.»

«Was, wie?» Oh mein Gott.

«Nun wird der Leichnam des Wachmannes erneut untersucht und vor allem auch der Tatort. Sollte man dort DNA-Spuren von Joe Hartley entdecken, dann erhält unser Fall eine ganz andere Richtung.»

«Im Ernst?» Mein linkes Augenlid fängt an, alle paar Sekunden rhythmisch zu zucken. Ich kann es nicht mehr kontrollieren und weiß überhaupt nicht mehr, was ich sagen soll.

Amrex ist dafür hellwach. «Sieht man im Ortungsgerät nicht, ob dieser Hartley zur Tatzeit im *Medical-Center* war?»

«Nein, zu jenem Zeitpunkt hatte er das Gerät leider noch nicht.» Der Anwalt atmet tief durch und macht eine kurze Pause. «Aber, meine Damen, noch ist Herr Gardi nicht entlastet. Wir sollten zurückhaltend mit unserer Euphorie sein. Joe Hartley wird im Moment von der Polizei verhört. Vielleicht kommt etwas dabei heraus.»

NAEL

… peitschen die Worte des Anwalts um die Ohren: *Medical-Center* … Wachmann … Toter … Drogen … Hartley … Geständnis. «Herr Gardi, Sie sind frei!»

Naels Herz pumpt wild Blut durch seine Venen. «Was?»

«Ja, Sie sind frei. Unschuldig. Ich habe mir erlaubt, Ihre Freundin zu benachrichtigen. Frau Blumberg wird gleich hier sein.» Keno Edvardson lächelt ihn an. «Alles wird gut.»

Kleine Feuerwerksraketen explodieren in Nael, als Zenia den Raum betritt. Übermütig springt er auf und läuft auf sie zu. «Ich bin frei!» Sie umarmen sich stürmisch.

«Ich wusste es.» Sie weint vor Glück.

«Er ist definitiv unschuldig.» Der Anwalt schaltet sich ein. «Dieser Drogendealer Joe Hartley hat gestanden, dass er das Verbrechen im *Medical-Center-Ost* begangen hat.»

«Ich werde dich nie wieder loslassen. Ich habe dich so vermisst, Zenia», sagt Nael. Die erdrückende Last, die er seit seiner Verhaftung mit sich herumtragen musste, fällt erlösend von ihm ab. Und er muss die Kaution an *SIvEx* nicht zurückzahlen, denn er ist ja nicht wieder straffällig geworden.

«Also.» Edvardson räuspert sich. Sie drehen sich zu ihm um. «Es wird Sie sicher interessieren, warum Sie, Herr Gardi, überhaupt unter Verdacht standen, beziehungsweise warum Ihre Haare im *Medical-Center* gefunden wurden.»

«Jo, da bin ich mal gespannt.»

«Dieser Hartley ist zu dem Verbrechen angestiftet worden. Jemand hatte ihn dafür bezahlt. Er sollte das Medikament *Melivived* stehlen. Ein weiterer Teil des Deals war es, Ihre Haare am Tatort zu hinterlassen. Allerdings wurde er vom Wachmann überrascht und brachte ihn im Affekt um. Daraufhin verlangte Hartley von seinem Auftraggeber mehr Geld. Doch der wollte ihm nichts zusätzlich bezahlen. Es kam bei einem Treffen zu einer hitzigen Auseinandersetzung. Dabei erstach Hartley den Mann und brachte die Leiche in ein Waldstück, um sie dort zu verbrennen.»

«Das sind mir zu viele Details.» Zenia wird bleich im Gesicht. Nael drückt sie fester an sich. «Hauptsache, ich bin frei. Mehr will ich gar nicht.»

«Es gibt da trotzdem noch ein paar Dinge, die wir klären müssen.» Sie schaut Nael ernst an. «Aber das machen wir später.» Dann wendet sie sich wieder dem Anwalt zu. «Wer war eigentlich dieser Auftraggeber? Immerhin hat er Nael die Sache in die Schuhe schieben wollen.»

«Die Polizei und die Rechtsmedizin sind dran. Hartley kennt angeblich von diesem Mann Null und Nichts, nicht einmal seinen Namen.» Der Anwalt zuckt mit den Schultern.

«Und woher hatte der meine Haare?», fragt Nael.

«Die hat Hartley von diesem Auftraggeber bekommen. Woher der die Haare hatte, weiß Hartley selbst nicht. Doch man wird den Hintermännern auf die Schliche kommen. Vielleicht steckt *SIvEx* beziehungsweise *PerfectHuman* dahinter. Aber das ist beim derzeitigen Ermittlungsstand reine Spekulation. Ich informiere Sie, sobald es Neuigkeiten gibt.»

ZENIA

Nael klebt förmlich an mir, und ich genieße es. Alles andere werden wir später klären. Jetzt erst einmal durchschnaufen. Amrex wartet bereits draußen vor dem Gefängnis, um uns abzuholen. Als sie uns sieht, springt sie in meine Arme. «Ich freue mich so.» Dann küsst sie Nael auf die Wange. «Glückwunsch, du Sorgenkind.»

Er senkt schüchtern seinen Blick. «Danke.»

«Unser Staranwalt hat es geschafft.» Ich zeige auf Keno Edvardson. Der Mann ist unglaublich.

Amrex legt ihre kurzen Haare hinters Ohr und geht auf ihn zu. «Sie sind grandios!» Sie umarmt ihn überschwänglich.

«Ja, Sie sind echt ein Wahnsinn!» Ich schüttle ihm die Hand.

«Das habe ich sehr gerne gemacht.» Er lächelt verlegen. «Leider wartet bereits der nächste Klient auf mich. Wiedersehen. Und nochmals herzlichen Dank für Ihr Vertrauen in *Gordal & Edvardson*.»

Wir fahren zu Amrex' Wohnung, wo sie eine Überraschungsparty für uns organisiert hat. Dutzende ihrer Freunde und Bekannten sind der Einladung gefolgt, auch wenn einige nur virtuell dabei sein können. Typisch Amrex. Ich freue mich sehr. «Komm, Nael, wir holen uns einen Drink und reden, ja?»

«Okay.» Er scheint verunsichert zu sein und läuft durch einen virtuellen Gast hindurch. «Sorry, Mann.» Das ist wohl seine erste Party mit Leuten, die sich eigentlich an einem ganz anderen Ort auf der Welt aufhalten.

Als wir mit unseren Cocktails an der Bar stehen, muss ich es endlich loswerden. «Es nagt noch etwas an meinem Herzen, das ich dir unbedingt sagen muss.» Mein Bauchgefühl darf mich nicht täuschen.

«Okay, was denn?» Liebevoll und ängstlich zugleich sieht er mich an. Sollte er wirklich ein Spion sein, dann ist er ein exzellenter Schauspieler.

«Bitte sei ehrlich zu mir, hattest du den Auftrag, mich über *preVita* auszuhorchen?» Ich wünsche mir ein sofortiges ‹Nein, bist du wahnsinnig!›, aber es bleibt aus.

Stattdessen kommt Nael ins Stottern. «Äh, nicht so direkt.»

Ich halte mich an ihm fest, damit ich nicht umkippe. «Was soll das bitte heißen?»

«Ich hatte keinen Auftrag. Das war reine Erpressung! Die Fragen von Culfier kamen mir immer sehr komisch vor. Das sagte ich ihm auch. Dann drohte er damit, mich wieder in den Knast zu bringen, wenn ich ihm die Infos über *preVita* nicht besorge.» Nael kann mich kaum ansehen. «Ich war in einer verzwickten Mühle.» Jetzt schaut er mich flehend an. «Du musst mir das glauben, ich hätte dich nie bewusst ausgehorcht. Niemals.»

Ich habe das Gefühl, als könne ich ihm direkt in seine Seele blicken. Mein Herz spürt, dass er die Wahrheit sagt. «Ich glaube dir.» Wir umarmen uns lange. Nach einer Weile löse ich mich und ziehe ihn auf die Tanzfläche. «Hast du Lust, dich zu bewegen? Du hast so lange gesessen.»

«Hey, böses Mädchen!» Nael macht ein übertrieben grimmiges Gesicht. «Habe ich eine Wahl?» Er stellt sich beim Tanzen zwar etwas steif und unbeholfen an, aber ich finde das irgendwie putzig. Alle Sorgen fallen von mir ab. Ich schwofe ausgelassen und wie befreit um ihn herum. Als ein langsames Lied gespielt wird, schmiegen wir unsere Körper eng aneinander. In seinen Armen werden meine Knie butterweich.

356

«Hallo, ihr beiden.»

Jemand stupst mich an. «Was denn?» Verträumt öffne ich meine Augen. Vor uns steht ein junges Pärchen. «Ihr zwei Turteltauben kriegt gar nichts mit. Eure Freundin hält gerade eine Rede.»

«... also trinken wir auf die Freiheit und das Leben.» Amrex hebt ihr Glas, und alle johlen im Chor: «Prost!»

«Super, dann haben wir wohl die ganze Laudatio verpasst.» Ich schmolle gekünstelt. «Aber wir hatten auch Schöneres zu tun. Auch wenn ich gerne wüsste, was sie alles erzählt hat.»

«Hey, amantes amentes.» Amrex tänzelt zu uns. «Ihr verliebten Verrückten, wie wär's mit einem Gläschen Champagner?» Ein Robo-Kellner serviert uns drei Gläser.

«Auf die Freiheit!» Wir stoßen an.

«Es ist uns peinlich, aber wir haben deine Rede gar nicht mitbekommen.» Ich kichere verlegen.

«Das macht nichts. Es war eine kleine Lobeshymne über euch. Nichts, was ihr nicht schon selbst wüsstet.» Amrex grinst. Sie ist gut drauf und hat anscheinend die Trennung von diesem blöden Rocker überwunden oder zumindest verdrängt.

«Wo ist denn LeBron?», fragt Nael.

Scharf sauge ich die Luft durch meine Zähne ein. «Sorry, Amrex, ich habe es Nael noch nicht gesagt.»

«Macht nichts. Der Idiot ist auf und davon. Summa summarum betrachtet, ist alles gut», fasst sie zusammen.

«Normalerweise würde ich sagen: ‹Tut mir leid›, aber in diesem Fall ... » Nael lächelt unsicher.

«Wir hören jetzt auf mit dem Lamentieren. Wir feiern heute deine Unschuld. Auf euch!» Amrex hebt erneut ihr Glas.

Ich drehe mich zu Nael um und stutze. Er sieht nachdenklich aus. «Was ist los?»

«Es ist wegen Lucie. Schade, dass sie nicht mitfeiern kann. Ich weiß nicht richtig, wie es mit ihr weitergehen soll. Aber ich habe noch ein Ass im Ärmel. Vielleicht kriege ich ja einen Kredit? Mein Onkel Matej hat von den Banken auch Geld bekommen, als er schon lange blank war.»

«Hey, Nael.» Amrex tippt ihm auf die Schulter. «Komm mal mit. Das wird dich freuen.» Wir gehen gemeinsam auf einen Screener zu, auf dem das neue Cover ihres Magazins erscheint. «Guck dir das hier an.» Sie zeigt auf die Headline.

«*MagazineEffects* mit der *Global Diamond Trophy* ausgezeichnet», lese ich vor. «Amrex, du bist eine Heldin!»

Wir kreischen wie zwei durchgeknallte Teenies auf einem Boygroup-Konzert. Nach unserem kindischen Anfall klärt Amrex Nael auf. «Das bedeutet, dass mein Magazin den renommiertesten Preis der Branche gewonnen hat. Und diese Trophy ist nebenbei noch mit 100.000 UCs dotiert.»

«Wow, Glückwunsch!» Nael staunt.

«Übrigens, ich schenke dir das Geld», sagt Amrex.

«Was? Bist du irre?», fragt er perplex.

«Der eine sagt so, der andere so.» Sie trinkt ihr Glas Champagner auf ex, während wir sie anstarren. «Ihr solltet eure Gesichter sehen.» Sie lacht.

Das muss ich träumen. «Du schenkst Nael das ganze Geld?»

«Ja, klar. Damit kann er die Medikamente für Lucie bezahlen. ‹Jeden Tag eine gute Tat›, meinte schon der Gründer der Pfadfinderbewegung.»

Ich liebe meine Freundin. «Du bist die Beste. Das ist sehr generös von dir, um auch einmal ein Fremdwort zu benutzen.»

Nael kommt näher. «Aber Amrex, das geht nicht. Ich kann das nicht annehmen.»

«Mit Sicherheit, davon bringt mich kein Mensch ab. Ich mache das exorbitant gerne für Lucie und dich. Du brauchst kein schlechtes Gewissen zu haben. Ich habe das Geld ja auch überraschend gewonnen. Ihr könnt es nach all dem Ärger sehr gut gebrauchen. Ich wünsche euch alles Glück dieser Welt!»

Er nimmt Amrex fest in den Arm. «Danke, Ehrenfrau!»

«Oh, du bist aber ganz schön stark.» Sie kichert.

Es klingelt. «Herein!» Amrex dreht sich zur Tür.

Ich lache. «Das war nicht die Klingel. Das ist dein Screener.»

Sie läuft leicht beschwipst hin. «Verflixt, diese nervigen Benachrichtigungen. Warum habe ich die nicht deaktiviert?»

«Vielleicht ist es etwas Wichtiges?» Ich begleite sie.

«Nichts ist wichtig. In der Redaktion sind genug Leute, die wissen, was zu tun ist, wenn's brennt.» Sie winkt ab.

In dem Moment poppt die Eilmeldung auf:

> **Sänger Joseph LeBron ist tot. Die Polizei fand die verbrannten Überreste des Musikers in einem Waldstück bei Anzing. Es war Mord.**

NAEL

… trauert keine Sekunde um LeBron. «Ich bin froh, dass er ins Gras gebissen hat. Der hat's sowas von verdient! Der Drecksack hat meine Haare in meinem Bad geklaut und wollte mich im Knast versauern lassen, um sich dann Zenia zu schnappen.» Seine Schwester Lucie hört sich kopfschüttelnd die ungeheuerliche Geschichte an. «Aber jetzt kommt die gute Nachricht: Ich habe so viel Knete zusammen, dass es dir bald wieder besser geht.» Er erzählt Lucie von *Melivived* und seiner schnellen und positiven Wirkung. «Und diese Medizin kriegst du.»

«Woher hast du denn das Geld dafür?»

«Hm … sagen wir mal, wir haben einen blonden Engel mit einem großen Herzen.» Er grinst breit.

«Du meinst Zenia?»

«Nein, nicht Zenia, die hat braune Haare. Ich meine ihre reiche Freundin Amrex. Sie hat das Geld bei einer Preisverleihung gewonnen. Und dann hat sie mir diese Moneten einfach mal so geschenkt. Krass, oder? Und wir müssen auch kein schlechtes Gewissen haben. Sie macht's gerne und ist sicher Milliardärin oder so.»

«Was für ein Glück! Ich bin so dankbar», schluchzt Lucie.

Nael ist zum ersten Mal in Zenias Wohnung. Die beiden kuscheln sich eng auf dem Sofa aneinander. An der Seite dieser wunderbaren Frau fühlt sich alles richtig und vertraut an. Als würde er hierher gehören. Als wäre er nie woanders gewesen. Sie liegt in seinen Armen und spielt nachdenklich an ihrem Kettenanhänger herum. «Ich wünsche mir so sehr, dass es Amrex bald wieder besser geht. Sie ist ein paar Tage bei ihren Eltern in

Starnberg, um auszuspannen. Ich bin so froh, dass sie das macht. Ich musste sie quasi dazu zwingen. Die ganze Geschichte hat sie nämlich mehr aufgewühlt, als sie zugeben will. Die Ruhe am See wird ihr guttun.»

«Sie wird sich sicher schnell erholen, du wirst sehen. Sie ist eine unglaubliche Frau. Schade, dass ich schon vergeben bin.» Er zwinkert ihr zu.

«Hey, böser Junge!»

Er gibt ihr einen zärtlichen Kuss.

«Magst du heute hierbleiben?», fragt sie.

«Und wie!» Er will ihr so nah wie möglich sein. Sie haben gemeinsam viel durchgemacht, jetzt will er ihre Zweisamkeit nur noch genießen.

Für immer.

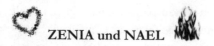

ZENIA und NAEL

… himmeln sich noch lange an.

Ein paar Sternschnuppen fliegen durch die klare Nacht, aber die beiden schauen nicht aus dem Fenster. Sie müssen sich nichts mehr wünschen. Sie haben bereits alles, was sie je wollten.

In dieser Nacht verschmelzen ihre Herzen, ihre Seelen und ihre Körper.

ZENIA

Am nächsten Morgen werde ich nicht von Romeo, sondern von einem echten Mann geweckt. «Hey, schöne Frau.»

Als ich meine Augen öffne, sehe ich Nael. Nur in Shorts bekleidet und mit heißem Sixpack steht er vor meinem Bett und hält ein Tablett in den Händen. «Du Traummann!» Ich setze mich langsam aufrecht hin und betrachte erst genüsslich ihn, dann das, was er mitgebracht hat.

«Ich hoffe, du hast Hunger.» Verliebt sieht er mich an. «Croissants, Marmelade, Schokocreme und Orangensaft.»

«Es ist perfekt.» Aber am meisten freue ich mich über die bunten Blumen, die er anscheinend für mich gepflückt hat. Ich muss an den kleinen Jungen denken, der Ayana im Wald auch mit einem derartigen Frühstück überrascht hat. «Du bist wunderbar.» Es kribbelt in mir.

Er stellt das Tablett ab, setzt sich auf die Bettkante und nimmt meine Hand. «Du bist wunderbar.» Im Rausch der Glückseligkeit verfolge ich das sanfte Spiel seiner Finger, wie sie zärtlich meinen Handrücken liebkosen. Vielleicht geschieht jetzt das sehnsüchtig Erwartete. Malt er das Herz? Immer und immer wieder hat es Zeichen gegeben, dass Bens Seele tatsächlich in Nael sein könnte. Vor allem die Angst vor Feuer, sein Wunsch, Sternschnuppen zu beobachten und jetzt noch die Blumen. Ich schmiege mich ganz eng an ihn. Wir gehören zusammen.

«Du bist gar nicht richtig da. Geht's dir gut?», fragt er.

«Mir ging es nie besser.» Es macht alles einen Sinn. «Glaubst du auch an das Schicksal?», möchte ich wissen.

«Wenn uns das Schicksal zusammengebracht hat, glaube ich

gerne dran.»

«Im Ernst. Es sollte genauso passieren. Alles, was wir erlebt haben. Wir mussten diesen steinigen Weg gehen, damit wir uns finden konnten. Ohne Mias Informationen hätte ich nie bei *PerfectHuman* gekündigt. Ohne Kündigung hätten wir uns nie bei *preVita* kennengelernt.»

«Wer ist Mia und welche Informationen?», fragt er.

«Wir wissen wirklich noch sehr wenig voneinander», stelle ich ernüchtert fest.

Nael wirkt plötzlich traurig. «Jo, du hast recht. Ich habe auch noch ein paar … Geschichten.»

«Aber wir haben alle Zeit dieser Welt, um darüber zu reden. Ein Leben lang.» Ich blicke in seine wunderschönen Augen. Und irgendwann werde ich dir alles sagen. «Ich glaube, ich habe immer nach dir gesucht.»

Mein BRO durchbricht diesen innigen Moment: «Der Anwalt Keno Edvardson ruft an.»

Ich will den Call gar nicht annehmen, doch Nael meint: «Ist bestimmt was Wichtiges.»

«Okay … Hallo, Herr Edvardson.»

«Hallo, Frau Blumberg. Ich möchte nicht stören, aber ich habe noch einige brisante Informationen, die Sie betreffen. Sie sind aber zu delikat, um sie per Call zu besprechen.»

Mich durchfährt es. «Oh mein Gott. Was denn noch?»

Er lacht. «Keine Sorge. Danach würde ich Ihren Fall endgültig zu den Akten legen. Könnten Sie die Tage bei uns in der Kanzlei vorbeikommen?»

«Ja, sicher», sage ich.

«Geh ruhig heute. Fred und die Jungs wollen mit mir meine Entlassung feiern», schlägt Nael vor.

«Okay, würde es heute spontan klappen?», frage ich.

«Das geht leider nicht. Bis 20 Uhr 30 stecke ich in Terminen fest. Wir könnten höchstens im Anschluss gemeinsam essen gehen», meint Edvardson.

«Jo. Mach doch.» Nael stupst mich an.

Das ist jetzt ziemlich spontan, aber ich bin froh, wenn das Kapitel endgültig abgeschlossen ist. «Also gut. Dann heute Abend. Aber nur, wenn ich Sie einladen darf. Als Dankeschön für alles.»

Edvardson zögert kurz. «Also … okay.»

«Haben Sie einen Vorschlag?»

«Wie wäre es um 21 Uhr im *Vertigo* in Schwabing?»

«Alles klar. Bis später.»

«Aber jetzt wird erst mal gefrühstückt.» Mein Freund strahlt.

Ich nehme eines der winzig kleinen Blümchen in die Hand und werde nachdenklich. «Was hältst du davon, wenn ich dir mal eine meiner Rückführungen zeige?»

Er hat den Mund voller Croissant. «Mhh …?»

«Was heißt das, ja oder nein?» Er ist so süß.

Nael nickt. «Jo, warum nicht? Du hast ja auch meine gesehen. Dann kenne ich endlich auch deine verborgenen Geheimnisse. Und ich therapiere dich anschließend.» Er grinst.

Ich lache. «Gute Idee! Ich weiß auch schon, welche Rückführung.» Vor lauter Vorfreude kann ich mich nicht mehr kontrollieren und falle erneut über ihn her.

Am Mittag rufe ich meinen Chef an. Carl und *preVita* sind bereits von der Polizei informiert worden und wissen von *PerfectHumans* Spionageversuch. Konsequenzen wird es für Nael keine haben, da er unwissentlich darin verwickelt war. Ich bin erleichtert und sage Carl, dass wir nächste Woche wieder zur Arbeit kommen. Auch erzähle ich ihm von dem Herzenswunsch, dass Nael und ich gemeinsam eine Rückführung anschauen wollen.

Carl macht mir ein Angebot: «Wie wär's, wenn ihr das bei dir zu Hause macht? Wir starten ganz aktuell mit dem Feldtest der Nullserie von *Uranus*. Ausgewählte Personen erhalten einen Retransition-Helmet inklusive virtuellem Psychologen und testen selbstständig. Wir würden euch das Equipment sogar vorbeibringen. Ihr könntet dann die Rückführung machen, wann immer ihr wollt.»

«Die Produkteinführung steht schon an? Das ging jetzt aber schnell.» Ich bin begeistert.

«Absolut. Unser Team hat hervorragende Arbeit geleistet.»

«Dann sind wir dabei. Danke, Carl.» Überglücklich schließe ich meinen Nael in die Arme. «Du wirst bald Lea und Ben kennenlernen.»

Am frühen Abend liefert ein Kollege von *preVita* die Sachen. Ich unterschreibe die Testbedingungen und Haftungsdokumente, und schon ist der Mann wieder verschwunden. «Genial, dann können wir morgen früh gleich loslegen.» Ich umarme Nael. Vorfreude ist die schönste Freude.

«Jo, toll.» Er klingt nicht ganz so euphorisch wie ich, aber das kommt bestimmt noch. Ich hätte ihn am liebsten nie wieder losgelassen, doch leider muss er weg und ich will mich noch in Ruhe fertig machen, bevor ich zum Essen mit dem Anwalt gehe.

In meinem leichten hellblauen Sommerkleid mit weißen Sternen darauf fühle ich mich pudelwohl und genau passend angezogen für diesen Termin. Ich freue mich jetzt sogar ein wenig auf das Treffen, weil wir Keno Edvardson so viel zu verdanken haben. Als ich das Lokal betrete, bin ich wie verzaubert. Warum war ich noch nie hier? Das *Vertigo* befindet sich in einem gut klimatisierten Glaspalast. In der Luft schwebt ein leichter Duft von Minze. Das Restaurant ist nicht besonders groß. Es gibt hier etwa zwanzig Tische mit hübschen champagnerfarbenen Polsterstühlen. Sie alle haben unterschiedlich geschwungene Rückenlehnen aus Holz, sodass das Ganze wie ein futuristisches Orchesterensemble aussieht. An der Decke hängen edle Kronleuchter. Der Boden ist aus dezent illuminiertem Milchglas. Mitten im Raum bereiten ein paar flinke Köche Essen in einer offenen Küche zu. Ich staune. Die Leute, die hier speisen, sind auch ganz nach meinem Geschmack. Keiner dreht sich um oder beginnt zu tuscheln. Es spielt leise Instrumentalmusik. Nichts Aufdringliches. Traumhaft. An einem kleineren Tisch am Rand sitzt der Anwalt. Ich hätte ihn fast nicht erkannt, so anders sieht er aus. Der steife Anzug ist einem sportlichen Outfit gewichen. Er trägt enge Chinohosen mit stylischen Derby-Schuhen. Dazu ein blaues Hemd, an dem er den obersten Knopf geöffnet hat. Als er mich erblickt, springt er sofort auf und reicht mir mit einem herzlichen Lächeln die Hand. «Sie sehen toll aus.»

«Sie haben sich aber auch Mühe gegeben.»

«Ich weiß jetzt nicht, ob das ein Kompliment war.» Edvardson lacht und rückt mir den Stuhl zurecht. Ein wahrer Gentleman.

«Doch, das sollte es eigentlich sein», sage ich.

Von einem schwebenden Tablett ergreift er zwei Gläser. «Ich habe *Martini Bianco* bestellt. Ich hoffe, Sie mögen ihn. Falls nicht, trinke ich beide.»

«Nicht nötig. Ich mag ihn sehr.» Der Mann hat Geschmack und Humor.

«Auf Nael Gardis Unschuld!» Wir stoßen an und durchforsten die Speisekarte. Dabei fällt mir zu meinem Entsetzen auf, dass mein Nagellack an zwei Fingern abgebröckelt ist. Warum habe ich die Nägel nicht neu lackiert?

«Mögen Sie etwas Wasser, Frau Blumberg?»

«Wie bitte?» Ich halte meine rechte Hand unter den Tisch.

«Darf ich Ihnen Wasser einschenken?» Edvardson ist sehr aufmerksam.

«Ja, gerne.» Diese blöden Nägel.

«Warum verstecken Sie Ihre Hand vor mir? Oder ist das ein Geheimnis?», neckt er mich.

Ein bisschen zu aufmerksam, der Herr Anwalt. «Nein, mein Nagellack blättert nur ab. Das wollen Sie sicher nicht sehen.»

«Solch immens Wichtiges ist mir gar nicht aufgefallen. Geheimnisse hätten Sie vor dem Anwalt sowieso nicht lange verbergen können.» Er zwinkert mir zu.

Weil mir zu warm ist, lege ich meinen Baumwollschal über die Stuhllehne. «Ich dachte, Psychologen bekommen alles heraus, nicht Anwälte.» Jetzt zwinkere ich ihm zu.

Wenig später wird das Essen serviert. Das Teriyaki Chicken ist köstlich. Hier muss ich unbedingt einmal mit Nael hin. Nach einem Small Talk über alltägliche Dinge, wird es ernst.

«Nun zu den Neuigkeiten.» Er redet wieder sehr förmlich und rückt näher, wohl damit niemand mithören kann. «Sie haben mit Ihrer Vermutung recht gehabt. Es ist wahr, *PerfectHuman* hat tatsächlich seit Jahren systematisch zu viele Babys produziert und die Überschüssigen entsorgt.»

Ich reiße voller Entsetzen meine Augen auf.

«Außerdem gehen wir davon aus, dass Mia Zen im Auftrag von *PerfectHuman* ausgeschaltet worden ist. Alle Indizien deuten darauf hin, dass sie gegen ihren Willen in einem Keller in Milbertshofen festgehalten und medikamentös behandelt wurde. Ich nehme an, um ihre Erinnerungen auszulöschen und sie unzurechnungsfähig zu machen. Das ist ihnen leider gelungen.» Jedes seiner Worte zieht mir mehr den Boden unter den Füßen weg. «In dem Zustand transportierte man sie dann nach Nürnberg und setzte sie in einem Park aus. Und das Traurige daran ist, dass Frau Zen erhebliche psychische Schäden davongetragen hat. Es wird wahrscheinlich länger dauern, bis sie wieder ein normales Leben führen kann.»

Ich spüre einen dumpfen Schmerz in mir.

«Frau Blumberg?»

«Oh Gott», stammle ich und starre ihn an. Gewissensbisse plagen mich. Es bricht mir das Herz, dass ich Mia nicht geholfen habe.

«Ich weiß, das sind keine guten Nachrichten.»

«Ich mache mir solche Vorwürfe!» Ich muss mich zusammenreißen, damit ich nicht auf der Stelle losheule. «Ich dachte, Mia hätte eine schlimme Paranoia und die Geschichte nur erfunden.» Das Hühnchen in meinem Magen meldet, dass es wieder hinaus will.

«Das dachte die Polizei auch. Sie sind letztendlich, wie so viele andere, in die Falle von *PerfectHuman* getappt. Ich hätte vermutlich genauso reagiert wie Sie.»

Ich versuche, mir ein Lächeln abzuringen.

«Wichtig ist, dass durch Sie der Stein erst ins Rollen gebracht worden ist. Nachdem die Staatsanwaltschaft ein paar Beweise vorlegen konnte, wurde eine Razzia durchgeführt. Dabei ist alles aufgeflogen. Der ganze Vorstand von *PerfectHuman*, die Chefetage, alle bisher bekannten Beteiligten sind jetzt in Untersuchungshaft. Auch der Personalchef Mayer, von dem Sie mir so vorgeschwärmt haben.»

«Oh mein Gott!» Etwas anderes kann ich nicht sagen. Jedes Wort, das ich zusätzlich herausbringen würde, wäre unangebracht. Umso froher bin ich, dass Edvardson weiterredet.

«*PerfectHuman* wird so lange zwangsverwaltet, bis alle Verantwortlichen zur Rechenschaft gezogen worden sind und ein professionelles Management mit einwandfreiem Leumund gefunden worden ist. Eine unabhängige Untersuchungskommission recherchiert derweil alle Hintergründe und Details. Und mit neuen Verantwortlichen wird die Firma bestimmt zurück auf die richtige Spur kommen.»

«Was passiert mit den Klonen, die jetzt schon in den Entwicklungskapseln sind? Das müssen Zehntausende Babys sein.»

«Natürlich wird für jedes davon eine individuelle Lösung gesucht. Zuallererst werden die jeweiligen Eltern gefragt, ob sie Drillinge akzeptieren. Wenn nicht, werden vom Staat Adoptiveltern gesucht. Und in Zukunft wird selbstverständlich wieder nur ein Baby pro Auftrag produziert.»

«Okay.» Ich bin erleichtert.

«Es gibt übrigens noch etwas», sagt der Anwalt.

«Ich finde, das war schon genug für ein ganzes Leben.»

«Stimmt, es tut mir auch leid. Aber es ist wichtig. Die Polizei hat diesen Sozialpädagogen Culfier ins Kreuzverhör genommen. Interessiert es Sie, warum es gerade Herr Gardi war, der auf Sie angesetzt wurde?»

Ich erstarre. ‹Angesetzt› klingt widerlich. «Ja, klar!»

«Die haben heutzutage die besten Matching-Programme und können genau herausbekommen, wer wen attraktiv findet. Ihre Daten hat *PerfectHuman* bereits besessen. Den Rest haben Hacker und IT-Experten von *SIvEx* erledigt. Sie haben die Justizvollzugsanstalten in Bayern angezapft und nach einem Mann gesucht, der optimal zu Ihnen passt. Natürlich durfte es kein

Schwerverbrecher oder Massenmörder sein.»

Kurz höre ich auf zu atmen.

«Herr Gardi war genau der Richtige. Er ist Ihr Typ, Sie seiner.» Edvardson räuspert sich. «Und es ist auch klar, dass *SIvEx* Herrn Gardi nur benutzt hat. John Culfier hat ihn erpresst, die notwendigen Informationen zu besorgen.»

Bei dieser offiziellen Bestätigung geht mein Herz auf. «Ich wusste es.» Ich kann es nicht erwarten, Nael wieder in die Arme schließen zu können.

«So ist es. Sie haben Glück. Sie scheinen perfekt zusammenzupassen.» Er nimmt einen Schluck Wasser. «Und es gibt noch eine letzte Sache.»

«Was denn noch?» Ich bin schon am Limit des Ertragbaren.

«*PerfectHuman* hatte Sie anfangs beschatten lassen.»

«Was?» Das ist ja psycho. Wann hört dieser Albtraum auf?

«Keine Sorge, das war nur sehr kurz. Danach hatten sie die Idee mit Herrn Gardi. Allerdings war das Ziel von *PerfectHuman* gar nicht vorrangig die Industriespionage. Dafür wäre Herr Gardi sowieso nicht der Richtige gewesen. *PerfectHuman* wollte vornehmlich erreichen, dass Sie ein Verhältnis mit ihm eingehen und Firmengeheimnisse ausplaudern. Falls Sie irgendwann mit der Geschichte von Mia Zen oder den Babys an die Öffentlichkeit gegangen wären, hätte man Sie als Betrügerin bloßgestellt und somit Ihre Glaubwürdigkeit untergraben. So wollte man Sie gezielt ausbremsen und in Schach halten.»

«Was für ein mieses Spiel! Und ich mittendrin.» Ich kann das alles kaum glauben. Die hätten mich fertig gemacht, wenn ich etwas erzählt hätte. «Zum Glück sitzen diese Verbrecher jetzt hinter Gittern.» Ich muss wieder positiv denken, sonst werde ich verrückt.

«Ja, absolut. Aber in einem Punkt haben wir *PerfectHuman*

falsch verdächtigt: Die Firma hat nichts mit Herrn Gardis Verhaftung zu tun. Das ging allein auf das Konto von Herrn Le-Bron.»

«Was für ein Wahnsinn.» Dieser Typ schmort jetzt hoffentlich in der Hölle. Ich atme mehrfach tief durch, um mich zu sammeln. «Herr Edvardson, es belastet mich noch eine Sache. Wer kümmert sich eigentlich um die Tochter von LeBron?»

«Wie bitte? Um welche Tochter denn?» Er zieht seine Stirn in Falten. «Er hatte keine Kinder.»

«Doch, eine Tochter, Clarin», beteuere ich.

«Nein, sicher nicht. Bei den Ermittlungen nach seinem Tod wurde das als Erstes geklärt. Es gibt keine nahen Verwandten mehr. Seine Eltern sind verstorben und er hatte weder Brüder noch Schwestern. Und schon gar keine Kinder. Da haben Sie eine falsche Information.»

«Das hat er mir selbst gesagt!» Ich reiße meine Augen auf.

«Dann hat er Sie wohl angelogen», meint er.

Dieser elende Mistkerl. Wahrscheinlich ist Clarin doch die Nachbarstochter. Es würde mich nicht wundern, wenn er mit ihr auch etwas gehabt hatte. Der wollte mich mit der rührigen Tochter-Nummer nur um den Finger wickeln. Vermutlich war alles andere auch erstunken und erlogen. Die brutale Wahrheit vervollständigt mein negatives Bild von LeBron. Aber muss ich jetzt nicht sehr an meiner Fähigkeit zweifeln, Menschen richtig einschätzen zu können? Und das als Psychologin!

«Frau Blumberg, ist alles in Ordnung?»

«Geht so. Ich fasse es nicht, dass ich mich in diesem LeBron so getäuscht habe.»

«Kommen Sie. Lassen Sie die Vergangenheit ruhen. Die Verbrecher sind hinter Gittern. Ihr Freund ist frei. Ein neues Leben beginnt.»

«Sie haben ja recht.» Ich lächle knapp. «Was steht denn jetzt bei Ihnen an?»

«Langweiliger Kram. Ihr Fall war einmal eine echte Abwechslung. Und was machen Sie?», fragt er.

«Ich arbeite sicher weiter bei *preVita*, da gefällt es mir ungemein gut. Nael und ich wollen uns übrigens gemeinsam eine Rückführung anschauen.»

«Schön, das wird bestimmt bewegend. Ich hoffe, Sie hatten ein glückliches Vorleben. Wann soll sie denn stattfinden?»

«Morgen früh geht es los.» Ich freue mich schon riesig.

«Dann wünsche ich Ihnen eine gute Reise.» Der Anwalt lächelt sanft.

NAEL

… hat einen leichten Brummschädel. Auf der Feier am vorigen Abend ist mächtig Alkohol geflossen, obwohl es in der Siedlung nicht erlaubt ist. Aber er und seine Kumpel sind nicht erwischt worden, oder man hatte einfach ein Auge zugedrückt. Trotzdem ist er früh aufgestanden, weil Zenia unbedingt diese Rückführung machen möchte. Diesen Wunsch will er ihr auf keinen Fall ausschlagen, obwohl er sich weitaus schönere Sachen mit ihr vorstellen könnte.

In der Bahn lächelt er ununterbrochen, und ein junges Pärchen, das ihm gegenübersitzt, lächelt zurück. Zufrieden schaut er aus dem Fenster. Jetzt muss es nur noch Lucie besser gehen. Amrex' Geld reicht locker für die Behandlung. Nael malt sich schon aus, was er mit dem restlichen Betrag alles anstellen könnte: Das Elternhaus renovieren, eine Traumreise machen, Zenia Geschenke kaufen … Es ist schön, so tolle Freunde zu haben.

Kurz bevor er am Stadtrand umsteigen muss, ruft Lucies Arzt an. «Herr Gardi, bitte kommen Sie dringend in die Klinik.»

ZENIA

Ich bleibe länger im Bett liegen und lasse den Abend Revue passieren. Was für eine unglaubliche Geschichte. Wie in einem Thriller. Amrex wird es nicht glauben, wenn sie das alles erfährt. Gott sei Dank gehört dieses dunkle Kapitel nun der Vergangenheit an. Ich darf mich jetzt auch nicht verrückt machen. Es ist so, wie es ist. Ich kann die Zeit nicht zurückdrehen. Am Ende wird alles gut. Und wenn es noch nicht gut ist, dann ist es auch noch nicht das Ende. Heute beginnt die Zukunft. Und sie startet mit Nael und der Rückführung zu Lea und Ben. Mit einem Lächeln stehe ich auf.

Nach meinem Cappuccino gehe ich duschen und ziehe mich schick an. Schuhe brauche ich keine. Wir werden eh den ganzen Tag hier sein. Wer weiß, wie lange diese Reise dauern wird. Ich werde ganz hibbelig. Meine Haare bestehen einen letzten Check-up. Sie fallen locker auf meine Schultern. Hübsch für Nael und Ben. Auf Schminke habe ich komplett verzichtet. Aus Sorge, dass sie trotz wasserfester Eigenschaften verläuft. Denn weinen vor Ergriffenheit werde ich bestimmt.

NAEL

… hört voller Sorge dem Chefarzt der Klinik zu. «Gut, dass Sie so schnell kommen konnten. Ihre Schwester braucht Sie dringend. Sie hatte einen Herzstillstand.»

«Was, warum?» Nael ist schockiert.

«Wir wissen es auch nicht ganz genau. Eventuell die Medikamente. Wir mussten sie absetzen.»

«Was sind denn das für Scheißmedikamente?», schreit Nael.

«Herr Gardi. Bisher waren uns keine Nebenwirkungen von *Melivived* bekannt. Es ist wahrscheinlich eine Reihe unglücklicher Umstände. Wir haben bei Ihrer Schwester einen kleinen Herzfehler entdeckt. Vielleicht waren die Medikamente nur der Auslöser für den Herzstillstand. Frau Gardi wird weiter untersucht. Das Wichtigste momentan ist, dass wir Ihre Schwester reanimieren konnten und sie jetzt hoffentlich das Schlimmste überstanden hat.»

«Wo ist sie?»

«Sie ist zwar stabil, aber wir lassen sie noch auf der Intensivstation. Dort können wir sie besser überwachen.»

«Kann ich zu ihr?»

«Ja, das würde ihr sicherlich helfen. Sie ist psychisch nämlich sehr angeschlagen.»

Auf dem Weg zu Lucie lässt Nael durch seinen BRO Lino eine Sprachnachricht an Zenia schicken.

ZENIA

Hallo meine Zenia,
ich kann heute nicht zu dir kommen. Ich
bin in der Klinik bei Lucie. Es gab einen
Notfall. Es geht ihr zwar wieder besser,
aber ich will bei ihr bleiben. Melde mich
später. Ich vermisse dich. Muss jetzt den
BRO ausmachen.
Ciao, dein Nael

Lieber Nael,
oje. Was ist passiert? Was hat Lucie denn?
Ich hoffe, es geht ihr bald besser. Wenn ihr
mich braucht, bin ich für euch da. Ich vermisse dich auch. Deine Zenia

«Deine Sprachnachricht wird nicht übermittelt. Naels BRO ist
deaktiviert», informiert mich Romeo.

Lucie ist natürlich jetzt wichtiger. Der arme Nael kommt
auch nicht zur Ruhe. Ich würde die beiden so gerne unterstützen. Ernüchtert setze ich mich auf mein Sofa und starre enttäuscht auf den Retransition-Helmet, der einsatzbereit vor mir
liegt. Mein BRO lässt mir einen zweiten Cappuccino zubereiten. «Darf ich sonst noch etwas für dich tun?»

«Ach, Romeo. Das ist schade. Ich hatte mich so auf diesen
Tag gefreut und nun fällt alles ins Wasser.»

«Das verstehe ich nicht. Warum?»

«Weil ich die Rückführung jetzt nicht machen kann.»

«Warum nicht?» Er kann es scheinbar nicht begreifen.

«Weil Nael nicht da ist.»

«Muss er denn da sein? Ich bin doch da.»

Ich stelle ihn auf Bodymodus. «Du bist niedlich.»

«Und wenn du einfach ohne Nael anfängst? Du kannst dir die Aufzeichnungen mit ihm später ja trotzdem noch einmal anschauen.» Er lässt nicht locker.

«Hm ... du hast eigentlich recht. Trübsal blasen bringt nichts. So machen wir das.» Voller Neugier und Vorfreude setze ich den Helm auf und entspanne mich auf meinem Sofa. Gleich werde ich wieder diese bezaubernde Liebe zwischen Lea und Ben spüren. «So, ab jetzt übernimmt die virtuelle Psychologin.» Romeo klinkt sich aus.

«Hallo, Zenia, mein Name ist Alessa. Ich bin deine Betreuerin. Wir können dich gezielt, anhand von Stichworten, in eines deiner Vorleben zurückführen. Bitte nenne mir die gewünschten Stichworte zur Filterung.»

«Ich möchte bitte in das Leben von Lea zurück.»

«Gut, welche konkreten Filter darf ich dort vornehmen?»

Ich werde nervöser. Wo starte ich denn am besten? «Ich will beim Kennenlernen von Lea und Ben beginnen und anschließend in die Zeitspanne eintauchen, als Lea bei der Astrologin erfahren hat, wer Ayana ist, und wie sie Ben davon erzählt hat. Geht das?»

«Das weiß ich nicht. Aber wir werden danach suchen, sobald wir dich in Trance versetzt haben. Natürlich kannst du die Reise wie immer mit einem ‹Stopp› unterbrechen. Hast du noch irgendwelche Fragen?»

«Nein.» Vor Aufregung kann ich sowieso keine klaren Gedanken fassen. Ich will die Rückführung einfach nur genießen. Nael hätte es bestimmt so gewollt.

«Also, mach es dir bequem. Es geht los.» Das Bild meiner

virtuellen Psychologin verschwindet langsam vor meinen Augen, und ich werde leichter und leichter.

Ich verschmelze mit Lea.

Ein kleiner Raum wird von unzähligen Scheinwerfern an der Decke beleuchtet. Ein junger Mann hantiert an einer Fernsehkamera herum. Ein anderer hält ein Bündel Kabel fest in seinen Händen. Mittendrin stehe ich und versuche, meine Nervosität zu überspielen, indem ich mir immer wieder Mut zuspreche. Ich schaffe das!
«Hallo, Lea.» Eine angenehm tiefe Stimme dringt durch meinen Mini-Funkkopfhörer. «Ich bin Ben. Dein Regisseur und der Flüstergeist in deinem Ohr. Während der Aufzeichnung könnte es sein, dass ich dir etwas sage. Dann bitte nicht aus der Ruhe bringen lassen. Tu so, als wäre nichts und moderiere munter weiter.»
«Ich probier's.»
«Ich zähle von drei runter und wenn du das rote Licht an Kamera 1 siehst, kannst du loslegen. Verrate uns einfach, weshalb du hier bist», sagt Ben. «Alles klar?»
«Alles klar!»
«3, 2, 1 und bitte.»
«Hallo, mein Name ist Lea, ich bin 26, und mein Chef ist daran schuld, dass ich heute hier bei diesem Casting bin. Normalerweise drehe ich als Redakteurin Beiträge für eine tagesaktuelle Nachrichtensendung. Jetzt stehe ich zum ersten Mal vor der Kamera. Mein Chef meinte noch als guten Ratschlag ‹Brust raus, Bauch rein.› Das mache ich die ganze Zeit, aber ehrlich gesagt ist das ungemütlich. Deshalb stelle ich mich so hin, wie ich mich wohlfüh-

le, sonst denken die Zuschauer noch, dass ich einen Besen verschluckt habe.» Ich entspanne mich. «Vielleicht bin ich die Richtige für diesen Job. Das müsst ihr aber entscheiden. Ich jedenfalls würde ihn gerne machen.»

«Lea, das war sehr unterhaltsam», höre ich Bens Stimme. «Wir haben noch einen Text für dich vorbereitet. Damit testen wir, ob du moderieren kannst.»

Mit so etwas habe ich natürlich gerechnet, aber meine Muskeln spannen sich trotzdem wieder an. In einer Zeitschrift habe ich einmal ein Interview mit einer Fernsehmoderatorin gelesen. Sie meinte, es gäbe verschiedene Möglichkeiten, die Nervosität in den Griff zu bekommen: Tief durch die Nase einatmen und ganz langsam die Luft durch den Mund ausströmen lassen oder Lockerungsübungen mit Armen und Beinen machen. Ich entscheide mich für eine eher schmerzhafte, aber sehr wirksame Variante: Fingernägel in den Handballen hineindrücken, um die einzelnen stechenden Schmerzen zu spüren. Es funktioniert. Es lenkt mich ein bisschen ab. Meine Knie schlottern nicht mehr so arg. Mein Puls beruhigt sich.

«Lea.» Die Stimme des Regisseurs gibt mir zusätzlich ein wenig Sicherheit. «Franziska bringt dir nun einen Text.» Im nächsten Moment geht die Tür des Studios auf. Ein junges Mädchen reicht mir eine Karte. «Das ist eine kurze Anmoderation zu einem Beitrag.»

«Danke.» Ich überfliege die Zeilen. Das dürfte zu schaffen sein. Immerhin konnte ich schon damals in der Schule gut vorlesen. Im Display der Kamera erscheinen große Buchstaben.

«Du siehst den Text, der auf der Karte steht, auch im Teleprompter. Bist du bereit?», fragt Ben.

«Ja.» Das Zittern kehrt in meine Knie zurück. Aber jetzt brauche ich meine volle Konzentration. Ich reiße mich zusammen und starte. Plötzlich läuft der Text im Teleprompter nicht mehr weiter. Was ist das? Was soll ich tun? Instinktiv schaue ich auf meine Moderationskarte und lese den restlichen Text von dort ab.

Geschafft.

«Danke, Lea, das hast du super gemeistert.» Ben freut sich hörbar. «Das war die sogenannte Castingfalle. Damit bist du fertig.»

Als ich das Studio verlasse, werfe ich einen Blick in die Regie. Vier Leute winken mir lächelnd zu. Regisseur Ben strahlt mich an. «Das hast du großartig gemacht.»

Ohne es greifen oder gar beschreiben zu können, weiß ich, dass eine tiefere Verbundenheit zwischen uns besteht.

Es wird schwarz.

Das kenne ich bereits. Es ist ein Zeitsprung.

Mein Körper fühlt sich bleiern an, aber meine Seele schwebt vor Erleichterung. Endlich kenne ich die Antwort: Ayana, die Frau aus Bens Albträumen … das war ich! Alles macht einen Sinn. Ben und ich standen uns in einem früheren Leben schon einmal sehr nah. Unsere Seelen haben sich wiedergefunden.

Freudig verlasse ich das Haus der Astrologin und laufe die Straße entlang. «Ben!», schreie ich ins Handy und schnappe nach Luft. «Ich weiß, wer Ayana ist!»

«Was? Du willst mich veralbern.»

«Nein, glaube mir. Treffen wir uns? In zehn Minuten im *Delhi*?»

«Ähm, ja … aber was …?»

Nein, am Telefon sage ich es ihm nicht. Ich will ihm dabei in die Augen sehen. Mein Herz trommelt so stark, dass es bis in meinen Kopf hinauf pulsiert. «Du erfährst es gleich. Ich liebe dich!» Fast wäre mir das Handy aus der Hand gerutscht. Schnell stopfe ich es in meine Tasche. Eigentlich bin ich keine gute Sprinterin, aber eine unbändige Kraft treibt mich an. Ich kann es kaum erwarten, Ben all das zu sagen, was ich erlebt habe. Diese Albträume werden jetzt hoffentlich aufhören. Ich kichere wie ein kleines Mädchen. Die Liebe zu Ben hat jetzt keine Schattenseite mehr. Mit einem Dauergrinsen im Gesicht laufe ich durch die Straßen. Einige Leute lächeln zurück. Nichts wird unserem Glück mehr im Wege stehen. Vielleicht werden wir bald heiraten? Soll ich ihn einfach fragen? Warum muss es immer der Mann sein, der die Initiative ergreift? Ich renne noch schneller und muss meine Umhängetasche mit beiden Händen festhalten.

Ben denkt bestimmt, ich bin völlig verrückt. Ich male mir aus, wie er gerade grübelnd zum Café geht. Einmal mehr spüre ich die unendliche Liebe zu ihm. Nichts auf dieser Welt kann uns jetzt mehr trennen.

Gleich bin ich da. Ich biege um die Ecke und ignoriere die ziehenden Schmerzen in meinen Oberschenkeln. Da ist er. Ben schreitet vor dem Eingang unseres Lieblingscafés unruhig hin und her. Als er mich sieht, macht mein Herz einen Hüpfer vor Freude. Ich winke ihm zu. Was für ein perfekter Tag.

Glücklich wie nie zuvor eile ich über die Straße. Plötzlich schrillen quietschend die Reifen eines Wagens. Mein Körper prallt hart gegen die Motorhaube des silberfarbenen Kombis, wird auf dessen Windschutzscheibe geschleudert und fliegt über das Auto hinweg. Mein Kopf kracht dumpf auf die Bordsteinkante.

Das Nächste, was ich höre, ist Ben.
«Du darfst jetzt nicht aufgeben! Sieh mich an! Bitte!»
Fremde Stimmen murmeln wirr durcheinander. Ich bemühe mich, alle Nebengeräusche auszublenden und mich voll und ganz auf Ben zu konzentrieren.

Mit zittrigen Fingern streichelt er meine Hand. «Ich bin bei dir.»

Und ich werde immer bei dir sein! Ich will mich aufrichten, um ihn zu umarmen, doch ich bin wie gelähmt. Wie gerne hätte ich ihm gesagt, was ich gerade herausgefunden habe. Aber ich kann einfach nicht sprechen. Ich darf nicht aufgeben. Nicht jetzt. Endlich weiß ich, woher meine Seele kommt. Und seine.

Endlich wird dieser Fluch ein Ende haben!

Aber dann läuft mein ganzes Leben wie ein Kinofilm in meinem Kopf ab. Ich kann mich nicht dagegen wehren. Ich sehe meine erste Freundin Greta, wie sie die fiesen Nachbarjungs mit der Plastikschaufel aus dem Sandkasten verjagt; Hedda und die Klingelstreiche auf dem Weg zur Schule; meinen siebten Geburtstag, als wir Mamas und Papas Klamotten anprobieren; den traurigen Abschied aus Njöte und den Umzug ins Nachbardorf; unseren Urlaub auf Mauritius; meinen ersten Kuss; die Abiparty; Studium; Job; Ayana; Ben ... Der Film flimmert immer schneller, die Szenen werden immer kürzer.

Mit schwindender Kraft lächle ich Ben ein letztes Mal an. Ich spüre gerade noch, wie seine Finger sanft ein Herz auf meine Hand malen, bevor alles plötzlich erlösend hell wird.

Die Rückführung findet von allein ihr Ende. Leas Leben ist ausgelöscht. Ein Teil von mir ist mit ihr gestorben.

Mein Brustkorb hebt sich nur ganz sachte. Mein Puls pocht in meinem linken Ohr. In meinen Fingerspitzen und in den Zehen kribbelt es unangenehm. Ich kann mich nicht rühren und fühle mich so leer, als hätte man mir das Herz herausgerissen. Das Kribbeln wird stärker. Angestrengt versuche ich jetzt, meine Hände und Füße zu bewegen. Ich öffne meine Augen.

«Zenia, bitte bleibe ruhig liegen und entspanne dich.» Ich höre die Stimme der virtuellen Psychologin wie durch einen Schalldämpfer, aber ich ignoriere, was sie sagt.

Die letzten Momente aus Leas Leben fallen erneut über mich her wie ein Schwarm stechbereiter Hornissen. Immer wieder spüre ich Leas Euphorie. Immer wieder sehe ich sie über die Straße laufen. Immer wieder prallt sie gegen das Auto. Immer wieder höre ich Bens Stimme.

Und dann die Herzmalerei …

Ich kann kaum noch atmen und brauche dringend frische Luft. Ungestüm reiße ich mir den Helm vom Kopf, springe auf und taumele zum Fenster.

«Zenia, bitte lege dich wieder hin. Es ist wichtig! Du bringst dich in Gefahr!», warnt Alessa lauter.

Nein, raus hier. «Nael. Wo bist du?» Ich schreie mir die Seele aus dem Leib. Kraftlos hangele ich mich durch die Wohnung. Endlich die Tür.

«Zenia, wenn du weiter meine Anweisungen missachtest, wird automatisch der Notdienst verständigt.» Alessa ermahnt mich.

Ich höre zwar ihre Hinweise, aber sie interessieren mich nicht. Ich schleppe mich aus dem Haus, kann aber nichts erkennen. Ich weine zu viele Tränen, heule und schluchze. «Wieso musste Lea sterben?»

Gerne wäre ich losgerannt. Irgendwohin.

Stattdessen knicken meine Beine ein und ich falle um.

«Kann ich Ihnen helfen?» Es ist eine Männerstimme.

«Nein. Gehen Sie weg!» Ich krieche zu meiner Haustür zurück und bleibe auf der untersten Stufe sitzen. Mit meinen Armen umklammere ich schutzsuchend meine Beine.

«Frau Blumberg, was ist denn los?»

Wer ist das? Als ich hochschaue, sehe ich die Umrisse eines Mannes. Zuerst kann ich ihn nicht zuordnen, doch dann bückt er sich zu mir herunter. Es ist der Anwalt Keno Edvardson.

«Was machen Sie denn hier?» Ich wische mir die Tränen aus dem Gesicht. Ich muss schlimm aussehen.

«Ich wollte Ihnen nur Ihren Schal vorbeibringen. Den haben Sie bei unserem Abendessen gestern liegen lassen.» Er lächelt mich an.

«Danke.» Ich drehe mich verschämt weg.

«Allerdings wollte ich Sie auf keinen Fall stören.»

«Vielleicht wäre es besser gewesen, wenn Sie gestört hätten.»

«Warum?», fragt er.

Mir kommen wieder diese schrecklichen Bilder in den Sinn.

Edvardson setzt sich neben mich auf die Stufe und legt mir den Schal über die Schultern.

«Ich … also Lea ist einfach kopflos über die Straße gerannt.» Ich richte mich auf. «Direkt in ein Fahrzeug.»

Der Anwalt blickt um sich. «Es gibt keinen Wagen in unserer Nähe. Sie reden bestimmt von Ihrer Rückführung, oder?»

«Ja.» Ich spreche wie in Trance weiter. «Und das Schlimmste ist, Lea konnte es Ben nicht mehr sagen!» Ich fange wieder an zu weinen.

«Irgendwie habe ich gespürt, dass es Ihnen nicht gut geht.» Fürsorglich nimmt er mich in den Arm.

Es ist mir nicht unangenehm. Es fühlt sich sogar vertraut an. Ich lasse es geschehen, lehne mich an seine Schulter und schließe meine Augen. Die Tränen fließen weiter über mein Gesicht. «Lea ist gestorben. Und Ben hat nicht erfahren, wer Ayana ist.» Mir wird kalt und ich schmiege mich enger an den Anwalt. «Warum denn nur? Wir waren so jung … und hatten das ganze Leben noch vor uns.»

Er umarmt mich fester. «Ich bin bei dir.»

Wie bitte? Das sind Bens Worte! Für einen kurzen Moment öffne ich meine Augen und sehe, wie er mir sanft ein Herz auf die Hand malt.

Ein Gespräch zum Roman

Andrea Ballschuh ist Moderatorin im ZDF, mdr und hr. Außerdem moderiert sie im Radio auf SWR1. Sie selbst hat erfolgreich Bücher zu den Themen Ernährung und Gärtnern geschrieben. Mit Begeisterung hat sie ‹Herzmalerei› gelesen und danach mit den Autoren gesprochen.

Andrea Ballschuh: Sylvia und Marcel, möchtet ihr uns verraten, wie es zu ‹Herzmalerei› kam?

Sylvia: Jeder von uns hatte immer schon den Wunsch, einen Roman zu schreiben. Wir haben oft darüber geredet und Ideen in einen Topf geworfen. Bröckchenweise seit 2011. Die ersten Zeilen haben wir Anfang 2016 geschrieben. Aber letztendlich fehlte uns die Zeit. Doch dann haben wir unser Leben umgekrempelt, um dieses Projekt realisieren zu können.

Andrea Ballschuh: Was heißt umgekrempelt?

Marcel: Wir haben die Prioritäten anders gesetzt. An erster Stelle sollte jetzt die Verwirklichung unseres Traumes stehen. Das war alles nicht so einfach, aber wir haben uns mehr oder weniger für ein Jahr freigeschaufelt. Wir sind nach Mallorca ausgewandert, an einen ziemlich verlassenen und romantischen Ort. Wegen der perfekten Umgebung für Inspirationen und Fantasien.

Andrea Ballschuh: Dann wart ihr also auf Mallorca mit einem Topf voller Ideen.

Sylvia: Ja, getrieben von Euphorie und Tatendrang. Auf Mallorca haben wir lange Spaziergänge am Meer unternommen und dabei Stück für Stück die Geschichte kreiert. Teilweise unter angsteinflößenden Umständen, als uns Möwen attackierten, um ihre Eier zu beschützen.

Marcel: Wir haben viel gelacht. Aber keiner hat uns vorgewarnt, was für eine Arbeit auf uns zukommen würde. Täglich haben wir Teile niedergeschrieben, sodass uns am Abend oft die Köpfe glühten und die Hände schmerzten. Da halfen dann meist nur noch ein Glas Rotwein und Tapas.

Andrea Ballschuh (lacht): Und wie dürfen wir uns das vorstellen: Habt ihr beide geschrieben? Das war sicher nicht einfach.

Sylvia: Die Rollenverteilung war schnell klar. Marcel war «the Brain» und hat die Storyline konzipiert, und ich war «the Hand» und habe die Gedanken in schöne Worte gefasst. Wobei Marcel letztendlich auch einige Kapitel geschrieben hat.

Marcel: Und Sylvia hatte auch viele geniale Geistesblitze.

Andrea Ballschuh: Und euer Tatendrang hat während der ganzen Zeit nie nachgelassen?

Marcel: Oh doch. Nach drei Monaten hatten wir ein Tief: Als wir zu dem Schluss kamen, dass Zenia einen anderen Beruf haben sollte. In der Urversion war sie Ghostwriterin für Menschen, die unfähig sind, ihre eigenen Gefühle auszudrücken. Doch dann war uns die Vorstellung zu kalt und viel zu düster, dass ein großer Teil der Gesellschaft emotionslos ist. Daher haben wir sowohl die Gesellschaftsstruktur als auch Zenias Beruf verändert. Damit war aber auch die schmerzliche Tatsache verbunden, dass wir auf einen Schlag circa 100 Seiten löschen mussten.

Sylvia: Eine Arbeit von ach wer weiß wie vielen unzähligen Tagen einfach mal kurzerhand löschen. Ich hatte deprimierende Gedanken: Vielleicht war das doch keine so gute Idee mit dem Roman und wir sollten wieder zum Alltag zurückfinden. Wie es das Schicksal so wollte, haben wir genau zu der Zeit ein Interview mit einem Bestseller-Autor gelesen. Er meinte, dass es dazugehöre, dass man immer wieder zig Seiten über Bord wirft und von Neuem beginnt, bis es für einen perfekt passt. Interessanterweise hat das bei uns wieder einen Motivationsschub ausgelöst.

Andrea Ballschuh: Habt ihr euch nie von der schönen Insel ablenken lassen?

Marcel: Doch. Anfänglich schon. In der ersten Zeit haben wir noch zahlreiche Ausflüge gemacht. Dann kam es zu einem Zwischenfall: Beim Tennis hat sich Sylvia den Fuß so schlimm umgeknickt, dass sie mehrere Wochen ans Bett gefesselt war. Ihr blieb wohl nichts anderes übrig, als zu schreiben. In dieser Zeit haben wir von morgens um 8 Uhr bis abends um 22 Uhr am Roman gearbeitet.

Sylvia: Ja, dabei ist der Hauptteil entstanden. Selten haben wir einen so tiefen Sinn in einem Sportunfall gesehen. (lacht)

Andrea Ballschuh: Und nach dem Jahr Mallorca war der Roman fertig?

Marcel: Das dachten wir, ja. Das war Ende 2017. Aber wir hatten uns sowas von getäuscht, denn viele Verwandte, Freunde und Bekannte haben den Roman danach probegelesen und uns Massen an Feedback gegeben, dass wir mit den Ohren geschlackert haben.

Sylvia: Viel Lob, aber auch viel konstruktive Kritik war darunter. Teilweise tat das sehr weh, aber am Ende hat das unser Buch bereichert. Wir mussten vieles einbauen, umbauen und neu bauen.

Andrea Ballschuh: Dann war der Roman aber fertig?

Marcel: Natürlich immer noch nicht. Wir haben ihn uns dann mindestens fünfzehn Mal von einer Stimme in unserem Computer vorlesen lassen. Jedes Mal dachten wir, es sei die letzte Runde. Aber stets kamen uns neue Gedanken, die wir noch unbedingt einbringen mussten. So konnten wir den Roman dann endlich (Frühling 2019) ins Lektorat geben, um ihn finalisieren zu lassen.

Andrea Ballschuh: Was für ein Aufwand! Dann habt ihr mehr als drei Jahre gebraucht – von der ersten Zeile bis hin zum fertigen Werk. Was war eigentlich das Schwierigste beim Schreiben?

Sylvia: Einen Gedanken so zu formulieren, wie er im Kopf geboren wurde. Hört sich komisch an, ist es auch. Gefühlt haben wir an jedem Satz zehnmal geschraubt und gefeilt.

Andrea Ballschuh: Ihr sprecht sehr viele Themen im Roman an. Zum Beispiel künstliche Intelligenz, Klimakatastrophe, das Leben in der Zukunft und Rückführungen.

Marcel: Wir haben uns natürlich über Zukunftsforschung und all diese Themen schlau gemacht, aber das meiste ist in unserer Fantasie entstanden. Die Story ist frei erfunden.

Andrea Ballschuh: Wie sehr seid ihr mit euren Romanfiguren verbunden?

Sylvia: Wir haben wirklich nachts von Zenia und Nael geträumt. Sie sind fast zu Familienmitgliedern geworden. Das ging so weit, dass wir Wörter unserer Darsteller selbst in unsere Alltagssprache übernommen haben. ‹Jo, Digger, was geht ab›?

Marcel (lacht): Haben wir anfangs von den Figuren geträumt, sind wir am Ende des Schaffensprozesses dann nur noch mit Kommaregeln eingeschlafen und mit Frage- und Ausrufezeichen am nächsten Morgen erwacht.

Andrea Ballschuh: Habt ihr eine Lieblingsfigur?

Sylvia: Oh, schwierige Frage. Ich bin eine Frau und habe mich natürlich in Nael verknallt.

Marcel: Hey?!

Sylvia (grinst): Natürlich nur fiktiv. Nael ist so lieb, so verletzlich und so attraktiv.

Marcel: Ich finde Amrex genial. Sie ist clever, großzügig und witzig. Dann dieser Spleen mit den Fremdwörtern. Vor allem ist sie immer für ihre beste Freundin da.

Andrea Ballschuh: Warum spielt der Roman in München?

Marcel: Es gibt so viele tolle Städte auf dieser Welt. Aber wir mussten uns für eine entscheiden. Die Geschichte hätte in jeder anderen Großstadt spielen können. Schlussendlich war ausschlaggebend, dass wir in München leben und uns hier kennengelernt haben. Wir lieben diese Stadt! Oft sind wir durch die Straßen gelaufen und haben uns vorgestellt, wie sich München in Zukunft entwickeln könnte.

Andrea Ballschuh: Ich muss gestehen, dass ich es genial finde, wie ihr die Gratwanderung hinbekommen habt. Ihr erschafft eine Zukunft ohne befremdliche Science-Fiction-Elemente.

Sylvia: Uns war wichtig, dass sich die Leser weiterhin wie zu Hause fühlen und nicht wie in einer fremden Welt. Viele Probeleser fanden die Vorstellung, dort zu leben, sogar praktisch: ‹Ich will auch so einen BRO haben› oder ‹Ich muss nie wieder einkaufen und Staub wischen›. Übrigens glauben wir auch daran, dass die Zukunft so in etwa sein wird.

Marcel: Ja, andererseits ist das Szenario schon heftig, dass man die Wahl zwischen Gott- und System-Babys hat. Und künstliche Intelligenz ist auch nicht nur eine Chance, sondern kann schnell einmal in die falsche Richtung gehen.

Andrea Ballschuh: Ich liebe euren Buchumschlag. Er geht ans Herz und ist so persönlich.

Sylvia: Marcel fing eines Morgens plötzlich an zu malen. Ich war sofort hin und weg von seiner Idee. Aber bis es ein perfektes Cover in digitaler Form war, hat es Wochen gebraucht. Marcel hat manchmal Tage und Nächte vorm Computer gesessen und kleinste Pixel retuschiert.

Andrea Ballschuh: Im Frühling 2017 habt ihr beide auf Mallorca geheiratet. Haben sich eure Seelen bereits in vorigen Leben getroffen und in diesem nun wiedergefunden?

Sylvia und Marcel schauen sich verliebt an: Oh ja.

Herzlichen Dank!

Was hätten wir nur ohne euch gemacht: ihr Traumkinder, Herzensfreunde, Superhelden, Toplehrer, Naturforscher, Liebesexperten und Megafamilien!

Unsere lieben Kinder – es tut uns sehr leid, dass wir ein so schlechtes Vorbild waren, weil wir Tag und Nacht vor unseren Computern und Laptops saßen. Aber ihr habt uns immer wieder motiviert und gefragt, wann die erste Million auf euer Konto fließt.

Irina – du wirst es für immer bleiben: die Erste, die unseren Roman in seiner Ursprungsversion gelesen hat. Dein lieber Mann Gerd hat uns in naturwissenschaftlichen Dingen aufgeklärt und uns erlaubt, Möwen meckern zu lassen.

Andy – du hast alle Dates an einem einzigen Wochenende sausen lassen, um das Buch in Rekordzeit zu lesen. Sorry, dass wir das Ende offengelassen haben und du heute noch darüber nachgrübelst.

Monika – du hast aus der U-Bahn-Kontrolleurin Giggi eine knallharte Polizistin geformt und trägst den Ruhm, dass wir nicht alle Rückführungen im Roman so belassen haben, wie sie ursprünglich geschrieben waren.

Kathrin – vor allem unsere Leserinnen werden dich hochleben lassen, da du dir Nael so attraktiv und gut aussehend gewünscht hast. Und nicht mehr ganz so naiv, wie er einst war.

Andrea – deine mehrseitigen Anregungen und Anmerkungen waren Gold wert. Vor allem auch deine Überlegungen als Lehrerin, unseren Roman als Diskussionsgrundlage bei Schülerinnen und Schülern anzudenken.

Johanna – durch dich haben wir Hunderte Ausrufezeichen verbannt und viele Aspekte tiefer hinterfragt!!!!!! Deine und Niks Unterstützung beim Cover waren Weltklasse.

Simone – danke für deine Forderung, dass wir dringend und bald eine Fortsetzung schreiben sollen.

Papa Herbert – du hast unsere Termine koordiniert und fleißig in der ganzen Welt herumtelefoniert. Danke, dass du uns so viel Arbeit abgenommen hast.

Maja – Wer hätte gedacht, dass du noch Ungereimtheiten findest?! U.a. wurde der Rhabarberkuchen zum Käsekuchen, und du hast das Seelenwirrwarr entwirrt.

Ursula – du Grammatikgenie hast es geschafft, uns die neue Rechtschreibung einfach und verständlich beizubringen. Falls wir noch Fehler eingebaut haben, sind wir selber schuld.

Bucher Verlag – die Echse als Logo, etwas Schöneres konnte uns nicht passieren. Danke für die professionelle Unterstützung und das offene Ohr, liebe Michelle, lieber Günter, Dietmar und liebe Miriam. Wir fühlen uns bei euch wie in einer Familie. Seit dem ersten Kontakt bis heute.

Liebe Leserin, lieber Leser,

herzlichen Dank, dass Sie unser Buch gelesen haben. Wir hoffen, Ihnen damit viele schöne und fesselnde Stunden bereitet zu haben.

Wenn Sie uns etwas mitteilen möchten, freuen wir uns schon auf Ihr Feedback. Senden Sie uns bitte eine E-Mail an folgende Adresse: schneider@herzmalerei.com

Besuchen Sie uns auch auf www.herzmalerei.com
Wir würden uns sehr über Ihre Empfehlung freuen! Dann erzählen wir Ihnen auch gerne die Fortsetzung der Geschichte …

Seien Sie gespannt, was Ihnen die Zukunft bringt!

Ihre Sylvia und Ihr Marcel Schneider